KB060097

포즈와 프러포즈

포즈와 프러포즈

양윤의 평론집

문학동네

책머리에

삶에 목적이 있다고 믿지 않았다. 목표 있는 행동이 의미 있는 행동이라고 말하는 것이 얼마나 허망한 진술인지 알기 때문이다. 삶이 싱거운 국물 맛이라면 문학 역시 건더기가 아니라 엉성한 췌담이라야 마땅하지 않을까. 현실은 분명 파국적이지만(누구나 종말을 향해 간다), 소설은 파국을 믿지 않는다(종말에 이르지 않는다). 비평의 의의는 그 간격을 증언하는 데 있다. 예정된 파국을 향해 끊임없이 다가가되 거기에 이르지는 않는 것이 삶이므로. 비평은 '이미'와 '아직' 사이에서 삶을 증언한다.

비평은 부자연스럽고 무의미하고 미심쩍은 몸짓(pose)에 지나지 않지만 그 몸짓이야말로 비평이 자신을 삶과 문학에 기투하는 방식일 것이다. 몸짓에 자신을 던짐(pro)으로써, 삶과 문학에 구애(propose)하는 것. 포즈는 과장하거나 과시하는 태도와는 무관하다. 거기에는 '진술하다' '어려운 문제를 출제하여 쩔쩔매게 하다'는 뜻도 있다. 어려운 문제가 바로 세계의 미스터리일 터. 비평은 그처럼 스스로 미스터리를 출제하고 그것을 풀지 못해 쩔쩔매는 난감한 학생을 닮았다. 그러나 그런 난감 속에서만 비평은 구애를 완성하는 게 아닐까.

몇 년간 썼던 글들을 많이 간추리고 고쳤다. 1부는 총론 형식의 글이며, 2부는 해설이나 작가론에 해당하는 글, 3부는 리뷰 형태로 쓴 글이다. 책의 형태는 다른 비평집과 크게 다르지는 않은데, 글의 격도 크게 모자라지는 않았으면 좋겠다.

송하춘 선생님께 감사드린다. 부족한 제자를 거두어주셔서, 동굴 밖으로 나와 사람이 되었다. 문학동네 편집위원 선생님들의 후의를 잊지 않으려 한다. 등단한 해부터 격려를 아끼지 않으셨다. 부족한 글에 추천사를 써주신 김인환 선생님, 황종연 선생님께 고개 숙여 인사드린다. 사람에게도 각주를 달 수 있다면, 나는 두 분 선생님의 각주로 만들어진 인간일 것이다. 제목을 골라주고 그에 어울리는 멋진 표지를 찾아준 김민정 언니에게 고마움을 전한다. 언니의 감각에 한 번 놀라고 따뜻함에 두 번 놀랐다. 우물쭈물하는 필자 때문에 고생한 편집부 선생님들께도 감사의 마음을. 출연료도 받지 않고 무대 위로 불려나온 작가들에게도 깊은 감사를, 영원한 후원자인 엄마와 가족들의 응원도 잊은 적이 없다. 끝으로 정신의 스파링 파트너! 고마워요. 덕분에 정신에도 웨이브가 있다는 걸 알게 되었답니다.

시가, 소설이, 그러니까 문학이 나와 당신, 나와 타인, 이쪽 세계와 저쪽 세계 사이의 최대공약수가 아니라 최소공배수라는 것을 믿는다. 이 책은, 이제 막 문을 열고 나온 첫 구애의 몸짓이다. 그러니 이 프러포즈가 부디, 책을 읽는 당신에게 가닿기를.

2013년 7월
양윤의

차례

1부

2부

3부

1부

광장(square)에 선 그녀들
― 2000년대 여성소설의 존재론적 지평

1. 2000년대 소설의 존재론

여기 새로운 광장이 있다. 2000년대 여성소설이 열어놓은 또하나의 광장(square)이다. 광장에 대해서라면, 우리는 1960년대 최인훈이 품었던 이념의 광장을 떠올린다. 이 광장은 밀실과 대조되는 공동체의 공간이었지만, 개인성을 말살한 공간이라는 점에서 또다른 밀실(이를테면 밖으로 열린 밀실)에 지나지 않았다. 그와 달리, 2000년대 여성작가들이 서 있는 광장은 세계를 구성하는 네 가지 층위를 보여주는 존재론적 매트릭스이다. 네 가지 층위란 이런 것이다. 연장으로서의 세계를 구성하는 물질(A)과 그것의 중심점인 유기체로서의 육체(B), 사유로서의 세계를 구성하는 정신(C)과 그것의 대상화인 관념(D), 이 넷이 존재론적 사각형(square)을 이룬다. 2000년대 이전까지 문학은 현저하게 C와 D를 잇는 어떤 지점에 위치해 있었다. 예술은 숭고한 정신과 형이상학으로 이루어진 세계로 여겨졌다. 그것은 (현실이라기보다는) 현실이어야 할 당위성과 목적의 정당성을 통해 정체성을 증명받아야 했던 시대의 산물이다. 이를테면, 소설의 주인공들은 예외적 개인이건 전형적 개인이건 어떤 관념을 실천하거나 구현했고, 그것의 고귀함은 어떤 정신성의 표현적 자질이었다. 그래서 인물들은 일종의 영웅이었다. 2000년대 문학에는 그런 의미의 영웅이 없다. 2000년대 문학이 형상화하는 인물들은 당위와 목적, 도덕과 제도의 틀 내에서만 움직이지는 않는다. 그들은 세계를 구성하는 물질적 차원과 육체적 차원을 폭로하고, 새로운 정신의 차원과 관념의 차원을 형성해내고 있다. 그래서 이들의 지평은 존재론적인 차원에서 규명될 필요가 있다. 이 글에서 분석의 대상으로 삼고 있는 네 개의 존재론이 바로 새로운 미학적 성과들이다. 먼저 세계와 주체를 잇는 직선 하나를 그어보자.

A 물질   B 육체   C 정신   D 관념

2000년대 문학의 존재론적 지평은 물질, 육체, 정신, 관념이라는 네 개의 눈금을 통과하면서 다양한 스펙트럼을 갖게 된다. 네 개의 지점은 언어로 상징화된 현실원칙이 파열되는 지점이며 새로운 상징들이 생산되는 지점이다. 좌표의 좌측은 연장적인 세계의 토대를 이루는 물질(A)과 주체의 토대를 이루는 육체(B)의 자리다. 이 지점들은 상징적 질서가 붕괴되는 실재의 분출점이자, 그 실재들을 재봉합하는 곳이다. 좌표의 우측에는 사유세계의 주체를 구성하는 정신(C)과 그로써 만들어낸 세계상(世界像)(D)이 자리한다. 이 지점들에서 실재는 억압, 배제되고 관념들로 이루어진 상징적 체계가 구축된다. 좌표의 좌측에는 유물론적 충동이, 우측에는 관념론적 충동이 있다. 물질과 관념은 수직적인 상하관계가 아니라 수평적인 좌우관계에 있다. 물질은 조화로운 상징을 위해 소모되는 열등한 요소가 아니다. 그것은 상징이나 관념으로 소거할 수 없는 존재론적 조건이라는 의미에서 세계의 토대이다. 관념 역시 실재의 차원이 출현하기 위해 파열되어야만 하는 허위와 가장의 세계가 아니다. 이데올로기와 인정이

없다면, 인간 자체가 형성될 수 없다. 네 개의 좌표는 세계의 존재론적 부면을 설명하는 네 개의 매듭이다.

　이 글은 여성작가의 소설을 통해서 성적 정체성을 해명하려고 하지 않는다. 2000년대 작가들의 세계가 보여주듯이 '여성적인 것'은 작가의 성별이나 인물의 성별을 통해서 드러나는 특정한 자질이 아니기 때문이다. 이들이 보여주는 존재론적 지평은 단순히 생물학적 성별이나 젠더 개념으로 수렴되지 않는다. '여성적인 것'은 여성성이라는 개념과 그에 부합하는 '표상'을 조합해서 설명할 수 있는 실체도 아니다. 이들의 존재론 안에서는 남성:여성, 인간:동물, 관념:사물, 정신:육체 식의 이분법적인 도식 자체가 폐기된다. '여성적인 것'은 개별적인 자질을 통해서 결론적으로 도출되는 무엇이 아니라, 세계 안에 이미 포함되어 있는 존재론적 지표이다. 저 네 개의 눈금이 있는 직선을 구부려, 존재론적 사각형을 만들어보자. 이때 각각의 눈금은 네 개의 꼭짓점으로 바뀌게 되는데, 바로 이 꼭짓점이 2000년대 소설이 창출해낸 지평이 된다.

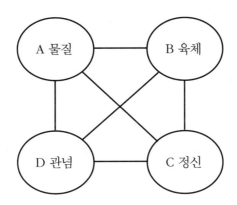

　이 각각의 꼭짓점들은 인접한 항목들과 연계되면서, 다음과 같이 유형화될 수 있다. 1) AB↔CD의 계열, 2) AC↔BD의 계열, 3) AD↔BC의

계열. 각 꼭짓점은 인접해 있는 다른 극점과 만나서 계열화된다. 생성된 계열은 다른 계열과 대칭적인 관계에 들어감으로써 맥락을 형성하고, 그 맥락 안에서 세계의 부면들을 의미화한다. 이 측면들을 살펴보자.

1-1. AB ↔ CD: 개체 대 보편

물질-육체를 표상하는 AB계열과 정신-관념을 표상하는 CD계열은 개체와 보편의 차원으로 대비된다. A와 B는 둘 다 개체적 차원에서만 의미화된다는 점에서 공통적이다. 둘은 유(類)의 차원을 갖지 않는다. 이 사물과 저 사물, 이 육체와 저 육체가 있을 뿐이다. 사물들을 추상화한 존재, 육체들을 추상화한 인간이란 있을 수 없다. 따라서 AB계열은 보편적인 틀 안에서 규정될 수 없으며, 재현방식 역시 총체적 규칙보다는 물질과 육체의 개체적 성격을 드러내는 국소화의 전략을 갖는다. 가령 '잘려진 몸통'은 온전한 몸을 제유하는 (전체를 이루는) 부분이 아니다. 이때의 몸통은 인간의 보편적인 상을 망가뜨리는 잉여물이다.

반면 CD계열은 보편화된다. 이 계열에는 보편적인 인간이라는 이미지, 그를 둘러싼 총체로서의 세계가 전제되어 있다. 개인으로서의 인간은 사회라는 전체와, 각자의 생각은 이데올로기와 보편성이라는 상위의 생각과 연계된다. 이 경우, 소설 속의 현실은 '구성된' 현실이 된다. C의 정신이 인간적 심성을 촉발하는 보이지 않는 손이라면, D의 관념은 욕망을 끌어내는 타인의 시선이 물화된 형태이다. 정신이 정서가 발생하는 다양한 경로를 탐사하는 탐조등이라면, 관념은 맞춤형 인간을 생산하는 틀거리이다.

1-2. AC ↔ BD: 성적 지표 없음 대 있음

물질-정신을 표상하는 AC계열과 육체-관념을 표상하는 BD계열은 성적 지표의 유무를 통해서 대비된다. AC계열에서는 성적인 지표가 거의 없거나 아예 없다. A지점에서 드러나는 물질화된 신체에서는 성이라는 지표 자체가 없다. 물질은 육체의 형체마저 지워버린 사물(Thing)의 세계이며, 무의미(nonsense)와 과잉을 통해서만 드러나는 불가지의 영역이다. 성은 '생산'의 표식인데, 이 지점에서는 생산하는 것 자체가 불가능하다. 모든 것이 불모이자 불사인 죽음충동의 영역이기 때문이다. 이곳에서 성은 과잉/과소의 양태를 환상적(초현실적)으로 드러내는 데 활용될 뿐이다. 정신이 자리한 C지점에서 성적 표지는 잠재적 차원에 있을 뿐 발현되지 않는다. 여기서는 미성숙과 무성장이라는 지표가 성적 지표의 자리를 대신한다. 성적 지표는 만성적인 피로를 유발하는 신체적 결함으로 여겨질 뿐이다.

반면에 육체-관념을 표상하는 BD계열에서는 성적인 지표가 적극적으로 강조된다. B의 육체는 자극에 반응하는 유기체이다. 여성의 몸은 '생식'하는 신체로서 다른 육체와 변별된다. 이런 변별적 특성은 존재적인 부가물이 아니라 존재를 결정짓는 요소가 된다. 이를테면 C에서 여성의 생리가 번거롭고 피곤한 장애의 표지로 여겨진다면, B에서는 생산의 주기를 표시하는 지표가 된다. 관념을 표상하는 D의 지평에서, 몸은 상징적인 관념을 매개로 이미지화되는 대상이다. 몸은 육체와 물질이 아니라 추상화된 이미지가 된다. 이미지는 본성이 아니라 가상으로 기능하는 단위이다. 이미지는 몸의 생리적 기능보다 윤곽을 중시한다. 따라서 여기서의 성적 지표는 외적 표식이다. 몸은 사회적 가용자원인 신체-자본이다. D의 지평은, 이른바 '본 대로 생각한다'는 관(觀)-념(念)의 세계에서 탄생한 존재론이다.

1-3. AD ↔ BC: 집단 대 개인

물질-관념을 표상하는 AD계열과 육체-정신을 표상하는 BC계열은 복수(複數)와 단수(單數), 집단과 개인의 차원으로 대응된다. A와 D는 알레고리의 차원에서 만난다. 물질(A)의 자리가 관념(D)의 자리와 만날 때,

인간의 지평 너머에서 출현하는 사물들은 사회적인 의미를 획득하게 된다. 움직이는 물질인 괴물이 '악'의 알레고리로 해석되거나, 여귀가 약소민족의 상처를 드러내는 은유로서 기능하는 경우가 그런 사례가 될 것이다. 불가지, 불가해의 지점은 사회적·정치적 의미화가 실패하는 지점이자 악의 지점이다. 개인과 공동체가 의미화할 수 없는 무의미와 잉여가 개인과 공동체의 적대로서 드러나는 것이다. A는 처음부터 복수화된 개체, 다시 말해 개체'들'이다. 사물들은 보편화되지 않는 여럿으로 드러난다. D는 처음부터 집단화된 전체이고 전형이다. 관념들은 전체에 대한 관념이기 때문이다.

반면 육체(B)가 가리키는 것은 언제나 단독자(the singular)이다. 육체는 자극에 대한 개별적인 반응으로서 존재하며, 따라서 자극–반응(작용–반작용)이라는 즉자성이 강조될 수밖에 없다. 이것은 집단의 차원을 배제한 유기체적 확실성의 문제이다. 정신(C)의 지평에서는 사적인 내밀함을 중심으로 세계가 재구성된다. 여기에는 어떤 기시감이 있다. 전대의 여성소설에서도 유사한 상황을 접한 바 있기 때문이다. 차이가 있다면, 1990년대 작가들이 보여준 내면세계가 대타의식을 매개로 드러난 자기의식이라면, 2000년대식 정신승리법은 이런 매개항 없이 정신의 왕국을 구축했다는 점이다. 전자가 고백이라면 후자는 독백일 것이다. 전자가 반성(대상을 경유한 자기의식)이라면 후자는 입사(대상에 진입하는 단계의 자기의식)이다.

이제, 네 꼭짓점을 대표할 만한 작가들을 호명해보자.

2. 존재론적 사각형

2-1. 움직이는 '물질': 편혜영

편혜영의 소설에는 함부로 버려진 아이들, 출몰하는 시체, 병든 도시가 있다. 시체와 기형, 귀신과 괴물들은 편혜영의 소설을 그로테스크로 명명하게 만든 강력한 표상들이다. 살인과 실종, 기아와 살육은 이 소설의 세

계가 이성의 논리나 인정의 정서로 설명할 수 없는 '사물(The Thing)'의
세계임을 보여준다.

소설 속 인물들은 고립된 지경에, 위협적인 상황에, 구원을 바랄 수 없
는 형편에 처한다. 그들은 갑작스러운 사고 때문에 목적지에 이르지 못하
고 발이 묶인다.(「아오이가든」, 『아오이가든』, 문학과지성사, 2005) 이러한
상황은 공포영화가 인물들을 초대할 때 흔히 활용하는 전형적인 장치이
다. 첫번째 소설집에 수록된 작품들에서는 괴물과 시체가 출현함으로써
공포와 두려움이 가시적으로 형상화된다. 귀신이 나타난다는 도시 외곽
의 감옥(「서쪽 숲」, 『아오이가든』), 괴물이 출몰하는 저수지(「저수지」, 『아
오이가든』), 역병으로 뒤덮인 도시(「아오이가든」, 『아오이가든』)가 이런 무
대이다. 두번째 소설집에서는 공포와 두려움이 세계의 배경이 된다. 참을
수 없는 밀폐감, 목적지를 찾을 수 없다는 상실감, 무엇이 위협하는지 알
수 없어서 생기는 불안감이 이른바 근본 정서가 된다. 괴물과 시체 들은
처음부터 물질의 공포스러운 구현이다. 물질의 가시적 현현은 세계의 불
가지를 충격적으로 드러낸다. 총체성이란 없다. 아니, 망가진 세계를 빗
대는 알레고리로서만, 그러니까 깨진 총체성으로서만 드러난다. 있는 것
은 충동만으로 움직이는 불가해한 물질들뿐이다.

낚시는 처음이었다. 그래도 아내는 구더기를 잘 만졌다. 늘 비린 생선을
만졌는데 새삼 구더기가 징그러울 리 없었다. 아내는 꾸물거리는 구더기들
을 휘저어가며 유난히 통통하고 살진 것을 골라냈다. 갑자기 화가 치밀었
다. 빈털터리가 된 것은 세상에 징그러운 것도 없고 더러운 것도 모르는 아
내 때문이라는 생각이 들었다. (……) 보증금을 날린 것은 자신이었다. 그
런데도 낚싯대로 아내를 후려치고 싶은 욕구가 솟구쳤다. 깊은 계곡 아래로
밀어넣고 싶은 생각도 들었다. 그는 욕구를 참기 위해 주먹을 꼭 쥐었다.
　　　　　　　　　　　　　　　　　—「시체들」, 『아오이가든』, 226~227쪽

도시에서 빈털터리가 된 부부는 도시에서 떨어진 U시의 계곡으로 낚시 여행을 떠난다. 남자는 낚싯대에 미끼를 끼우는 아내의 손놀림을 보면서 아내의 속물성에 갑자기 분노를 느낀다. 남자는 "보증금을 날린 것은 자신"이었음에도 불구하고 속물적인 아내에게 그 책임이 있을 것 같은 생각이 든다. 급기야 그는 아내를 "후려치고 싶은 욕구"와 강한 살의에 가까운 증오에 몸을 떤다. 조금 뒤 아내가 실종되는 사건이 발생한다. 경찰은 익사자의 시신으로 추정되는 절단된 사체를 찾아내어 신원파악에 나선다. 그러나 남자 역시 한쪽 다리가 누구의 것인지 제대로 파악할 수 없다. "산 것도 죽은 것도 아닌 상태에 있는"(220쪽) 아내는 신원미상인 채로 세계를 떠돈다. 산 것도 죽은 것도 아닌 상태로 아내의 존재가 지속된다는 사실은 이내 남자를 불안하게 만든다. 그것은 어떤 식으로든 자신이 책임을 떠안아야 하는 상태가 지속되는 것이기도 하기 때문이다.

소설의 결미에서 남자 역시 발을 헛디뎌 어두운 계곡에 산 채로 매장되고 만다. 뭉개진 눈과 벗겨진 코가 담긴 흐물흐물한 살덩어리는 누구의 정체성도 확인해줄 수 없는 쓰레기에 불과하다. 그 계곡은 남자의 것과 아내의 것과 동물들의 것이 뒤섞여 분별할 수 없는 거대한 무덤이 된다. 썩어가는 물질 덩어리는 살아 있는 인간의 가장 비인간적인 형태일 것이다.

뭐라도 지탱하지 않으면 서 있기가 힘들었다. (……) 그의 손이 닿자, 식빵처럼 거대하게 부풀어오른 그것이 출렁거렸다. 그는 물체를 꽉 부여잡았다. 덩어리는 붙잡은 그의 힘에 눌려 몸을 뒤집었다. 아내였다. 아내는 이제서야 그를 만나 유감스럽다는 듯이 눈을 동그랗게 뜨고 있었다. 그는 아내를 여기서 만난 것이 뜻밖이기도 하고, 아내가 눈을 뜬 채로 죽어 있는 것이 놀랍기도 하고, 도대체 언제 아내가 죽은 것인지 의아스럽기도 해서, 게다가 뜬눈으로 그를 바라보고 있는 것에 놀라서 그만 소리를 질렀다.

—「밤의 공사」,『사육장 쪽으로』, 문학동네, 2007, 119쪽

습지가 남자와 아내의 살가죽을 끌어당긴다. 세계는 존재를 먹는 거대한 흡혈귀이다. 어둠 속에서 물컹거리는 신체와 흐물거리는 습지가 서로 구분되지 않는다. 시체와 얼굴 없는 살덩어리, 실종과 익사 '사이', 산 자와 죽은 자 '사이', 「밤의 공사」에서 세계가 빨아들이는 것은 한 명의 인간이 아니라 남겨진 한 덩어리의 '물질'이다. 인간의 몸은 피가 도는 신체라기보다는 물렁거리는 물(자)체로 현현한다. '개 짖는 소리' '아기 우는 소리' '이정표' 등은 두려움을 통해 지각된 신호일 뿐이다. 사태의 전모를 파악할 수 없는 한 그 신호를 따라가는 것이 올바른 선택인지 알 방법이 없다. 인물들은 점차 위협적인 신호를 구원의 암호로 받아들인다. 이제 그들에게 사태의 전모는 알 수 없을 뿐 아니라 알 필요도 없고 알고 싶지도 않은 그 무엇이 된다.

인간을 위협하는 것은 재앙과 역병의 공포만이 아니다. 편혜영은 인물이 '악몽'에서 해방된 듯 보이는 순간에, 운명이 그들의 삶을 어떤 방식으로 부식시키고 파괴하는지를 뚜렷이 보여준다. 그들은 자신들이 누린 자유의 대가가 얼마나 엄청난 비용을 요구하는지를 확인하게 된다. 사건들은 반복적으로 발생한다. 피할 수 없는 상황에 처한 주인공에게 육체는 행위를 제약하는 일종의 구속물이다. 안개의 희뿌연 시야에 사로잡힌 시각, 추위에 노출된 피부(「소풍」, 『사육장 쪽으로』)와, 이들을 괴롭히는 끊이지 않는 소음과 환청(「사육장 쪽으로」, 『사육장 쪽으로』)은 불안정한 상황을 감지하고 위험으로부터 벗어나게 해주는 역할을 한다기보다는 오히려 판단을 흐리게 만든다. 급기야 이들은 불확실한 신호를 맹목적으로 따라가게 된다. "길이 끝없이 이어져 있을 것이라 생각하며 앞차를 따라 천천히 달리는 수밖에 없었다."(「소풍」, 22쪽)

편혜영은 장르문학[1]이나 환상소설의 범주에서 논의될 만한 2000년대

---

1) 편혜영의 장르적 상상력을 '고딕'의 문법으로 읽은 바 있다. 양윤의, 「아름다운 나의 고딕(gothic)」(『세계의문학』 2009년 여름호) 참조.

최초의 작가이다. 편혜영의 소설은 인간적인 현실을 넘어서려는 이탈충동(혹은 환상충동)을 보여준다. 편혜영이 주목하는 '산 것도 죽은 것도 아닌'(비)존재는 정체성이 없는 존재이면서도 너무 많은 정체성을 안고 있는 (비)존재이다. 절단된 신체는 누군가의 신체라고 말할 수 없다. 그러나 또한 그 때문에 누구의 신체일 수도 있다. 소멸되지 않고 되돌아오는 시체는 상징적 질서를 훼손하는 실재(The Real) 자체이다. 뭉개진 살덩어리는 타인의 죽음을 가시화하고 동시에 나의 삶에 침입한 낯선 것의 흔적을 남긴다.

편혜영의 소설 속에서 사물(절단된 몸)이 어떤 개념이나 사건을 도출한다고 말한다면 이때 그 소설은 명제화된 관념을 대신하는 알레고리적 차원으로 이행하게 될 것이다. 그러나 물질은 파편화된 세계상이나 무의미 자체일 수도 있다. 그렇다면, 이 경우에 알레고리는 어떤 것을 의미하는 것(대신하는 것)이 아니라, 아무것도 의미하지 않는다. 고로 스스로 존재할 뿐이다. 편혜영의 소설은 무의미 자체를 보여준다. 이들이 알 수 없는 것 앞에 서 있다는 점에서 편혜영의 물질은 현실의 단면을 보여주되 아무것도 말하지 않는 것과 같다. 작가가 보여준 물질의 지평은 현실로부터 (환영이나 무의미로)의 도피가 아니라 현실을 심문한다는 데 의미가 있다.

2-2. 자극에 반응하는 '육체': 천운영

천운영의 소설의 핵심에는 육체의 감각이 놓인다. 천운영의 육체는 그 자체로 존재감을 갖는데, 그 이유는 자극과 반응의 차원이 선험적인 범주보다 우선시되기 때문이다. 천운영의 소설에서 유기체로서의 육체는 보편적 인간이라는 상징체계와 대립한다. 인물들은 육체의 꿈틀댐, 찔림, 저작(詛嚼) 등의 감각적 차원에서 느끼고 행동한다. 「바늘」의 주인공은 "배와 가슴을 따라 급속냉동되듯 마비증상이 오고, 결국 두 주먹을 불끈 쥐고 드러눕게 되는 간질병"을 "잊고 있던 감각이 저릿저릿 온몸을 자극하고 있다"고 말한다.(「바늘」, 『바늘』, 창비, 2001, 17쪽) 이것은 '고통받는 인간'의 표상이 아니다. 아니, 표상 자체가 관념화의 소산이다. 고통은 결함의 표시도 아니고 고통의 외화도 아니다. 그것은 살아 있음을 가능하게 하는 유기체의 '느낌'이다. 천운영의 육체는 유적 존재로서의 이성적 인간이 아니라, 개체적 존재로서의 유기체이다. 고로 그것은 추상화된 몸이 아니라 개체화된 살이다.

> 나는 양념하지 않은 고기를 먹는다. 손가락 두께로 썰어서 피가 살짝 날 정도로 구운 쇠고기나 마늘과 양파를 많이 넣고 삶은 돼지고기를 좋아한다. 상추와 같은 야채를 곁들여먹지도 않는다. 구운 고기에 가장 잘 어울리는 것은 채소류가 아니라 하얀 쌀밥이다. 쌀눈이 살짝 비치도록 말간 밥알에 약간 검어진 육류의 핏물이 스며들 때, 고기의 맛은 정점에 이른다.
> ─「바늘」, 17쪽

「바늘」의 주인공은 육즙의 맛을 안다. 그동안 이 주인공을 새로운 여성성의 상징으로 보기도 하고, 원시성의 구현으로 보기도 했다. 그러나 이렇게 보기 위해서는 주인공의 미각을 보편적 미각의 결함이나 미개성으로 간주해야 한다. "날고기를 집어먹을 수 있을 것 같다"고 느끼는 주인공의 토로가 육식에 대한 취향일 수만은 없다. "들짐승처럼 입가에 피를 묻힌 채 허겁지겁 먹을 것을 해치우고 포만감을 느끼고 싶다"(「바늘」, 19쪽)는 충동은 여성적인 차원에서도, 문명비판의 차원에서도 특별한 전언을 생성하지 않는다. 그렇다면 이러한 방식의 해석은 유기체로서의 육체가 지닌 생생함을 누락시키는 것은 아닐까? '반역'이나 '저항'과 같은 의미화 역시 선험적인 규정은 아니었을까? 천운영의 소설에서 주목을 끄는 육식, 살인, 문신 등의 모티프는 다른 여성, 다른 상징, 다른 계급을 강조하지 않는다. 그것은 그 자체로, 그러니까 섭생, 생존, 촉성의 차원에서 언급되어야 한다.

천운영의 여성은 앉아서 오줌 누는 성기, 생리하는 자궁, 젖이 도는 유방으로 이루어져 있는 유기체이다. 그것은 동물이 아니지만, 동일한 의미에서 (유적) 인간도 아니다. 이러한 전제에서 이 육체는 문화적 관습을 파괴하기 위해 출현한 여전사가 아니고, 계급에 균열을 내기 위해 등장한 이중적인 수탈의 피해자(피지배자로서의 민중이자 여성)도 아니다. 이 육체는 이데올로기나 반(反)이데올로기의 구현물도 아니다. 죄책감을 간직해나가는 것도 저항의식을 내보이는 것도 아니기 때문이다. 우선 이 육체는 무엇보다도 먼저 유기체에게 가하는 물리적인 자극에만 반응한다. 고로 이 몸은 고통은 피하고 쾌락은 추구하는, 욕망하는 몸이다.

그녀는 죽어도 썩지 않으리라. 나무뿌리가 관뚜껑의 틈을 벌리고 그 틈새로 떨어진 흙이 그녀 몸을 덮치는 동안에도 그녀의 머리칼은 잔뿌리처럼 쑥쑥 자라날 것이다. (……) 그것은 상하거나 죽어가는 냄새와는 다르다. 죽었으나 썩지 않기 위해 제 몸을 삭히는 발효의 냄새.

—「명랑」, 『명랑』, 문학과지성사, 2004, 11~16쪽

「명랑」의 노인은 죽기 전까지 해열제인 명랑을 만병통치약으로 여긴다. 노인은 흰 가루약을 성찬식의 빵조각으로 받아들인다. 그것은 노인만의 해석이라기보다는 노쇠한 육체가 받아들인 하나의 상징이라고 말해야 할 듯하다. 다시 말해 저 노인의 생각은 자의식의 산물보다는 쇠한 육체 즉 유기체의 반응에 가깝다.

당신의 향기와 멍게의 싸한 냄새에 나는 정신이 아득해졌다. 멍게 냄새가 당신에 대한 적의를 마비시킨 것 같았다. 나는 당신에게 채반을 꺼내주고 접시를 내주었다. 속살을 드러낸 멍게는 채반으로 하나 가득했다. 입안

에서는 연신 말간 침이 솟아났다.

—「멍게 뒷맛」, 『명랑』, 81쪽

「멍게 뒷맛」은 멍게 뒷맛에 사로잡힌 한 사람에 대한 이야기이다. 옆집에서 "싸움 소리가 들리기 시작"하면 주인공은 그 여자가 내준 적 있는 "멍게 향"을 떠올리게 되고, 급기야는 "파블로프의 개처럼 싸움 소리만 들리면 침을 삼키게 되었다"(「멍게 뒷맛」, 85쪽). 주인공은 벽을 사이에 두고 이웃집 여자의 울음소리를 들을 때마다 식욕을 느낀다. "당신의 울음소리 없이는 못 살 것 같았다."(「멍게 뒷맛」, 85쪽) 옆집 여자의 울음소리는 '나'에게 의미를 던지는 메시지(타인의 고통이라는 기의)가 아니다. 그것은 주인공의 몸을 찌르는 자극이고 혀에 와서 닿는 감각이다. 그 여자가 사라진 후에, 이제 '나'는 여자를 떠올리기 위해서 멍게를 먹는다. "입안에는 신맛만 고이고 마지막 단맛은 남지 않았다. 입안에 고인 신맛처럼 당신의 얼굴도 싸하니 나타났다가 사라졌다. 입안에 남은 것은 상한 멍게맛뿐이었다."(「멍게 뒷맛」, 96쪽) 멍게맛의 여운이 잘려져나간 것은, 그 여자가 '나'에게 더이상 감각으로 떠오르지 않기 때문이다. 역으로 말해서, 멍게 뒷맛을 잃었을 때 '나'는 그 여자를 영원히 잃는다. 천운영의 소설은 이러한 유기체의 자극에 초점이 맞춰져 있다. 육체의 자극을 중심으로 서술된 문장들은 특히 『바늘』에 수록된 작품들 속에서 쉽게 찾아볼 수 있다.

의지와는 상관없이 내 혀와 위장은 그녀처럼 육식을 원하고 있다.

—「숨」, 37쪽

운전은 손과 발이 아니라 감촉으로 하는 것이라고 말했다.

—「월경」, 63쪽

몸 안에 존재를 숨기고 있다가 압력에 의해 겨우 드러난 악령처럼 비밀스럽고 강렬한 힘. 그 힘은 간헐적으로 찾아오는 통증과 함께 남자의 몸을 끊임없이 공격해왔다.

—「등뼈」, 146쪽

천운영의 소설을 여성적인 강인함에 대한 예찬이나, 도착적인 욕망의 드라마로 읽는 독법이 놓치고 있는 점이 이것이다. 이 생생한 육체적 감각은 정신에 종속된 바탕화면 같은 것이 아니다. 정신은 이 육체와 저 육체를 지배하는 것이 아니라, 거꾸로 각각의 육체에 속해 있다. 정신은 개별적인 육체를 지우고서도 성립하는 보편적인 유가 아니라, 개별적인 육체가 구현해낸 개별적인 감각의 회로망이다. 정신은 육체의 충동을 승인하거나 부정할 뿐, 그것을 지배하지 못한다. 천운영의 소설 속에서 육체가 느끼는 충동은 자극-반응, 작용-반작용의 유물론적인 메커니즘을 따라간다. 이런 감각 역시 2000년대의 소설이 처음 연 지평 가운데 하나이다. 정신의 지배를 받는 감각이 아니라 정신이 따라잡으려고 애쓰는 감각, 보편적인 인간이 아니라 개체로서의 인간이 의미화하는 감각이다. 천운영의 소설이 제기한 육체는 선험적 보편에서의 해방이라는 중요한 기능을 수행한다. 이로써 인간이라는 허위에서 벗어나 개체들의 생생한 감각이 소설의 지평에 등장한다.

2-3. '정신', 육체와 세계를 잇는 다리: 김애란

"지금도 침이 고여요."(「침이 고인다」, 『침이 고인다』, 문학과지성사, 2007) 여기 침 흘리는 인간이 또 있다. 그런데 지금 흘리는 침은 유기체의 조건반사적인 반응이 아니다.

인삼껌은 살점처럼 피로하게 늘어져 있다. 그녀는 껌을 코에 갖다대본다. 사라질 듯 말 듯한 향신료의 흔적이 한 자락 후각세포 안에 걸려든다. 인삼 향은 먼지 냄새처럼 그윽하고 아련하다. 그녀는 망설임 없이 껌을 입안에 털어넣는다. "세상에." 그녀가 놀란 듯 중얼거린다. "아직 달다." 그녀는 천천히 껌조각을 씹으며 무표정한 얼굴로 자리에 눕는다. 입안 가득 달콤 쌉싸름한 인삼껌의 맛이 침과 함께 괴었다 사라지고 사라졌다 괸다.

—「침이 고인다」, 80쪽

"달콤 쌉싸름한 인삼껌"은 주인공에게 얹혀살던 후배가 남겨두고 간 것이다. 그녀가 껌을 씹는 행동은 육체의 반응이 아니라, 후배와 함께 지낸 시간(과 후배의 기억)을 추억하는 행위이다. "아직 달다"는 반응을 유기체의 반응으로 읽을 수 없는 것도 이 때문이다. 후배와 함께 있을 때 그녀는 끊임없이 불편을 느끼고, 그 불편함 때문에 결국 후배와 결별한다. 이제 그녀는 껌을 씹으며 후배에 대한 기억을 편안한 어떤 것으로 변형한다. "달다"는 반응은, 정신의 지향성을 육체가 반영하고 있다는 것을 보여준다. 그런 점에서 김애란의 소설은 지극히 '인간적'이다. 정신이 펼칠 수 있는 넓지 않은 범위를 인간화된 세계로 변형한다는 뜻이다. 개체로서의 육체와 공동체로서의 관념을 연결하는 '정신'이 자리한 곳을 김애란의 세계라고 부를 수 있겠다.

김애란은 소소한 이야기에 관심을 보인다는 점에서 개인적이고 일상적 차원에 주목한다. 이때의 개인은 이미 사회적인 의미망에 포섭되어 있으나 총체화되어 있지는 않은 개인이다. 즉 이들의 관계가 수직화, 체계화되지는 않은, 수평적이고 평면적인 차원에 걸쳐 있다는 말이다. 평면이 거느리는 관계는 넓지도 복잡하지도 않다. 김애란 소설의 인물들이 일대일 관계의 의미망 안에서 움직이는 것도 이 때문일 것이다. 김애란은 관계에서 빚어지는 낱낱의 구체성을 신중하게 짚어주면서도 삼각관계와 같은 갈등 요소에 집중하지 않는다. 그들은 또한 관계 너머의 구조를 폭로하지 않는다. 작가의 관심은 개인들을 지배하는 구조에 있는 것이 아니라, 개인들 간의 관계 그 자체에 있다. 이것을 인정세계(仁情世界)라 부를 수 있을 것이다. 김애란에 의해 제기되는 문제는 어떤 자기긍정을 통해서 내적인 상처를 치유할 수 있는가이다.

편혜영의 괴물들이 무의식을 탐사함으로써 육체적인 초월을 감행한다면, 김애란의 개인들은 인정세계에 투신함으로써 육체'로부터의' 초월을 감행한다. 그것은 현실원칙(공통감각) 자체를 거부함으로써 의식적 한계로부터 벗어나는 방식이다. 누군가 김애란이 구상화한 세계가 단순하다(세계 자체의 복잡성을 덮는다)고 비판한다면 이런 현실원칙의 은폐를 지적하는 것인데, 이는 김애란이 목표로 하고 있는 소설의 주무대 바깥에서 제기되는 비판이다. 김애란의 무대는 인정세계이고, 여기서 발휘되는 '상상'의 힘과 '정신'의 능력이 작가가 가늠하는 주된 역량이다. 그를 통해, 보이지 않던 것이 보이게 되고, 이해할 수 없던 것이 이해할 만한 사건으로 변형된다. 가령 아버지의 부고를 전하는 편지 속 내용이 화자의 상상에 따라 다른 시나리오로 교체된다거나(「달려라 아비」, 『달려라 아비』, 창비, 2005) 속임을 당하는 상황에서(아버지가 거짓말을 한다) 속이는 상황으로(거짓말에 속는 척한다) 역전된다거나(「누가 해변에서 함부로 불꽃놀이를 하는가」, 『달려라 아비』)하는 이행. 김애란의 인물들은, 현실원칙과의 부정적인 관계를 전면화하지는 않지만, '불가능'을 상상과 유머의 화법을 통해 극복하려 한다는 점에서 또다른 (현실)원칙을 꿈꾸는 자들이다.

김애란의 첫번째 창작집 『달려라 아비』에 수록된 작품들은 '상상'을 중심으로 연결된다. 두번째 창작집인 『침이 고인다』에서 확인할 수 있는 김애란의 서법은 '회상'이다. 「자오선을 지나갈 때」는 입사시험에 서른번째 낙방을 한 주인공이 재수생 시절을 회상하는 내용을 담고 있다. 주인공이 '노량진'에서 보낸 재수 시절은 "책상 위에 의자를 올린 뒤 연필처럼 자야 했"(「자오선을 지나갈 때」, 『침이 고인다』, 128쪽)던 힘들었던 과거이다.

그때를 함께 보낸 이들은 모두 '노량진'을 "잠시 '지나가는 곳'"으로 여겼다. 그러나 7년이 지난 지금에도 '나'는 여전히 노량진을 벗어나지 못하고 지나고 있다. "2005년 지금도 나는 왜 여전히 그곳을 '지나가고 있는 중'인 걸까"(148쪽) 김애란의 회상은 현실을 위무하기 위한 장치로써 삽입되었으나, 별다른 효력을 발휘하지 못한다. 그것은 현재의 형편이 과거에 비해 그리 나아진 게 없다는 의미이다.

상황이 이렇다보니, 때로 회상은 자연스럽게 떠오르는 과거를 불러오는 장치가 아니라, 당위적으로 상기해야 할 기억을 만드는 기제의 역할을 한다. "때가 되면 어김없이 전화가 걸려와 나가라고"(「성탄특선」, 『침이 고인다』, 87쪽) 하는 여관처럼, 냉혹한 서울살이를 보여주는 소설들에서 그렇다. 「성탄특선」의 주인공에게는 현재의 상황을 받아들이기 위해서 이보다 힘들었던 시절을 회상하는 일이 필요하다. 델몬트 주스 유리병에 보리차를 담아 마시는 것이나 화장실 세정제를 사용하는 것 등은 그조차 기대할 수 없었던 과거의 한때를 되살아나게 하는 증거들이다.

> 한두 번 본 뒤 지겨워져버린, 그러나 못내 지우지 못한 포르노 한 편이 마법처럼 떠오른다. 사내는 덤덤하게 화면을 본다. 문득 '수음이라도 할까' 하는 생각이 든다. 꼭 하고 싶은 것은 아니지만 딱히 할 일이 없기도 하다. 그냥 그런 마음이 든다. 뭔가 익숙한 기분을 느낀 뒤 잠들고 싶은. 언젠가 그런 식으로 빠져드는 깊은 잠에 감사하던 때가 있었다. 때로 몸도 거짓말을 한다는 걸, 사내는 안다. 사내가 지퍼를 내리려는 순간 인기척이 들린다.
>
> ─「성탄특선」, 111쪽

사내는 연인과 마음껏 사랑을 속삭일 수 있는 '방'을 단 한 번도 가져보지 못했다. 혼자 남아서 성탄절을 보내고 있는 사내가 수음이라도 하면서 스스로를 위무하려 하지만, 여동생의 인기척 소리가 들리면서 그조차도 허락되지 않는다. 이 장면은 남매가 앞으로도 계속 견뎌야 할 현실적 고단함을 함축적으로 담고 있다. 누군가는 고통스럽고 힘든 얘기도 지나고 보면 아름답고 편안한 법이라고 말할 것이다. 그러나 이런 추억은 고통스러운 '한때'를 벗어난 '지금'이 있을 때에만 가능하다. 이 점에서 본다면 김애란의 회상은 언제나 실패한다. 고통스러운 한때를 여전히 '지나고 있는 중'이기 때문이다. 김애란의 인물들은 그들의 정신승리법이 지친 육체를 속이는 일(몸도 거짓말을 한다)이라는 것을 알고 있다. 그러한 위무가 "자기 삶을 어떤 보통의 기준에 가깝게 해주고 또 윤택하게 만들어주는 것"(「성탄특선」, 101쪽)이 아님을 몸소 경험했기 때문이다.

김애란의 인물들은 세련된 도시생활을 누리는 것이 아니라 서울 변두리 이미지의 한 자락이 된다. 저들의 시야에 들어오는 "정지 화면처럼 탁하고 쓸쓸한 풍경"에는 이미 저들이 포함되어 있다. 고단한 이웃의 모습이 비춰질 때 매연에 안긴 도시의 뒷모습이 완성되기 때문이다. 그런데 산동네의 가파른 계단을 오르는 동안 의외의 풍경을 볼 수도 있다. 도시의 모습이, 동네의 풍경이 작고 우습게 어그러진다. 손으로 당기는 도르래처럼 시선의 고도가 조금씩 높아지면, 결국 내가 나를 내려다볼 수 있게 된다. 마치 꿈속처럼. "나는 아직 잔뜩 남겨진 자이다."(「영원한 화자」, 『달려라 아비』, 116쪽) 2000년대, 김애란의 출현은 유망한 신인(新人)작가의 탄생일 뿐 아니라, 작은 신인(神人)의 탄생이라 할 수 있다. 김애란의 '도도한' 인물들은 정신적 초월을 통해 현실을 견디고, 작은 자아를 완성하는 신인(神人)들이다. 그것은 단순히 도피가 아니라 생존을 위한 정신적 사보타주(sabotage)라 말할 수 있다.

2-4. 세계라는 '관념': 정이현

김애란 소설의 인물들은 대체로 가난한 서민들이다. 그러나 그것이 특정한 계급의식'만'을 보여준다고 말할 수는 없다. 이들이 자신의 '소속 없음'이나 '아웃사이더'적인 감수성을 대항담론으로 삼지는 않기 때문이다. 김애란의 정신의 지평은 미성장 혹은 무성장의 표지이기도 하다. 김애란의 소설에서는 성숙/미성숙의 구분 자체가 무의미해지기 때문이다. 성숙/미성숙을 가르는 것, 즉 이데올로기로의 투신은 정이현의 소설 속에서 찾을 수 있다. 성숙/미성숙의 구분이란 한 사회가 만들어낸 관념들의 체계를 받아들였는가, 아닌가를 통해 결정된다. 정이현 소설의 인물들은 속물화되고 이데올로기화된 계급의식을 받아들임으로써 평균적 삶이 지향하는(혹은 빠져 있는) 가치(혹은 함정)에 대해서 말한다. 다음과 같은 서술은 정이현의 소설에서 흔히 발견할 수 있는 것들이다. "엄마의 특기는 아빠의 출신성분 무시하기였다."(「낭만적 사랑과 사회」, 『낭만적 사랑과 사회』, 문학과지성사, 2003, 19쪽) 이것은 인물들 자신의 자의식도, 계급의식도 아니다. 이것은 이데올로기의 의인화된 발언이다. 정신이 주변세계를 추상화하면서 그 세계 자체를 실체로 인정할 때, '관념'이 발생한다. 정신이 세계를 이미지화한 것이 관념이라면, 공동체를 지탱하거나 공동체에서 통용되는 주된 관념이 이데올로기이다. 정이현의 관념은 그 점에서 이데올로기화된 관념, 즉 추상화된 이미지이다.

김애란의 소녀가 성숙과 무관한 인정세계에 머문 정신이라면, 정이현의 소녀는 자본화된 세계로 진입하기 위해서 자신의 몸값을 가늠해야 하는 관념이다. 자본주의 아래서 소비하는 주체는 주체가 아니다. 그것은 사실은 소비되는 주체이므로 거기에 주체성을 부여하면 허상의 주체가 탄생한다. 정이현이 설정한 인물들은 이러한 의미에서도 관념의 인격화이다. 정이현의 소녀가 성을 어떻게 활용하는가를 살펴보자. 이 담론은 권력관계의 축도이며 정치담론의 축약본이다.

그렇지만, 이제 곧 나의 흔적을 확인한다면 틀림없이 그도 기뻐할 것이다. 나는 조심스레 이불을 들친다. 그런데.

아무것도 없다! 타월 위에는 한 점의 핏자국도 남아 있지 않다. 아무리 봐도 순백의 시트 위는 깨끗하다.

—「낭만적 사랑과 사회」, 33쪽

"순백의 시트"를 확인하는 부분은 『낭만적 사랑과 사회』 전체에서 가장 핵심적인 장면이다. 주인공 유리는 남자에게 자신의 순결을 혈흔을 통해 당당하게 보여주려 했지만, 아무 흔적도 남아 있지 않다. 혈흔은 상처의 흔적이 아니라 적재적소에 가시화되어야 하는 알리바이다. 유리가 지켜온 정조와 순결을 증명해야 하는 혈흔은 이미지(image)이자 이데올로기(ideology)이다. 밀란 쿤데라는 이미지와 이데올로기를 합성하여 이마골로기(imagology)[2]라는 조어로 현대 물질문명사회의 문제점을 지적한 바 있다. 혈흔과 같은 특정한 이미지(혈흔은 처녀막의 상징이다)가 특별한 이데올로기(여자는 처녀라야 한다)로 기능하는 사회가 이마골로기의 사회이다. 거기에는 물질도 육체도 정신도 없다. 물질은 재화라는 추상적 단위로, 육체는 그것의 표상으로, 정신은 욕망으로 대체된다. 있는 것은 관념화된 이미지, 이미지화된 관념뿐이다. 즉 '낭만적'인 가치와 공동체가 아니라, '낭만'이라는 기호를 소비하는 관념이다.

현실이 「홈드라마」처럼 기승전결이 있을 리 만무하다. 정이현이 강조하는 평균적인 삶은 그 자체로 거대한 환영이다. 『참을 수 없는 존재의 가벼움』에서 밀란 쿤데라는 이념 자체가 하나의 '키치(kitch)'라고 말한다. 사유가 과정이 되는 것이 아니라 그 자체로 목적형이 될 때, 그러한 사유가 바로 키치이다. 키치적 관념에서 벗어나 개별성의 순간을 경험하기 위해서는 고정된 의미 연관과 절연하는 순간을 거쳐야 한다. 일상적 평균성

---

2) 밀란 쿤데라, 『불멸』, 김병욱 옮김, 청년사, 2002, 149쪽.

으로부터 벗어나 존재자 자체와 맞닥뜨릴 계기가 필요하다. 관념을 대신하는 인물들이 이런 지경에서 벗어나기는 어려워 보인다. 『오늘의 거짓말』(문학과지성사, 2007)에 수록된 작품들 역시 평균적 일상성을 강조한다는 점은 변함이 없다.

그 남자의 목욕생활은 또래 대도시 거주민들의 평균과 크게 다르지 않았다. 땀이 많이 나는 여름철에는 매일, 봄과 가을에는 이틀에 한 번꼴로 샤워를 했다.

—「그 남자의 리허설」, 127쪽

나는 날 때부터 도시인이었다. 상대방에게 칭찬을 들으면 칭찬으로 대응해주어야 한다고 배워왔다. 그래서 말했다. 너는 예전보다 훨씬 더 예뻐졌는걸.

—「삼풍백화점」, 50쪽

모든 것이 분명해졌다. 남자 나이 서른이 넘으면 누가 가르쳐주지 않아도 저절로 알게 되는 것들이 있다. (……) 그런 식의 사소하고도 세속적인 지혜들은 예기치 못한 화를 미연에 막아준다.

—「타인의 고독」, 16~17쪽

밀란 쿤데라는 존재에 대한 확고부동한 동의라는 차원에서 키치의 세계를 설명한다. 그 명백함의 세계는 "각자가 마치 똥이 존재하지 않는 것처럼 처신하는 세계를 미학적 이상으로 삼는"다. "이러한 미학적 이상이 키치라고" 말한다. "키치란 본질적으로 똥에 대한 절대적 부정이다. 문자적 의미나 상징적 의미에서 그렇다. 키치는 자신의 시야에서 인간존재가 지닌 것 중에서 본질적으로 수락할 수 없는 모든 것을 배제"하는 것이다.[3] 키치적 존재론에서 중요하게 여기는 것은 공적 공간에서 지켜야 할 예의와 법규이다. 그것은 타인을 배려하는 태도이기도 하지만 타인을 의식하는 만큼 거리를 확보하겠다는 '거리 두기'이기도 하다. 자본주의적인 의미에서 미(美)라는 관념은 거리 두기를 통해 만들어진 환상의 결과물이다. 고로 키치 자체가 자본주의의 적자이다. 정이현의 경우는 여성이라는 성적 지표가 매우 뚜렷하다. 천운영이 남성과의 구별을 가능하게 하는 몸으로서 여성의 육체에 관심을 보인다면 정이현은 (여)성적 코드를 통해 상품화된 몸이자 상징적 자본으로서의 몸을 구현해낸다.

그러한 거리 두기는 자신을 보편화하는 것이기도 하다. 속물성에 따라 행동하면서도 그것과 아이러니적인 거리를 두기 위해서 인물은 자신을 거울 앞에 세워놓는다. 그때 자신은 정신이나 육체가 아니라, 육체의 '이미지'나 관념의 '구현'으로서 현상할 것이다. 그것은 자신을 소비하는 주체로 설정하고서 실제로는 소비되는 주체가 되고 마는 이들의 운명이다. 그러나 그것은 욕망과 충동에 따라 행동하고서는 뒤늦게 그 행동이 자신의 의지에서 비롯된 것이라고 착각하는 도착의 결과물이다. 여기서, 이들 앞에 놓인 거울을 치우면 어떻게 될까? 반성적인 자의식을 벗어버린 소설들, 자본주의의 요청에 정확히 부응하는 이미지들로 이루어진 소설이 제출될 것이다. 도발적인 언니들이 '쿨하게' 등장하는 소설들, 이른바 칙릿문학의 문은 여기서 열렸다. 그토록 쿨하고 명랑한 언니들이, 동화 속에서 오려낸 종이인형처럼 쉽게 구겨지고 쉽게 찢어지는 이유가 바로 이것이다.

3. 2000년대 소설의 존재론적 지평들

편혜영, 천운영, 김애란, 정이현을 통해서 2000년대 소설이 보여준 네

---

3) 밀란 쿤데라, 『참을 수 없는 존재의 가벼움』, 이재룡 옮김, 민음사, 1999, 285쪽.

가지 존재론의 층위를 살펴보았다. 천운영은 '관념화된 자아'의 내면을 찢고 나온 육체의 서사를 만들어낸다. 천운영의 육체를 보다 극단으로 밀고 나간 경우가 편혜영의 물질로 이루어진 세계이다. 움직이는 물질의 세계에서 우리는 현실을 집어삼키는 실재(The Real)와 맞닥뜨린다. 언어의 물질성은 알레고리로 해석되기도 한다. 언어의 물질성을 뒤집어서 구현한 현실은 사물화된 관념의 형태로 자명하게 존재하는 하나의 상(imago)이다. 그런 점에서 편혜영의 세계는 정이현의 세계와 마주본다. 정이현의 인물들은 의인화된 관념이다. 이때의 관념은 추상화된 정신, 외화된 공동체의 이마골로기이다. 자본주의의 질서 속에서 출현한 소비주체들은 예술작품까지도 트렌드 상품으로 소비(하고 있다고 생각)한다. 그러나 소비주체의 이면에는 왜소한 인간의 고독함이 숨어 있다. 고독한 개인의 인간적인 심성과 이들을 향한 정감 어린 시선은 김애란이 구축한 '정신의 왕국'을 '상상'할 수 있게 해준다.

이들의 소설은 현실원칙과 부정적인 관계를 맺고 있다는 점에서 공통점을 갖는다. 선험적인 현실원칙을 거부하고 자율적인 방식으로 관계를 맺기 위해서 이들은 각자 다른 길을 걷는다. 현실원칙의 내적 필연성을 부정하고 나간 길은 '무의미'의 차원을 연다. 물질과 육체의 지평은 '의미를 갖지 않는' 하나의 기표로 인식된다. 그 기표가 아무것도 의미하지 않을수록 그것은 점점 더 파괴 불가능한 것이 된다. 그것은 모든 개념적인 내용으로부터 빠져나가는 '순수한 부정성' 자체를 가리키는 기표이다. 그런 점에서 물질과 육체는 기의 없는 기표이다. 이 지점에서, 언어의 구성적 의미 연쇄 속으로, 존재(being)를 이양시키는 과정이 바로 '소외'의 과정이자 사회적 주체의 형성과정이다. 이러한 경로를 통해서 물질과 육체의 지평이 정신과 관념의 지평으로 순환하면서, 되돌아온다. 정신이 육체와 세계를 잇는 다리라면, 관념은 환상을 상연하는 스크린인 셈이다. 표준적인 관념론의 세계는 실재를 가리는 외관에 불과하지만 그렇다고 없애버려야 할 것은 아니다. 현실감각이라는 외관을 벗어버릴 때 우리는 본질을 얻는 것이 아니라 외관이 현상하는 바로 그 본질마저 상실하게 되기 때문이다.[4) 본문을 기술하면서 우리는 다음과 같은 도식을 얻을 수 있었다.

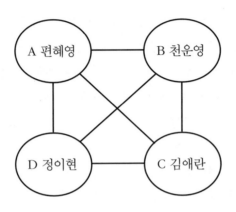

　　이제 우리는 이 네 개의 꼭짓점을 중심으로 2000년대 소설들의 다양한 분포도를 그릴 수도 있을 것이다. 윤이형의 '큰 늑대 파랑'은 AB계열과 환상충동을 공유한다. 김사과의 '쓰레기 존재론'은 BC계열에 놓인다. 다만 김사과의 인물들이 위악을 내세운다는 점에서는 C의 역상이라고 불러도 좋겠다. CD계열에는 정한아가 구사하는 '건강한 거짓말'의 지평이 겹쳐 있다. AC 계열에는 황정은의 유머를 아는 사물'들'의 세계가, BD의 계열에는 김이설의 '비극적인 것'의 세계가 놓인다. BCD의 삼각지대에는 윤성희의 '천재형' 인물들이 장난처럼 몸을 뒤집고, 세상을 뒤집는 작고 큰 기적들을 만들고 있을 듯하다. A, B, C, D에 부분적인 지분을 두고 참여하고 있는 세계로는 한유주의 우주를 들 수 있을 것이다. 모두와 접속하고 있는 지점은 바로 '언어'이다. 한유주의 우주는 언어 자체를 대상

---

4) 슬라보예 지젝, 『까다로운 주체』, 이성민 옮김, 도서출판b, 2005, 104~105쪽.

화함으로써 비언어를 추구하고 있기 때문이다.

2000년대 여성작가들이 서로 접속하고 충돌하고 분절되는 지점들은 새로운 좌표의 탄생과 소멸을 동시에 보여준다. 이들이 보여주는 존재론은 아버지를 배반하기 위해 부정성의 동력으로 소모되는 관념적 육체(장정일)나 인간과 동물의 사이에서 동요하는 분열적 육체(백민석)와도 다르다. 2000년대 여성작가들이 보여준 세계는, 의미를 남기기 위한 희생양을 필요로 하지 않는다. 우울증을 극복하기 위해 타자의 온전함을 보존하려 들지도 않는다. 지금, 우리는 문학의 존재론적 지평에서 일어나는 근본적인 변화를 목격하고 있다. 위의 매트릭스는 (재)분배되고 (재)결합하면서 끊임없는 (불)연속선을 만들어낼 것이다. 새로운 지평들을 그려보는 것, 여성작가들의 2010년 이후를 상상하는 것은, 비평의 당위가 아니라 문학의 권리이다.

빠져나가는 것

1. 움켜쥐기와 빠져나가기: 비평의 운명과 텍스트의 운명

모든 텍스트는 단독자이다. 텍스트는 단독 세대주처럼 각자 살아가거나 별처럼 저마다 빛날 뿐. 거기에 주소를 부여하고 관계를 설정하는 것은 비평의 몫이다. 비평은 없는 선을 이어 텍스트들의 별자리를 만든다. 비평은 그렇게 정식화함으로써 텍스트들을 움켜쥐려고 한다. 그러나 텍스트에는 원래 이름이 없다. 비평이 명명하는 바로 그 순간 텍스트들은 명명 바깥으로 나가버린다. 때문에 빠져나가는 것을 움켜쥐는 행위는 필연적으로 실패할 수밖에 없다. 실패는 비평의 운명이지만, 비평은 실패함으로써만 한 발짝 전진할 수 있다. 비평은 실패하기 위해서 명명하며 작품은 (그 명명을) 부정하기 위해서 명명된다. 따라서 '문학적 사건'이란 어떤 실체에 대한 이름 짓기(명명하기)가 아니라, 그 명명이 열어놓은 공백 자체를 말하는 것이다. 이때 명명은 공백을 냄으로써 텍스트들이 빠져나가게 만들어준다. 다르게 말해서 명명은 텍스트들을 좌표화하는 '실패한 준거'로서 기능하게 된다. 그것이 비평의 존재론적 운명이다. 문학은 명명 가능한 것의 바깥에서, 명명할 수 없음의 명명이라는 역설로 존재한다.

2000년대 문학은 전대에 비해 인식적 항(項)을 확장하였다. 이전의 글에서, 2000년대 여성소설의 지평을 '물질, 육체, 정신, 관념'이라는 네 가지 항목을 좌표로 삼아 그려본 바 있다.[1] 2000년대 소설에서 새로 출현한, 괴물의 형상을 한 '물질'(편혜영), 육체로서의 '여성'(천운영), 육체와 세계를 잇는 '정신'(김애란), 자본화된 '관념'(정이현)이 그것이다. 이 정식에 어떤 진실이 서려 있다면, 2010년대의 소설은 이 정식에서 빠져나가는 것들로 구성될 것이다(그런 점에서 이 글은 첫번째 정식의 속편이라고 말할 수 있다). 빠져나감이라는 표현은 단순히 소멸의 허무함이나 종말론적 말아넣기(rolling)를 의미하는 비유가 아니다. 그것은 충만함 속으로 빠져들어가는 것, 즉 사라짐의 충동과도 다르다. 깊은 수렁 속으로 빠져드는 추락은 최면의 한순간일 뿐이다.[2] 빠져나감은 아직 개념을 결여한 이름에 의해서 떠받들어진 사라짐의 시간, 장소의 무조성(無調性)을 만들어내는 새로운 로직이다. 경험과 지식을 하나(동일성)로 셈하면서 구조화하는 것이 있다면, 거기서 빠져나옴으로써 새로운 진리의 자리를 마련하는 것이 있다. 정립은 매번 점점 더 빠져나오는 것으로 입증될 수 있다. 존재에 대한 지식은 없다. 단지 진리만이 있을 뿐. 그 진리는 '빠져나옴의 시험 속에서만' 존재한다.[3] 비평가는 추상화의 능력으로 분리할 수 없는 그 사유의 방식 자체를 감지할 필요가 있다.

여기서 다룰 김사과, 김이설, 김성중의 작품들[4]은 최근의 문학이 보여준 빠져나감의 함수를 증명하는 좋은 사례들이다. 논의의 연속성을 감안하여 여성작가들의 작품으로 대상을 한정하였음을 밝혀둔다. 이들이 보

1) 이 책의 앞 글, 「광장(Square)에 선 그녀들─2000년대 여성소설의 존재론적 지평」 참고.
2) 롤랑 바르트, 『사랑의 단상』, 김희영 옮김, 동문선, 2004, 26쪽.
3) 알랭 바디우, 『조건들』, 이종영 옮김, 새물결, 2006, 39쪽.
4) 김사과의 장편소설 『미나』(창비, 2008)와 『풀이 눕는다』(문학동네, 2009), 김이설의 장편소설 『나쁜 피』(민음사, 2009)와 소설집 『아무도 말하지 않는 것들』(문학과지성사, 2010) 그리고 김성중 소설집 『개그맨』(문학과지성사, 2011)에 수록된 단편들이다.

여주는 것은 정해진 방향으로 이행하는 단계가 아니라 운동성 그 자체이다. 이 운동성은 빠져나감이라는 매개를 통해 2000년대 문학이 보여주는 새로운 가능성과 모색의 지점들을 논의할 수 있게 해준다. 유념할 점은 빠져나가는 것으로 사고되는 문학의 존재론은 불가지론이나 극단적인 상대주의와는 무관하다는 사실이다. 문학은 동일성(일자)의 파열을 통고하고 균열로서의 사랑을 선언하며 윤리적 행위를 통해 진리의 자리를 연다. 그러나 진리는 매번 바로 그 상황에 대해서만 존재한다. 그런 점에서 빠져나오는 것은 새로운 진리가 도래하는(도래할) 자리로 들어가는 것이기도 하다.

2. 정념의 부부젤라[5]: 김사과의 소설

"꽥꽥 꽥꽥꽥."(『풀이 눕는다』, 182쪽) 고요한 미술 전시장 한복판에 누워서 소리를 지르고 바닥을 뒹구는 아이들이 있다. 개념 없어 보이는 아이들의 행동에 근거가 없는 것은 아니다. 김사과의 아이들은 강요된 에티켓을 경멸하고 물신화된 웰빙을 혐오한다. 김사과의 아이들이 사랑하는 방식은 어린아이의 투정(요구)과 구별되지 않는다. 아이들은 신나고 좋을 때도 소리를 지르고 불쾌하고 슬플 때도 소리 지른다. 기쁨과 슬픔, 불쾌와 유쾌, 적의와 환희가 구분되지 않는다는 말이다. 2000년대 김사과의 출현은 이를 데 없이 저돌적이고 자신의 욕망을 직접적으로 표출하는 아이가 나타났다는 데서 문제적인 것이 아니다. 이 작가가 만들어낸 캐릭터는 우리 문학에 희소한 것이었지만 이 작가가 문제적인 것은 새로운 정념

---

5) 2010년 남아공 월드컵 경기가 남긴 것 중 하나는 응원도구로 쓰였던 부부젤라 소리다. 부부젤라는 남아공 최대 부족인 줄루족의 전통악기로 월드컵 경기 내내 엄청난 소음을 냈던 장본인이다. 부부젤라의 소음도는 사격장이나 기차 소음보다 높아서 심판의 호루라기 소리를 지워버리는 위력을 가지고 있다. 관중들이 열심히 응원하면 할수록 선수들의 경기 진행은 방해를 받는 기이한 응원도구다.

의 표현방식을 보여준다는 점, 바로 그것 때문이다.

김사과의 등단작인 「영이」(『창작과비평』 2005년 겨울호)가 그러했거니와 첫번째 장편소설 『미나』의 인물들 역시 감정을 제어하지 않는다. 김사과의 인물들은 이를 통해 기존 질서에 대한 불만을 표출하고 부조리한 질서에 대한 분노를 노골적으로 드러낸다. '날것 그대로의 욕망'을 드러낸다는 점에서 당돌한 이 아이들을 2000년대 신세대의 아이콘으로 이름붙인 이들이 있었다. 그런가 하면 아이들의 저돌적인 사랑이 혁명적 선언으로 해석되기도 했다. 그러나 그것은 사랑이라기보다는 정념이고, 욕망이라기보다는 충동에 가깝다.

나는 아무도 안 좋아해. 다 싫어. 다 싫어. 나는 아무것도 필요 없어. 나는, 있지. 니가 완전히 혐오스러워. 니가 가진 모든 게 다 싫어. 그래서 너를 죽여버리고 싶어졌어. 너한테서는 너무 더러운 냄새가 나서 나는 너한테 가까이 다가가기가 겁이 나. 너는 더러워. 그리고 나는 깨끗해. 나는 더러운 게 싫어. 그리고 너는 더러워. 너는 모든 더러운 걸 상징하고 있어. 그것들이 다 나한테 달라붙을까봐 겁이 나. 싫어. 화가 나. 그리고 너는 나이를 먹을수록 더 더러워지는 것 같아.

(……)

이럴줄알았어나는니가처음부터끝까지다마음에안들었어내가처음에봤을때부터너는쓰레기였어마음에안들었어쓰레기였어더러웠고썩었어불쾌해너는쓰레기야쓰레기야아니쓰레기보다도 더쓰레기보다도 더쓰레기보다도더쓰레기같아그래서나는너를죽일거야

—『미나』, 284~285쪽

『미나』는 영악한 십대가 소박한 질투심을 뛰어넘어 얼마나 극악한 상황을 연출할 수 있는지를 보여준다. 여기서 핵심적인 지점은 단순히 왜곡

된 십대의 형상을 강조하는 데 있는 것이 아니라 아이의 정념이 어떤 방식으로 애착과 살의를 손쉽게 넘나드는지를 보여주는 데 있다. 작가가 말하듯이 이 무서운 아이는 성장 중심주의, 편협한 자본주의가 낳은 괴물의 형상일 것이다. 그러나 안타깝게도 이 아이는 혁명이나 전위 따위에는 도무지 관심이 없다. 『미나』의 십대들이 자라서 이십대가 되었다면 어떤 모습일까?

『풀이 눕는다』에 등장하는 주인공은 스스로를 쓰레기라고 부르는 냉소적인 이십대이다. 이들은 시장에서 잘 팔리는 사람들, 출세한 이들의 박제된 삶을 조롱할뿐더러 그들을 따라잡으려고 애쓰는 사람들을 경멸한다. 김사과의 이십대들은 현실 자체에서 다소 거리를 두고 관찰한다. 이들은 성숙해 보인다기보다는 무기력해 보인다. 이들은 경기장을 바라보며 환호성을 지르거나 야유를 보내는 훌리건에 가깝다. 이들의 응원 소리는 하나의 구호가 아니라 찬반을 알 수 없는 이상한 샤우팅이다. 샤우팅은 정념의 내용이 아니라 발산된 정념의 강도만을 남긴다. "사랑 안에서 굶어죽겠다. 아름답게." 이토록 아름다운 전언에서도 강조점은 다른 데 놓여야 한다.

> 우리는 끝내 안정된 삶을 구하지 않았다. 그리고 그게 바로 내가 원한 것이었다. (……) 사랑은 책임을 뜻하지 않는다. 그건 가장 살아 있다는 걸 뜻했다. (……) 끝없이 이어지는 지금 이 순간만을 바라보겠다는 약속이다. 그게 바로 사랑이다. 한편 책임이란 과거에서 미래로 이어지는 가느다란 쇠사슬에 현재를 묶어놓겠다는 뜻이고, 그래서 그건 사랑의 반대였다. 사랑은 쇠사슬이 아니다. 중요한 것은 함께하는 시간 자체이지, 그것에 대한 대비나 계획이 아니다. 그러니까 돈 따위가 우리의 사랑을 파괴하도록 내버려두지 않겠다는 것, 사랑 안에서 굶어죽겠다, 아름답게. 그게 내 꿈이었다.
>
> ─『풀이 눕는다』, 158~159쪽

인용문의 전언을 간추리면 다음과 같다. 사랑을 위해 삶의 안정을 포기할 수 있지만, 삶을 위해 사랑을 포기할 수는 없다. 그러니 사랑이 목적이 된다면 궁기(窮氣)마저 감수하겠다. 그런데 왜 꼭 그래야 한다는 말인가? 중요한 것은 지금부터다. "사랑 안에서 굶어죽겠다"는 저 단호한 선언은 숭고한 사랑을 강조하기 위한 수사가 아니다. 즉 사랑이 목적이고 굶어죽는 게 수단이 아니라는 말이다. 차라리 굶어죽는 게 목적이고 사랑이 수단일 수도 있다. 정념의 크기(강도)가 문제라면, 사랑보다도 더 큰 정념이 궁기가 거머쥔 병색(病色)일 것이기 때문이다. ('사랑 안에서'가 아니라) '굶어죽겠다'가 야기하는 정념이야말로 사랑보다 높은 파고가 아니겠는가. 정념이야말로 육체에 속한 것이기 때문이다.

저 남녀는 끝내 사랑을 행복하게 완성하지 못한다. 사랑을 위해서 삶을 완전하게 포기하지도 못했으며 사랑 안에서 자연사하지도(굶어죽지도) 못했다. 소설의 말미에서 '나'의 연인 '풀'은 망루에서 뛰어내린다. '풀'은 알 수 없는 문장만이 적힌 짧은 유서를 남겼으므로 그가 왜 죽었는지 '나' 역시 알지 못한다. "모든 것이 끝난 뒤에도 삶은 이어졌다. 그것이 영원히 지속되리라는 걸, 우리는 마침내 깨달아버렸다."(270쪽) 사랑에 관한 모든 것이 끝난 뒤, '나'는 사랑을 기념하지도 않고 죽은 풀을 애도하지도 않는다. "뻔뻔함과 얄팍한 위안"으로 살아가야 하는 자기 뒷모습을 깨달을 뿐이다. "우린 단지 너무 외로워서 서로의 손을 꼭 잡고 있었다"는 사실, 그리고 "잡아줄 손이, 그 손을 올려놓을 어깨가 필요했다. 아니 그저 살아 있는 것이 필요했다"는 사실을 깨닫는다.(270쪽) '나'가 꿈꾼 '사랑' 도 결국 자기애의 또다른 모습에 불과할지도 모른다.

그러니까 나는 저따위 이야기들에 아무런 관심이 없어. 저런 건 아무런 의미도 없어. 난 믿지 않아. 다 똑같아. 다 똑같이 개같아. 그러니까 나는……

　구겨질 대로 구겨진 삶, 그것은 불가능한 사랑을 꿈꾸면서 신경증을 앓는 삶이다. 꿈도 이상도 없는 이십대가 보여준 저 문장들은 '풀이 눕는다'는 정치적인 문장을 적은 김수영의 파토스와 무관하게 그리고 '풀이 죽었다'는 소설 속 결론과도 다르게' 씁쓸한 공허함을 남기고 사라진다. "다 똑같이 개같아." 저 무차별적인 부정이 보여주는 것은, 무엇에 대한 부정이 아니다. 그렇다면 저 강렬한 의지의 정체는 무엇인가.

　2000년대 김사과가 보여준 정념은 사회학적 토대를 가지고 설명할 수 있는 증상이 아니다. 그것은 차라리 데시벨 높은 소음이다. 이 소리를 내는 인물들과 동일시하는 것은 쉽지 않다. 동일시가 차단되었으므로 통상적인 의미의 감동(카타르시스)도 없다. 그럼에도 불구하고 그것은 하나의 발설이며 발언이다. 그것이 자신의 의지를 드러내는 유일한 방법이기 때문이다. 김사과의 소설 속에 등장하는 인물들의 샤우팅을 들으면서 부부젤라는 응원 도구의 출현이 문학적 은유로도 활용될 수 있다는 생각이 들었다. 경기장 관중석에서 아군과 적군이 모두 같은 모양의 악기를 손에 들고 흔들었다. 사방에서 울리는 부부젤라 소리는 경기에 참가한 선수들의 사기를 불러일으키는 데 실패했을지는 모르지만 소리의 강도만을 부각시키는 획기적인 응원방식을 선보이는 데 성공했다. 저 나팔 소리는 어느 쪽을 향한 어떤 의미인지 알 수 없게 만든다. 그것은 피아의 구별보다는 소리의 강도만으로 열정을 담보하는 독특한 악기다. '대한민국'이라는 열정적 구호가 아니라 강도 높은 샤우팅만이 응원의 열의를 전할 수 있다. 김사과가 선보인 샤우팅 기법은 거대한 공동체를 지지하는 '의미'를 담고 있기 때문이 아니라 야유와 환희를 뒤섞는 발언의 형식을 만들어냈다는 점에서 문제적이다.

　그렇다면 김사과의 인물들을 김애란의 인물들과 비교해볼 수도 있겠다.

둘은 반어적 동일인들이다. 김애란의 인물들이 집단이 아닌 개인, 보편자가 아닌 개별자인 것처럼 김사과의 인물들도 그러하다. 그런데 김애란의 인물들이 모종의 정신성의 재현이라면 김사과의 인물들은 오직 정념의 표현이다. 김애란이 사회적 의미망에 포섭되어 있으나 아직 총체화되지 않은 개인에 주목한다면 김사과는 그 의미망 바깥에서 총체화를 거부하고 정념의 강도로서만 진실성을 보장받는 개인에 초점을 맞추고 있다.

3. 나는 만져진다, 고로 존재한다: 김이설의 소설

"나는 몸뚱이밖에 없어요"(「오늘처럼 고요히」, 135쪽) 김사과가 보여준 구겨진 인생이 다소 위악적으로 보인다면 김이설이 주목한 더럽혀진 삶은 운명론적이고 비극적으로 느껴진다. 김이설이 세운 무대가 음울해 보이면서도 김사과의 세계보다 충격적이지 않다고 느낀다면 그것은 이런 문장 때문일 것이다. "누가 말해주지 않아도 자연히 알게 되는 것들"(「열세 살」, 13쪽)이 있다거나 "살다보면 다 그렇죠"(「막」, 198쪽)라고 말할 수밖에 없다는 것. 김이설의 소녀들은 "몸뚱이" 하나로 버텨왔다. 이들은 (소리 지르는 것이 아니라) 침묵을 강요당하며 성장한다. 독자에 따라서는 김이설의 소설이 비참한 삶의 궤도를 벗어나지 못하고 비극적 파멸의 길을 걷는 여성 수난담이라는 점에서 어떤 기시감을 느낄 수도 있을 것이다. 더 나아가 김이설의 여인들은 수난을 당하고 있으나 때로 수난을 자청하고 있는 것처럼 느껴진다. 자신이 소외된 것이 아니라 "방관자가 되겠다고 자청하는"(「하루」, 244쪽) 인물이 그렇고, 담요아저씨에게 몸을 내주고 "괜찮아, 내가 비밀로 해줄게"(「열세 살」, 22쪽)라고 다독이는 소녀가 그렇다.

김이설의 데뷔작 「열세 살」은 역전에서 생활하는 한 소녀가 어떻게 비참한 현실에 적응하면서 살아가는가를 보여주는 작품이다. 김이설의 아이들은 한 가지를 갖기 위해서는 이미 가진 한 가지를 포기해야 한다고 생각한다. 그것이 김이설식 교환의 법칙이다. 세상에 공짜는 없다. 누구나 보상과 대가를 치러야 한다. "그래야 공평하다고 생각했다."(「오늘처럼 고요히」, 144쪽) 「열세 살」의 소녀는 스타킹을 갖기 위해서(돈을 벌기 위해서) 자신이 가지고 있는 유일한 재화(몸뚱이)를 삼촌들에게 내다 판다(고 여긴다). 거래는 거래일 뿐이다. 엄마에게 버림받은 아이는 울면서 엄마를 기다리지 않는다. 아이는 엄마가 지키지 않는 약속이라면 자신도 더이상 지킬 이유가 없다고 생각한다. "한 번 깨진 약속은 더이상 지킬 이유가 없"다(「열세 살」, 18쪽). 엄마'들'의 부산물처럼 보이는 저 아이들은 엄마로부터 줄기차게 버려지거나(「열세 살」) 버려진 것과 다를 바 없는 삶을 산다.(『나쁜 피』)

이제 막 생리를 시작한 십대 미혼모(「열세 살」)가 언니들처럼 스타킹을 신고 거리를 다닐 시기가 되면 어떤 삶을 살게 될까? 엄마로부터 '나쁜 피'를 이어받은 불우한 소녀는 어떤 여인으로 성장해 있을까? 소녀들이 엄마들이 된대도 그녀들에게 출산과 육아에 전념하면서 통념적인 모성애를 기대하긴 힘들어 보인다. 대리모 노릇을 하면서 이십대를 보낸 여자에게 출산이란 계약의 일부에 불과하다.(「엄마들」) 아빠의 아이를 낳은 이복 딸(「순애보」), 아이와 남편을 잃은 뒤 죽은 남편의 형과 동거하는 여인(「오늘처럼 고요히」)의 삶 역시 비참하기는 매일반이다. 냉담한 태도로 유지되는 교환체계를 단순한 도덕적인 잣대로 폄하하는 것은 곤란하다. 저들을 감싸고 있는 환경의 열악함과 약한 자로서의 위치를 감안할 필요가 있기 때문이다. 그것보다 문제는 이들의 교환관계가 나쁜 이분법을 합리화한다는 데 있다. "따지면 나쁜 사람은 없다. 세상에 사연 없는 사람도 없고, 상처 없는 사람도 없다. 다만 이기는 사람과 지는 사람이 있을 뿐이었다."(『나쁜 피』, 108쪽)

나는 고속도로 갓길에 서서 한쪽 가슴을 주무르고 있었다. 따끔따끔, 마치 불꽃이 튄 것처럼 아팠다. 젖꼭지가 옷에 스칠 때마다 칼에 베인 상처가 벌어지는 것처럼 섬뜩했다. 가슴은 곧 터질 것처럼 부풀어오를 것이다. 나는 고개를 숙여 내려다보았다. 내 품에 안긴 아이가 사지를 늘어뜨리고 있었다. 꾸덕꾸덕 피가 말라 아이와 내 팔이 하나가 되어 굳어가고 있었다. 나를 미치게 하지 말아요. 귀울림이 가시지 않았다. 가슴이 아팠다. 얼마 뒤면 흰 젖이 분수처럼 솟구칠 것이다.

—「순애보」, 94~95쪽

모든 이의 삶이 공평해지면서 여자의 '몸뚱이'는 출산기계가 된다. 여인들은 눈물을 흘리는 것이 아니라 젖을 흘린다. "우뚝 솟은 검고 단단한 젖꼭지"(「열세 살」, 34쪽)를 가진 여자들의 몸은 임신을 하고 아이를 낳는 일을 반복한다. 이들이 낳은 존재가 건강한 태아가 아니라 사산된 살덩어리("썩어 뭉개진 살점 덩어리", 「오늘처럼 고요히」, 157쪽)라 해도 달라질 것은 없다. 몸뚱이에서는 다시 생리혈이 돌고 젖꼭지에서는 "흰 젖이 분수처럼 솟구칠 것"(「순애보」)이므로. 언니들은 다시 뱃속 통증을 느끼고 또 "아이를 낳으러" 나갈 것이다.

시퍼렇게 젊은 내가 수정란을 받아 키우는 것이나, 연고 없이 떠돌고 있는 아버지도 따지면 마찬가지 아니겠는가. 공평하다고 생각하자. 앞일은 누구도 예상할 수 없다. 행이든 불행이든, 그건 개인의 능력으로 선택할 수 있는 일이 아니다. 그럼 정말 공평한 것일까.

—「엄마들」, 44쪽

"개인의 능력으로 선택할 수 있는 일이 아니"라는 결정론적 운명이 가로막혀 있다면 결국 무엇이 교환되고 있다고 말할 수 있을까. 이들은 무엇과 무엇을 맞바꾼 것일까? 실제로 교환할 수 있는 것은 아무것도 없다고 말해야 할 것이다. 삶/죽음에는 하등의 근거도 이유도 없다. 누구든 갑작스러운 병고에 시달릴 수도 있으며(「환상통」) 사고로 죽을 수도 있다. 신의 선물로 태아를 얻을 수도 있지만, 불모의 자궁처럼 평생 벌을 받고 살 수도 있다. 그러한 무상성(無償性)은 때로 자유와 책임을 모면케 할 수 있는 것처럼 보이기도 하지만 실제로는 오히려 그 역이다. 아무런 값없이 이유 없이 근거 없이 반복되는 악무한이 바로 일상일 것이기 때문이다.

실상 교환되는 것이 없다는 말은 우리가 알고 있(다고 여겨지)는 객관성의 표식들이 허상일 수 있다는 점을 시사한다. 그런 점에서 김이설의 소설 속에서 "몸뚱이"가 가진 성적 지표는 불행한 여성의 비참함이나 탈선한 소녀의 추락을 보여주기 위한 상징적 표지가 아니다. 시스템 안에서 유통되고 있다고 여겨져온 수동적인 몸의 능동적인 이면을 보여준다는 점에서 그러하다. 이 몸뚱이의 주인은 익숙한 '엄마들'의 계승자가 아니다. 이들이 아이에게 젖을 물리는 행위는 모성적 맹목이나 훈육된 책임감의 소산이 아니라는 말이다. 몸속에 흐르는 젖, 피, 땀의 분출은 때로 (몸의) 주인의 건강, 기력, 혹은 생명까지 희생시키며 무의지적으로 무절제하게 보존된다.

김이설의 소설 속 인물의 육체를 천운영의 소설 속 인물의 육체와 비교해볼 수 있을 듯하다. 천운영의 육체는 유기체적인 자극에 반응하는데 김이설의 육체도 그렇다. 다만 전자가 욕망하는 몸으로 즉 생생한 감각의 소산으로 등장했다면 후자는 만져지는 몸으로 즉 수동적인 수탈의 현장으로 나타난다는 차이가 있다. 그럼에도 불구하고 김이설의 인물이 (천운영 이전의) 전대의 여성 수난사를 반복하지 않는다면 그 이유는 거기에 어떤 의미의 비극적인 정서도 따라붙지 않기 때문일 것이다. 자신의 고난을 그야말로 담담하게 받아들이는 저 여인들을 보라. 저들은 신파의 사연을 겪고 있지만 신파의 주인공이 되려 하지 않는다. 비극은 삶의 배경이지 삶의 주인이 아니다. 나는 몸을 주었지만 그것은 경제적 교환의 대가이다. 나는 등가적 교환의 일부이지 그것의 희생자가 아니다.

김이설의 여인들은 낯선 삼촌들을 맞이하기 위해 치마를 올리고 아이에게 젖을 물리기 위해서 옷을 벗는다. 퉁퉁 부은 젖꼭지는 옷을 찢게 만들고(「순애보」) 그치지 않는 젖은 앞섶을 더럽힌다(「엄마들」). 옷을 갖춰 입지 않는다는 말은 통상적으로 무례하고 염치없는 태도를 의미한다. 의복의 상징성을 벗어던진 뒤에 드러난 몸뚱이의 만져짐은 이들이 발견한 세계와의 유일한 접촉면이다. 육체를 교환의 산물로 제공하는 것은 만져짐으로써(만져짐은 만짐이라는 능동성이 아니다) 그 접촉면을 유지하려는 노력에 해당한다. 이렇게 만져짐으로써 제 자신의 근거를 보장하는 인물들은 무엇에서 빠져나가는가? 아마도 시선 그 자체일 것이다. 시선은 만져지지 않는 거리를 확보해야만 객관적 중립적인 자리를 자처할 수 있다. 시선은 그런 점에서 세계와의 접촉면과 동떨어짐으로써만 존속하는 지배의 논리이다. 만져지는 자만이 시선의 횡포에서 벗어날 수 있다. 만져짐의 주관성이 기만적인 삶을 유지하는 편협한 자기조작의 논리가 아니라는 말이다. 김이설의 육체가 시선의 폭력으로부터 벗어나는 (의외의) 순간을 보여주는 지점이 바로 이곳이다.

4. 세계와의 그림자놀이: 김성중의 소설

"난시의 눈으로 세상을 보면 사물에 겹쳐 있는 또하나의 상을 만날 수 있다."(「그림자」, 37쪽) 김성중의 소설을 설명할 수 있는 핵심적인 문장 중 하나이다. "또하나의 상"은 흔히 환상의 외양을 띠고 나타난다. 김성중의 환상이 가진 특징은 그 환상이 사실적인 세계의 역상으로 출현한다는 데 있다. 이를 세계의 그림자라 불러도 좋겠다. 그림자는 현실에 속해 있지 않지만 현실과 짝을 이루는 반(反)현실의 세계다. 「그림자」는 개기일식 때 뒤섞인 그림자들의 행방을 다룬다. 개기일식은 모든 그림자를 집어삼키는 실재의 출현에 대한 은유이다. 겨우 "이분 십초" 동안 지속된 그 경험 이후에 사람들에게는 다른 그림자가 들러붙었다. 허리 굽은 할머니에게는 날씬한 젊은 여성의 그림자가, 의족을 단 삼촌에게는 정상인의 그림자 짝을 이루었다. 심지어 연쇄살인자의 그림자가 들러붙은 교사도 있고 개('치와와')의 그림자가 붙은 아줌마도 있다. 저 잘못된 짝패는 실재와 관련될 때 우리가 경험하게 될 충격적인 체험을 얼마간 보여준다. 실재는 개념화되지도 관찰되지도 않는다. 그것은 우리에게 어떤 왜상으로 체험될 뿐. 현실의 왜곡된 상이 있는 곳 이를테면 다른 형상의 그림자가 출현했다는 것은 이미 거기에 부재로 체험된 실재가 있다는 의미이다. 그렇다면 저 그림자는 세계의 이면을 폭로하는 '실재적인 것'의 표현인가, 아니면 세계의 표면을 "물구나무를 선 것처럼"(「그림자」) 뒤바꾸는 '상상적인 것'의 표현인가? 아마도 둘 다일 것이다. 전자일 때 저 그림자는 세계가 얼마나 엉성하게 구성되었는지를 폭로하는 반(反)물질의 지표이고, 후자일 때 그림자는 세계의 상상적 재구성을 가능하게 하는 반(反)관념의 기표라 할 수 있다.

후자의 경우부터 보자. 김성중의 소설에서 만나는 환상은 상징계적 질서에 진입하기 위한 부수적인 장치가 아니라 상상 자체로 관철되는 상상이다. 그러한 상상력은 사회적 의미망 안에서 부수적으로 의미를 낳고 비유적인 의미로 소비되는 공상적 소재가 아니다. 그것은 오히려 상징계 내부로 들어온 상상계라고 말할 수 있다. 그림자가 늙은 할머니의 허리를 펴고, 의족을 단 삼촌의 걸음을 반듯하게 했다. 현실과 상상, 과거와 현재, 삶과 죽음, 이 사람과 저 사람의 역할과 기능이 그림자의 바뀜(혹은 그에 따른 밤/낮의 바뀜)에 따라서 교체되었던 것이다. 이것은 그 자체로 상징계 안에서 성립되는 상상계의 논리가 아니겠는가?

희미한 가로등 불빛에 비쳐 보이는 실내는 내가 아는 공간이 아니었다. 걸레를 집었는데 머리카락이었고, 휴대폰을 꺼냈는데 죽은 비둘기가 손에

잡혔다. 젖은 벽지의 얼룩은 사람들의 형상으로 번지고 있었다. 한두 명이 아니라 수많은 사람들이, 이곳에서 비밀스러운 제의를 올렸던 사람들이 한꺼번에 되살아난 것이다. (……) 그들 사이로 보이는 할머니의 검은 실루엣은 마교의 여제사장처럼 우뚝했다.

—「게발선인장」, 153쪽

일주교(一主敎)의 마지막 신도를 보라. 교주도 버린 신전을 지키는. 흥미로운 지점은 가짜 열망의 비참한 최후라는 소설의 결론(내용)이 아니다. 소설의 줄거리를 요약하는 것으로는 설명할 수 없는 위의 묘사는 비참한 현실 속에서 소멸되지 않고 떠다니는 그림자("검은 실루엣")의 위용을 드러낸다는 점에서 결정적 장면이다. 삶을 송두리째 봉헌받은 신은 피조물을 버렸다. 그러나 신의 피조물(할머니)은 "신을 잃은 절망"에 스러지지 않고 품위를 지킨다. 할머니가 자신의 "노년 궁핍의 삶으로 걸어들어간 것이다"(「게발선인장」, 154쪽)는 문장으로 끝나는 이 소설의 결말이 상징계에 봉합되는 신도(할머니)의 모습을 제시하면서 끝난다면, 인용한 저 부분은 그것의 역상으로서의 그림자가 상징계를 접수하는 장면이라 할 만하다. 신의 사자인 "십승도령"(할아버지)은 배교자(진천 이모)와 바람이 나서 도망갔다. 그럼에도 불구하고 할머니의 그림자는 "마교의 여제사장"의 위용을 띠고 있다.

이제 전자의 경우를 보자. "그림자"의 출현 이후에, 사람들의 삶은 엉망으로 바뀐다. "'단순히 그림자만 바뀐 것이라면 왜 정상적인 사람보다 난폭한 사람의 수가 갑자기 증가한 것일까?'"(「그림자」, 50쪽) 어차피 그림자는 실체와 일대일로 대응할 수밖에 없다. 그런데도 그림자가 늘자 세계의 폭력성은 폭발적으로 증가했다. 이것은 상상계적 논리만으로 설명하기 어렵다. 여기서 상징계적 현실이 은폐하고 있는 내적 부조리와 불합리가 그림자를 통해 드러난다고 보면 어떨까? 그런 한에서 '그림자 없는 소녀'가 사람들에게 그림자를 찾아줄 수 있었다는 이야기의 결말을 이해할 수 있다.

마침내 나도 기적의 소녀를 만날 수 있었다. 하얀 피부에 은발을 가진 소녀의 옆에는 커다란 개가 따라다녔다. 이목구비가 정확히 떠오르지 않는 것은 소녀의 실루엣이 빛무리에 둘러싸인 것처럼 희미하게 번져 있었기 때문이다. 다만 두 눈동자는 칠흑처럼 검어서 나머지 부분과 뚜렷한 대조를 이루었다.

—「그림자」, 59쪽

실재는 없는 것이다. 소녀의 "희미한 실루엣"은 흔적으로만 제 자신을 드러내는 실재의 특징을 보여준다. 그러니까 소녀는 이미 그림자인 것이다. 사람들의 도착된 검은 그림자와 소녀의 흰 실루엣은 그림자의 두 가지 모습이었던 셈이다. 사람들의 그림자는 실체의 반(反)지시물이며 소녀의 그림자는 그림자의 반(反)지시물이다. 그림자를 되찾은 자들이 소녀에게 모든 책임을 돌리면서 그녀를 죽이려 들자 소녀는 그들에게 "백 퍼센트의 공포, 백 퍼센트의 환희, 백 퍼센트의 어둠"(「그림자」, 66쪽)을 되돌려준다. 이 부분은 (의자가 인간에게 말을 거는 「내 의자를 돌려주세요」 만큼이나) 대단히 만화적이다. 소녀의 검은 눈동자는 이 장면에서 흰 눈동자로 변하고 "개기일식의 하늘을 거꾸로 재현한 것"처럼 보였다. 눈동자의 검은빛이 새어나가자 발밑에서 검은빛이 번지고 그것이 사람들을 삼킨다. 이것은 소녀가 그 자체로 그림자의 그림자임을 일깨워주는 장면이다. 이 환상은 그림자의 실재적 성격을 보여준다.

이런 두 가지 점에서, 김성중의 그림자는 편혜영의 '괴물', 정이현의 '관념'과 교차한다. 편혜영의 괴물은 상징화되지 않는 실재의 '무의미한' 출현이다. 편혜영의 괴물은 의미화되지 않는 물질의 가시적인 표현이고 괴물이 출현하는 세계는 충동이 지배하는 세계다. 김성중의 그림자 역시 세계에 편입되기를 거부한다는 점에서는 편혜영의 괴물과 유사하지만 그 것이 세계의 역상이라는 점에서 무의미하다고 볼 수만은 없다. 더욱이 그 것은 어떤 방식으로든 실체(사람들)와 결부되어 있다. 따라서 그것은 물 질의 차원에서 출현한 것이지만 실재하지 않는 실재라는 점에서 반(反) 물질이다. 정이현의 '관념'은 상징계적 현실을 대변한다. 정이현의 인물 들이 겪는 현실은 자본주의 체제의 운영원리에 정확히 부합한다는 점에 서 이데올로기적 현실이다. 김성중의 그림자 역시 그런 상징체계를 갖고 있다. 가령 작가가 "웃을 수 없어서 웃기는 사람이 된" 희극인의 무대나 "가짜 유방"을 달고 "진짜 심장의 고동 소리"를 내는 배우의 무대로 우리 를 데려갈 때(「개그맨」) 우리는 이를 확인할 수 있다. 하지만 이 그림자는 다른 가능성을 서사의 차원에 도입한다는 점에서 상상계적 논리를 간직 한다. 이것이 김성중의 세계를 유쾌하게(만화적으로) 만든다. 이 점에서 김성중의 소설은 (편혜영으로 대표되는) 물질, (정이현으로 대표되는) 관념 의 중간에서 그것들의 역상으로 존재한다.

5. 빠져나간 것을 빠져나가기

지금 여기의 문학은 정식화된 지평에서 빠져나가는 것들 이를테면 정 념의 강도로 측정되는 문학(김사과), 만져짐이라는 인식론을 장착한 문 학(김이설), 세계의 역상으로서의 환상을 제시하는 문학(김성중)을 보여 준다. 수많은 텍스트들이 그렇게 정식화된 자리를 빠져나가고 비평은 그 빠져나감을 명명함으로써 움켜잡으려(정식화하려) 한다. 물론 이 자리가 (진리가 출현한 자리를 마련하는) 완전한 공백을 열어보이지는 못했다고 할 수도 있다. 김사과의 정념은 사회학적 근거를 가지고 통념적인 사회질 서에 대항하는 열망을 드러내면서도 공통감각에 근거한 일반화의 지평 을 해체하려 한다. 그럼에도 불구하고 이 정념은 아직 안착할 장소를 찾지 못한 듯하다. 김이설은 교환의 질서를 통렬하게 따라가면서도 그 시스템으로부터 소외된 '몸'을 보여준다. 그것은 단지 성적 상징으로 설명할 수 없는 지점을 포함한다. 그럼에도 불구하고 이분법적인 논리로는 자기구원을 실천할 수 없을 것이다. 또한 운명론적 조건으로 재귀되는 삶은 체념이나 허무주의의 유혹으로부터 자유롭지 못하다. 김성중의 그림자는 상징적 질서를 파괴하는 실재의 흔적을 그리는 한편 그 질서를 극복하는 상상적 놀이를 보여준다. 그러나 그 환상은 다시 상징질서에 봉합될 수도 있다.

때문에 결국 우리가 질문해야 할 것들은 다음과 같은 것이 되겠다. 빠져나온 것들은 결국 어디로 가는가? 그것들은 자기 반영의 논리로 되돌아오지 않는다. 동일자로의 회귀는 진정한 빠져나감이 아니다. 그럼 이제 길은 하나뿐. 빠져나감에서도 빠져나가기. 어떤 동일시로의 명령도 거부하고 빠져나감의 운동을 완전하게 실천하기이다. 어쩌면 그 길의 끝에는 진정한 타자가 있을 것이다. 그런 점에서라면 문학은 당위론에서 자유롭지 못하다. 여기서의 당위는 확고부동한 하나의 진리를 찾아야 한다는 명령에 매여 있다는 말이 아니다. 어떠한 지배권도 없이 타자와 관계 맺도록 만드는 윤리적 명령 아래 놓여 있다는 말이다. 이렇게 정리할 수 있겠다. 문학은 모든 문학의 지평에서 빠져나가라. 빠져나가야 한다는 명령에서도 빠져나가라. 그렇게 함으로써 자신이 끝내 만나지 못했던, 꿈꾸지 않았던 다른 존재와 반드시 만나라. 그리고 그렇게 만나야 한다는 당위만을 제 운동의 작인으로 삼아라.

환상은 정치를 어떻게 사유하는가
― 2000년대 발표된 소설들을 중심으로

1. 환상은 현실을 어떻게 사유하는가

환상은 현실을 어떻게 사유하는가? 2000년대 소설에 적용해볼 때 이 질문은 두 가지를 겨냥한다. 하나는 2000년대 문학의 징후적인 특성으로 지목받아온 '상상력'에 대한 성격과 그 기원을 규명하는 일과 연결된다. 다른 하나는 그러한 미학적 실천이 사회적 · 정치적 차원에서 어떤 효과를 발휘하는가에 대한 논의이다. 이 글에서는 2000년대 문학적 상상력을 환상의 구조를 통해서 분석하고 그 효과에 대해서 이야기하고자 한다.[1] 하지만 환상을 현실과 대척점에 놓인 이분된 영역으로 간주해서는 안 된다. 환상은 현실을 초월(배제)하는 동화적인 상상력의 형식으로 한정될 수 없다. 그것은 관성적인 장르의 법칙을 구현하는 형식화의 기제도 아니며 유희적 상상력의 범주를 설정하는 쾌락원칙의 일부도 아니다.

---

1) 이 글에서 다룰 작품은 2000년대 발표된 이장욱, 황정은, 박민규의 작품들이다. 이장욱의 『고백의 제왕』(창작과비평사, 2010), 황정은의 『일곱시 삼십이분 코끼리열차』(문학동네, 2008)와 「야행」(『파씨의 입문』, 창비, 2012), 박민규의 『카스테라』(문학동네, 2005), 『핑퐁』(창비, 2006), 『더블』(창비, 2010)이다.

환상은 현실에 부착된 뒤집어진 그림자나 실재의 뒤틀린 반영물이 아니다. 환상은 현실과 부정적인 관계를 통해 규정되어야 한다. 이는 환상이 고정된 개념으로 환원될 수 없다는 의미이다. 환상의 부정성은 부정의 부정, 즉 부정이 재부정되는 관계 안에서만 파악될 수 있다. 우리는 현실을 투명하게 체험할 수도 없다. 우리는 우리가 현실이라고 믿고 설정하고 틀 지운 어떤 영역 내에서만 움직인다. 지젝이 강조하듯이 환상이 부정하는 것은 바로 그런 구성적 현실이지 현실 자체가 아니다.[2] 환상은 의식에서 구성되는 앎의 체계(지식의 담론), 무의식에서 작동하는 욕망의 체계(정념의 담론)를 비틀고 거기서 ('대상 a'라 부르는) 환상적 지지물을 떼어내어 새로운 체계의 동력으로 삼는다. 따라서 환상이 품은 부정성은 실천의 다른 이름이다. 현실의 부정성만이 실천을 환기하고 추동하고 제시할 수 있다. 그를 통해 세계는 익히 아는 것이거나 친숙한 것이기를 멈춘다. 환상이 이러한 환기와 추동과 제시의 동력이다.

환상은 상식이나 사회적 통념과 양립할 수 없는 어떤 요소의 출현에서 발생한다. 환상은 앎의 체계와 욕망의 체계, 지식의 담론과 정념의 담론이 위장하고 은폐하는 지점들을 지시한다. 그것은 지식과 권력과 욕망의 담론이 만들어낸 구성적 주체를 의문시하는 작업이다. 그것이 환상의 정치성이다.[3] 우리는 환상의 영역을 질서(낮)의 신성함을 위협하는 암흑(밤)의 세상이라거나 유령이나 악마와 이방인을 한 곳에 몰아넣는 그로테스크의 공간으로 축소하는 데 반대해야 한다. 환상적 사건의 불가해함이 초자연성, 불가능성과 같은 특성을 통해 이론화되면 환상이 자연성, 가능성의 부정태로서 한정될 위험이 있다. 우리는 그 부정을 다시 부정해야 한다. 환상이 현실에 기입되는 것은 이 이중부정을 통해서이다.

---

2) 슬라보예 지젝, 『이데올로기라는 숭고한 대상』, 이수련 옮김, 인간사랑, 2002, 91~92쪽.

3) 로지 잭슨, 『환상성』, 서강여성문학연구회 옮김, 문학동네, 2001, 122쪽.

정신분석학의 도움을 빌려 환상의 몇 가지 구성적 유형을 살펴보고자한다. 이것은 신경증[4]의 구조가 억압할 수 없는 것의 출현이라는 측면에서 '환상'을 가시화하기 때문이다. 환상의 발생지점이 심리적 메커니즘과 내밀한 연계성을 갖는다는 점은 유용한 참조점을 제공한다. 정신분석의 논의를 통해 참조할 점은 병리적 현상의 소설화라는 식의 소재적인 차원이 아니라 환상의 발생학을 설명하는 데 도움을 줄 심리적 메커니즘의 작동방식이다. 명백히 발생하는 사건을 다루되 그 사건의 불가해함이 개인의 지각 범위를 뛰어넘는다는 점에서 환상의 구조는 망설임(hesitation)[5]이라는 심리 상태를 전제한다. 무의식의 영역에서 일어나는 번역의 부재는 매끄러운 의미의 맥락을 만들지 못한다는 점에서 망설임을 유발한다. 억압(repression)이란 무의식에 기록된 어떤 흔적에 대해서 적절하게 말할 수 없을 때, 그 부재를 은폐하는 방어기제이다. 우리는 이를 통해서 환상이 제기하는 현실의 측면을 재구성할 수 있다. 이 재구성이 드러내는 것은 구성적인 현실이 은폐해놓은 또다른 의미의 현실이다. 그것은 지식과 욕망의 체계를 구멍 뚫고, 개별자들 각각의 논리체계를 새롭게 세운다는 점에서 정치적이다.

2. 강박증의 구조와 낯선 현실: 이장욱의 소설

이장욱이 보여주는 환상에서 흥미로운 점은 진위를 판단하기 어려운 애매한 사건들을 분명한 사실로 확신하는 인물들의 시선이 서사를 관할한다는 점이다. 이장욱의 소설에는 서사의 해석학적 의미는 개방하되(불확실한 채로 두되) 확실성에 대한 강박적 신념을 실천하는 인물이 등장한

---

4) 브루스 핑크, 『라캉과 정신의학』, 맹정현 옮김, 민음사, 2002, 136쪽. 신경증은 히스테리, 강박증, 공포증과 같은 하위 범주가 있으며 세 가지 신경증이 있다고 말할 수 있다.

5) Tzvetan Todorov, *The Fantastic*, Trans. Richard Howard, Cornell University Press, 1975. p.25.

다. 이것이 '익숙함 → 낯섦 → 익숙함'의 형식을 갖는 일반적인 환상 구조와 다른 점이다. 「변희봉」의 만기, 「곡란」의 모텔 주인 김영태, 「밤을 잊은 그대에게」의 인물들(유령들)은 자신을 둘러싼 주변이 미묘하게 변했다는 것을 직감적으로 느낀다. '카프카적 상황'의 역이라 할 만하다. 카프카에게 벌레가 된 자신을 의심하지 않고 받아들이는 그레고르가 있다면(「변신」), 이장욱에게는 변희봉이라는 걸출한 인물을 알아보지 못하는 세상을 의심하면서도 그 의심 자체를 받아들이는 만기가 있다. "밴히봉이라는 사람은 정말 없는 게 아인가…… 그런 생각이 들었다. 내 마음이 어딘지 삐꿋해서, 쪼매 다른 세상으로 빠지들어간 기 아인가…… 싶은 기."(「변희봉」, 69쪽) 그런데 상황은 결말에 와서 다시 역전된다. 만기의 아버지는 죽기 전에 만기를 향해 힘들여 말을 건넨다. "만기야…… 니 밴……히봉이라고…… 아나?"(「변희봉」, 76쪽) 세상이 주체의 앎을 지우고 새로운 지식을 기입했으나, 그것이 다시금 의심의 대상이 되고 있다. 따라서 이장욱 식의 환상 구조는 '낯섦 → 익숙함 → 낯섦'이라 말할 수 있으며, 이러한 의심의 결정화(決定化), 반복화(反復化)는 강박증적이다.

「밤을 잊은 그대에게」에서는 아파트 주변을 배회하는 유령을 잡으러 다니는 유령이 등장한다. 유령(이라는 낯선 존재)의 눈에 비친 친숙함이란 우리의 현실이 이중적 '낯설게 하기'를 통해 발견된 친숙함이라는 역설을 보여준다. 낯선 현실(유령이 출현했다)이 낯설지 않은 현실(경비실 노인은 "지금이 어떤 세상인데, 유령이라니…… 미친년들"이라고 중얼거린다(「밤을 잊은 그대에게」, 227쪽))로, 그 현실이 다시 낯선 현실(노인이 유령이었다)로 변환되는 것이다. 여기서 낯선 대상은 과거에는 내부에 존재했지만 배제되어 소외(망각)된 것이라 말할 수 있다.

이장욱의 소설에서 정체성의 문제는 죽음의 주제적 상관항이다. 자신의 정체성을 확보할 수 없는 상황에서 완전한 무의미를 반복하는 죽음의 그림자는 소설에 감도는 그로테스크한 분위기를 만든다. 현재로 되돌아온 시간의 과거(유령)들은 "죽음을 택함으로써 자신이 지나온 일생과 화해하게 될 것"(「곡란」, 186쪽)이라는 시나리오가 산 자의 허상에 불과하다는 사실을 보여준다. 산 자들이 뒤늦게 "불안한 느낌"이 든다고 해도 망자의 혼령들을 향해 이제 그만 내 집에서 "나가라고 할 수 없"(「곡란」, 206쪽)다. 산 자들은 극단적인 수동성을 강요받는다. 과거(죽음, 유령)는 더이상 현재라는 주인에게 인사하는 노예가 아니다. 집주인이 간택할 수 있는 손님도 아니고 존재의 최종점(끝)도 아니다. 존재들이 다른 (비)존재로 변환되는 시간여행의 문은 도처에서 열릴 뿐 아니라 "흰 회백" 현실과 겹쳐 있기 때문에 제대로 구별할 수조차 없다.

「변희봉」으로 돌아오자. 만기는 '변희봉 선생'을 세 번이나 마주치는 우연을 반복함으로써 선생과 자신을 연결하는 운명적 인연을 확신한다. 그러나 주변 사람들 누구도 '변희봉 선생'을 알지 못한다. 환상의 조직화 방식을 통해 볼 때 이장욱이 짓는 환상의 건축물은 '알 수 없는 영역'을 토대로 세워진다. 만기는 '언표된 기표'를 유일무이한 고유명사로 해석한다. 만기는 "알 수 없는 사명감에 불타올"라 '변희봉'을 찾아다닌다. 그에게 중요한 것은 변희봉과 비슷하게 생긴 누군가를 만난 것이 아니라 바로 "변희봉 선생"을 만났다는 점이다. 「변희봉」은 만기의 반복적인 질문을 통해 전체적으로 반복 구조를 갖게 되는데, 이때 서사가 보여주는 부정의 형태는 자신의 질서를 재구축하는 강박증적 속성을 띤다. 강박증적 환상은 언어로 언표된 것으로서 존재한다.[6] 강박증자는 자신이 믿고 있는 환상을 명백하게 존재하는 것으로 전제한다. 강박증자는 기표작용에 민감하게 반응하면서 사고들이 잘 연결되어 있을 때 비로소 승리감을 느낀다. 역설적이게도 강박증은 완전한 투명성 속에서 자신의 삶을 상실한다.

---

6) 드니즈 라쇼, 『강박증: 의무의 감옥』, 홍준기 옮김, 아난케, 2007, 221쪽.

그래서…… 너는…… 진실을 꼭 말했어야 했니?

—「고백의 제왕」, 99쪽

「고백의 제왕」은 비밀스러운 기억에 담긴 속물적인 자기기만과 가학적 쾌감이 어떤 방식으로 고스란히 자신에게 되돌아오는가를 보여주는 작품이다. '곽'이 보여주는 것은 발언(발설)에 대한 강박이다. '곽'의 강박적인 고백은 그 자리에 모인 동창들이 듣고 싶지 않은 진실을 위악적인 질문의 형태로 되돌려준다. '곽'을 "셰헤라자데"라고 부르는 것에 기대어서, 이야기의 근본적인 속성에 강박증적인 특질을 부여할 수도 있을 것이다. 이야기가 끝나면 이야기꾼은 죽어야 한다. 의미의 완성을 향해 가는 것은 죽음을 향해 가는 것이다. 그(이야기꾼/강박증자)는 끝없는 이야기(끝없는 의심) 속에서만 자신이 살아 있음을 확신한다.[7] 곽의 모든 이야기는 의심스럽지만 그는 동창들이 감추고 있는 무언가를 끊임없이 건드린다.

고백의 압도적인 힘은 다른 이들의 기억을 무효화할 수 있는 기원적인 성격을 가진다는 데 있다. 그는 가짜 대학생이 아니라면 이해할 수 없는 소외된 영역을 경험한 자이고, 비밀이 세상에 공개되기 전에 이미 알고 있는 자(비밀을 폭로한 자)이며, 그런 점에서 기억을 생산하는 위치에 있는 자이다. ('곽'의) 고백의 본질에는 '유령적 경험'이라 할 만한 지점이 포함되어 있다. 그의 과거는 단순한 개인의 과거가 아니라 기원적 과거이다. 문제는 '곽'의 과거가 동창생들이 기억하는 (유사한) 공통 기억과는 질적으로 다르다는 데 있다. '곽'의 확실한 과거, 기억의 명료성, 기억의 기원성 때문에 그 자리에 모인 사람들의 과거는 모두 불확실한 영역에 들어서게 된다. 그런 점에서 '곽'의 기억은 타인들과 적대적이다. "곽이 그 유령 같은 얼굴을 돌려 나를 돌아"(113쪽)볼 때, '곽'의 얼굴은 '나'의 얼

---

7) 브루스 핑크, 같은 책, 215쪽. "강박증자는 자신이 의식적인 생각에 빠져 있을 때만 살아 있다고 확신한다."

굴과 겹쳐 보인다. 그의 기억은 '나'의 의식이 억압한 기억 자체였던 것이다. 이것이 기시감을 낳는다.

그 노래는 몇 해가 지나 다른 누군가의 귀로 흘러들어갈 것이다. 다른 누군가는 생각날 듯 생각나지 않는 노래를 떠올리며 고개를 갸웃거리겠지. 어디서 들었더라.

—「아르마딜로 공간」, 138쪽

기시감은 시간성의 문제를 제기한다. 기시감은 이미 지나간 '과거'가 아니라 결코 '오지 않을 미래'라고 말하는 쪽이 옳을 것이다. 그것은 '아직은 아닌' 미래가 아니라 결코 '여기'일 수 없는 또다른 가능세계를 가리킨다. 기시감이란 현실세계와 공존하지만 결코 소통할 수 없는 가능세계가 경계를 넘어 흔적을 남기는 현상이다. 여기에 이장욱 소설의 환상이 가지는 또다른 특성이 있다. 기시감의 차원에서 제기되는, 낯선 것들의 낯설지 않은 틈입 말이다.

3.히스테리의 구조와 인간화된 사물/사물화된 인간들: 황정은의 소설

황정은의 소설이 보여주는 환상은 정신의 사물화, 사물의 의인화라는 유비의 차원에서 출현한다. 황정은식 환상은 물질적인 것이 정신적인 것으로 전성되고 정신적인 것이 물질적인 육체를 입는 현상이다. 오뚝이로 변신한 '기조', 모자로 화한 아버지 등 인간의 변신담이 황정은식 환상문법의 출발점이다. 「모자」에 등장하는 아버지는 할 말을 잃었을 때, 혹은 창피해서 입이 있어도 할 말이 없을 때 돌연 모자로 변한다. 집안을 책임져야 하는 가장이 사회적 입지가 좁아지면서 무력한 존재가 되어버렸다는 것을 우회적으로 보여준다고 말할 수 있다. 그런가 하면 살아 있을 때는 침묵을 강요받다가 죽어서야 말을 할 수 있게 된 남자도 있다.

말?

　말. 말을 하고 싶다. 말을 하고 싶다. 뭘 말하고 싶은지도 모르면서 그런 식으로 생각이 반복되어서 괴로웠어. 하지만 그 방에는 나 말고 다른 사람은 없었으니까, 들어줄 사람이 없잖아. 들어줄 누군가가 있으면 좋겠다고 생각했어.

—「문」, 25쪽

　「문」의 주인공 m은 등뒤에서 문을 열고 나타난 두리안이라는 유령의 이야기를 듣는다. 두리안은 이야기할 상대를 만나서 큰 위안을 느낀다며 말을 그치지 않는다. 「문」에서 제시되는 일련의 대화들이 m의 분열증적 환각을 상연하는 것으로 보일 수도 있을 것이다. "문" 자체가 폐쇄된 공간을 열어젖힌 환상이라는 점에서 이를 분열증으로 보는 것도 일리가 없는 것은 아니지만, 이 문이 주체의 내면을 향한 것이 아니라는 점도 똑같이 강조되어야 한다. 분열증에는 처음부터 타자의 자리가 없다. 분열증의 구조가 만들어낸 환상은 모두 상상적인 것이다. 환상을 분열증적 증상으로 이해하게 되면 황정은의 소설이 보여주는 현실 환기력과 '진실'의 차원을 포기하게 된다. 환상은 정신병의 핵심 구조가 아니라 증상의 하나일 뿐이다. 때문에 할머니와 두리안은 결코 'm'이 만들어낸 분열증의 산물이 아니다. 둘에게는 명백한 사회적 지표가 있다. 황정은의 환상 속에서 출현하는 유령은 '사회적'인 관계에서만 포착가능한 타자이다. 즉 노숙자, 부랑자, 버림받은 아이 들의 형상 말이다. 그런 점에서 황정은의 소설에서 살아 있는 자들과 죽은 자(유령)들은 (차이보다는) 서로 닮은 점이 많다. 이들은 "집중해서 듣지 않으면 잘 들리지 않"는 중얼거림을 용케도 알아채는 사람들이며 "더는 말이 없었지만 두리안의 상태가 괜찮다는 것"을 이해할 수 있는 사람들이다. 어쩌면 황정은 소설이 말하려는 가장 큰 비밀은 바로 이것이 아닐까. 타자들의 자유발언대를 세우는 것. 그로써 타자들이 진정으로 원하는 것에 관해서 듣는 것. 이것이 히스테리의 기본 구조임은 분명하다. "히스테리의 환상 속에서 욕망하는 자는 바로 타자"이다.[8] 황정은의 문은 이 타자를 향해서 열렸던 것이다.

황정은의 환상은 타자의 욕망이 인지불가능할 때 발생한다. 황정은이 불러들인 혼령들은 타자가 무엇을 원하는지 모르기 때문에 출몰하는 유령들이다. 유령들은 끊임없이 질문을 던진다. 타자가 원하는 것이 무엇인가? 내가 혹시 (나도 모르는 사이에) 타자에게 죄를 짓지는 않았을까? 우리는 황정은의 소설에서 타자를 끊임없이 의식하고 타자에게 의존하는 일종의 개방적인 차원을 발견한다. 그러한 인물들의 관심은 때로 예상치 못한 방향으로 서사를 진행시키기도 한다. 가령 「모자」에서는 아버지가 왜 모자로 변하는지 끝내 해명되지 않는다. 모자는 불가해한 타자의 영역을 가시화한 것이다. 딸들은 아버지의 어린 시절을 상상하면서 (접시처럼 낮은 운두를 가진) 젊은 모자를 상상한다. 시간이 가면서 점차 (상상 속) 아버지의 형상은 접시 모양의 모자에서 높은 운두를 가진 모자로 완성된다. 그것은 히스테리증자의 질문이 이해할 수 없는 타자를 타자 그 자체로 완성한다는 것을 보여주는 모범적인 사례이다. 운두가 높은 모자가 된다는 것이 어째서 아버지의 완성인지 우리는 알 수 없다. 그러나 모자는 틀림없이 그렇게 변화했다. 우리는 그것을 우리의 언어로 번역하지 않아야 한다. 타자를 동일화의 지평 아래 포섭하지 않아야 한다는 말이다. 이것이 황정은의 환상이 제기하는 정치적인 질문이 아닐까? 히스테리증자는 아버지(대타자)의 결핍을 이미 알고 있다. 그런 점에서 히스테리는 구체화된 지배적인 호명 형식 내지 상징적 동일화에 저항하는 방식이기도 하다.[9] 그런 점에서 황정은의 환상은 발본적인 반성의 계기, 타자를 지향

---

8) 브루스 핑크, 같은 책, 220쪽.

9) 슬라보예 지젝, 『그들은 자기가 하는 일을 알지 못하나이다』, 박정수 옮김, 인간사랑, 2004, 281쪽.

하는 부정성의 계기를 지켜낸다. "희노애락이 희박한" 이 유령들, (비)존재들은 타인에게 해를 입히지 않는 선량한 심성을 가지고 있다. 이들을 가족도 친구도 없는 쓸쓸한 인물들이 무의식적인 욕망의 차원에서 불러낸 환영이라고 보는 것은 사태를 호도할 위험이 있다. 그보다는 작가의 타자지향적인 믿음의 환상적 표현이라고 보는 것이 온당하다.

자유를 얻는 것은 유령으로 귀환한 사람들만이 아니다. 사물들도 이해 불가능성을 간직한 채 돌아온다. "품품품품품품품품"(「무지개풀」) 이것은 P와 K가 고무풀에 공기를 불어넣으면서 내는 소리다. "책책책책책책"(「야행」) 이것은 초침이 움직이는 소리를 표현한 의성어다. 이것들은 누군가의 말소리가 아니라 일종의 (목)소리들이다. 그것은 고정된 목적으로부터 해방된 수단, '수단(으로서의 언어)에 대한 반항'이다. 요컨대 사회적인 도구화의 절차로 봉합된 수단이 저항하는 지점에서 환상이 발생한다. 그것은 현실원칙에서 통용되는 인과적인 질서가 파열되었다는 점을 시사한다. "목덜미에서 단단하고 차가운 것이 부풀고 있었다. 손가락으로 더듬자 차갑고, 축축하고, 딱딱했다. 자꾸자꾸자꾸자꾸 부풀어서 팡, 터지는 소리가 났다."(「일곱시 삼십이분 코끼리열차」, 88쪽)

언어는 공적, 사적 대화(인간의 목적)를 가능하게 하는 도구이고 매체이다. 그런데 황정은의 소설 속에서 언어는 점차 그 (도구로서의) 역사적 사명을 버리고 기묘한 음절로 분절되거나 의미를 알 수 없는 음절들로 덩어리진다. 여기서 무질서하게 덧붙는 말소리들은 끝없이 자가 증식하기도 한다. 무질서와 무의미는 의식과 기표의 지배 바깥을 일컫는 영역이다. 황정은의 사물들이 무의미한 소리를 낸다는 사실은 그것이 타자의 영역을 온전히 확보하고 있다는 증거이기도 하다.

4. 공포증의 구조와 '부권=이데올로기'의 은유: 박민규의 소설

강박증이 불가능한 욕망에서 기인한다면 히스테리는 불만족스러운 욕망에서 생겨난다. 이장욱의 강박적 구조가 낳는 환상은 유령을 지우려는 노력 자체가 유령을 떠올리게 한다는 것(그 자체로 유령적인 행동이라는 것) 그리하여 유령과 동거할 수밖에 없다는 역설을 보여준다. 인물들은 명료한 정체성을 추구하면 할수록 불투명해지는 자신을 발견하게 될 것이다. 이장욱 소설의 강박적인 구조가 보여주는 것은 세계의 근원이 거대한 '의미'가 아니라 거대한 동공(洞空, 무의미)이라는 사실이다. 반면 황정은의 히스테리적 구조가 낳는 환상은 유령의 '환대(hospitality)'에 관한 질문을 제기한다. 그것은 타자의 욕망의 대상이 되지 못하는 자신의 "희미한" 존재감 때문이기도 하고, 그렇게 욕망하는 자로서의 타자가 어떻게 현실로 귀환하는가의 문제 때문이기도 하다. 강박증과 히스테리는 주체의 존재적 구조(structure)를 보여주는 체계이다.

박민규는 주로 편집증적 구조를 가진 서사에 기댄다고 이야기된다.[10] 이로써 해명된 박민규의 우주를 잠시 살펴보자. 그의 소설에서 드러나는 환상은 여행담과 같다. "지구를 한번 떠나보자."(「몰라 몰라, 개복치라니」, 98쪽) 지구를 떠나는 이유는 "아무래도, 나를 제외한 전 세계가 통화중인 기분"(「대왕오징어의 기습」, 215쪽)이 들기 때문이다. 박민규가 보여준 '개인주의의 우주'는 관찰자의 '전환술'에서 기인했다고 말할 수도 있다.[11] 박민규의 소설에 등장하는 백수들은 사회적으로는 인정받지 못하지만 자신만의 공간에서는 자유를 누릴 수 있는 능력자들이라는 말이다. 박민규의 인물들이 타인의 응시로부터 완전한 자유를 성취할 수 있는 곳은 현실세계로부터 절연된 '냉장의 세계'이거나 진공의 '우주' '다른 행성' 혹은 깊은 '바닷속'이다. 그 공간은 편집증적 주체들이 현실을 피하기 위해

---

10) 박민규가 구사하는 '은유적 단일 코드화'와 '편집증적 이원론'에 관해서는 김영찬(『비평극장의 유령들』, 창비, 2006)과 김형중(『변장한 유토피아』, 랜덤하우스코리아, 2006)의 논의를 참조할 것.

11) 김영찬, 같은 책, 135쪽.

만들어낸 표상이라는 것이다.[12] 이러한 설명에 따를 때 다음과 같은 비판이 불가피해진다. 여기서 느끼는 자유는 부조리한 사회제도나 구조가 개선되어서 느끼는 해방감이 아니라 현실원칙이나 인과법칙 자체로부터 초월할 수 있게 됨으로써 가능해진 것이다. 때문에 그것은 거짓 자유에 불과하다. 이는 설득력 있는 설명이지만 여전히 해명되지 않는 장면이 남아 있다. 예를 들면.

형, 이거 크롭 서클(Crop Circle)일지도 몰라요. 가쁜 숨을 몰아쉬며 내가 말했다. 크롭 서클? 어떤 다큐멘터리에서 본 적이 있어요. 높은 곳에서 보면 도형이나 기호가 그려져 있는데, 그게 외계인의 메시지라는 학설이 있어요. 메시지? 역시 숨을 몰아쉬며 기하 형이 대답했다. (……) 차에서 내린 우리는 언덕의 끝으로 걸어갔다. 그리고 그곳에서―비로소 자신의 위치를 찾은 허수아비처럼, 두 팔을 허하니 벌린 마음으로 옥수수밭의 전경을 확인할 수 있었다. 거기엔

Ⓚ

가 그려져 있었다. 놀랍도록 정확한 비례의, 거대한 KS였다. 이놈들…하고 기하 형이 말문을 열었다. 우릴 너무 잘 알고 있구나.
―「코리언 스텐더즈」, 208~209쪽

외계인이 옥수수밭에 미스터리 서클을 남기고 갔다. '나'와 기하형은 그 문양을 확인하러 언덕을 오른다. 거기 새겨져 있는 것은 "거대한 KS" 마크이다. 이것은 박해망상(편집증의 전형적인 증상이 박해망상이다)의 표

---

12) 김형중, 같은 책, 72쪽.

현이 아니다. 한국표준인증마크는 슈레버를 계간(鷄姦)하려 했던 박해자들의 마크가 아니다. 그것은 망상의 체계에서 비롯된 마크가 아니라, 현실의 체계에서 연역된 마크다. 세계와 무관한 주관적 망상이 아니라, 세계의 부권적 지배가 관철되고 있음을 보여주는 마크이다. 그래서 마침내 기하 형이 입을 연다. 이놈들은 "우릴 너무 잘 알고 있구나." 이 마크를 부권 혹은 이데올로기의 은유라고 말할 수 있을 것이다. 공포증은 부권적인 기능이 허약할 때 생겨난다. 아버지의 기능이 약화되거나 아버지의 금지가 제대로 작동하지 않을 때 아이는 어머니에게서 분리되기 어렵다. 이때 아이는 불안을 느낀다. 아이는 아버지를 대체하는 기호를 통해 그 불안을 극복하고자 한다. 이것이 공포증이다. 꼬마 한스는 말(馬)을 아버지의 대체물로 삼았을 때 공포증을 느꼈다. 따라서 부권의 은유는 모성과의 미분리에서 생겨나는 불안을 대체하는 것이다.[13]

　박민규의 소설을 조망할 때, 공포증이 야기되는 과정과 환상이 출현하는 지점을 다음 세 가지 단계로 설명할 수 있다. 첫째는 환상과 사실의 미분리에서 생겨나는 상상계적 환상이다. 가령 「카스테라」의 서늘한 냉장고 안은 상상적인 공간임에 분명하다. 거기에 나는 아버지, 어머니와 학교와 동사무소와 전 세계를 집어넣는다. 그리고 나서 냉장고를 열었더니 거기에는 "한 조각의 카스테라"가 놓여 있었다. "모든 것을 용서할 수 있는 맛"(34쪽)이 스며든 채. 그것은 일체의 것을 단 하나의 맛으로 치환하는 상상적 환상이다. 둘째는 상상적 공간을 대체하는 부권적 은유의 출현이다. 여기서 공포증이 생겨난다. 「코리언 스텐더즈」의 "거대한 KS마크"가 (본원적 불안을 감추는) 공포증을 드러내는 부권적 은유의 사례다. 「루디」의 살인마 '루디'가 선량한 '나'의 거울상이라는 발견 역시 그렇다. 죽지 않는 저 살인마가 영원한 나의 짝이자 나의 분신이었다. 셋째로는 부

───────────────

13) 브루스 핑크, 같은 책, 282쪽.

권적 공간을 상상적으로 극복하려는 유쾌한 노력이 시도된다. 『평퐁』의 평퐁 게임이 그것이다. 이것은 편집증적 망상이라 볼 수 없고(이들에게 어떤 박해도, 어떤 피해도 없기 때문이다) 단순한 공포증은 더더욱 아니다. 이것이 박민규의 환상에서 정치가 기입되는 지점이다. 일체의 부권적인 은유는 이데올로기적 소여를 가진 물신(物神)이다. 그것은 박민규의 인물들에게 공포를 유발하는데 이 공포는 상상적 세계가 야기하는 불안의 다른 이름이다. 『평퐁』의 두 인물('못'과 '모아이'의 행복)만으로 온 우주가 행복해질 수는 없다. 그들을 '왕따'로 내몬 무시무시한 세계의 폭력은 여전히 남아 있기 때문이다. 두 인물이 지구를 내걸고 벌인 최후의 내기는 그래서 현실의 초월적(이라는 점에서 환상적인) 해결이 아니라, 공포증의 무대화이다. 생각해보라. 탁구 경기에서 진다고 지구가 멸망하는 상황이라니, 이 얼마나 무서운 일이란 말인가!

5. 환상과 정치가 만나는 자리

　신경증의 구조에 비추어 환상과 정치의 관련 양상을 살펴보았다. 구성적 현실의 빈틈에서 신경증으로 유비되는 환상의 구조가 모습을 드러낸다. 세 작가의 작품을 신경증에 비추어 읽은 것은 이들의 환상이 가진 현실대응력, 즉 미시정치의 가능성을 살펴보고자 했기 때문이다.

　이장욱 소설이 갖는 강박증적 구조와 낯선 현실의 기입, 황정은 소설이 갖는 히스테리적 구조와 타자의 환대, 박민규의 소설이 갖는 공포증의 구조와 '부권=이데올로기'의 은유는 환상이 어떻게 정치를 사유하는가를 보여주는 세 가지 양상이라 할 수 있다. 우리는 저들의 환상을 정신병의 영역에서 사유해서는 안 된다. 정신병적 환상은 현실을 폐제(foreclosure)함으로써 현실과 무관한 무한주관의 세계를 열기 때문이다. 앞의 세 작가가 소개한 환상은 세계라는 객관적 실체에 직면한 주체가, 잘 포장되고 은폐된 세계, 마름질된 세계에 구멍을 내고 새로운 세계를 소개하는 방법론이다. 따라서 이들의 환상은 세계의 변혁에 복무하는 정치적 의미를 띤 것이라 할 수 있다. 환상은 정치를 어떻게 사유하는가? 주어진 세계의 자명성을 의심하고, 세계의 질서를 파괴함으로써, 또다른 가능세계를 개방함으로써 그렇게 한다.

느낌의 서사학

— 정용준, 손보미, 김성중의 소설

1. 태초에 느낌이 있었다

움베르토 에코는 말했다. 독자들에게 (통속적인 의미에서) 감동을 주는
방식에는 두 가지가 있다고. 하나는 알맞은 때에 등장한 작가(서술자)가
"앞으로 일어날 일에 주목하십시오!"라고 말함으로써 해석의 길잡이가 되
어주는 것이다. 다른 하나는 상투 구조(키치)를 이용하는 것이다. 작가는
섬세한 묘사를 통해 감각을 깨우는 과제를 포기하고, 기시감을 이용해 독
자에게 협력을 부탁하는 코치로 활약한다. 에코가 서사의 상투성에 대해
서 날카로운 문제제기를 했음에도 불구하고, 그의 논의 속에는 작가의 서
사 전략으로서 서사 구성이 반드시 예상된 반응을 끌어낼 것이라는 전제
가 깔려 있다. 에코가 비판하는 상투화된 구조란 코치의 호루라기에 맞춰
인물들이 무대 위에서 일사분란하게 움직이는 키치적인 무대를 의미한다.
이때 독자들은 이들이 안겨줄 감동의 순간을 그저 기다리는 법만 배우면
된다고 설명한다. 그런데 정말 그럴까? 추격전이 끝나고 감추어진 비밀이
밝혀지고 나서도 끝내 해소되지 않는 어떤 느낌이 있다. 분명 나의 몸을 강
렬하게 통과했지만 그대로 기화해버린 어떤 기분이 있다. 에코가 이미 보

았지만 문제삼지 않은 지점, 우리로 하여금 기시감에 시달리게 하고도 완전히 해명되지 않은, 저 느낌의 찌꺼기에 대해서 이야기하고자 한다.

형이상학의 스승들에게 묻는다면, 느낌은 이성이 마음의 구석구석까지 완전히 다 비추지 못했기 때문에 남아 있는 잔여물이거나, 감각이 다 수용하지 못한 외계의 소음이라고 대답했을 것이다. 이성과 감각이 만나 통일된 감각(통각)을 잘 구성해낸다면 잔여물이나 소음은 사라질 것이라 생각할 수도 있다. 하지만 처음부터 느낌이 이성이나 감각과는 다른 곳에서 나온다면? 그래서 이성과 감각이 자기 영역을 주장하고 확장하고 점령한 후에도 남는 어떤 영역이 있다면? 감각의 잔여이자 이성의 배후에, 무엇인가가 있다. 이것은 지각과 의식이 동일하게 일치하지 않기 때문에 생기는 필연적인 어긋남이다. 나는 내가 지각하는 것을 다 의식하지 못하고 내가 의식하는 것을 다 지각하지 못한다. 이 영속적인 어긋남 때문에 나에게서 무엇인가가 빠져나온다. 느낌은 이 빠져나옴에 대한 나의 대처방식이다. 감각이 신체의 언어이고 이성이 정신의 언어라면 느낌은 욕망의 언어다. 욕망이 저 빠져나옴의 형식 속에서만 산출되는 것이기 때문이다. 행복 속에서도 눈물이 흐르고 불쾌 속에서도 쾌감이 생겨난다. 내 지각이나 의식과 일치하지 않는 행, 불행, 쾌, 불쾌의 또다른 원천이 있는 것이다.

대체로 서사학에서 기분이나 정조는 구조를 통해서 배출되는 하나의 결과물로 파악되어왔다. 인물들 간의 필연적인 관계가 낳은 정서, 사건들의 필연적인 결과로 파생되는 정서가 바로 느낌이다. 느낌은 구조에서 나오고 구조를 수식하면서 구조를 완성한다. 그러나 일단 느낌이 출현한 이후라면 상황이 달라진다. 그것이 서사 전체를 감싸고 그 안에서 구조의 형식들이 모습을 감춘다. 우리는 뒤집어 질문해야 한다. 구조가 느낌을 낳는 것이 아니라 느낌이 구조를 낳는다면? 느낌이 먼저 있고 구조가 사후적으로 그 느낌을 구조화하는 것이라면? 이 글은 이 질문에 대답하고자 한다. 느낌이 서사 구조와 어떻게 관계 맺는지 살펴, 느낌과 구조의 관계를 새롭게 조명하려고 한다. 여기서 다룰 세 명의 작가들은 개성적인 서사 구조를 보여준다는 공통점이 있다. 그러면서도 종전의 서사론으로 설명되지 않는 느낌의 잔여가 있다. 이 작업은 서사물을 작가의 의도(무의식)를 재구성하려는 즉 정신분석적 해석학의 시도와 구별할 필요가 있다. 이 글에 한정할 때 한 편의 소설을 개별적인 작가의 증상적 산물로 환원하는 데 반대한다. 무엇보다 최근의 작가들이 강박적인 메타언어를 구하려는 히스테릭한 태도로부터 자유로워졌다고 판단되기 때문이다.

2. 태초에 슬픔이 있었다: 정용준의 소설

정용준의 소설[1]은 아름답다. 아름다운 것이 사라질 때 우리는 슬픔과 안타까움을 느낀다. 아름다운 육체, 간절한 목소리, 애잔한 눈빛. 무참한 사라짐을 드러내는 문장은 아름답다. 가령 이미 사라진 목소리가 남긴 사랑. "하비바, 나는 당신이 좋아했던 노래가 되었다. (……) 당신의 말라버린 성대 속으로. 조금만 더 기다려주면 좋겠다. 오래 걸리지 않을 것이다."(「가나」) 이것은 어떤가. 말을 더듬는 남자가 결연히 선언하는 말. "차라리, 벙어리가 되겠어."(「떠떠떠, 떠」) 단정적이면서도 애절한 정용준의 문장은 즉각적으로 정서를 유발한다. 2000년대 백가흠의 소설은 극도의 흥분 상태에서 쏟아져나오는 폭력과 극언으로 정서적 충격을 보여준 바 있다. 백가흠의 소설이 극적인 구조에서 파생되는 이른바 '발버둥의 서정'을 보여준다면, 정용준의 소설은 극단적인 구조와 상반되는 어떤 '고요함의 서정'을 보여준다. 그것은 음악적이다. 정용준의 건조한 문장은

---

1) 주로 다룰 작품은 「가나」(『현대문학』 2009년 12월호), 「벽」(『문학들』 2009년 가을호), 「떠떠떠, 떠」(『문학과사회』 2010년 겨울호), 「사랑해서 그랬습니다」(『문학동네』 2011년 봄호)이다. 그 외에 등단작인 「굿나잇, 오블로」(『현대문학』 2009년 6월호), 「어느 날 갑자기 K에게」(웹진 〈뿔〉 2010년 9월 14~17일, 4회 연재), 「돼지가 방으로 들어간다」(〈문장 웹진〉 2011년 8월)는 부분적으로 언급하도록 하겠다. 「돼지가 방으로 들어간다」이외 작품은 소설집 『가나』(문학과지성사, 2011)를 참고했다.

때로 노래가 되려고 한다. 어떤 극명한 슬픔 혹은 사무치는 느낌이 그 유려한 흐름 속에서 전달된다.

여기까지만 언급한다면 정용준의 소설이 가진 특징을 반만 말하는 것이 된다. 극적인 구조와 저 노래는 어떻게 관련되는가? 구조적 파생물로서의 느낌인가, 아니면 느낌의 파생물로서의 구조인가? 다음 장면을 보자.

낯선 소리가 들렸다. 잠에서 깨어나는 것처럼 의식은 천천히 명징해졌다. 눈을 뜨면 언제나 엔진 소리부터 들렸다. 숨을 들이쉬면 아무리 맡아도 익숙해지지 않는 냄새가 지겨웠다. (……) 이 낯선 소리들은 무엇일까, 입 안에 고인 이 차갑고 말간 느낌은 무엇일까, 소리의 진원지를 찾는다. 소리는 작지 않았고 불명확하지도 않았다. 도리어 너무 커서 정신이 없을 정도였다. 소리는 머리 위에서 떨어졌고, 양옆에서 미풍처럼 스쳐지나가기도 했으며, 발밑에서 아지랑이가 피어오르듯 흔들거리기도 했다. 먼 곳에서 끊임없이 바위가 굴러갔고, 이름 모를 생물들이 서로를 부르는 소리는 크고 높았다. 나는 서 있었다. 그리고 떠 있었다. 풍경은 둥근 원 안으로 휘어져 들어왔다. '이곳이 바닷속이구나'라는 생각이 천천히 머릿속에 맴돌며 죽었다는 인식과 함께 배 위의 지루했던 삶과 돌아가야 할 고향이 젖은 의식을 뚫고 부표처럼 둥둥 떠올랐다. (……) 몸이 조금씩 짓물러갔다. 몸속에서 푸른 가스가 피어오르고, 난 점점 가벼워짐을 느꼈다. 발밑의 폐선이 우물에 떨어진 돌멩이처럼 조금씩 작아져갔다. 이제, 몸은 더이상 내 것이 아니다.

　　　　　　　　　　　　　　　　　　　　　—「가나」, 61~63쪽

한 사내가 죽었다. 죽은 사내의 몸이 마모되어가는 것과 몸에 거주했던 영혼이 서서히 빠져나가는 것을 몽환적으로 묘사하는 장면이다. 사내는 원혼이 되어서야 고향으로 돌아갈 수 있게 되었다. 그의 몸에 죽음이 작동한다. "몸이 조금씩 짓물러"가고 "가벼워"진다. 의식이 육체의 죽음을 뒤늦게 인식한다. 마지막 문장은 몸으로부터 조금씩 빠져나온 의식이 죽은 자신을 바라볼 수 있는 지점까지 흘러나와 있음을 보여준다. 서술의 지연을 통해 저 문장들을 읽어나가는 독자 역시 사내가 맞이한 죽음과 그것을 인식하는 데 걸리는 시차를 경험할 수 있다. 죽은 나의 모습을 멀리서 조망하는 시선의 주인은 영혼이다. 육체의 눈이 감기고 영혼의 눈을 떴을 때의 이 시차야말로 '느낌'이 생겨나는 공간을 가시화한다. 느낌은 이전에도 예감의 형식으로 사내를 찾아왔다. 긴 항해중에 사내는 고향으로 돌아가지 못할 것 같은 불안감에 시달렸다. 그는 남겨둔 가족과 영원히 헤어질 것만 같은 두려움, 영원히 바다를 벗어나지 못할 것 같은 불길함에 시달린다. 그의 예감이 실현된 것일까. 그는 사소한 실수로 인해 바닷속으로 떨어져 그대로 수장되었다. 게다가 죽음 후에도 느낌은 수난담의 형식으로 계속 솟아나온다. 그는 "절대로 발견되지 않고, 누구에게도 속하지 않고, 기름진 땅 어느 곳에 떨어져 나름의 이유를 품고 존재하게"(64쪽) 되기를 원했지만, 시체는 낯선 사람들의 손에 이끌려 "신원미상, 아랍계 외국인 노동자"로 분류되어 처리되고 만다. 한 인간의 고통(passion)이 그 자체로 수난담의 구조에 편입되는 순간, 그의 시체가 오인된 상징적 세계로 회수되는 순간, 오지각의 구조가 고착되고 그에 따라 느낌도 고정된다. 정용준의 소설 속에서 고향을 잃은 사내의 자리는 확고하다. 「벽」에는 강제노역에 시달리는 신용불량자들이 겪는 끔찍한 고통이 있다. 이들은 "극단의 폭력과 모멸" 속에서 "존재 자체가 완전히 부정되는 끔찍한 감정"을 느낀다. 그들은 '사고무친'의 지경에 처해 있으며, 그래서 어떤 상징적인 지각이나 의식에서도 절연되어 있다.[2] 그러나 정용

---

2) 이렇게 본다면 정용준의 소설을 인종적 문제(아랍계 인물의 죽음)나 계급적 차원(노동자의 고통)에서, 복권을 촉구하는 사회적 발언으로 귀속시키는 것은 온당하지 않다. 소설 속에 등장하는 인물의 성별이나 계급, 인종적 특질을 현실의 그것과 혼동해서는 안 된다. 그

준의 소설은 수난담 자체보다 그 수난담에서 파생되는 느낌에 초점을 맞춘다. 「벽」은 끔찍한 상황을 묘사하지만, 그것은 한 인물("9"라 지칭되는 인물)의 선량한 행동을 보여주기 위한 전제이다. 약육강식의 피라미드 아래서, 다른 이를 죽여야 살아남는 지옥도에서, 그는 살인을 거절하고 그 대가로 살해당한다.

　사랑을 가시화한 정용준의 다른 소설들에서 느낌이 어떻게 보존되는가를 살펴보자. 「떠떠떠 , 떠」는 말을 심하게 더듬는 남자와 간질을 앓고 있는 여자의 연애 이야기다. 남자는 "벅찬 감정을 어떻게든 표현하고 싶"(36쪽)지만 그의 혀는 말을 듣지 않는다. 그는 이성과 육체 사이의 엇갈림 때문에 고통을 받는데, 바로 여기가 느낌이 발생하는 결락의 자리다. 여자 역시 시도 때도 없이 찾아오는 발작 때문에 자신의 몸을 마음대로 제어할 수 없다는 점에서, 고통을 느낌으로 환치하고 있다. 남성 판타지를 시연(試演)함으로써 둘의 느낌은 만난다. 발작에 대한 묘사가 성적 은유를 작동시키고 있는 것이다. "입에 거품을 물고 눈이 하얗게 뒤집"힌 채 "온몸을 떨며" 바닥에 눕는 여자의 모습은 성적 흥분 상태를 연상시킨다. 남자는 "교실 바닥에 누워 몸을 뒤틀고 있는 여자아이의 붉은색 치마 사이로 보이던 눈부시게 하얗던 팬티"(16쪽)를 떠올린다. 오르가슴을 시연하는 몸과 그것을 무력하게 바라볼 수밖에 없는 관찰자의 위치, 이 가학적인 배치는 남성 판타지를 상연하기 위한 상투화된 무대이다.

　그런데 서사가 도착적 구조를 완성하는 순간, 또 한번의 반전이 일어난다. 섹슈얼리티가 극적으로 강조되는 장면에서, 성욕(혹은 성적 폭력)은 사라지고 순수한 슬픔이 떠오른다. 남자는 발작 후에 잠든 그녀를 바라보면서, 자신의 고통(말더듬)이 그녀에게 전달되기를 소망한다. "견딜 수 없이 부끄럽고 민망했다. 무릎 꿇은 내 허벅지 위에 채찍을 휘두르며 자해

"끔찍함"은 세계 배후의 근본 정서에 가깝다.

하는 기분이었다. 하지만 나는 견뎠다. 더듬거리는 소리가 그녀에게 들렸으면 좋겠다는 생각 하나만 남고 모든 것이 산산이 부서지는 밤이었다." (「떠떠떠, 떠」, 29쪽) 여기 남는 것은 성적 흥분이 아니라 절박한 슬픔이다. 말더듬과 발작이 둘 사이의 공간을 열었다.

조금 더 가보자. 전형화된 서사틀을 차용하면서도 (예측가능한) 서사의 효과를 배신하는 작품으로 「사랑해서 그랬습니다」가 있다. 도착적인 구성을 보여주되 그 전도를 다시 전치시킨 사례가 「떠떠떠, 떠」라면, 그러한 전도과정을 보다 분명하게 서술방식으로 관철해낸 사례가 바로 이것이다. 「사랑해서 그랬습니다」를 감동적인 사랑 노래로 이해하는 것은 물론 온당한 해석이지만[3] 그전에 반드시 논의되어야 할 것이 있다. 이 작품이 일종의 포르노그래피적인 설정을 차용하고 있다는 사실 말이다. 그러나 이 도착적 구조는 성욕과는 무관한 슬픔을 가시화하는 장치이다. 「사랑해서 그랬습니다」에서 스물세 살의 사라는 (자신이 아는 한) 성적 경험이 없음에도 불구하고 (자신이 알지 못하는 사이) 아이를 가졌다. 남동생의 친구가 건넨 '물뽕'(환각제)을 마시고 정신을 잃었으니 그사이에 강간을 당했던 것이 분명했다. 친구 누나 강간하기, 자는 여자에게 '그거' 하기. 이 노골적이고 선정적인 상황이야말로 포르노그래피의 전형적이자 기본적인 구조이다. 그러나 이 서사 역시 남성 판타지를 상연하는 무대로 독자를 초대하지 않는다. 비록 그녀가 부모의 낙태 권유에도 불구하고 "뱃속에서 느껴지는 이 생생한 움직임"(275쪽)을 끝까지 지켜내기로 다짐하기는 하지만. 이 서사는 전혀 다른 곳에서 제 존재의 근거를 마련한다. 남자, 여자 어느 편도 아닌 태아의 편에서. 거기서 솟아나는 느낌은 이렇다.

사라의 깊숙한 곳에서 살아왔던 나는 사라를 잘 알게 됐다. 노크를 통해

---

3) 허윤진, 「애가(哀歌)에서 연가(戀歌)로—정용준과 최진영의 소설에 부쳐」, 『문학과사회』 2011년 가을호 참조.

서로가 서로를 확인한 이후부터 내 마음은 사라의 결심과는 다른 방식과 방향으로 자라났다. 나는 알고 있었다. 내가 사라에게 어떤 존재인지, 무엇이 사라를 위한 것인지, 또 무엇이 서로에게 최선인지. 나는 사라의 감정과 기분을 공기처럼 호흡하고 물처럼 흡수했다. 사라의 말은 거짓이었다. 괜찮아, 괜찮아. 배를 쓰다듬을 때마다 사라의 혈관을 통과하는 피는 뜨겁고 빠르게 돌았다. 사라의 웃음도 거짓이었다. 사라가 아랫배를 내려다보며 힘없이 짓는 미소 이면에 고통스럽게 일그러져가는 사라의 진짜 표정을 나는 보았다. 너를 지켜줄게. 침대에 누워 잠들 때마다 중얼거렸던 사라의 고백 뒤에 숨은 두려움을, 자신의 뱃속에 자라고 있는 정체불명의 생명을 무서워하는 어린 여자의 진심을 누구보다 나는 잘 알고 있었다. 내가 사라의 좁고 좁은 산도를 통과하고, 빛을 보고, 사라의 가족을 만나게 되면, 나와 사라가 어떤 일을 겪게 될지, 나는 어쩐지 알 수 있을 것 같았다.

안다는 것은, 누군가를 가장 많이 또 깊이 안다는 것은 얼마나 슬픈 일인가, 많이 생각한 마음이다. 내 모든 것을 지금 멈추겠다. 사라를 사랑하기 때문이다.

—「사랑해서 그랬습니다」, 283~284쪽

사라는 차오르는 배를 바라보며 태어날 아기를 위해 내 한 몸 희생하자고 결심했을 것이다. 그러나 그 희생은 자기 자신을 보호하기 위해(그 뒤에 숨기 위해) 만들어낸 가짜 명분일지도 모른다. 뱃속의 태아는 사라가 의식적으로 속일 수 없는 무의식의 목소리를 듣는 위치에 있다. 태아를 바라보는 나(엄마) 이전에 '보는 눈(태아의 눈)'이 먼저 있는 것이다. 그 눈은 사태를 개관하고 스스로 죽음을 선택함으로써 부모가 처한 딜레마를 풀어주기로 결심한다. 이 '불가능한 눈'이 바로 욕망의 '뜬 눈'이다. 느낌은 바로 이 지점에서 서사의 중심 자리에 놓인다. 태아가 자살하지 않는다면, 죄의 씨를 구현하는 아이의 삶은 그 자체로 대중적인 신파를 완성할 것이다.[4] 태아는 죽지 않고서는 자신의 무구한 사랑을 표현할 방법이 없는 것이다. '이웃집 여자를 탐하지 말라'는 계명의 위반이야말로 남성 판타지의 핵심이다. 그러나 이 포르노그래피적 구조가 겨냥하는 것은 극단적인 희생을 통해 발생하는 순수 정념 그 자체다. 그것도 가해자(남자)나 피해자(여자)가 아니라, 어떤 상징화도 가능하지 않은 진짜 피해자(아이)에게서 발생한 느낌 말이다. 가해자라면 죄의식을, 피해자라면 희생양 의식을 가질 수 있었겠지만 아이에게는 어떤 자리도 주어지지 않았다. 아이가 태어났다면 제가 지지 않은 죄로 인해서 정죄되고 말았을 것이다. 이 느낌이야말로 인간적인 차원을 넘어서는 사랑이라 말해야 하지 않을까.

3. 태초에 분열이 있었다: 손보미의 소설

정용준의 소설에서 두드러지는 슬픔은 인간의 존재 조건에서 발생하는 감정이다. 때문에 그의 소설은 '여기 한 인간이 있다'라는 상황에서 출발한다. 반면에 손보미의 소설[5]은 '여기 부부가 있다'라는 상황에서 시작한

---

4) 「사랑해서 그랬습니다」의 태아가 세상 밖으로 나왔다면, 어쩌면 「돼지가 방으로 들어간다」의 아이처럼 성장하지 않았을까. 이 아이는 버려지는 방식으로 태어났다. 아이는 엄마의 죽음을 무감하게 바라볼 정도로 무력한 채로 살아간다. 무기력한 삶의 전형을, 작가는 "오블로모프적"이라는 문학적 관용어로 표현한 바 있다. 정용준의 등단작인 「굿바이, 오블로」는 폭력적 행위가 동반하는 성적 은유를 적극적으로 연상시키면서도 그러한 긴장감까지도 비애감과 박탈감을 만들어내는 방향으로 집중시킨다. 김장미의 육체를 향해 휘두르는 아버지 김행복의 당구 큐대는 남성의 페니스를 연상시킨다. 그러나 막대기의 외양은 섹슈얼리티를 우회하여 물리적 폭력을 일삼는 강도 높은 폭력성으로 상징화된다. 그러한 설정에서, 근친폭력으로부터 누이를 구원하는 길은 누이가 죽도록 도와주는 것(살해)이라고 믿는 김왕자의 도착적인 논리가 서사구성의 핵을 이룬다. 다음은 동생의 변이다. "누나. 오블로모프는 죽을 때 어땠을까? 죽는 것이 슬펐을까? 아니면 이 무력감에서 벗어나는 것이 행복했을까? 난 그것이 궁금해…… 때로는 행복한 죽음도 있을 것 같아서."(207~208쪽)

5) 주로 분석할 작품은 「침묵」(『21세기문학』 신인상 당선작, 2009년 봄호), 「담요」(동아일보 2011년 신춘문예 당선작), 「육인용 식탁」(〈문장 웹진〉 2011년 8월), 「폭우」(『문학동네』

다. 손보미의 소설이 감정을 길어올리는 것은 짝으로서의 둘 사이에서 생겨나는 엇갈림이기 때문이다. 정용준이 한 인물의 실존적 조건의 가혹함(그것이 경제적 박탈이든, 도착적 강탈이든)에서 출발한다면, 손보미는 하나로 맺어진 두 인물의 분열에서 생겨나는 정서를 다룬다. 부부나 연인과 같이 '둘'이 '하나'로 셈해지는 단위가 손보미 소설의 기본구도이다.[6] 손보미의 소설에는 언제나 남녀 커플이 등장한다. 이들은 완전하게 결합해 있지 않다. 오히려 언제든 와해될 수 있는 불안정한 짝이다. 손보미의 부부는 사랑을 절대화하지 않는다. 사랑에 빠진 사람은 자신의 의식과 지각을 하나로 일치시킨다. 나는 그 사람을 사랑한다는 문장은 발화되는 순간(의식되는 순간) 자신을 정의하는 문장으로 전환된다(그 자신의 상태로 지각된다). 거기서 지각과 의식은 하나인 듯 보인다. 그렇다면 욕망은? 사랑이 지식과 의식을 정의할 때, 욕망은 사랑이 감추고 추방해야 할 무엇으로 바뀐다. 손보미의 짝은 바로 이 자리에서 시작한다. 이들은 서로를 오해하고(「서커스를 찾아서」) 서로를 의심한다(「육인용 식탁」). 많은 연애담이 보여주듯이 연인 사이의 장애는 제3의 인물의 출현을 통해서 본격화된다. 그런데 손보미의 인물관계에는 삼각관계가 없다. 이들은 2인 1조의 게임처럼, 둘의 우주에 머문다.

「담요」를 살펴보자. 아버지와 아들이라는 짝패가 있다. 아들의 생일날, 둘은 공연장을 찾았다가 뜻밖의 총기사고를 겪는다. 파출소 소장이었던 아버지는 무력하게 아들을 잃고 슬픔과 죄책감에 괴로워한다. 아들은 아버지의 거울상이다. 그는 제 자신의 분신을 잃었다. 둘이 하나가 된 이들

2011년 가을호)이다. 그 외에 「서커스를 찾아서」(『리토피아』 2010년 봄호), 「고양이 도둑」(『21세기문학』 2010년 가을호)은 부분적으로 다룰 것이다.

6) 알랭 바디우, 『조건들』, 이종영 옮김, 새물결, 2006, 346~347쪽 참조. '둘로 세어지는 하나'는 남녀 한 쌍(커플)의 두 입장이 개별적인 '둘'로 셈해질 수 없다는 것을 의미한다. '둘로 셈해진 하나'는 제3의 입장에서 산출된 것이 아니다. 이 무대에는 중립적 관찰자가 없다. '하나로 셈해지는 둘'은 모든 셈으로부터 벗어난다.

에게서 하나가 빠져나갔다. 바로 여기서 상실과 애도의 감정이 생긴다. 아들이 품고 있던 담요를 몸에 지니고 다니던 아버지는 추운 겨울날 놀이터 순찰을 돌다가 만난 젊은 부부에게 그 담요를 전해준다. 이것은 상실한 대상의 의미를 다른 방식으로 보충하려는 시도일 것이다. 담요는 아들이라는 결여를 가리는 환상적인 대상이다. 여기서 '담요를 덮는다'가 두 가지를 의미한다는 것을 생각해보자. 담요가 몸을 덮었다면 그것은 거기 아들이 있음을 증명하는 사물이 되었을 테지만, 얼굴까지 덮는다면 그것은 아들이 없음(죽음)을 보여주는 사물이 되었을 것이다. 아버지는 아들의 빈자리가 어째서 생겨났는지, 그 상징의 구멍을 이해할 수 없다.

"나는 늘 그 아이가 죽은 건 내 잘못이라고 생각했어요. 알아요. 당신은 그게 사실이 아니라고 말하고 싶겠죠. 많은 사람들이 그 애가 죽은 건 내 잘못이 아니라고 했소. 하지만, 그렇다면 그게 누구의 잘못일까요? 그날 죽은 사람은, 내 아들과 록밴드의 보컬을 포함해서 여섯 명이었소. 그건 물론 많은 숫자지. 하지만 콘서트장에는 2천여 명의 사람들이 있었소. 그렇다면 그들 중 유독 그 여섯 명이 죽어야만 했던 이유가 무엇이오? 그건 도대체 누구의 잘못인 거요?"

—「담요」에서

누구의 잘못이냐를 질문하는 것은 저 참혹한 사건이 어떤 의미를 갖는지 묻는 것이다. 트라우마는 온전한 이해가 불가능한 경험이다. 거기에 책임소재를 따지는 일은 부질없는 짓이다. 결과만이 있을 뿐이니까. 물리적인 인과가 아니라면 이 심리적인 결과는 무슨 원인을 갖는 것일까. 왜 내 아들이 0.3퍼센트(2천 분의 6)짜리 불행에 당첨되었을까. 원인이 은폐되었기에 아버지가 보는 것은 거대한 공허뿐이다. 거기서 압도적인 상실의 느낌이 쏟아져나온다. 아이의 죽음을 목격한 아버지가 느끼는 정서는 상처받은 부성애만이 아니라 죽음과 관련한 불가해함과 맞닥뜨린 자의 불안일 것이다. "죽을 때가 되면 알 수 있을까?"(241쪽) 아니다. 죽어서도 알 수 없을 것이다.

결여를 가진 두 사람이 모이면 서로의 결여를 보충하고 채워줄 수 있을까? 자신들을 이렇게 소개하는 커플이 있다. "우린 부부입니다."(「침묵」, 147쪽) 「침묵」에서는 금주센터에 다니던 남자와 금주센터의 자원봉사자였던 여자가 만나 가정을 꾸린다. 잘만 하면 이들은 서로의 결락을 보충하는 이상적인 부부가 되었을지도 모른다. 그러나 남자는 다시 습관적으로 술을 마시기 시작했고 그 때문에 직장을 잃었다. 점차 아내는 인내심을 잃고 남편의 사생활까지 의심하는 상황에 이른다. 서로의 결핍을 보완하는 것이 아니라 둘의 결핍이 만나 이중화(doubling)된다. 한 세일즈맨이 이들을 방문하고 간 이후 부부는 침묵이 둘을 무겁게 짓누르고 있음을 깨닫는다. '담요'가 결핍의 지점을 덮기 위한 사물(「담요」)이라면, '침묵'은 부부 사이의 균열을 더 파이게 만든다(「침묵」). 「담요」에서의 죽은 아들이 해독할 수 없는 메시지(아들이 좋아한 록그룹 이름이 파셀(parcel)이다. 소포라는 뜻이다)를 남겼듯이, 슈트케이스를 든 세일즈맨의 예기치 못한 방문이 이 부부에게 감정의 잉여를 남긴다. "어떤 감정이 천천히 그녀의 몸을 통과하고 있었다."(「침묵」, 151쪽) 그녀는 "무언가 잘못되었"(150쪽)다고 느끼지만, 그것이 파탄의 징후인지 회복의 가능성인지는 명확하지 않다. 세일즈맨의 등장을 제3의 시선으로 볼 수 없는 이유는, 손보미의 인물들이 둘의 결속관계를 변형시키는 외적 개입을 철저히 배제하기 때문이다(「폭우」에서도 멀리서 사람들을 바라볼 뿐인 식당 주인 '미스터장'이 나온다). 손보미의 인물들은 철저한 2인 1팀의 짝패로 움직인다. 아이러니컬하게도 이 이항 구조는 커플의 실패이자, 둘(짝패)의 불가능성을 보여준다. 이들이 노력을 하지 않은 것은 아니다. 「고양이 도둑」의 남자는 아내를 위해 직장 상사의 고양이를 집으로 몰래 가져온다. "자신들도 고양이를 키우면 어떨까 싶었다. 그러면 아내와 자신의 사이가 좀더 친밀해질 수 있을까? 어긋난 사이가 구제받을 수 있을까?"(218쪽) 그러나 한번 벌어진 틈은 좁혀지지 않는다. 이들은 상대편이 건넨 말의 의도를 이해하지 못하고(「고양이 도둑」) 상대방의 의도를 뒤늦게 알아채는(「육인용 식탁」) 어긋남을 경험한다.

이처럼 손보미의 커플들은 완전한 하나를 이루지 못하고 결국 상대를 잃는다. 그 결락된 자리, 대상의 빈틈에서 감정이 발생한다. 그곳은 상실 감, 실망감, 욕정, 질투, 그리움 등의 여러 감정이 분출하는 샘이다. 이들은 엇갈림 내지는 파경에 이를 수밖에 없는 그 무언가가 있다는 것을 느낀다. 그 느낌이 '아무것도 없다(nothing)'라는 공허감이 아니라는 데 주목하자. 분명한 '무언가가 있다(something)'라는 느낌이다. 그곳에서 어떤 감정이 끊임없이 샘솟기 때문이다. 해소되지 않는 스크래치와 소음이 만드는 저 불편한 감정은 믿기 힘들 정도로 강렬하고 명증해서 삶을 흔들 정도로 격렬해지기도 한다. "나는 천천히 심호흡을 했다. 하지만 그 느낌은 사라지지 않았고, 더욱 심해졌다."(「담요」)

욕망은 타자의 보증을 필요로 한다. 그런데 그것을 보증해줄 상대를 찾지 못한다면, 아니 상대의 욕망을 알 수 없다면 어떻게 해야 할까? 상대를 (나의 시선 안에) 고정해놓고 나의 욕망으로 그 자리를 채우는 방법이 있다. 그가 거기에 없다는 것을 확인함으로써 욕망을 자극(유지)하는 방법이다. 그 구체적인 형태가 의처증, 의부증이다. 「폭우」에는 갑작스러운 사고로 시력을 잃은 남편이 등장한다. 아내는 대중문화 강좌에서 만난 남자 강사와 몇 차례 사적으로 만났다. 아내는 강사에게서 지적인 만족을 얻었다. 그 사실을 알게 된 남편이 강사를 집으로 초대하자고 제안한다.

"그렇게 쳐다보지 마세요."
그녀의 남편이 불쑥 말했다. 그녀가 뭐라고 말하기도 전에 남편이 먼저 입을 열었다.

 "선생님은 어떻게 그렇게 똑똑할 수 있습니까? 어떻게 그렇게 모르는 것이 없습니까? 저에게도 좀 알려주세요."

 그녀의 남편은 숟가락을 탁자 위에 올려두고, 깍지를 끼고 그 위에 턱을 받쳤다. 아무것도 보이지 않는다는 것이 확실했지만, 그는 마치 무언가 보인다는 듯이 행동하고 있었다. 그녀는 그런 남편을 보자, 그가 교통사고를 당했을 때 죽은 사람처럼 눈을 감고 누워 있었던 모습이 떠올랐고, 그때 느꼈던 감정들이 다시 한번 자신에게 되돌아오는 것을 느꼈다.

—「폭우」, 340~341쪽

 맹인인 남편이 강사에게 "그렇게 쳐다보지 마세요"라고 주장함으로써 주변을 놀라게 만드는 장면이다. 그 놀람은 아내 앞의 대상(맹인 남편)이 상실한 대상(온전한 눈을 가진 남편)을 대신하는 역할을 함으로써 생긴 착시의 효과이다. 아내는 교통사고를 당한 남편이 마치 죽은 사람처럼(눈을 감고) 누워 있던 모습을 보고 느꼈던 강렬한 감정을 다시 체험한다. 그때는 생명이 온전한 남편이 죽은 남편을 대신하고 있었다. 아내는 이 뒤집힌 사건에서 동일한 정서의 분출을 느낀다. "가슴속에서 무언가 요동치던 그 느낌." 그것은 즉각적이고 역동적인 정동(情動)이다. 비록 그녀가 단 한 번도 남편이 죽기를 바란 적은 없었을 것임에도 불구하고, 그것은 (남편의 불행을 담보로) 훔쳐온(발생한) 감정이기 때문이다. 아내는 부부에게 내린 불행이 둘의 무지 즉 자신의 착오(무지)와 남편의 무지(눈멂) 때문이라고 생각한다. 그러나 남편의 행동(외양)을 통해서 그녀가 배워야 할 점은 단순한 무지를 넘어서는 무언가, 즉 (비)지식의 차원이 있을지 모른다는 사실 아니었을까.[7] 「폭우」에 등장하는 강사의 존재를 저 부부 사이에

---

7) 슬라보예 지젝, 『부정적인 것과 함께 머물기』, 이성민 옮김, 도서출판b, 2007, 416쪽. 지젝이 말했듯이 '기표의 보편성'은 기표사슬의 평준화를 성취함으로써 가능해진다. 보편적

끼어든 제3의 인물로 지목하고 싶은 독자가 있을지도 모르겠다. 그러나 강사의 자리는 또다른 짝패 구조의 일부에 귀속되어 있다. 강사가 맹인 남자의 집에 초대받은 날, 강사의 아내는 그의 뒤를 밟았다. 아내는 그곳이 바로 불륜의 현장이라고 생각한다. 폭우가 쏟아지는 도로 위에서, 아내가 남편에게 집요하게 캐묻는다. 남편은 교양 있는 고상한 강사에서 경박한 거짓말쟁이로 바뀐다. "못생기고 가난한 여자였어. 나와 어울리지 않아."(343쪽) 요컨대 남편의 부정(不貞)을 막으려는 행위가 남편의 존재 자체를 부정(否定)하게 만들었다.

맹인 남편과 아내로 구성된 커플을 A부부라 하고, 강사 남편과 의심하는 아내로 구성된 커플을 B부부라고 부르자. A부부의 경우, 앞을 못 보는 남편이 상징하는 것은 맹목(盲目)이다. 상대를 쳐다볼 수 없거나 쳐다보지 않는 자, 즉 눈먼 자의 자리이다. 남편은 아내의 감정이나 상태, 느낌 등을 볼 수 없는(보지 않는) 자이다. 때문에 남편은 아내에 대해 아무것도 알지 못한다. B부부의 경우, 아내의 의부증은 남편을 너무 많이 쳐다보았기 때문에 발생한 것이다. 시선의 과잉이 있는 것이다. 그녀는 너무 많은 것을 보았고 지나치게 많이 알고 있다(고 생각한다). 그러나 사실 지나치게 많이 알 수는 없다. 상대의 자리는 앎으로 해소할 수 없는 빈 공간을 품고 있기 때문이다. 아는 자는 속지 않기 위해 주의를 기울인다. 그러나 속지 않는 자가 가장 제대로 속는 자이다. 그 사람은 오로지 자신의 눈만을 믿기 때문이다. 남편이 물었다. "당신도 봤을 거 아냐."(343쪽) 이들은 동일한 대상을 보았으나 전혀 다른 것을 보았다(혹은 다르게 이해한다). A부부와 B부부는 각자 자신의 배우자에게 사소한 거짓말을 하였고, 배우

인 앎으로 주인기표(S1)와 개별기표들(S2, S3……) 사이의 간극을 메울 수 있다고 말하는 것이다. 그러나 지식의 차원으로 환원될 수 없는 근본적인 결락은 존재한다. 손보미는 느낌의 잉여물을 앎의 차원에서 설명하려는 시도가 번번이 실패할 수밖에 없다는 점을 강조하고 있다.

자들은 상대를 조금씩 오해하였다. 하지만 어느 누구도 부도덕한 일을 저지르거나, 그것을 준비하고 있다고 말할 수 없다. 이들 부부의 불균형은 누군가의 도덕적 결함이나 결정적인 실수 때문에 빚어진 것이 아니다. 그저 어떤 삐걱거림과 균열이 있었을 뿐이다. "보지 못했거나, 혹은 보고도 못 본 척했다"(325쪽)는 것. 문제는 이 균열이 둘의 구조 안에 내속적이라는 것. 그리고 그 균열에서 감정이 조금씩 흘러나와 둘을 물들이고 있다는 것. 한 부부가 나오든, 두 커플이 등장하든(「폭우」), 세 커플이 등장하든(「육인용 식탁」) 이 절차는 동일하다. 문장 속에서 '약간' '그저' '조금' 등의 부사어를 통해 표현된 미세한 불균형은 합리적인 판단력을 조금씩 무력하게 만든다. 구조의 불균형은 결국 누군가 내 몸의 한 부분을 몰래 떼어간 것과 같은 강렬한 감정을 강요하는 순간까지 계속된다. 그 감정은 무언가 영영 잃어버린 것 같은 슬픔이면서, 동시에 한 번도 상상해본 적 없는 방식으로 감지되는 격렬함이다.

4. 태초에 오해가 있었다: 김성중의 소설

정용준 소설의 느낌이 서사의 폭력과 도착에서 연원한다면, 손보미의 느낌은 짝패 구성의 불균형에서 나온다. 전자가 지식 '이전'에 발생한 근본 감정이라면 후자는 아직 도착하지 않은 지식 '너머'의 차원에서 들고 나는 감정이다. 김성중[8]의 느낌은 또다른 단락의 지점을 보여준다. 즉 정체성의 안과 바깥이라는 차원의 어긋남. 김성중 소설의 특징 중 하나는 정체성 문제와 관련된 화두가 소설의 어느 지점인가에 걸린다는 점이다. 사회적 위치와 실제 자리, '상상적 나'와 '상징적 나', 경험적 주체와 의식적 주체 사이의 분열 등이 그것이다. 정체성 문제가 제기하는 사안들은 여러 가지 분열의 지점들과 관련된다. 「계발선인장」의 일신교 교주가 그

---

8) 소설집 『개그맨』(문학과지성사, 2011)에 수록된 단편들을 대상으로 삼는다. 김성중의 다른 소설에 대한 논의는 이 책의 앞 글, 「빠져나가는 것」 참조.

것의 극명한 예이다. 그는 신의 대행자라는 강요된 정체성과 늙고 가난한 노인 사이에 있다.

감정의 변곡에 관해서라면, 개그맨보다 심한 굴곡을 겪는 사람이 많지 않을 것이다. 김성중의 개그맨은 정서적 원천의 단계를 구체적으로 보여주는 표상이다. 「개그맨」의 '나'는 개그맨이 무명이었던 시절에 그와 연인 사이였다. 그녀가 알고 있던 개그맨은 진지하고 섬세한 남자이다. 둘이 헤어진 후, 그는 자신의 진지함을 희화화하는 개그 패턴으로 대중들에게 이름을 알리게 된다. 그는 개그계를 접수한 상징적 이미지로서의 개그맨, 나이든 평범한 남자로서의 자연인 개그맨, '나'의 기억 속에 남은 진지한 개그맨, 미국으로 건너가 커밍아웃한 개그맨 등으로 분열되어 있다. 외부적 이미지와 내적 실상 사이의 분열은 많은 소설들에서 두루 살펴온 상식적인 테마이다. 김성중이 선보인 서사의 독특성은 정체성 탐색의 문제가 정서적 단락을 통해서 드러난다는 점에 있다. "난 웃을 수 없어서 웃기는 사람이 된 것뿐이야."(「개그맨」, 75쪽) 그가 선보인 유머 코드는 상황에 맞지 않게 행동을 하면서도, 자신의 행동이 무슨 의미를 갖는지 모르겠다는 태도를 보이는 개그다. 그의 개그 코드는 두 번의 정서적 단락을 경유하여 완성된다. (1)그는 웃기려는 의도를 갖고 있지 않다(그는 진지하다), (2)그의 행동이 웃기는 상황으로 대중에게 받아들여진다(그는 진지하지만 그의 행동은 유머를 낳는다). 이중적인 단락은 두 번의 오인, 오지각을 통해서 발생한다. 나의 의도(진지함)가 실패하는 그 지점에서, 그 실패(개그)가 다시 한번 오해(개그맨)됨으로써 웃음이라는 정서가 유발되는 것이다. 그로써 개그맨은 웃지 않는 자가 웃길 수 있다는 금언을 구현한다. 정서의 단락은 입을 틀어막는(gag: 재갈) 단절감을 반복(통과)할 때 비로소 개그(gag: 유머)로 완성된다. 실패를 통해서만 자신의 사회적 정체성을 확보할 수 있었다는 것은 거기서 발생하는 난감함(기뻐할 수도, 슬퍼할 수도 없는 느낌)이 바로 그 정체성의 정서적 등가물이라는 것을 보여준다.

김성중의 소설은 오지각을 통해서 정서를 유발하는 고장난 필링 머신이다. 오인을 통한 정서 유발이 정체성을 확인하도록 만드는 기제라는 말은 타자와의 관계가 정동 발생의 영향관계 아래에서 생겨난다는 것을 의미한다. 「머리에 꽃을」은 '휴먼 플라워'라는 새로운 인류의 탄생을 보여준다. 어느 날 사람들의 머리 위에 꽃들이 돋아나는 믿을 수 없는 사건이 발생한다. 꽃이 난 자리에 탈모 증상이 동반되었다는 사실에 미루어보면 꽃은 머리카락을 대체하는 것이다. 머리카락은 인간의 외양을 구성하는 요소이지 정체성을 보여주는 자질이 아니다. 그런데 인간의 몸이 꽃의 뿌리가 됨으로써 몸 전체가 꽃의 한 부분으로 귀속되는 전도가 발생한다. 아름답고 희귀한 꽃이 사람들에게 인기를 끌고 "우연으로 팔자를 고칠 수 있"(207쪽)게 되면서, 꽃이라는 기표가 사람의 정체성을 결정짓는다. 이 역시 정체성과 외양의 불일치가 만드는 정서적 단락의 하나이다. 머리에 꽃을 단 여자라니, '미친 여자'를 떠올리는 것도 무리는 아니다. 이들이 사랑에 미친 자들이니까. 이들이 모여 있는 우주는 이제 "꽃밭으로" 변한다. 말 그대로 축제의 공간이다. 축제는 꽃들의 집합으로 유비되는, 느낌의 유통 시장이다. 그런데 마을 사람 모두가 꽃이 됨으로써, 즉 모두가 자기 느낌의 대변자가 되었기에, 더는 유통할 게 남지 않게 된다. 이처럼 '머리에 꽃을' 꽂은 이들은 꽃의 한 부분(뿌리)이 됨으로써 느낌의 상징물이 된 자들이다. 감각의 향연이 있다면, 고통의 바다도 있다.

　　치유의 바다를 찾아 용궁을 건설했을 때, 그의 간은 파란만장한 삶을 살아온 자답게 상처로 가득했다. 일흔을 넘기면서 그는 서서히 죽음을 준비해야겠다고 생각했다. 그런데 함께 온 무리들이 모두 죽고, 그들의 자식과 손자 들이 죽을 때까지도 그에게 죽음은 찾아오지 않았다.
　　죽음이 사라진 시간은 그에게 가상의 것이나 다름없었다. 시간은 부메랑처럼 돌아와 상처를 마모시켰다. 그러자 모종의 역류가 일어났다. 길고 평화로운 시간을 보내는 동안 그는 서서히 자신이 구축한 질서에 걸맞지 않은 존재로 변해버린 것이다. 어떤 상처를 받아도 재생되어버리는 간 때문에 그는 위기에 처했다.

"용궁은 지상과 달리 튀어나온 부분이 아니라 오목하게 들어간 부분, 상처받고 손상된 부분을 개인의 존재 이유로 치는 곳이라네. 그런 의미에서 난 부적격자인 셈이지. 이는 은유가 아니라 의학적 진단일세. 치유의 바다에서 살아가려면 합당한 상처가 있어야 해. 이곳에서 상처는 시민권이나 다름없으니까."

—「간」, 252쪽

「간」은 토끼의 간에 관한 잘 알려진 민담을 패러디한 소설이다. 「머리에 꽃을」에서 머리 위로 튀어나온 부분(꽃)이 정체성을 결정한다면, 「간」에서는 상처받고 손상된 부분, 거기서 비롯된 고통과 슬픔의 감정이 그곳에 사는 이들의 존재 조건을 결정짓는다. 용왕은 죽음을 걱정하는 것이 아니라 죽지 못하기 때문에 괴롭다. 용왕이 이 세계에 걸맞은 존재가 되기 위해서 고통이 필요하다. 상처가 시민권이 되는 마조히즘적인 세계는 흠집난 간을 요구하는 세계이다. 치유되지 않는 상처와 감정적 앙금과 찌꺼기 욕망의 집적소가 바로 간이다. 상처를 은폐한 세계, 꽃으로 대표되는 향유와 쾌락의 공간이 「머리에 꽃을」에 있다면, 「간」에는 상흔을 노출하는 세계, 간으로 대표되는 치유와 고통의 공간이 있다.

「순환선」은 정체성을 갈라놓는 상반된 느낌이 두 개의 정체성으로 분리된 경우를 보여준다. '나'는 악몽 속에서 지하철 2호선 순환선의 여기저기를 헤맨다. 출구는 봉쇄되어 있고, '나'를 잡아먹으러 식인귀가 출몰한다. 악몽 바깥의 '나'도 순환선에 갇혀 있기는 마찬가지이다. "집은 아현동, 회사는 강남, 학원은 목동에 있는 내게 2호선이 멈춰버린 건 생활 자체가 돌아가지 않는다는 것을 의미한다."(267쪽) 소설의 끝에서 악몽 속의 '나'는 열차의 레일을 잘라냄으로써 탈출에 성공한다. 그것은 바깥의 '나'가 악몽에 사로잡히는 것을 의미한다. 꿈의 안팎에 있는 둘은 순환선의 회로에 영원히 갇혔던 것이다. '나'와 '나의 악몽'이 뒤바뀌는 순환선의 구조는 욕망의 언어로서 느낌이 갖는 지위를 극명하게 보여준다. 식인귀의 하염없는 추격을 받는 출구 없는 순환선 속의 '나'는 자기 욕망이 말하는 바로서의 '나'가 아니겠는가. 식인귀가 된 꿈속의 '나'야말로 욕망의 순수한 존재(꿈밖에서는 불가능한 존재)이다. '그'가 꿈밖의 '나'와 자리를 바꾸었다고 해서 변한 것은 아무것도 없다. 여전히 '나'의 일부는 악몽에 갇혀 있고, 다른 일부는 현실을 살아가고 있으니까. 여기서 '나'는 그 둘의 내속적인 분열에 의해 둘로 갈려 있다. 이 틈새에서 공포, 불안, 분노, 살의 등의 바닥없는 감정들이 넘실댄다.

5. 느낌의 서사학을 위하여

세 명의 젊은 작가들이 구현하는 느낌의 서사를 살펴보았다. 느낌을 위해 생겨난 서사(정용준)가 있는가 하면, 느낌을 발생시키는 장치인 짝패 서사(손보미)가 있고, 의도와 정체성 사이에서 발생하는 느낌(김성중)도 있다. 서사의 산물로서 발생한 느낌이 아니라, 느낌이 서사의 원천이 되고(정용준) 구성원리가 되며(손보미) 결말이 되는(김성중) 소설들이 있는 것이다. 이를 느낌의 서사학이라 명명할 수 있을 것이다. 심리적인 동요와 충동이 만들어내는 진정한 욕망의 지리학은 의식이 만들어낸 관념, 지각이 만들어낸 감각과는 다른 차원에서 중요한 서사적 동력이 된다. 세 작가가 보여준 느낌의 강도는 일시적이고 일반화된 감정과는 구별될 필요가 있다. 슬픔을 견디는 자, 고통받는 인간이 지향하는 바는, 완전한 기쁨이나 영원한 안식을 얻는 게 아니다. 잊지 못할 수치심과 명백한 고통이 일상적 차원으로 희석되거나 평준화되는 것을 거절하는 일이다. 그것이야말로 주체를 주체이게 만들어준다.

정념의 수용기(受容器), 공감의 문학
— 한강, 김애란, 황정은의 소설

1. 고통의 연대

진정한 '공감'[1]은 어떻게 가능할까? 공감(compassion)이란 의식적인 동일화나 연민의 투여를 의미하는 것이 아니다. 글자 그대로 그것은 '함께 고통받는다(com-passion)'는 뜻이다. 공감이란 고통의 연대를 통해서 나와 타인이 공명하는 사태를 이른다. '함께 운다'는 공명(共鳴)의 의미를 염두에 둔다면, 공감이 놓인 위상을 짐작할 수 있을 것이다. 데카르트가 육체적 움직임의 수동적인 반응으로 정의한 감정(emotion)은 주체와 세계의 감응작용을 뜻한다. 감정이 의식이나 이성의 작용보다 열등한 것으로 평가되었던 이유는 감정이 신체를 통한 즉각적인 인식이나 심정적 반응과 관련되기 때문이다. 몸의 작용과 관련하여 느낌, 감각, 정서 등 유사한 계열의 개념어들이 있다. 이 글에서는 수동적인 고통을 수반하는 정서적 개념으로서 정념(passion)의 차원에 한정하여 논의하겠다. 정념

---

1) 'compassion'의 번역어이다. 동정, 연민 등의 계열로 해석될 수도 있겠지만, 이 표현들이 강요하는 위계적인 뉘앙스와 거리를 두기 위해서 이 글에서는 '공감'이라는 용어를 사용한다.

론은 인간이 외부에 노출된 존재라는 것, 하여 불수의적으로 반응할 수밖에 없는 존재라는 사실을 말해준다.

정념의 문학론에서 제1원칙은 '세계를 느낀다'라는 명제로 설명될 수 있다. 자극은 바깥에서 온다. 우리가 흔히 정념을 수난담이라고 이해하는 것은 그것이 외적 자극에 대한 수용적 태도를 의미하기 때문이다. 그러나 수동성이 무능력을 의미하는 것은 아니다. 영향을 줄 수 있는 것이 능력의 문제라면 영향을 받을 수 있는 것 역시 능력의 문제이다. 상황에 예민하게 반응하고 그것을 수용한다는 것은 큰 능력이다.[2] 그렇다면 느낌은 어떻게 오는가? 감각을 통해서, 외부의 자극을 지각하는 데서 온다. 꿈을 생각해보자. 꿈 작업은 혼란스러운 표상들을 결합하는 일을 한다. 즉, 그것은 지각의 동일성을 위해서 꿈 작업이 하는 일이다. 꿈에서 드러나는 이상한 표상들의 부상(浮上)과 결합은 외적 자극을 동일한 수준에서 설명하려는 정신의 작용이다. 우리는 그것의 작인을 무의식이라 부른다. 따라서 1차적인 정념은 무의식에서 솟아나온다. 감각적 체험을 통해 의식으로 분리해낼 수 없는(의식이 파악하지 못하는) 낯선 정서를 발견하는 차원이 바로 이 차원이다. 2차 정념은 타자와의 접촉을 통해서 유발되는 정서이다. 육체적 감각이 표상의 질서를 통과하고 나면, 우리의 의식에도 수용가능한 형식으로 정돈된다. 그것은 언어라는 상징화 단계를 통과한 정념이다. 우리는 이것을 쾌, 불쾌의 감정으로 정의 내린다. 3차 정념은 정념과 정념이 만나 변용(배가/배감)되는 양상을 보여주므로 메타-정념이라고 부르는 것이 온당할 듯하다. 정념과 정념의 만남, 그것은 이데올로기적인 향락을 넘어설 수 있는 정념론의 근거가 되며, 우리는 그것을 사랑이라고 부른다.

---

2) 진은영, 「감응과 유머의 정치학」, 『시대와 철학』 제18권, 2007, 434쪽 참조.

2. 세계를 느끼다: 정념의 발견

한강의 「회복하는 인간」(『작가세계』 2011년 봄호)은 (작가의 말에 따르면) 고통에도 유효기간이 있을까, 하는 질문에서 출발한 작품이다. '나'는 죽은 언니의 장지(葬地)에서 발목을 다쳤는데, 다친 부위에 뜸 치료를 받다가 이번에는 화상을 입었다. 거듭된 상처가 조금씩 아물어가는 동안 마음속에 숨겨두었던 상처가 조금씩 드러난다. '나'는 죽은 언니와 오랜 시간 소원한 사이로 지냈다. 언니가 투병하던 마지막 3개월 동안 '나'는 언니를 찾지 않았다. 언니가 죽고 난 후에야 죄의식이 '나'를 괴롭힌다. 피부에 남은 물리적 상처보다 뒤늦은 마음의 상처와 회한이 더욱 고통스럽다.

당신은 모른다.
목이 말라서 눈을 뜬 차가운 새벽, 기억할 수 없는 꿈 때문에 흠뻑 젖은 눈두덩을 세면대 위의 거울 속으로 들여다보리라는 것을 모른다. 얼굴에 찬 물을 끼얹는 당신의 손이 거푸 떨리리라는 것을 모른다. 한 번도 입 밖으로 뱉어보지 않은 말들이 뜨거운 꼬챙이처럼 목구멍을 찌르리라는 것을 모른다. 나도 앞이 보이지 않아. 항상 앞이 보이지 않았어. 버텼을 뿐이야. 잠시라도 애쓰고 있지 않으면 불안하니까, 그저 애써서 버텼을 뿐이야.
—「회복하는 인간」, 34쪽

저 말들은 의도된 말이라기보다 무의식중에 흘러나온, 누설된 말에 가깝다. 이 말들은 미래의 어느 시점을 당겨, 지금의 고통을 설명한다. '나'는 앞으로 악몽과 불안한 시간들을 견뎌야 할 것이다. 꿈속에서 "꼬챙이처럼" 목구멍을 찔러오는 고통을 참아내야 한다. 사실은 이 고통이야말로 언니와의 관계를 회복하기 위한 전제이다. '나'는 '고통받을 수 있는 능력'을 복원할 필요가 있다.

더러 논의된 바 있듯이 한강의 소설에서 꿈과 환상은 타인의 고통을 상상하고 그로써 전유하는 공감의 매개 장치다.[3] 어떤 고통을 꿈이나 환상에서 체험함으로써 고통의 감각에 동참하는 것이다. 이번에는 중편소설 『노랑무늬영원』(문학과지성사, 2012)을 살펴보자. 화가인 현영은 2년 전 교통사고로 두 손을 다쳤다. 의사는 "인체의 자연치유력을 믿어보자"(142쪽)고 했지만 결국 두 손을 제대로 사용하지 못하는 불구가 되었다. 그녀는 자신이 "골칫덩어리" "철저히 쓸모없는 존재"가 되었다고 생각하고 절망한다. "감정, 사랑, 연민 따위…… 환상과 주관성, 소위 정이라 불리는 것을 필요로 하는 모든 감정들"마저 잃어버린다. 그러던 그녀가 어떤 환영을 통해서 '느낌'을 되찾는 경험을 하게 된다.

　　이렇게 더 작아져간다. 더 지워지고 뭉개어진다. 다만 이상한 것은, 모든 것이 뭉개어지는 데 비례하여 오히려 감각들은 선명하게 살아난다는 것이다. 회칼처럼 예리해진, 예전에는 가져본 적 없었던 눈과 귀와 코와 피부와 혀의 감각들을 느낀다. 그리고 그보다 명징한, 이름 붙일 수 없는 감각. 육체에서라고도, 영혼에서라고도 할 수 없는, 그것들이 분리될 수 없는 어떤 부분에서 뻗어나온, 무섭도록 절실한 촉수를 느낀다.

　　　　　　　　　　　　　　　　　　　　　　　　　　　　—『노랑무늬영원』, 299쪽

"예전에는 가져본 적 없"는 "이름 붙일 수 없는 감각", 그것은 '나'의 내면이 빚어낸 감정이 아니라 낯선 타자성의 감각이다. 아직 완전히 내 것이 아니면서도, 여전히 "분리될 수 없는 부분에서 뻗어나온" 나의 감각

---

3) 손정수, 「식물이 자라는 속도로 글쓰기—한강론」, 『작가세계』 2011년 봄호, 75쪽. 손정수는 한강의 소설에서 꿈과 환상이 "타인의 상상된 고통이 주체의 것으로 전유되는 독특한" 장치라고 말한다. 한강의 인물들은 꿈과 환상의 기제를 통해 "주체와 타자가 일체화되는 과정을 경험"한다. 무의식은 타인의 고통을 상상하고 이해하고 전유하는 공감(compassion)의 매개이다.

이다. 그것은 타인을 향한 관습적인 지각 작용 '이전'에 발생하는 감정이다. "무섭도록 절실한" 저 느낌은 상투적인 감응 작용을 배제하는 역동적 정동에 가깝다. 육안으로 드러나지 않는(비가시적인) 감각이 가시적으로 드러나는 순간이라 말할 수 있다. 그러한 느낌을 통해 '나'는 다른 존재들과 공통의 지평을 갖게 된다.

한강의 또다른 소설들은 꿈 혹은 환상과 같은 무의식의 무대에서 떠올라온 고통스러운 감각이 공감의 전제가 된다는 사실을 보여준다. 고통은 나의 고유한 영역이 아니라 외부에서 들어온, 때문에 외부와의 연대를 증명해주는 공통감각이다. 고통의 공유가 정념의 공유로 전환되는 지점이 바로 이곳이다. 정념은 홀로(자발적으로) 발생하지 않는다. 나와 나 아닌 얼굴들이 대면하는 환상의 공간에는 헛것인지, 빛인지, 덩어리인지 분별할 수 없는 무언가가 있다. 이것이 고통의 1차과정이다.

3. 세계와 접촉하다: 정념의 교환

김애란의 『두근두근 내 인생』(창비, 2011)에 등장하는 열일곱 살 '한아름'의 경우는 어떤가. 이 작품을 읽으며 우리는 아름이가 조로증이라는 고통스러운 육체의 감옥 속에서도 끝내 유머를 잃지 않는 것을 마음 아파하면서도 조금 의아하게 여길 것이다. 정신은 십대인데 육체는 이미 칠팔십대 노인이 되었다는 것, 이것이야말로 정념(수난, passion)을 발생시키는 장치이다. 그렇다면 아름이의 유머는 이 고통스러운 정념을 넘어서려는 안타까운, 하지만 무의미한 시도가 아니겠는가? 그것은 인생의 비극을 감추려는 안쓰러운 희극이 아닌가? 하지만 우리는 정작 아름이의 태도 속에서 자신의 비극을 비극으로 인지하는 정념이 발견되지 않는 것을 확인할 수 있다.

이렇게 말할 수 있을 듯하다. 공감에는 두 가지가 있다. 함께 울거나 함께 웃는 것. 울음과 고통을 나눌 때 우리의 울음은 과거를 향해 간다. 울음은 둘 사이에 (이미 벌써) 결여된 무언가를 메우는 것이다. 때문에 울음을 회상의 형식이라 말할 수 있다. 울음은 둘 사이를 가로지른 결락을 채우면서 흐른다. 반면에 웃음은 현재에 머문다. 웃음은 터뜨려지는 것으로서 현재성을 가지고 있다. 아름이의 유머에는 과거가 없다. 액자소설로 쓰인 이 소설의 결말부는 부모의 연애담을 담고 있지만, 그것은 과거가 아니라 미래의 이야기이다. 아름이가 갖지 못한 행복한 한 시절에 대한 미래의 회고담이기 때문이다. 여기서 확인할 수 있는 아름의 유머는 육체의 끝에 이른 한 정신이 자신의 종말을 끊임없이 현재로 바꾸어내는 노력의 소산이다.

물론 비극적 상황 자체가 해소될 수는 없다. 조로증은 부모 자식 간의 관계를 이상하게 뒤틀어버린다. 아름이의 늙음(성숙함)은 부모의 어림(철없음)과 대비되어 공감의 연대를 만들어낸다. 아름이가 부모의 사랑을 개괄할 수 있었던 것은 늙은이의 몸을 가진 아이, 즉 늙은(아)이이기 때문이다. '내가 젊었을 때에는 이러이러했지'라고 노인이 말한다("내가 좀 놀아봐서 알아", 206쪽). '내가 젊었다면 이러이러할 테지'라고 아름이가 말한다. 그 '젊었다면'의 가정법을, 아름이의 철없는 부모가 대신 수행하고 있는 셈이다. 이로써 아름이는 부모의 슬픔을 이해할 수 있다. 부모는 죽어가는 자식을 바라보며 아름의 고통에 동참한다. 성숙한 아름의 유머와 철없는 부모의 울음이 교차하는 지대에 공감의 영역이 있다.

무엇보다도, 공감의 가능성은 아름의 첫사랑을 통해서 발견된다.

갑자기 그가 긴 침묵을 깨고 입을 열었다.
"미안하다……"
순간 나는 내 귀를 의심했다.
(……)
"서하니?"

"......"

"서하야?"

"......"

갑자기 가슴이 심하게 방망이질치기 시작했다. 놀라움인지 노여움인지, 반가움인지 서러움인지 모를 떨림이었다. 나는 내가 그 감정이 무엇인지 알아내기도 전에 그애가 떠날까봐 겁이 났다. 어쩌면 이게 그애와 마주할 수 있는 마지막 기회일지도 모른다는 생각이 들어서였다. (……) 나는 내 앞의 누군가를 향해, 어두운 무대에 선 연극배우처럼 혼잣말을 했다.

"맞구나. 그럴 줄 알았어."

"......"

"전부터 꼭 하고 싶은 말이 있었는데, 이렇게 만나게 돼 다행이야."

"......"

(……)

"그래도 한 번쯤은 네게 이 얘기를 전하고 싶었어. 우린 한 번도 만난 적이 없지? 직접 목소리를 들은 적도 없고, 얼굴을 마주한 적도 없고. 어쩌면 앞으로도 영영 만날 수 없을 테지? 하지만 너와 나는 편지 속에서, 네가 하는 말과 내가 했던 얘기 속에서, 나는 너를 봤어."

"......"

"그리고 내가 너를 볼 수 있게, 그 자리에 있어주었던 것, 고마워."

—『두근두근 내 인생』, 307~309쪽

이곳에 아름이의 첫사랑이자, 함께 죽을병을 앓았던 펜팔 친구 '서하'는 없다. 서하 대신, 시나리오를 쓰기 위해 아름을 이용했던 "서른여섯 살이나 된 아저씨"만 있다. 인용문은 그 남자가 아름이에게 사과하기 위해 병실을 찾아오는 장면이다. 그런데 아름이는 그에게 진심으로 고맙다고 말한다. 함께 나눈 편지 속에서 "내가 너를 볼 수 있게, 그 자리에 있어주었던 것, 고마워"라고. 이 고마움은 진정한 고마움이다. 그의 정체가 밝혀졌다고 해서 아름이와 대화를 나누고 편지를 주고받았던 서하의 '자리'가 사라진 것은 아니다. 이야기를 나눌 수 있는 자리가 있다는 것, 즉 정념을 발생시키고 정념을 교류하는 자리가 있다는 것, 그것이야말로 서하의 정체보다 중요한 것이다. 아름이는 말한다. "나는 그애가 더이상 그애이지 않는다는 걸 알면서도, 가슴이 떨렸다"(289쪽)고. 아름이는 서하와 정념을 교환했고, 때문에 공감할 수 있었다. 이 공감, 고통을 연대하는 장면이야말로 이 소설의 희비극이 가장 극적으로 드러난 장면이다. 서하의 정체가 폭로되고 확인되는 잔인한 비극과 그에게 고마움을 전하는 아름의 선한 심성이 노출되고 확인되는 희극이 여기에서 한데 겹친다.

이것이 2차적인 정념, 즉 세계와의 접촉을 통해서 생겨나는 정념의 교환이다. 서하의 정체가 폭로되는 순간 아름이의 모든 희망마저 뿌리째 뽑혀버렸다면? 이것은 냉소적인 사실의 세계가 아름의 정념을 억압한 사례가 되었을 것이다. 하지만 아름이는 서하라는 이름을 가진 저 남자에게 진심으로 고마워한다. 그와의 만남을 통해 아름이의 고통이 연대의 가능성을 찾았기 때문이다.

4. 세계와 연대하다: 정념의 배가(倍加)

『두근두근 내 인생』에서 서하의 자리만 있을 뿐 아름이가 알고 있던 서하는 세상에 없었다. 고통의 연대, 곧 공감의 가능성은 제시되었지만 공감을 함께 나눌 타자가 아직 없었던 셈이다. 아름이의 주변에 있는 이들 모두가 조금씩 그러하다. 부모는 아름이보다도 철이 덜 들었고, 동네 할아버지는 치매 걸린 아버지에게 구박을 받는 어린아이 신세다. 이 소설이 결말부에 작성된 액자소설을 청춘 로맨스소설의 문법으로 작성한 것도 이 때문이 아닐까. 정념의 대상은 있으나 정념의 어긋남은 없는 소설, 오직 나의 정념이 달려갈 파트너만 설정되어 있는 소설이 로맨스소설의 형식이기 때문이다. 정념론의 타자란 나의 정념을 거절하거나 나의 정념과 어긋난 정념을 가질 가능성이 있는 타자여야 한다. 그렇다면 나와 다른 존재가 어떻게 나의 정념을 한아름 품에 안을 수 있을까? 정념의 정념, 곧 메타-정념의 차원은 어떻게 가능할까?

황정은의 『百의 그림자』(민음사, 2010)에서 이루어지는 대화를 들어보자. 신형철이 적절하게 설명했듯이 두 인물 사이에 이어지는 대화는 천진무구할 뿐 아니라 전력을 다해 이루어진다. 이들은 "느리고 조심스럽고 겸손"하게 이야기한다.[4] 그리하여 이들의 발화는 상대의 의도를 함부로 해석하지 않으며 속물적인 이해타산을 끌어오지 않으면서 폭력적인 언어로부터 거리를 확보한다. 때문에 이들의 대화는 그 자체로 아름다운 장면이 된다.

거기도 정전인가요?
네.
어두워요, 여기도, 라고 해놓고 한동안 말이 없었다.
은교씨, 하고 무재씨가 말했다.
왜 울어요.
안 우는데요.
우는데요.
내버려두세요.
무서워요?
네.
바보 같아요.
바보 아닌데요.

---

4) 신형철, 해설 「『百의 그림자』에 부치는 다섯 개의 주석」, 『百의 그림자』, 민음사, 2010, 186쪽.

바보예요, 라고 말하고 무재씨는 한숨을 쉬었다.

무재씨, 하고 내가 말했다.

네, 하고 무재씨가 말했다.

끊지 마요.

안 끊어요.

바보라고 해도 좋으니 끊지 마요, 라고 말해놓고 무재씨

쪽에서 들려오는 소리에 귀를 기울이고 있었다.

*

　　　　노래할까요.

해주세요.

무슨 노래 할까요.

구두 발자국.

은교씨, 그건 뭔가요.

하얀 눈 위에 구두 발자국.

강아지가 같이 간 구두 발자국. 누가, 누가 새벽에 떠나갔나.

……

안 되겠어요.

왜요?

목이 메서요.

이것도 메나요?

새벽에 떠나는데 강아지만 같이 갔다고 하고, 발자국만

남았다고 하고.

그럼 됐어요.

그렇죠?

다 불러놓고.

다른 것으로 할게요.

그러면 이야기 해주세요.

—『百의 그림자』, 91~92쪽

은교와 무재가 나누는 이 대화는 『百의 그림자』를 압축하는 핵심이다. 갑작스러운 정전에 은교는 어둠 속에서 공포를 느낀다. 사방이 어두워져서 아무것도 할 수 없다고 느꼈기 때문이다. 이때 무재가 전화를 걸어 은교를 안심시킨다. 은교와 무재는 상대의 말을 반복하는 형식으로 대화를 이어나간다. "끊지 마요." "안 끊어요." "왜 울어요." "안 우는데요." "우는데요." 상대의 말을 반복하면서 자신의 감정을 조금씩 더하는 방식의 대화이다. 이것은 타인의 말을 보존하면서, 거기에 자신의 말을 보태는 방식이다. 이때 타인의 정념은 나의 정념과 만나 배가된다. 서술의 속도는 지연되고 그를 통해 상대의 감정을 간직하려는 노력이 확인된다.

반복하기, 흉내내기 등 재서술의 형식을 띤 이들의 대화 속에서 정념은 재생산된다. 기쁨은 기쁨과 만나 더 큰 기쁨이 되고 슬픔은 슬픔과 만나 더 큰 슬픔이 된다. 이들의 대화는 상대에게 조율되어 있다. 이것은 진정한 타자가 보존되는 대화이다. 자의식적인 독백이나 정보 전달을 위한 기능적인 의사소통과는 구별되는, 정감의 소통이 목적인 대화인 것이다. 이것이 황정은식 대화법이 보여주는 핵심적 사항이다. 은교와 무재의 대화를 통해 이들이 상호존중과 상호인정을 전제하고 있는 관계임이 드러난다. 반복을 가져오는 차이로서의 순수한 대화이다. 여기서 반복은 상대를 있는 그대로 보존하는 형식으로 고안되었다.

죽어서도 남을 쓸쓸함이라면.

유도씨.

유도씨는, 덧없이 사라질 수 있을까.

에라, 하고.

유라, 혹은 미라, 하고.

나는 기다리고 있었다. 한 쌍의 원령으로 우리가 다시 만나게 될 날을 기다리고 있었다. 기다렸지만, 이처럼 묽고 무심한 상태가 되어가는 입장에서 언제까지 유도씨를 기다릴 수 있을지, 기다리는 데 성공한다 해도, 한 쌍의 원령으로서, 유도씨와 더불어 얼마나 함께할 수 있을지, 유도씨를 내버려두고 내가 먼저 흩어져버리는 것은 아닌지. 그러면 혼자 남은 유도씨는 어떻게 되는 건지. 확고하다고 할 수 있을 만한 것은, 아무것도 없었다.

그저 바랄 뿐이었다. 유도씨가 죽은 직후엔 아무런 일도 일어나지 않기를. 유도씨가 죽고 난 다음엔 무엇으로도 남지 않기를.

말끔히 사라질 수 있기를.

사라져버리기를.

부디.

부디.

대니 드비토.

유라.

양지 바른 곳에서, 유도씨가 말했다.

—「대니 드비토」, 57~58쪽

원령이 되어서 상대를 기다리는 쓸쓸함이라면 어떨까. 「대니 드비토」(『파씨의 입문』, 창비, 2012)는 기다림에 대한 소설이다. 유도보다 먼저 세상을 떠난 유라는 유령이 되어 그의 여생을 오롯이 기다린다. 유라는 유도가 "묽고 무심한 상태"가 될 때까지 그를 기다렸지만, 그가 쓸쓸함을 안은 채 자기처럼 남겨지기를 원치는 않는다. 과연 이들이 "한 쌍의 원령이 되어" 다시 함께할 수 있을까? 인용된 대화 부분에서 가시적으로(공백으로) 확인할 수 있듯이, 유라의 시간과 유도의 시간은 어긋나 있다. 문이 닫히고(유라는 사라지고), 유도씨의 목소리가 남았다. 유라의 부름에 뒤늦은 답변이 돌아온다. "유라." 유라의 목소리와 유도의 목소리 '사이', 저 공백에는 유도를 그리워하는 유라의 간절함이 고이고 유라를 사랑하는 유도의 진심이 남는다.

이것이 정념의 세번째 차원으로 타자와의 만남을 통해 배가된 정념의 차원이다. 정념과 정념이 만날 때, 조율된 정념은 서로를 배가하며 증폭된다. 슬픔이 더 큰 슬픔이 되면서 위로를 남기고, 기쁨은 더 큰 기쁨이 되면서 행복을 준다. 우리는 이런 사태를 사랑이라 부른다.[5]

5. 공감의 문학을 위하여

한강, 김애란, 황정은의 소설에서 저주받음(수난/정념)은 의미화의 핵심기제이다. 한강의 인물에게는 악화되는 상처(손에 난 상흔은 성흔으로 볼 수도 있다)로, 김애란의 인물에게는 저주받은 육체로, 황정은의 인물에게는 고난의 흔적으로서의 그림자(몸에서 분리되는 그림자)로 그것이 형상화되었다. 이들은 각각 세 가지 단계의 정념론을 보여준다. 1차 정념이 무의식의 접촉을 통해 고통(감각)을 발견하는 차원이라면, 2차 정념은 나의 정념을 이성과 일치시키는 과정을 말한다. 세계를 받아들이면서 내부로 유입된 정념을 이성적으로 정리하는 단계이다. 이때 정념이 발생하는 자리가 중요해지며 그 자리는 주체의 세계관이 부여하는 의미로 채워진다. 3차 정념, 즉 메타-정념은 진정한 타자의 정념을 받아들일 때 생겨나는 차원이다. 나의 정념과 타자의 정념이 서로를 감싸안을 때, 이데올로기적 동일시를 타파하는 연대의 가능성이 열린다. 요컨대 무의식으로서

---

5) 알랭 바디우, 같은 책, 339쪽. 사랑은 "동일자를 타자의 제단에 올려놓는 것"에 반대하는 것이다. 여기서 말하는 교섭으로서의 사랑은 '황홀한 하나됨'이 아니라 '둘이 하나로 세어짐'을 뜻한다.

의 정념, 세계관으로서의 정념, 연대하는 메타-정념의 단계라고 말할 수 있다. 그렇다면 정념의 연대를 통해 구원의 가능성을 이야기할 수는 없을까? 개별적인 고통이 구원의 문제를 이야기할 수 있다면, 그 이유는 무엇일까? 어떻게 정념이 다른 세상을 끌어안고, 나아가 세상을 구원할 수 있을까?

위의 질문에 답하기 위해서는 개별적인 고통의 총합, 즉 대문자 고통에 대해서 이야기해야 할 듯하다. 대문자 수난담(The Passion)은 그리스도의 고통을 뜻한다. 가장 비극적인 고통이 극화된 형태라 말할 수 있다. 우리는 그리스도의 수난담을 통해 정념 그 자체가 현시되는 장면을 목도하게 된다. "엘리 엘리 라마 사박다니."(「마가복음」 15장 34절) "나의 하느님 나의 하느님, 어찌하여 나를 버리셨나이까?" 신과의 연계가 끊어지고 지옥으로 떨어지려는 순간, 무력한 인간이 아버지-신을 찾는 목소리이다. 역설적으로 파멸의 순간 구원의 가능성이 열린다. 그리스도의 수난은 극단적 고통의 순간이면서, 모든 개별자의 수난(고통)을 대속하는 대수난이기 때문이다. 고통의 공명, 즉 공감(com+passion)은 개별적인 수난들의 총체를 말한다. 공감(com-passion)은 개별적인 고통의 합집합으로서 구원(연대)의 가능성을 보여준다. 정념'들'의 수용기(受容器)로서, 공감의 문학에 주목(해야)하는 이유가 바로 여기에 있다.

포즈와 프러포즈
— 편혜영론

1. 부췌(附贅)의 세계

> 마음이 무거워진 그들은 달리 할 일을 찾지 못해 신문에 실린 낱말 풀이
> 를 다 풀었다. 군더더기나 무용지물을 뜻하는 '부'로 시작하는 두 글자의
> 낱말을 찾는데 조금 시간이 걸렸지만 결국은 생각해냈다.
> —「관광버스를 타실래요?」, 105쪽[1]

편혜영의 세계에는 흥미로운 진입로가 하나 있다. 사소하다는 듯 작가
자신도 답을 밝히지 않고 슬쩍 지나간 저 두 글자의 낱말 말이다. 군더더
기나 무용지물을 뜻하는 '부'로 시작하는 두 글자의 낱말은? 답은 부췌(附
贅)이다. 부췌는 부록과 군더더기를 합친 말이다. 이 단어는 부록, 군더더
기란 말에 밀려, 일상적으로 쓰이지 않는 말이 되어버렸다. 단어의 뜻에

---

1) 이 글에서는 『저녁의 구애』(문학과지성사, 2011)를 중점적으로 다룰 것이다. 특별한 표시
가 없는 숫자는 이 책의 쪽수이다. 필요에 따라 『아오이가든』(문학과지성사, 2005), 『사육장
쪽으로』(문학동네, 2007), 『재와 빨강』(창비, 2010)을 언급할 때에는 표제와 쪽수를 밝힌다.

더해서, 그 용례까지도 군더더기가 되어버린 단어다. 군더더기라는 의미를 품고 있으면서 자기 스스로가 군더더기가 된 것. 그렇다면 이 단어야말로 자기가 가진 의미를 제 쓰임새로 실천하고 있는 말이 아닐까. 이 말은 편혜영의 세번째 소설집 『저녁의 구애』에서 이야기하는 존재론을 암시하는 열쇠어인 듯하다.

편혜영의 첫번째 소설집 『아오이가든』에서는 좀비가 등장했다. 좀비는 산 사람처럼 돌아다니는 시체이다. 다른 지면에서 나는 이를 '사물'이라 부른 바 있다.[2] 좀비가 상징적인 언어로는 이름 붙이지 못하는 무엇을 가리키고 있었기 때문이다. 소설 속에는 전염병이 창궐하는 도시와 폐허가 된 거리가 나온다. 도시 전체가 비극의 진앙이다. '사물'은 상징세계를 침범한 실재의 잉여였으며, 이것이 죽었으면서도 자기가 죽은 줄 모르는(그리하여 산 자들을 대신하는) 좀비로 태어났다. 두번째 소설집 『사육장 쪽으로』에서는 일상을 악몽으로 만드는 섬뜩한 사건들이 연이어 일어난다.[3] 전작이 그 자체로 지옥도였다면, 이 소설집은 악몽의 세계다. 어찌 보면 둘 사이에는 정도의 차이가 있을 뿐인 것처럼 보인다. 일상을 악몽으로 바꾸는 순간이 무수히 드러나기 때문이다. 가령 개에게 물린 갓난아기(「사육장 쪽으로」), 습지에서 발견된 아내의 사체(「밤의 공사」)가 그런 예이다. 편혜영의 세번째 소설집 『저녁의 구애』는 일상으로 한 걸음 더 걸어온 듯 보인다. 소설의 인물들이 귀환한 일상의 세계는 '사물'로 이야기될 수도 없으며, 백일몽과 비슷한 반쪽짜리 일상도 아니다. 어쩌면 그 이유가 부췌로서의 존재 때문이 아닐까.

『저녁의 구애』에 등장하는 인물들은 자주 군더더기 취급을 받는다. 이들이 독특성이나 개별성을 부여받지 못한다는 말이다. 가령 「동일한 점

---

2) 이 책의 「광장(Square)에 선 그녀들—2000년대 여성소설의 존재론적 지평」 참조.

3) 신형철, 해설 「섬뜩하게 보기」, 『사육장 쪽으로』, 243쪽.

심」에 등장하는 주인공은 "데칼코마니처럼 오전과 오후가 동일하게 반복되"는 하루하루를 보낸다. 반복되고 반복되고 또 반복되는 무미건조한 삶, 이를 '동일성의 지옥'에 갇힌 삶[4]이라 부를 수 있을 것이다. 그런데 여기, 일상의 지옥, 동일성의 지옥으로 설명되지 않는 어떤 잉여, 얼룩이 보인다.

> 열차가 들어와 모든 것이 끝나려는 순간, 경찰이 화면을 되돌렸다. 열차는 잘못 등장한 배우처럼 재빨리 화면 밖으로 사라졌고 사람들은 촐랑거리며 뒷걸음질쳤다. 사내는 초능력자처럼 뒤로 가볍게, 단숨에 레일에서 플랫폼으로 뛰어올랐다. 시간을 거슬러 다시 플랫폼에 선 사내는 신문을 읽고 있다고 생각한 것과 달리, 그저 신문을 쥐고 멍하니 열차가 들어올 쪽을 보고 있었다. 불빛에 홀린 듯 열차를 빤히 보던 사내가 주위를 둘러보고는 레일 쪽으로 뛰어내렸다. 사내가 선로 아래로 사라진 직후 사람들이 우왕좌왕 모여드는 틈에 그가 허리를 구부렸다가 펴는 게 보였다. 화면상으로 허리를 구부리고 있는 동안 무엇을 했는지 보이지 않았다. 그는 알았다. 사내가 뛰어내렸고 그는 그저 자기 발밑으로 굴러온 사내의 신문을 주웠다. 신문은 잔뜩 구겨져 있었다.
>
> ―「동일한 점심」, 86쪽

지하철 선로 밑으로 한 남자가 뛰어내렸다. 주인공인 복사실 사내는 투신한 남자가 남긴 신문을 주워 경찰서를 찾아간다. "저는 그 사람이 떨어뜨린 신문을 주웠습니다."(88쪽) 그러자 경찰은 "그런 건 그냥 버리"라고 말한다. 타살인지 자살인지에만 관심이 있는 경찰에게 신문 따위는 진즉 쓰레기통에 들어갔어야 할 군더더기에 지나지 않는다. 이 신문이 바로 남

---

4) 김형중, 해설 「동일성의 지옥에서」, 『저녁의 구애』, 254쪽.

자가 남긴 부췌이다. 그것은 수사기록에는 쓸모가 없는 무용지물이다. 경찰은 보고문 작성에 필요한 사건의 개요를 간추리고 나면 곧 사건을 종결지을 것이다. 그러나 저 남자의 죽음은 신문이 포함될 때에야 비로소 하나의 사건으로 완성된다. "신문은 잔뜩 구겨져 있었다. 손에 힘을 주어 쥐고 있던 것 같았다."(86쪽) 구겨진 신문이야말로 자살한 남자가 선로에 몸을 던지기까지 얼마나 긴장하고 있었는지를 보여주기 때문에 이 신문이 있어야만 남자의 죽음을 둘러싼 인간적인 정황이 완성되는 것이다.

이 단편에는 또하나의 부췌가 있다. 사내는 아침부터 저녁까지 복사실에서 사람들이 요구하는 책들을 기계적으로 복사하는 단조로운 생활을 한다. 그는 사람들이 제본을 맡기고서 정작 찾아가지 않은 책들을 읽는 습관이 있다. 이를 통해서 전문적인 지식을 얻거나 지적 유희를 맛보는 것도 아니다. "그저 다른 제본 도서가 생기기 전까지만 읽"(70쪽)는, 무의미한 일일 뿐이다. 목적이 없는 독서행위라는 말이다. 그러나 독서야말로 파지에 지나지 않는 종이 묶음을 한 권의 책으로 만드는 결정적인 행위이다. 복사실 사내는 제 자신에게는 무의미한 행위이지만, 독서를 통해서 책들의 존재를 수습하고 있었던 것이다. 그러니 책 읽기 역시 부췌에 속하는 행위이다. 부췌는 그런 얼룩으로써 저 거대한 동일성의 지옥에 또다른 의미를 기입한다.

어쩌면 이 군더더기가 『저녁의 구애』를 관통하는 핵심이 아닐까. 이 소설이 군더더기로 남은 것들에 대해 관심을 갖는다는 말은, 군더더기밖에는 관심을 기울일 것이 없는 삶에 주목한다는 말이기도 하다. 부췌의 세계에 사는 인물이 된다면, 우리의 삶은 과연 어떠할 것인가.「동일한 점심」에서 남자가 남긴 신문은 한 인간의 죽음을 하나의 사건으로 봉인하는 마개이자, 미스터리인 삶을 완성하는 퍼즐의 마지막 조각이다. 부췌로서의 신문이야말로 남자의 죽음을 완성하는 최종 알리바이라는 말이다. 부췌로서의 존재증명이란 무의미로서의 죽음을 상징한다는 말이 아니라,

세계에 무의미로 덧붙어서 죽음의 의미를 완성한다는 말이다. 무(無)는 '아무것도 아님'이 아니다. 무의미가 없으면 의미는 완성되지 않는다. 그 것은 이성적인 사유가 생략하고 에두르고 봉쇄해온 바로 그 무의미를 완 성한다.

편혜영의 전작에서는 비극적인 재난과 끔찍한 사건들에 주목한 경우가 많았다. 『저녁의 구애』에서도 재난은 가끔 일어난다. 「동일한 점심」에서 의 한 사내의 자살이나 「저녁의 구애」에서의 교통사고가 그러하다. 그런 데 이런 극적인 사건들이 소설에서는 어떤 기능도 하지 않는다. 인물들의 행동이나 일상의 흐름에 변곡점이 되지 않는다는 말이다. 극적인 사건이 란 일상적인 것이 말할 수 없는 것들을 지시하기 위한 장치일 것이다. 극 적인 것이 일상의 파열 그 자체를 보여주기 때문이다. 그런데 부췌의 세 계에서 그것은 아예 다른 이야기가 된다. 부췌의 세계는 극적인 것을 아 무것도 아닌 것, 곧 군더더기로 취급한다. 사람이 선로로 뛰어내리고 트 럭이 전복되어 불에 타고 있을 때, 인물들은 신문을 줍거나 엉뚱하게 사 랑 고백이나 할 뿐이다. 일상적인 것이 설명하지 못하는 것을 극적인 것 이 설명한다면, 극적인 것이 설명하지 못하는 것을 부췌가 보여주는 셈이 다. 작가 편혜영이 두 번의 전신(轉身)을 거쳐서 가 있는 곳은, 무의미(의 동일성) 너머에 있는 무엇이다. 군더더기로 보이지만, 제거하거나 폐기할 수 없는 바로 그것. 이것이 『저녁의 구애』가 설정한 부췌의 존재론이다. 이런 군더더기는 왜 필요할까.

2. 무한한 파견

인물들의 실존적 조건 때문이다. 『저녁의 구애』에 수록된 여덟 편의 작 품들 중 「토끼의 묘」 「산책」 「정글짐」 「관광버스를 타실래요?」 「크림색 소 파의 방」 다섯 편에서는 어디론가 떠나야 하는 인물들이 나온다. 편혜영 의 첫 장편 『재와 빨강』에서도 파견 근무를 떠난 인물이 겪는 사건들이 전체 소설의 중심을 이룬다.[5] 가령 「관광버스를 타실래요?」에서는 정확한 이유나 목적도 알지 못한 채 상사가 지시하는 일을 수행하는 두 남자가 등장한다. 「정글짐」의 주인공은 "수행해야 할 업무가 없"이 단지 시간을 보내고 오면 되는, 여행과 다름없는 명목상 출장을 떠난다. 인물들이 제공받은 설명에 따라 파견을 좌천이나 승진의 기회라 설명하는 것은 무의미하다. 이들의 파견은 어딘가로 끊임없이 떠밀려갈 수밖에 없는 인물들의 실존적 조건 그 이상도 이하도 아니다. 파견은 무엇을 의미하는가? 먼저 그것은 '떨어져나옴'이다. 파견은 인물들을 세계에서 '뜯어낸다.' 파견 때문에 인물들은 자신이 속해 있던 공동체(가족, 회사, 국가)에서 벗어나 사고무친의 자리, 즉 실존적인 자리에 처하게 된다. 이 지점을 분명히 하지 않으면 우리는 소설 속에서 집요하게 반복된 파견을 단순한 모티프의 중복으로 읽을 수밖에 없게 된다. 인물들은 본래의 자리에서 뜯겨져나왔다. 그들은 끊임없이 원래 그 자리로 돌아가려고 한다. 물론 이들의 귀환은 백이면 백, 실패하고 만다. 남편은 집으로 돌아가지 못하고(「산책」), 가이드 없이 거리로 나온 사내는 숙소로 돌아가지 못하고(「정글짐」), 출장 온 사람들은 회사로도(「관광버스를 타실래요?」), 본사로도(「토끼의 묘」), 집으로도(「크림색 소파의 방」) 돌아가지 못한다. 이 좌절담을 읽다보면 한 가지 해답이 의문의 형식으로 또렷이 떠오른다. 이들에게 과연 원래 자리란 것이 있었을까? 파견이란 돌이킬 수 없는 떨어져나옴을 이르는 말이 아닐까?

"자네는 우리에게 업무를 지시하는 사람, 간단히 말해 고용주가 누군지

---

5) 손정수는 「'아오이가든' 바깥에서 편혜영 소설 읽기」(『문학과사회』 2011년 봄호)에서 파견근무자의 운명을 현실 속에서 살아가는 인간 전체의 운명을 담지하고 있는 존재로 해석한 바 있다. 그는 인물들의 삶이 "전임자들의 운명을 반복하고 그 운명을 다시 후임자에게 전달"(357쪽)하는 부조리의 원환을 알레고리 차원에서 보여준다고 말한다. '파견'을 부조리의 알레고리라 본 것은 탁월한 설명이지만, 이 글의 관점과는 같지 않다.

알고 있나?" 그는 백의 사무실 벽에 붙어 있는 조직도를 가리켰다. "그야 물론 조직도 맨 위에 있는 분 아닙니까?" 백이 웃었다. "그럼 그 사람은?" "네?" 그가 되묻자 백이 웃음을 거두고 말했다. "이건 퀴즈가 아니야. 나 역시 답을 모르거든. 어떤 때는 너무 많지만 어떤 때는 아무도 없지. 하지만 그게 중요해." "경우에 따라 수가 달라진다는 것?" 그가 고개를 갸우뚱했다. "우리를 고용한 사람이 누군지 모른다는 것 말이야. 우리가 모르는 게 그것뿐일까?" "네?" "나는 내가 무슨 일을 하는지도 모르는데, 자네는 알고 있나? 내가 아는 건 생계 때문에 나 스스로 고용을 자처했다는 것뿐이야."

—「정글짐」, 158쪽

여기서 카프카적인 관료조직을 떠올리는 것은 어려운 일이 아니다. 조직의 구조는 공고하게 위계화되어 있다. 피라미드('정글짐'의 형상이 바로 이것이다)식으로 구조화된 조직이 보여주는 것은 파견의 형식 역시 결정화(結晶化)되어 있다는 사실이다. 인물들은 기능으로, 저 조직도의 수많은 결절점 가운데 하나로 존재할 뿐이다. 결국 '그'와 '백'과 그들의 선임과 그들의 후임자 모두가 파견직이라고 말해야 한다. 누구도 조직의 목표나 진행상황에 대해서 접근할 수 없으며 질문할 수도 없다. 일체의 질문은 배제된다. 여기서 파견의 두번째 의미가 정립된다. 파견은 강박적인 명령을 준수하는 행위이다. 명령이란 그것을 준수하려는 의지 속에서만 존재한다. 파견의 운명을 받아들임으로써 이들은 파견 명령을 돌이킬 수 없는 것이자 결정적인 것으로 만든다. 아울러 그들은 불가해한 힘에 이리저리 휘둘리는 소도구가 된다.

「통조림 공장」을 보자. 소설은 공장장의 실종에서 시작되어, 새로운 공장장인 '박'이 그 자리를 대신하는 것으로 끝난다. 통조림 공장의 자동화 시스템이 직원들의 교체에도 동일하게 작동한 셈이다. 공장장의 교체는 폐기된 통조림의 자리를 새로운 통조림이 채우는 것과 같은 원리다.

　　일종의 가정이지요. 유통기한 이내라면 동일한 상태가 완벽하게 유지된
　　다고 보는 거예요. 유통기한이 지난다는 건 그런 상태가 한순간에 깨진다
　　는 가정이고요. 그때가 되면 확인하지 않고 폐기하지요.
　　　　　　　　　　　　　　　　　　　　　　　―「통조림 공장」, 226쪽

　　통조림은 유효기간이 있다는 점에서 예정된 기간 동안 파견된 인물들
의 처지와 유비적이다. 유통기한이 지난 상품들은 폐기되어야 한다. 그로
써 유통기한의 안전성이 유지되는 것이다. 때문에 인물의 파견은 조직 내
지위의 문제와 무관한 개인의 전락(폐기)과 관련된다. 처음 공장장은 유
통기한이 지나서 폐기된 통조림 가운데 하나이다. 그의 생사는 끝내 확인
되지 않는다. 생산되고 폐기되기를 반복하는 통조림과 실종되고 채워지
기를 반복하는 공장장의 자리가 있을 뿐이다. 남은 것은 이 모든 것들의
자동화 시스템이자 파견의 강박적인 명령뿐이다.
　「토끼의 묘」에서도 사정은 다르지 않다. '그'는 6개월 예정으로 근무지
에 파견된다. 그의 선임자는 그가 파견되던 날, 실종되었다. 그는 별일 없
이 임무를 완수했으며 그의 후임자가 정해졌다.

　　그는 후배가 처음 출근하는 날 출근하지 않았다. 그가 도와주지 않아도
후배는 사무실 입구에 붙어 있는 좌석배치도를 참고하여 손쉽게 자리를 찾
아 업무를 시작할 수 있을 것이었다. 굳이 출근하지 않은 이유를 들어야 한
다면 토끼 탓을 할 수 있었다. 전날 그가 양껏 쏟아준 사료를 맘대로 먹어
치운 토끼가 밤사이 닫혀 있던 케이지에서 뛰쳐나와 냄새 나는 배설물을
집 안 여기저기에 쏟아놓았다. 집이 토끼 배설물 냄새로 가득 찼고 그는 구
역질을 하며 일어나 토끼털이 들어간 콧구멍을 후벼파며 창문을 열었다.

자기 몸에서도 토끼 똥 냄새가 나는 것 같았기 때문에 그는 냄새가 가실 때까지 창가에 우뚝 서 있었다. 그러다보니 출근 시간이 지나버렸고 이왕 늦은 거 하루쯤 결근하자는 생각을 처음으로 했다.

다음날 토끼 똥 냄새는 전날보다 옅어진 듯했으나 그는 역시 출근하지 않았다. 어제 출근하지 않았는데 아무 일도 일어나지 않았다는 것을 알았고 그러다보니 오늘은 출근해야 할 필요가 있나 하는 생각이 들었다. 누군가 결근 사유를 묻는다면 토끼 똥 때문이라고 대답하기는 민망한 노릇이므로 자료를 검색하고 서류를 작성하고 작성된 것을 제출하고 제출한 서류가 무용하게 파기되는 것을 지켜보는 일련의 과정에 몰려서라고 대답할 작정이었다. 그런 일을 몇 번쯤 안 한다고 해서 인생이 크게 틀어집니까? 오히려 질문을 던져도 좋을 것 같았다. 아무도 그에게 묻지 않을 게 분명하지만.

—「토끼의 묘」, 31∼32쪽

그는 "토끼 똥"을 치우느라 출근을 놓쳤고, 다음날에는 결근해도 아무 일이 없는 것을 알고는 하루 더 쉬었다. 이런 일은 계속 이어졌다. 그는 "파견 근무 종료 기한"까지 그렇게 했다. 회사에서는 전임자와 마찬가지로 그를 무단결근으로 처리했을 것이다. 그가 선임자의 집을 매일 찾아갔듯, 그의 후임자 역시 그의 집 방문을 매일 두드렸다. 그의 부재는 기능을 상실(파견의 임무를 수행)한 인물이 폐기되는 수순인 것처럼 보인다. 그가 하는 업무가 "무용하게" 느껴지는 이유도 그 때문이다. 그는 선임자와 마찬가지로 실종 처리될 것이다. 소설은 그가 주워서 키우던 토끼를 다시 공원에 내다버리는 것으로 끝난다. "세상에 널린 게 버려진 애완동물이라고."(34쪽) 그의 혼잣말은 자신의 운명을 지시하고 있다.

이 버스는 어디로 가는 거지?
케이가 물었다.

관광지로 가겠지.

버스 안을 둘러본 에스가 대답했다.

관광버스는 전용차로에 들어선 후 좀더 속력을 냈다. 케이와 에스는 사람들을 따라 흥얼흥얼 노래를 부르기 시작했다. 어쩐지 어색해져서 금세 입을 다물었다.

뭔가 기념품을 사갈까?

케이가 묵묵히 고개를 끄덕였다.

그들은 나란히 앞창을 바라보았다. 고속도로는 끝없이 이어져 있었다.

―「관광버스를 타실래요?」, 119쪽

「관광버스를 타실래요」에서, '케이'와 '에스'는 상사의 지시사항을 실천하고 돌아가는 버스를 타러 간다. 이들은 회사로 가는 고속버스를 타려다 말고 상사가 준 "관광버스 승차권"을 내고 관광버스를 탄다. 여기에는 도착적인 면이 있다. 그들은 상사의 명령("승차권"은 상사가 미리 준 것이다)을 끝내 수행하는 한편으로, 회사로 돌아가지 않고 관광버스를 타러 간다. 이들은 자유의지(회사로 가는 고속버스 대신에 관광버스를 탄 것은 그들의 의지이다)를 발휘했으나, 실제로는 상사(조직)의 명령을 충실히 수행했다고 할 수 있다. 자발적 의지로 파견의 여정을 무한히 연장했기 때문이다. 마지막 문장을 보자. "고속도로는 끝없이 이어져 있었다." 저들은 스스로 파견을 연장한다. 명령이 수행된 '이후'에도 파견은 계속되어야 한다. 무의미, 즉 부췌의 형식으로 말이다. 이로써 파견의 세번째 의미를 확인할 수 있겠다. 정의상 파견은 무한한 파견이다. 파견에는 정박지가 없다. 돌아갈 곳도 없다. 그들은 무한히 떠돌아야 한다. 물론 그것은 무의미한 행위로 보인다. 바로 이 무의미가 편혜영 소설의 인물들이 처한 실존적 곤경을 보여준다.

파견의 의미를 다시 정리해두자. 파견은 끊임없이 인물들을 잉여의 존재로 만든다. 파견을 통해서 인물들은 (1)세계에서 뜯겨져나오고, 이를 통해서 자신의 실존적 자리를 개시한다. 이들은 (2)파견 명령을 강박적으로 수행하면서 그로써 스스로를 부췌의 존재로 만든다. (3)파견은 정의상 무한하다. 그들은 영영 돌아갈 수 없다.

3. 파국이면서 파국이 아닌……

「크림색 소파의 방」은 파견을 마치고 돌아가는 길을 그렸다는 점에서, 다른 소설과 조금 달라 보인다. '진'은 서울을 떠나 지사 공장 근무에 자원하여 8년간의 파견 기간을 무사히 마쳤다. 그러나 그의 귀환은 끊임없이 유예된다. 우선 "뜻밖에 비가 쏟아지기 시작했"(181쪽)으며, 다음으로는 차가 고장 났고, 주유소에서 깡패를 만나 돈을 뺏기고 급기야 구타를 당한다.

> 웃음 끝에 진은 언젠가 이런 일을 겪었던 것 같은 느낌을 받았다. 그러자 얻어맞은 부위의 통증이 계속되는데도 다소 안도감이 들었다. 기억할 수 없는 지난번과 마찬가지로 통증이 가라앉으면 아무 일도 없었다는 듯이 그 이전의 세계 어디쯤으로 돌아갈 수 있을 거였다. 진은 자신이 단지 하나의 위기를 만났고, 얻어맞음으로써 그 위기를 넘고 있는 중이라고 생각했다.
> —「크림색 소파의 방」, 203쪽

끊임없이 연착된다는 점에서, 진의 귀환은 또다른 파견에 지나지 않는다. 악천후와 차의 고장, 현금의 강탈과 폭행으로 이어지는 상황은, 진을 몰락으로 몰아간다. 이 사태는 점점 더 끔찍한 몰락을 예비해두고 있다는 점에서 파국의 구조를 띠고 있다. 하지만 어떤 단계의 파국도 궁극적인 파국은 아니다. 파국은 궁극의 종말이다. 현재의 파국 뒤에 더 큰 파국이 기다리고 있다면 앞의 파국을 파국이라고 부를 수 있을까?

깡패에게 얻어맞고 나서, 진은 자신의 한심한 처지를 비웃는다. 통증 속에서도 그는 생각한다. 나는 "하나의 위기를 만났고, 얻어맞음으로써 그 위기를 넘고 있다"고. 사태가 점근선적으로 종말을 향해 나아가고 있다는 것은, 달리 말해서 종말 자체를 연기하고 있다는 말이기도 하다. 종말을 향해 치닫지만 궁극의 종말에 이르지는 않는다는 것. 이들은 몰락하고 있으나 그 밑에는 더 큰, 더 더 큰 몰락이 준비되어 있다. 어떤 몰락도 궁극의 몰락은 아니라는 점에서, 진에게는 돌아갈 길이 남아 있다. 그는 "단지 하나의 위기"를 만났을 뿐이다. 지금껏 그에게 닥쳤던 위기보다 심화된 그런 위기를 말이다. 앞에는 더 큰 위기가 예비되어 있겠지만. 어쨌든 그가 파국의 과정에 있음은 분명하다. 그의 부재와는 무관하게 세계는 작동하고 있다. 그가 집에 도달하지 못했음에도 불구하고 이사는 완료되었다. 그 자신만이 세계의 오작동 지점으로 보일 뿐이다. 사이즈가 맞지 않는 '크림색 소파'가 상징하듯이, 이들이 되돌아갈 안락한 집은 어쩌면 존재하지 않는지도 모른다.

어쨌든 이 도시는 세 명 중 두 명은 제대로 길을 가르쳐주는 도시였다. 열 명 중 아홉 명은 제 길을 알고 걸어가는 사람들의 도시이기도 했다. 운이 좋으면 길을 가르쳐줄 세 명 중 두 명의 행인을 만나 열 명 중 아홉 명의 사람이 될 수 있을 거였다. 골목길은 여전히 어두웠으나 어디든 가지 않을 수 없어서 그는 이제껏 헤매온 길이었을지도 모를 그곳으로 다시 발을 내디뎠다.

—「정글짐」, 176쪽

「정글짐」의 주인공은 외국에 출장을 나왔다가 길을 잃었다. 같은 길을 계속해서 맴돌기도 하고 낯선 길로 빠지기도 했다. 그럼에도 불구하고 '그' 자신이 "열 명 중 아홉 명"에 해당하는 사람일 수도 있다고, 앞으로는 길을 제대로 가르쳐주는 "세 명 중 두 명"에 속한 행인을 만날 것이라 생각한다. 이런 생각을 희망이라 부를 수 있을까? 아닐 것이다. 희망이라면 그것은 무의미한 희망에 지나지 않는다. 그것은 희망도 절망도 아니다. 그것은 단지 무의미한 확률 낮은 예측에 불과하다. 부췌로서의, 군더더기로서의 덧붙임 말이다. 그럼에도 불구하고 그의 내디딤은 현재의 상황을 하나의 국면으로 만듦으로써, 파국으로의 종결을 미뤄준다.

편혜영의 첫번째 장편인 『재와 빨강』도 이와 관련되어 있다. C국으로 파견 나온 '그'는 살인혐의를 받고 쫓겨 부랑자로 살다가 운 좋게 방역원이 되어 살아가게 된다. 차미령의 설명처럼, 이 소설은 몰락의 기록(하강적 서사)이자 생존의 기록(끈질기게 살아남는다)이다.[6] 자본주의 시스템이 양산하는 분열적 인간형의 발생론적인 근거를 여기서 찾을 수도 있을 것이다. 여기서 작가가 강조하는 지점은, 저 분열이 그와 세계(C국) 사이가 아니라, 그와 그 자신 사이에서 발생한다는 사실이다. 주체적 궁핍(Subjective Destitution)에 대한 논의를 이어가기 위해, 이 소설의 제목이 된 상징적 장면을 살펴볼 필요가 있다.

쓰레기장이 가장 아름다울 때는 쓰레기가 타고 있을 때다. 그중에서도 이른 아침 옅은 안개나 희미한 소독약이 깔린 가운데 쓰레기가 타오르는 불빛은 맑은 날의 노을만큼이나 아름답다. 쓰레기 더미에서 피어오르는 거뭇한 장밋빛 불꽃이 아침의 맑은 공기와 어우러진다. 불꽃은 처음에는 조금 흐리다가 점차 색이 선명해지고 이윽고 검은 연기를 뿜어내며 타오르기 시작한다.

—『재와 빨강』, 117쪽

---

6) 차미령, 해설 「재와 피로 덮인 얼굴」, 『재와 빨강』, 239~240쪽.

'그'는 불에 타는 쓰레기 더미를 보면서 불현듯 그것을 아름답다고 생각한다. 잿더미 속에서 그는 잔불의 '거뭇한 장밋빛'을 보았다. 이 발견을 희망이나 전의(戰意)로 해석하는 것은 상투적인 독해에 가깝다. "빨강"은 단지 '꺼지지 않았음'을 보여주는 표지일 뿐이다. 쓰레기 더미는 불이 되었다가 재로 변해버린다. 불은 쓰레기와 재 사이에 있다. 그것은 특정한 의미나 지표가 아니다. 다만 그것은 아직 불타고 있다는 것으로써, 간신히 살아 있음의 표지가 된다. 빨강은 소멸하지 않았음을 드러내는 표지로, 죽음과 파국의 지표인 잿빛과 대비된다. 잿빛과 빨강색 사이의 보색 효과가 이 소설의 핵심이라고 말하는 이유는, 그것이 의미화될 수는 없으나 살아있음 그 자체를 제시하기 때문이다. 이 빨강을 파국이되 최종적인 파국, 대파국은 아닌 것의 이름으로 부를 수는 없을까? 이들에게 해피엔딩이란 아예 상상할 수도 없는 것이지만 저 빨강의 아름다움이 존재하는 (아름다움을 감각하는) 한, 궁극적인 파국은 끊임없이 유예될 것이다.

4. 몸짓(pose)과 구애(pro-pose)

허공을 떠다니는 잔불처럼 이들의 행위는 어떠한 의미에도 정박되지 않는다. 이들이 부췌의 존재론을 실행하기 때문이다. 그래서 이들의 몸짓은 무의미한 덧붙임, 무(無)를 보태는 일이다. 그것은 무의미한 몸짓, 부자연스러운 포즈(pose)에 불과하다. 그런데 이 부가적인 부췌가 때로는 반전을 불러온다. 그때 몸짓은 불가능한 결말을 예견한 몸짓, 파국이 아닌 귀환을 미리 당기는 몸짓, 그러니까 구애(propose)로 변한다.

담배 연기가 바람을 따라 흩어졌다. 담뱃불 주위로 날개를 파닥거리는 작은 벌레들이 모였다. 그는 라이터 불꽃을 움직여 주변으로 모여든 벌레를 죽였다. 소용없는 일이었다. 벌레는 끊임없이 모여들었다. 이번에는 아예 소나무 향이 배어 있는 가지에 라이터를 댔다. 불은 잘 붙지 않았다. 한참 대고 있으니 흰 연기가 났고 잠시 후에는 타닥타닥 가지가 타들어가기 시작했다. 그것을 저 멀리 관목 숲 쪽으로 내던졌다. 불이 일기까지는 조금 시간이 걸렸다. 추위가 누그러지자 참을 수 없이 잠이 쏟아졌다. 이상한 노릇이었다. 요즘 들어 잠을 푹 자본 적이 거의 없었다. 졸린다는 느낌을 가져본 지도 오래되었다. 그런데도 자꾸 눈이 감겼다. 시커먼 어둠이 이불처럼 그를 감싸고 있었다. 이런 깊은 어둠이라면, 오랜만에 푹 잘 수 있을 것 같았다.

—「산책」, 149쪽

「산책」의 '그' 역시 지사로 파견을 나왔다. 만삭인 아내가 개를 무서워하자, 그는 어쩔 수 없이 산책을 나온 척하고는 숲속에서 독이 든 고기를 먹여 개를 죽인다. 그런데 숲속에서 그만 길을 잃는다. 득실대는 날벌레들과 야생동물들(여기에는 죽은 개도 포함된다)에 공포를 느끼자, 그는 라이터에 불을 붙여 숲으로 던진다. 그리고 돌연 잠을 자려고 한다. 길을 잃고 추위와 굶주림에 사로잡힌 조난자가 빈사지경에 이른 상황과 비슷하다. 이곳에서 잠을 자려하다니, 그처럼 헛된 행동이 어디 있겠는가. 그런데 이 몸짓이야말로 귀환의 몸짓이다. 그는 파견 나온 내내 불면증에 시달려왔다. 집에 가서 푹 자고 싶은 마음이 굴뚝같을 것이다. 그리고 잠이 쏟아진다. 주변이 불타고 있는데, 그 불이 집의 온기라도 된다는 듯이. 과연 그 불은 『재와 빨강』의 불타는 쓰레기 더미와도 다르지 않다. "빨강"이 됨으로써 아직은 살아 있다는 것을, 아직은 재가 아니라는 것을 보여주는 잔불 말이다. 이때 '잠을 청하다'라는 무의미한 몸짓(pose)은 집으로의 귀가라는 행동을 미리 당겨서 실천하는 유의미한 몸짓(pro-pose)으로 변한다(집에 가면 나는 푹 잘 수 있을 것이다). 물론 이 행위에 희망과 같은 온전한 긍정의 단어로 의미를 부여할 수는 없을 것이다. 어떻게 보아도 이 행위 역시 부췌의 행위이자 착란적인 행위이기 때문이다. 그러나 그렇다고는 해도, 그것이 편혜영의 세계에 도입된 최초의, 긍정의 기미라는 사실은 변하지 않는다.

『저녁의 구애』가 이전의 소설들과 변별되는 지점이 바로 여기다. 인물들은 여전히 파국을 향해 가고, 재난은 주변에서 무수히 일어난다. 이들이 무한한 파견의 운명을 벗어날 수 있을 것 같지도 않다. 그럼에도 불구하고 이들의 무의미한 몸짓은 때때로 상황을 역전할 수 있는 가능성의 제스처, 새로운 세계의 꿈을 당겨서 실현하는 구애의 몸짓(propose)이 된다. 표제작인 「저녁의 구애」의 결정적인 장면을 통해 이를 확인해보자.

수화기를 통해 여자의 가느다란 숨소리가 들려왔다. 차분하면서 규칙적인 소리였다. 그 소리가 묘하게도 김의 마음을 가라앉혔다. 김은 여자의 숨소리에 맞춰 숨을 내쉬고 들이마셨다. 여자와 호흡을 맞추려면 조금 서둘러 숨을 뱉어야 했다. 몇 번의 시도에도 숨의 간격을 맞추기 어려워지자 김은 불쑥 여자에게 사랑을 고백했다. 여자는 잠자코 있었다. 여자가 아무 말도 하지 않는 것이 두려웠지만 어떤 대꾸를 하는 것도 두려워서 오로지 여자에게 틈을 주지 않기 위해 생각나는 대로 말을 이었다. 오랫동안 유심히 여자를 바라보는 기쁨을, 여자와 처음으로 우연히 팔꿈치가 스쳤을 때 박동한 심장을, 처음 여자의 손을 잡았을 때 거짓말같이 여겨지던 낯선 감각을, 그를 차분하게 하는 부드러운 숨소리를 얘기했다. 여자에게 사랑받지 못하지나 않을까 하는 불안감을, 여자를 사랑하고 있음을 깨달았던 순간의 설렘을 얘기했다.

─「저녁의 구애」, 60~61쪽

화원을 경영하는 '김'은 조화(弔花)를 배달하기 위해 낯선 도시에 왔다(이것도 일종의 파견이다). 그는 (곧 고인이 될) 지인의 장례식에 쓸 화환을 가지고 서둘러 장례식장에 도착했다. 그런데 병상에 있는 지인이 아직 생명의 끈을 놓지 않고 있다는 이야기를 듣는다. 하는 수 없이 그는 도로 위에서 무의미하게 시간을 보낸다. 그러던 중에 트럭 전복사고를 목격한다. 김은 트럭이 뒤집혀 불길에 휩싸이는 장면을 보고는 갑자기 여자친구에게 전화를 걸어 사랑을 고백한다. 그는 방금 전까지 여자를 귀찮아했고, 짜증스럽게 결별을 통보했다. 그러던 그가 돌연한 재난 앞에서 열렬한 구애자로 변해버렸다. 그것은 세계의 파국인 재난 앞에서의 무의미한 몸짓일까? 뜬금없어 보일지라도 그의 열렬함을 있는 그대로 인정할 필요가 있다. "트럭은 여전히 맹렬하게 불타오르고 있었다."(62쪽) 이 불이 『재와 빨강』의 그 "빨강"임에 주목할 필요가 있다. 그는 불타는 트럭 앞에서, 즉 살아 있음의 지표 앞에서 사랑을 고백하고 있는 것이다. "진심과 상관없이, 여자의 마음과 상관없이"(62쪽), 그의 발설(몸짓)이 사랑의 느낌보다 먼저 던져졌다. 이것이야말로 구애(propose)의 형식을 띨 수밖에 없다. 사랑의 도래를 앞당겨 개시하는 순간이 결정적인 것이다. 그것을 우리는 편혜영식 구애라고 부를 수 있다.

편혜영의 인물들은 무너질 수 있는 한 무너진다. 때로 이들은 끝장까지 가본 왜소한 인간의 표본을 보여주는 듯했다. 그러나 작가는 보이지 않게 질문한다. 약한 자가 패배한다는 명제를 너무 쉽게 받아들이는 것은 아닌가 하고. 편혜영이 불러낸 부췌의 세계는 무용지인과 무용지물이 완성하는 새로운 존재론을 제시한다. 그(것)들은 무한히 버려지고 무한히 떠밀려다니면서도 파국이 아닌 파국, 즉 최후의 파국을 유예함으로써 "빨강"이라는 생의 표지 아래 머무를 수 있는 동력을 확보한다. 그들은 재난 옆에서 '당겨서 온 몸짓'을 통해 세계와 접촉한다. 그것이 무의미해 보일지라도 거기에는 약동의 가능성이 보존되어 있다.

김은 어둠에 모습을 감춘 국도 속에서 마라토너가 서서히 사라지는 걸 지켜보았다. 그는 흔들리는 흰 점이 되어 차츰 작아져가다가 끝내 숨듯이 모습을 감췄다. 그 완전한 소멸은 오히려 어둠 너머 보이지 않는 곳에서 길이 계속 이어지고 있다는 생각을 일깨웠다. 김은 홀린 듯 흰 점을 삼킨 어둠 쪽으로 걸음을 옮겼다.

—「저녁의 구애」, 59쪽

　임종을 눈앞에 둔 자의 숨소리, "단단히 화가 난" 애인의 침묵, 재난인 트럭 전복사고. 이 일련의 사태는 파국의 전조임이 분명해 보인다. 그러나 그것들은 눈앞에서 사라짐으로써, 역설적으로 무한히 지속되는 것이 되었다. "완전한 소멸은 오히려 어둠 너머 보이지 않는 곳에도 길이 계속 이어지고 있다는 생각을 일깨웠다." 그 무한한 지속의 세계가 있는 한, 어떤 파국도 최종적인 파국은 아니다. 이것은 편혜영의 소설이 가진 윤리성을 증명하는 것이기도 하다. 새로운 삶의 가능성이 우연한 '몸짓'에서 배태된다는 사실.

　편혜영은 지금껏 적어도 세 번의 프러포즈를 했다. 첫번째 프러포즈는 격렬한 날것의 언어로 이루어진 것이다.(『아오이가든』) 우리는 도시 한가운데서, 억압되고 금기시되었던 것들이 출몰하는 충격적인 광경을 확인할 수 있었다. 두번째 프러포즈는 낯익은 타인 혹은 낯선 자신을 무대에 올리면서 시작되었다.(『사육장 쪽으로』) 여기서는 우리가 잘 알고 있다고 여겨온 생활세계가 끔찍한 악몽의 세계임이 제안되었다. 세번째 프러포즈는 세계에 대한 구애이다.(『저녁의 구애』) 의미 없는 몸짓이 언젠가 맹렬하게 타오르는 사랑을 당겨올 수도 있다는 사실. 이것은 10년 동안 일궈온 편혜영의 문학세계에 대한 작가 자신의 주석일지도 모를 터. 작가는 말했다. "나는 여전히 이런 우연한 시작이 점점 몸을 부풀리는 걸 지켜보는 게 즐겁다. 이 책에는 필연도 진실도 아니거나 필연이거나 진실인 우연이 고스란히 담겼다."(「작가의 말」) 작가가 말한 "우연"을 "의미 없음"으로, "필연과 진실"을 "구애"로 번역해서 읽어보자. 편혜영의 소설은 필연이면서도 우연인, 세계를 향한 무의미한 몸짓이자 유의미한 구애이다.

'미스터리' 방법서설

— 김태용 외 7인의 『망상 해수욕장 유실물 보관소』

여기 여덟 개의 입구가 있다. 문을 열고 들어가면 여덟 개의 수수께끼 보관소가 있다. 어쩌면 수수께끼를 찾아가는 길이 수수께끼이므로 여기에는 여덟 개의 미궁이 있다고 해야 할지도 모르겠다. 이것들을 묶어서 『망상 해수욕장 유실물 보관소』(뿔, 2011)라고 이름 붙였다. 여름 휴가지에서 잃어버린 소품들처럼 잃어버린 시간의 알리바이가 되어주는 증거들이 이곳에 모여 있다. 어쩌면 그것은 망상(妄想) 다시 말해 망령된 정신이 낳은 사건인지도 모른다. 누군가 끊임없이 '나는 네가 지난여름에 한 일을 알고 있다'고 속삭인다. 어쩌면 그것은 망상(網狀) 즉 그물처럼 서로가 서로와 엮여 있는 이야기의 촘촘한 짜임망인지도 모른다. 이 이야기는 저 이야기와 연결되고, 이쪽 보관소 문을 열면 저쪽 보관물이 모습을 드러낸다. 이 책에 실린 여덟 편에 '미스터리' 혹은 '스릴러'라는 장르적 규정을 붙여도 되겠지만 정작 작가들이 주목한 것은 삶 그 자체다. 언제나 모호하고 베일에 가려진 상황들의 연속체로서의 삶. 때문에 이야기가 진행되는 동안 원인은 점차 규명되는 것이 아니라 더욱 깊이 몸을 감춘다. 삶을 덮고 있는 망상의 몇몇 양상을 살펴보기로 하자.

1. 욕망: 망상의 매듭

김태용의 「나는 언제까지나 젊고 아름다운 것일까」는 한 미녀를 둘러싼 미스터리를 다룬다. 그러나 정작 진실을 추적하는 과정에서 진실은 사라져버리고 추적하는 자의 동기, 곧 욕망의 문제만이 남는다. 배정미라는 여자가 형사인 '나'(이만주)를 찾아와 도움을 요청한다. 자신이 1년 넘게 안현마라는 부동산 업자에게 강간을 당해왔다는 것이다. 그녀의 아들은 중학교를 중퇴하고 소년원에 가 있다. 아들이 출소하면 함께 지내려고 아파트를 구했는데 아파트 계약을 도와준 부동산 업자인 안현마에게 끔찍한 일을 당한 것이다. 안현마는 기러기 아빠의 외로움을 털어놓는 척하면서 배정미를 유인해 모텔로 데려가 강간했으며, 그 이후에도 아파트 계약 건을 빌미로 육체적 관계를 요구했다는 것이다. 안현마의 주장은 그녀와 달랐다. 그는 배정미와의 관계가 합의에 의해 시작되었고 때때로 그녀 쪽에서 적극적으로 자신을 유혹하기도 했다고 말한다. 돈과 몸을 바친 건 오히려 자기라고 말이다. 증거가 없기에 '나'는 그녀의 진술에 의존해야만 한다.

오로지 그녀의 진술로 가능하다. 구체적인 장소, 방법, 횟수 등등. 그녀를 설득시켜 말을 하게 만들어야 한다. 나는 그 말을 들어야 하고 적어야 한다. 끈적거리는 행위들은 딱딱한 낱말의 감옥 속에 가둬야만 한다. 그러나 어떻게 시작해야 한단 말인가. 그녀는 침대에 누워야 했을까. 바닥에 엎드려야 했을까. 아니 벽에 기대서야만 했을까. 결국 무릎을 꿇고 말았겠지. 망상에 가까운 나의 상상 앞에서 그녀가 다리를 벌린 채 앉아 있다.(235쪽)

이 소설이 망상 해수욕장에 속해 있다는 걸 보여주는 결정적인 장면이다. 안현마는 그녀와의 망상을 유도해내는 경유지에 불과했던 것일까. 저 망상은 피해자, 가해자의 프레임에는 들지 않는 새로운 욕망을 작동시킨다. 게다가 장르적 문법에 충실한 구조 사이사이에 이런 문장들이 배치된다. "판단은 어디로 하고 가정은 어떻게 느끼는 것일까. 진실과 사실의 차이는 무엇인가. 그 차이를 안다 해도 달라지는 것은 없을 것이며 이제 진실도 사실도 믿을 수 없게 된 것이다. 애초에 진실과 사실이 있었던가." (245쪽) 거부할 수 없는 매력을 가진 여인과 그녀의 마력에 사로잡힌 남자, 그녀를 둘러싼 온갖 소문과 거짓. 그렇다면 이 소설을 팜 파탈을 만나 심리적 갈등을 겪는 순진한 형사의 이야기 정도로 요약하면 될까? 그렇지 않다. 인과적 선후관계의 기준을 세우는 탐색의 질서가 무엇으로도 가늠할 수 없고 규정할 수 없는 아름다움과 마주쳤을 때를 상상할 수 있다면.

이 소설을 "이제 그녀를 어떻게 불러야 할까"(215쪽)라는 문장에서 출발해 "그녀의 진실이 전진한다"(249쪽)로 끝난다고 말하고 싶다. 물론 이것은 그녀에 대한 '진실 찾기'라는 미스터리의 형식이 올바로 진행되었음을 뜻하는 것이 아니다. 이제 '나'는 범인을 추적하는 것이 아니라 반대로 "나는 그녀로부터 도망갈 수 있을까"(249쪽)를 자문하고 있기 때문이다. 그녀는 빈 얼굴, 무표정한 얼굴을 하고 있다. 그녀는 예측이 불가능하기 때문에 오히려 아름답다. '나'는 그것을 "방심한 자의 아름다움"이라 부른다. 무엇인가를 표시하는 얼굴은 어떤 기표로 환원된다. 하지만 아무것도 표시하지 않는 얼굴은 그 자체로 물음표가 된다.

정신의 추락. 이성적으로 이해할 수 없는 사태에 휘말릴 때, "정신의 밑바닥"에서 수치심이 허탈로, 그리고 다시 분노로 바뀌는 감정적 동요를 겪게 마련이다. 이미 소설은 사건의 진위를 밝히는 일에는 관심이 없다. 우리는 단지 알 수 없는 여인의 매력과 제어할 수 없는 사내의 충동이 쉽게 사그라지지 않을 것이라는 사실만을 예측할 수 있을 뿐이다. "무엇이 나를 그녀 쪽으로 끌어당기게 만드는 것일까."(230쪽) 분명한 것은 그를 끌어당기는 힘이 윤리나 도덕의 차원에서 설명될 수 있는 것이 아니라는 사실이다. 그렇다면 저 심적 동요는 언제까지 계속될 것인가. 다르게 표현해서 "언제까지나 젊고 아름다운 것일까?"

배정미의 전남편인 이치우의 말이 시사점을 던져준다. 안현마가 그녀와의 행적을 미스터리하게 만든다면, 이치우는 그녀와의 육체적 관계를 미스터리하게 만든다.

놀라지 마세요. 물어보지도 않으셨잖아요. 그게 인간들의 한계에요. 휠체어가 있기 때문에 내가 다리를 감추고 있기 때문에 문제가 있을 거란 생각을 하는 거죠. 보이는 게 먼저인지 말이 먼저인지는 중요하지 않지요. 누가 보고 누가 말하고 있느냐가 중요한 겁니다. 보이는 것도 들리는 말도 모두 믿을 수 없어요. 그러나 믿지 않을 수도 없죠. 제가 왜 이런 말을 하게 될까요. 형사님은 뭘 보고 계시나요. 뭘 말하고 싶으신가요. 돌아가시죠. 그녀가 곧 찾아갈 겁니다. 그녀 뜻대로 해주세요. 어떤 일이 있어도 전 여기 있을 겁니다.(248쪽)

누군가 휠체어에 앉아 있는 남자를 본다면 그가 아예 걷지 못할 거라고 여기기 쉽다. 그러나 그는 다리를 약간 절 뿐이어서 그가 걷는 것을 본 사람이라면 그저 경미한 장애를 가진 사람이라고 생각할 것이다. 그러나 그의 다리는 플라스틱 의족이었다. 휠체어는 그를 장애인으로 보이게 했고, 멀쩡한 걸음걸이는 그를 정상인에 가깝게 보이게 했다. 사실 그는 장애를 가지고 있다. 그러니 보이는 게 무엇이 중요하다는 말인가? 안현마는 '나'와 배정미가 모텔에서 나오는 걸 사진으로 찍어 '나'에게 보내고, 자신도 그렇게 해서 엮여들었다고 말한다. '나' 역시 이들이 시연하고 있는 욕망 회로의 한 요소가 된 것이다. 배정미, 이치우, 안현마 그리고 '나'가 엮인 이 회로는 욕망이 사라지지 않는 한 닫히지 않고 계속 순환할 것이다. 소설의 끝에서 사라졌던 그녀가 다시 '나'를 찾아와 말한다. "그 사람을 죽여주세요."(249쪽) 욕망은 죽지 않고 계속된다.

2. 죽음/불멸: 망상의 포획물

그렇다면 저 욕망이 향하는 곳은 어디인가? 저 넓은 바다에 망상(網狀)을 던지면서 우리는 무엇을 포획하는가? 김성중의 「불멸」은 젊은 음악가들에 관한 이야기다. 네 명의 음악가들이 어느 날 함께 술을 마시며 여흥을 즐겼다. 취중에 즉흥연주를 하면서 놀던 그들은 각기 영감을 얻고 헤어진다. 그날 밤 이들은 놀랄 만한 걸작을 만들어낸다. 주인공 앙투안은 그 곡조에 '불멸'이라는 제목을 붙인다. 문제는 이들이 작곡한 곡들이 거의 유사한 음률을 담고 있었다는 데 있다. 이들은 함께 만들어낸 즉흥연주의 주인이 되기 위해 암투를 벌이기 시작하고 결국에는 서로가 서로를 죽이는 비극적 결과를 맞는다. "영광을 가져다줄 거라 믿었던 '불멸'이 앙투안에게 저지른 짓은 이런 것이었다. 피아노 방을 드나들던 네 사람의 우정은 갈기갈기 찢어졌다."(205쪽) 죽음을 불러온 작품이 '불멸'이라는 점은 시사하는 바가 크다. 욕망은 그로 인해 채워지는 것을 욕망하는 것이 아니라 지속되는 것을 욕망한다. 김태용의 주인공이 욕망의 대상인 그녀와의 거리를 유지함으로써 욕망을 유지했다면, 김성중의 주인공은 욕망의 대상인 작품을 소유하려는 투쟁의 과정에서 죽음을 맞이한다. 그렇다면 욕망이 제 자신을 유지하는 방법은 역설적으로 욕망을 포기함으로써(죽음으로써) 욕망과의 거리를 유지하는(불멸하는) 과정이 아닌가? '불멸'이라는 작품은 그 자신이 불멸하기 위해서 작곡자들의 죽음을 요구한다.

밀란 쿤데라가 『불멸』에서 밝힌 예술가의 욕망은 탐욕이라기보다는 본능에 가깝다. 그것은 사랑하는 사람에게 영원토록 기억되고 싶은 사랑의 감정과도 상통하는 태도이다. 그러나 김성중의 「불멸」은 속임수와 협잡이 불가피한 성공에 대한 추구와 맞닿아 있다. "모든 인간이 그렇듯 앙투안의 영혼 역시 미덕과 악덕의 성분이 골고루 분포되어 있었다. 그러나 두 번 다시 오지 않을 기회 앞에서는 출세욕, 분노, 차가운 이기심과 같은 것들만 팽창했다."(193쪽) 욕망은 선악을 따지지 않는다. 그렇다면 저 젊은 예술가의 욕망과 질투는 "빛나는 미래"에 대한 탐욕 때문인가?

김성중 주인공의 욕망이 불멸이자 죽음인 작품에 바쳐졌다면, 김숨의 주인공들은 죽음을 향해 가는 존재들이다. 노인은 시간의 강압에 떠밀려 죽음 근처에서 산다. '준비된 주검'이라 불러도 잘못은 아닐 것이다. 김숨의 「노인」에는 연금생활자인 노인과 그에게 빌붙어 사는 초로의 아들이 있다. 이것은 일흔이 넘은 아버지와 쉰다섯 아들의 동거 이야기다. '나'(아들)는 마흔두 살에 이혼을 하고 실직을 한 후 십여 년째 몸도 제대로 가누지 못하는 늙은 아버지의 연금을 축내며 살고 있다. "아들인 나보다 더 오래 살기를, 부디 나보다 하루라도 더"(145쪽)를 소망하는 야박한 '나'는 아버지와 사는 것을 "도롱뇽을 키우는 일"(148쪽)에 빗댄다. '나'의 눈에 저 노인들은 바닥에 함부로 굴러다니는 비둘기나 '십 원짜리' 동전처럼, 생활세계로부터 철저하게 배제된 무용한 존재들일 뿐이다. '나'는 내기바둑을 두면서 시간을 보내는 노인들을 향해 "어차피 내일도 다 잃게 될"(138쪽)거라고 충고한다. 노인의 일상은 공일(空日)과 같다. 빈 공원에 하릴없이 앉아 있는 이들의 주변에는 공터, 빈 웅덩이, 마른 구덩이, 허기 등의 텅 빈 의미소들만이 널려 있다. 망신(亡身)의 여생. 이것은 죽음을 요구함으로써 텅 빈 불멸을 누리는 이야기이기도 하다.

아이로니컬하게도 생의 비참을 떠안는 쪽은 오히려 아들이다. 노인들의 무참한 삶에 견주어 그 삶보다 더욱 무의미한 삶을 사는 아들의 위치가 드러난다. 연금생활자인 아버지의 삶을 부러워하는 비참한 아들의 삶. 아들에게는 물리적인 미래뿐 아니라 어떤 의미의 내일조차 존재하지 않는다. 그 자신에게도 내일은 철저히 봉쇄되어 있으므로. 아들의 눈에 노인들의 일상이 무의미하게 보이면 보일수록 그는 그런 무의미에 기생하는 자기 삶의 무의미를 체감하게 된다. 때문에 원망이나 회한도 아들 쪽에 있다. "아버지의 믿음 없이 자라는 아들이 얼마나 불행한가를, 나는 나 자신을 통해 잘 알고 있었다. 아버지가 날 전적으로 믿어주었다면 나는

지금보다 더 나은 인간이 되어 있지 않았을까."(146쪽)

웅덩이 근처에서 놀고 있던 소년들이 어느 순간 노인들의 모습으로 바뀌었다는 것은 언젠가는 아들 역시 노인이 될 것이고 그날이 아주 먼 미래가 아닐 것이라는 사실을 암시한다. 소설의 마지막 장면에서 아들이 "웬 노인"(153쪽)으로 불린다는 점은 예상 가능하지만 역시 충격적이다. 늙은 아버지만이 아니라 아들 역시 한 노인에 불과하다는 것, 스스로 깨닫지 못한 사이 '나' 역시 (자신이 경멸하고 무시했던) 노인이 되었다는 사실을 보여주기 때문이다. 이 소설은 부자간의 이야기가 아니라 노인'들'의 이야기로 읽혀야 할 것이다. 그렇다면 비둘기와 노인으로 가득찬 이 황폐한 공터는 어쩌면 우리의 베이스캠프가 아닐까. 청소년이 우리의 미래라고? 아니다. 노인이 우리의 미래다. 그것이 불멸의 또다른 향유라는 이상한 진실이 드러나는 순간이다.

3. 주체: 망상의 주인은 누구인가?

한유주의 「왼쪽의 오른쪽」은 낯선 사내에게 죽임을 당할 위기에 처한 주인공의 행적을 느린 보폭으로 서술한다. 작가의 자의식적인 서술 사이로 단속적으로 이어지는 서사의 대략을 살피면 이러하다. '나'는 아침에 매우 불쾌하고 오싹한 기분을 느낀다. 그 기억을 떨쳐버리지 못한 '나'는 이 도시에서 가장 어두운 곳에 가서 아침의 일에 대해서 생각한 후, 조용히 사라져버리겠다고 결심하고 집을 나섰다. 강가에 있는 다리 근처를 걷던 '나'는 낯선 남자에게 위협을 당한다. 몸집이 큰 남자는 집 앞에서 기다리고 있다가 '나'를 따라왔다. 그는 이 강가에서 이미 수많은 동물들을 살해했노라고 말하면서 완력으로 '나'의 몸을 제압한다. "나는 자네를 죽일 생각이네."(27쪽) 급기야 그는 '나'의 몸을 질질 끌고 강 쪽으로 데리고 간다. 그때 '나'는 그에게 자기 이야기를 들어달라고 요청한다.

나는 오늘 아침, 아니 어제 아침, 이미 죽었다고. 그것이 당신이 말한 은 유적인 죽음이었다면, 오늘 밤, 아니 지금, 물리적인 죽음을 죽으려던 참이 었다고. 가능한 죽음의 방법을 모색하려 강으로 나왔다고. 다만, 오늘 아 침, 아니 어제 아침의 일을, 죽기 전에 다시 한번, 혼자서 복기하고 싶었는 데, 이제 당신이 있으니, 당신이 내 이야기를 들어주어야 할 의무가 있다 고, 말했다.(30쪽)

'나'는 "지상에는 존재하지 않는 느린 속도로"(31쪽) 이야기하기 시작 한다. 그런데 이것이 소설의 마지막 장면이다. 따라서 독자는 지금부터 듣 게 될 이야기가 무엇인지 알 수가 없다. 이 소설에서 중요한 것은 서사의 내용이 아니라 서사 자체가 어떻게 구성되는가 하는 점이다. 서사는 어떻 게 구성되는가? 이런 식이다. "징후는 어디에도 없다. 징후는 단순히 눈에 띄지 않을 뿐만 아니라, 숨겨져 있지도 않고, 앞으로 나타나지도 않을 것 이며, 과거의 흔적도 발견되지 않을 것인데, 다만 징후라는 낱말이 존재하 는 이상, 어디에도 없는 징후를, 어딘가에 있다고 착각하는 일을, 나는 그 만두지 않을 것이다. 그래서 나는 아무것도 믿지 않기로 했다."(9쪽) 징후 는 앞으로의 일을 예시하는 것이다. 어디에서도 그런 예시는 없으나 징후 라는 말이 존재하는 이상 그런 예시의 기능 자체는 현존해야 한다. '나'는 예시를 보지 못했으므로 아무것도 믿지 않으나 이것이 징후 자체를 믿지 않는다는 말은 아니다…… 요컨대 '나'는 징후를 보지 못했으나 징후를 믿고 집을 나선다. 여기서 확인할 수 있듯이 서사는 서술의 주체에게 은폐 된 채로 진행된다.

서사는 그것의 구성적 요소로서 반드시 그 주체를 호명한다. '나'의 죽 음을 둘러싼 위의 인용문은 그 주체의 출현에 관해, 혹은 그 출현의 능 동/수동의 자리바꿈에 관해 역설한다. "나의 죽음은 오늘 아침, 이미 시 작되었다. 나는 아무것도 아니다."(24쪽) '나'는 자살하려고 했으나(은유적으로는 이미 삶을 놓아버렸으나) 지금은 살해를 당할 위기에 처해 있다. 죽음, 이것이 망상의 포획물임은 앞에서 말한 바 있다. 그렇다면 이 망상을 '나'는 어떻게 다뤄야 할 것인가? 이것은 망상의 그물을 누가 던질 것인가라는 질문이기도 하다. '나'는 닥친 죽음 앞에서, 그것이 자신의 실존적인 선택인 '듯이' 말한다. 당신은 날 죽이기로 작정했으므로 내가 죽기 전에 해야 할 일을 하도록 놓아두어야 한다. 그래야 나의 죽음이 완성될 테니까. 고로 당신은 나의 이야기를 들어야만 한다.

작가는 「왼쪽의 오른쪽」이라는 표제가 암시하듯이 동일한 질서로 정리될 수 있는 서사를 제공하지 않는다. 당신의 오른쪽과 나의 왼쪽이 서로를 마주보고 서 있다. 당신의 의도와 나의 의지가 뒤섞여 있다. 그가 살인을 계획하기 전에 '나'가 죽음을 결심했다는 점에서 '나'가 "기묘한 긍지"(26쪽)를 느낀다는 점은 참으로 역설적이다. "나는 아무것도 아니지만, 나의 죽음은, 단 한 번일 나의 죽음은 나의 것이다."(26쪽) 죽음을 결심한 후에야 비로소 나만의 유일한 죽음을 소유할 수 있다. 그런데 이야기하기는 『천일야화』가 증언하듯이 죽음의 지연이기도 하다. 망상의 짜임이 이야기라면 그것의 주인이 '나'인 한에서, '나'에게 죽음은 끊임없이 미뤄진다. 다시 말해 죽음은 '나'에게 아직 도착하지 않는다. 한유주의 소설은 이야기하는 주체가 어떻게 탄생하는가를 죽음의 역설을 통해 우리에게 보여준다. 한유주의 소설은 언어에 대한 작가의 자의식과 세계에 대한 인물의 자의식으로 가득하다. 그러한 자의식적 서술은 '나'의 오른쪽이 그의 왼쪽이 될 수 있는 것처럼, 소설의 내부에 속하기도 하고 소설의 외부에 있기도 하다. 분명한 것은 단 하나 단숨에 분별할 수 있는 진실이나 사실이 존재하지 않는다는 명제, 그것뿐이다.

주체가 자신의 자취를 더욱 은닉하고, 문장을 끌어가는 그림자로만 남을 때 김종호의 소설이 탄생한다. 「디포의 주머니」의 첫 문장은 이렇게 시작한다. "왜 그것이 없어졌는지 알지 못한다. 아니 언제 없어졌는지 알지 못하거나 기억하지 못하겠다. 어쩌면 없어진 것이 아닌지도 모른다."
(35쪽) '잃어버린 것'을 찾고 있으나 무엇이 사라졌는지조차 정확하지 않
다. 단지 뭔가 사라졌다는 느낌만 있을 뿐. 그 외에 독자에게 제공되는 정
보는 매우 소략하다. 가령 '나'는 병원에 있으며, 무언가가 사라졌다고 여
기고 그것을 찾아다닌다. "디포를 찾아가야겠다. 디포는 알고 있을 것 같
았다"(36쪽)라고 말할 뿐, 디포 "사랑과 희망의 전화 카운슬러로 일하
는 B여사"(37쪽)라는 것 정도만 소개된다. '나'는 무엇을 잃었나? 디포는
누구인가? 아니 '나'가 무엇을 잃었다는 것은 사실인가? 나아가 '나'는
누구인가? "존재는 개구리 같다. 어디로 튈지 모르니까."(42쪽) 혹은 "문
장의 앞머리가 여자라면 꼬리는 뱀이었다"(49쪽)는 식의 모호한 문장들
이 계속될 뿐, 소설은 답을 주지 않은 채 끝난다. 이것은 작가가 '내가 망
상의 그물을 던졌다'는 명제 자체를 의심하기 때문에 생겨난 미로에 속
한다.

　유실물은 정말로 잃어버린 사물이다. 그러니 정의상 유실물은 무엇을
잃어버렸는지를 잊어버려야만 한다. 김종호가 실천하는 글쓰기의 궁지
('窮地'란 말 자체가 유실물 보관소의 또다른 이름이 아닐까)가 바로 이것과
같다.

4. 그밖에

　서준환은 「창백한 백색 그늘」에서 죽음의 문제에 사회학적 기호를 기
입했다. 한유주의 자살/타살이 욕망의 주체에 관한 문제라면, 서준환의
자살/타살은 '난민'이라는 사회적 주체에 관한 문제를 다룬다. 박주현의
「3」은 두 가지 주체, 수학 선생의 아이를 가진 여학생 '3'과 애인에게 죽
임을 당한 유령을 교차서술하면서 전개된다. 하나가 다른 하나의 망상이
라면 다른 하나는 하나의 죽음이다. 박솔뫼의 「안나의 테이블」은 망상의
실제에 관해 말한다. '나'의 친구인 안나는 테이블의 자세를 취하다가 끝

내 테이블로 변한다. 이것은 은유가 실제가 되었을 때 생기는 망상의 구현이다.[1]

아름다움을 향한 욕망은 사랑에 몰두하는 사람의 내면과도 같다. 그는 허무와 혼란의 소용돌이 속에서 절제와 균형을 잃는다. 그런데 그러한 동요는 의도하지 않게도 일상적인 차원에서 볼 수 없었던 것들을 가시화한다. 기이하고 추하다고 여겼던 것, 혹은 잊어도 된다고 생각했던 것들이 어떤 방식으로 되돌아오는지를 보여준다. 여덟 편의 소설들은 이들 작가들이 결점, 부재, 결핍, 망각을 어떤 방식으로 접근하려고 했는지를 잘 보여준다. 그런 점에서 『망상 해수욕장 유실물 보관함』은 여덟 명의 작가들이 제시한 일종의 '방법서설'로 읽히기도 한다. 완고한 도덕원칙이 아니라 미지의 아름다움에, 구분과 구획의 수사가 아니라 애매성을 보존하는 문장의 편에 작가들은 서 있다. 그것은 이들이 지금껏 몸소 보여준 서사 시학의 핵심이 아닌가. 의미의 전체성이 소설의 유일한 형식일 수는 없다는 것. 언어가 단순히 의미를 전달하는 도구일 수 없다는 것. 미스터리로 남을 수밖에 없는 어떤 사태를 목격하는 것. 그리하여 세계를 가득 채운 수수께끼에 대해 이야기하는 것.

---

1) 박솔뫼의 소설에 대한 자세한 논의는 2부의 「지향성 발생기계—박솔뫼론」을 참조.

서울, 정념의 지도[1]
— 정이현, 김애란, 황정은의 소설

1. 문제제기: 2000년대 서울은 무엇으로 구성되는가

서울이라는 표상을 통해서 드러난 2000년대 소설의 몇 가지 특성을 살피고자 한다. 통시적으로 보면 서울이라는 표상의 변천사를 연구의 대상으로 삼을 수 있을 것이다. 근대화 초기의 서울은 모더니즘의 상징으로서 그 외양을 통해 근대성 자체를 표상하는 대타적 이미지였다. 산업화 시대에 이르면 서울은 바깥에서 안으로 진입해야 하는 위상학적 장소로 전환된다. 김승옥은 서울을 욕망의 집결지(「60년대식」, 『김승옥 소설전집 3』, 문학동네, 2004)라 불렀다. 서울은 욕망과 기대, 좌절과 결핍을 생산하는 중심지이며, 정치와 경제, 문화와 교육의 집결지이다. 이농현상을 통해서 농민이 도시 빈민으로 유입되는 과정은 도시의 성장담과 맞물리는데, 이때 서울의 서사는 바깥에서 안으로 들어오는 자들의 '입사담'이 된다. 문제는 장소로서의 서울에 진입했다고 해서 서울이 그 내부를 열어 보여주지는 않는다는 데 있다. 서울은 여전히 이질적인 것, 타락한 것, 다른 것

---

1) 이 글은 제42회 한국현대소설학회 학술대회(〈한국현대소설에 나타난 '서울'〉 2012년 11월 3일) 주제발표문을 수정한 것임을 밝혀둔다.

의 느낌을 주는 장소이다. 도시는 근대의 산물이며 욕망이 불러온 복합적이고 자본주의적인 집합체이다. 도시는 획일적이고 기계적이며 무엇보다 개인성을 말살하는 익명성의 산물이다.

경성에서 서울로 바뀌면서 전개된 문화사·문학사의 연구나 도시 산책자에서 영자에 이르는 주제론적 연구는 상당히 축적되어 있다.[2] 이미 '도시소설'이라는 테마 안에서 서울을 배경으로 다루거나 도시화의 풍경을 지리적 공간표상을 통해 서사화한 작품들에 대한 연구가 축적되었다.[3] 도시적 모더니즘을 탐문하거나 도시화로 인한 물질만능주의나 속물적인 생활방식을 비판하는 소설 등이 연구의 대상이 되었다. 이 글에서는 기존 연구사에서 살핀 '도시'의 문화사회적, 정치경제적 특성들을 염두에 두되, 욕망의 기표라는 차원에서 논구하고자 한다. 2000년대 소설에서 서울은 문명과 문화의 첨단을 충격적으로 체험하는 현대성의 극단이나 세속적인 타락상이 창궐하는 악의 세계가 아니다. 2000년대 소설로 한정할 때, 서울은 특별한 방식으로 대상화되지 않는다.

'서울'은 지리적 지명으로 환원되는 특정한 장소가 아니다. 선행 연구에서 공통적으로 전제하고 있는 것은 중심/주변, 식민/민족, 도시/농촌, 문물/전통, 성공/실패 등의 가치지향적인 이분법이다. 그러나 2000년대

---

2) 동국대학교 문화학술원 한국문화 저, 『문화지리와 도시공간의 표상』, 동국대학교출판부, 2011.

조명래, 『현대사회의 도시론』, 한울아카데미, 2002.

장일구, 『공간의 시학』, 예림기획, 2002.

신명직, 『해방 전후사의 재인식』, 책세상, 2006.

이경훈, 『오빠의 탄생』, 문학동네, 2003.

이경훈, 『대합실의 추억』, 문학과지성사, 2007.

3) 조남현, 「한국현대작가들의 '도시' 인식 방법」, 『현대소설연구』, 2007.

이수정, 「현대소설의 도시 이미지 양상」, 『한국문학이론과 비평』, 2007.

이재선, 『현대소설의 서사주제학』, 문학과지성사, 2007.

이효덕, 박성관, 『표상공간의 근대』, 소명, 2002.

서울은 이와 같은 방식으로 대상화되지 않는다. 대타항이 사라졌기 때문이다. 서울은 다른 지역과 구별되는 중심지가 아니라 다른 도시(그것이 대구든 부산이든 인천이든 광주든)와 구별되지 않는 보편적인 배경이다. 즉 2000년대 작가들에게 서울은 고유명사가 아니라 일반명사이다. 이것은 2000년대 소설이 이미 서울의 내부에서 짜였기 때문에 생긴 현상이다. 이전 소설의 인물들은 서울을 외부로 인식했다. 그들은 서울이 아닌 곳에서 태어나 서울로 이주했으며, 간혹 서울에서 태어났다고 해도 여전히 서울사람으로 받아들여지지 않곤 했다. 그러나 2000년대 작가들에게 서울은 출생에서부터 얽혀 있는 삶의 짜임 그 자체이다. 소설 고유의 공기와 인물 간의 관계와 언어가 서울의 내부에서 구성되기 때문이다. 서울 바깥에서 경계 안쪽을 바라보는 시선에는 서울화되기 위한 내면화의 열망이 담겨 있을 것이다. 그러나 서울이 주어진 실체가 아니므로 그것을 향한 열망 역시 실재하지만 환영인 것이다. 따라서 서울은 지리적 특징이나 행정구역으로 환원되는 특정한 장소가 아니다.

2000년대 소설은 서울에서 태어났다. 이른바 서울의 바깥은 없다. 서울은 텅 빈 기표이다. 식민지 시대 모더니티의 알람이 되었던 경성의 거리, 자본주의적 세속화를 은유해온 서울, 즉 과거의 서울과 현재의 서울은 어떻게 다른가. 소설 속에 드러나는 재현의 방식이나 상징의 의미를 비교하는 것 역시 의미 있는 연구일 것이다. 그러나 이 글에서 서울은 대상이 아니다. 그 자체가 사건의 전제이자 일부이다. 이 글이 욕망의 기표로서의 서울을 살펴보고자 하는 것은 이런 이유에서이다. 2000년대 서울은 바깥에서 안으로 들어오는 대타의식이 없다. 전쟁의 폐허의식, 냉전시대의 이데올로기, 산업화시대의 노스탤지어 등의 사회적 명명법을 통해서 2000년대 서울에 접근할 수 없다. 이미 우리는 서울 안에 있기 때문이며 거기서 발생했기 때문이다.

2000년대 서울은 무엇으로 구성되는가. 이 질문은 2000년대에 무엇을 욕망하는가라는 질문으로 바꾸어볼 수 있다. 2000년대 이 사회는 어떤 욕망을 허용/금지하는가. 여기-지금 도시인들은 무엇을 원하는가. 무엇을 통해 쾌/불쾌를 느끼는가.[4] 서울을 중심으로 2000년대 소설의 존재론을 밝히고자 한다. 주체의 열망 속에서 구성된 이미지로서의 서울적(的) 사건과 정념을 따라가보고자 한다. 여기 분석의 대상이 될 정이현, 김애란, 황정은[5]은 도시, 연애, 관계 등의 문제에 천착한 작가들이다. 이들의 작품들을 분석하면서 2000년대 서울은 무엇으로 구성되는지 살피도록 하겠다.

2. 강남 스타일과 정신분열적 도시: 정이현의 소설

정이현의 소설은 도시에 대한 소설이 아니라 도시가 낳은 소설이다. 정

---

4) 일반적으로 정념(passion)은 타자 혹은 외부 대상과의 관계에서 주체가 느끼는 고통, 감정적 동요, 맹목적인 욕망 등으로 정의된다. 때문에 인간의 어두운 측면이나 이성과 대립하는 파괴성향, 외부 자극에서 촉발되는 육체적 고통 등으로 인식되어왔다. 이 논문에서 정념은 수동적인 고통을 수반하는 정서적 개념의 차원에 한정하여 논의하겠다. 몸의 작용과 관련하여 느낌, 감각, 정서 등 유사한 계열의 개념어들이 있다. 그중에서 정념은 인간이 외부에 노출된 존재라는 것, 그리하여 불수의적으로 반응할 수밖에 없는 존재라는 사실을 보여준다. 흔히 정념을 수난담으로 이해하는 이유는 그것이 외적 자극에 대한 수용적 태도를 의미하기 때문이다. 그러나 수동성이 무능력을 의미하는 것은 아니다. 영향을 줄 수 있는 것이 능력의 문제라면 영향을 받을 수 있는 것 역시 능력의 문제이기 때문이다. 상황에 예민하게 반응하고 그것을 수용한다는 것 역시 감응의 능력인 것이다. 진은영, 「감응과 유머의 정치학」, 『시대와 철학』, 2007, 434쪽 참조.

5) 대상 작품은 다음과 같다. 정이현의 경우는 장편 『달콤한 나의 도시』(문학과지성사, 2006)와 소설집 『낭만적 사랑과 사회』(문학과지성사, 2003), 『오늘의 거짓말』(문학과지성사, 2007)을 다룬다. 김애란의 경우는 소설집 『달려라, 아비』(창비, 2005), 『침이 고인다』(문학과지성사, 2007)과 장편 『두근두근 내 인생』(창비, 2011)을 다룬다. 황정은의 경우는 장편 『百의 그림자』(민음사, 2010)와 소설집 『일곱시 삼십이분 코끼리열차』(문학동네, 2008), 『파씨의 입문』(창비, 2012)를 대상으로 한다. 인용시 출처와 작품명, 쪽수를 밝힌다. 대상 작가인 정이현, 김애란, 황정은이 여성작가라는 점이나 소설 속 주인공들이 여성적인 것(여성성, 도시, 연애, 사랑 등)과 연관된다는 점에 대해서는 별도의 논의를 필요로 할 것이라고 본다. 이 글에서는 '서울'이라는 논점에 보다 주목하기 위해서 그 사안은 논외로 삼는다.

이현의 첫번째 소설집인 『낭만적 사랑과 사회』는 연애마저 상품화하는 소비사회의 세속적인 풍경을 보여준다. 여성독자를 겨냥한 도시소설로 알려진 『달콤한 나의 도시』는 전문직 여성들의 연애와 사랑을 대담하고 대중적으로 다룬 장편이다. 『낭만적 사랑과 사회』에 수록된 「소녀시대」는 언니들의 휘황찬란한 네온사인의 도시에서 소비행태를 미리 학습하는 소녀들이 등장한다. '루이뷔통'을 든 저 소녀들은 강남 로데오 거리를 산책하면서 스펙터클을 향유하는 것이 아니라 스펙터클 자체를 구성한다. 이 소녀들을 도시의 산책자[6]라고 부른다면 그녀들은 강북/강남이라는 사회적, 경제적 격차를 목격한 관찰자일 뿐 아니라 그 경계를 보증하고 구성하는 매개자라고 말해야 할 것이다. 왜냐하면 그녀의 이동이 그녀 자신의 시선을 제3자의 시선으로 참조하기 때문이다. 이것은 서울의 내부에서 생겨난 새로운 위상학이다. 바깥의 인물이 '인(in) 서울'에 대한 욕망을 드러내는 것이 아니라 서울 내부에서 자연발생적으로 성장한 인물이 '더(more) 서울'과 '덜(less) 서울'을 구별하는 것이기 때문이다. 이때의 서울은 상징이나 위상학의 장소가 아니라 욕망의 대상으로 전환된다.

서울은 이미 새로움의 기표가 아니다. 도시의 생리를 알고 있을 뿐 아니라 그러한 앎이 어떤 함정으로 이끄는가까지도 계산할 수 있다. 이는 1990년대 여성 인물의 성장을 다루는 방식과 큰 차이를 보이는 지점이다.[7] 정이현의 「낭만적 사랑과 사회」는 노골적으로 주류사회에 편입하려는 욕망을 드러낸다.[8] "유리의 성"에 입성하기 위해 '나'가 할 수 있는 일

---

6) 우찬제, 「감성의 접속과 접속의 감성」, 『한국문화연구』 2003년 겨울호, 128~129쪽. 우찬제는 「소녀시대」에 등장하는 소녀의 행보를 인용하면서 정이현이 "이 포스트모던 시대, 소비사회의 산책자의 풍경"에 집중한다고 설명한다.

7) 90년대 여성작가들의 성장에 대한 논의는 류보선, 『경이로운 차이들』(문학동네, 2002)을 참조할 수 있다. 90년대 내향적 인간형에 대한 논의는 황종연, 『비루한 것의 카니발』(문학동네, 2001)을 참조.

8) 정혜경, 「백수들의 위험한 수다—박민규, 정이현, 이기호의 소설」, 『문학과 사회』 2005

이란 부와 능력을 갖춘 남자와 연애하는 방법뿐이라고 외치는 태도, 이는 '사랑밖엔 난 몰라'가 아닌 '사랑 따윈 난 몰라'의 방식이다. 계급적 한계에 분노하지 않고 오히려 조악한 돈의 논리를 이용한다는 의미에서 그들의 욕망은 서울 자체의 욕망이라고 할 수도 있다.

『달콤한 나의 도시』뿐 아니라 『오늘의 거짓말』에 이르기까지 정이현의 소설은 선/악, 미/추가 아니라 욕망의 소유/강탈이라는 논리를 따른다. 승패가 중요한 자본주의 사회의 단면이 강조되는 지점이다. 이 게임에서 인물들은 의도하지 않은 방식으로 욕망의 허구성을, 그것의 빈틈을 드러내 보인다. 예를 들어 정이현 소설의 여성들은 남자에게 진짜 내면을 인정받고 싶어하는 것이 아니다. 여성들은 자신의 본모습('생얼')을 보이고 싶은 것이 아니라 내가 '보이고 싶은 그 모습'으로 드러나고 싶어한다. 이러한 욕망은 이중으로 전도되어 있다. (1)그녀가 '보이고 싶은 모습'이란 사실은 남자들의 환상적 대상으로서의 모습일 것이므로 그녀는 남자가 자신을 보고 싶어하는 방식으로 자신을 보이고자 한다. 이것이 첫번째 전도이다. (2)그러나 남자들 역시 자신이 보고 싶어하는 모습이 아니라 그녀들이 그렇게 '보이고 싶은 모습'을 보고 싶어한다. 이것이 두번째 전도이다. 결국 욕망은 대타자에게 종속되므로, 이데올로기화된 인정 욕망의 표현이 된다. 지배적인 재현 체계에 순응하면서도 거짓된 욕망으로 점철된 도시생활자의 내면이 폭로되는 지점이다.

스스로를 서울 거주민의 평균적인 경제력과 상식을 가진 것으로 묘사하는 이들은 도시적 감수성을 지닌 욕망의 주체다. 이들의 불안은 대도시의 거주민으로 살아가는 데 필요한 조건을 유지해야 한다는 데서 나온다. 이들도 비정규직이거나 재계약을 걱정해야 하는 처지이다.(「그 남자의 리허설」, 128쪽) "집 안의 시계를 십 분 앞으로 돌려놓"고 "십 분 먼저 살겠

년 여름호.

다"고 생각하고, 재혼전문회사로부터 B+등급을 받았다는 것(「타인의 고독」)을 자랑으로 여기고, '모난 돌이 정 맞는다'는 속담을 상기하며 회사 생활을 충실하게 하려고 애쓰는(「그 남자의 리허설」) 속물적이되 평균적인 군상들이다. 이들이 도시에서 발견한 것은 피로와 예절이다. 피로감을 감추고 예절을 지키는 자. 그러나 그들은 끝내 예절이 가식과 기만의 다른 이름이라는 것을 깨닫는다.

정이현의 인물들은 풍요와 쾌적의 상징이었던 강남의 기억을 간직하고 있다. 그 풍요와 기대가 허구에 불과했다는 것을 깨닫지만 내면의 이해관계는 서로 충돌할 수밖에 없다. 이들이 가치들을 선택하기 위해 신념을 요구하는 이들이 아니기 때문이다. 아무 제약 없이 서로 다른 가치들이 충돌하고 갈등한다. 그런 점에서 정이현의 서울은 분열증적인 도시이다. 「삼풍백화점」은 그것을 충격적으로 보여준다.

> 1989년 12월 개장한 삼풍백화점은 지상 5층, 지하 4층의 초현대식 건물이었다. 1995년 6월 29일. 그날, 에어컨디셔너는 작동되지 않았고 실내는 무척 더웠다. 땀이 비 오듯 흘러내렸다. 언제 여름이 되어버린 거지. 5시 40분, 1층 로비를 걸으면서 나는 중얼거렸다. 5시 43분, 정문을 빠져나왔다. 5시 48분, 집에 도착했다. 5시 53분, 얼룩말무늬 일기장을 펼쳤다. 나는 오늘, 이라고 썼을 때 쾅, 소리가 들렸다. 5시 55분이었다. 삼풍백화점이 붕괴되었다. 한 층이 무너지는 데 걸린 시간은 1초에 지나지 않았다.
>
> —「삼풍백화점」, 64쪽

"나는 날 때부터 도시인이었다"로 시작되는 이 소설은 "공동(空洞)으로 남아"버린 붕괴 현장을 보여주면서, 그 도시인의 내면에 기입된 것이 공허 그 자체임을 충격적으로 드러낸다. 몇 분만 늦었다면 나는 저 백화점과 운명을 함께했을 것이다. 어제와 다르지 않은 평범한 삶이 저토록 순식간에 무너져내릴 수 있다는 것을 누가 상상이나 했겠는가. 그러나 거기서 손쉬운 결론을 끌어내서는 안 된다. "호화롭기로 소문났던 강남 상품백화점 붕괴사고는 대한민국이 사치와 향락에 물드는 것을 경계하는 하늘의 뜻"(65쪽)이라고 말하는 것은 무지한 폭력이다. 주인공은 신문사에 전화를 걸어 울면서 항의한다. "거기 누가 있는지 안대요?"(65쪽) 백화점이 욕망의 위계질서의 상징이었던 것은 아니다. 비록 그것이 허상이었다고 해도 그것을 내면화한 서울사람들의 삶이 있었기 때문이다. 백화점이 무너진 자리에 흉하게 남은 공동이야말로, 저 욕망의 공허를 가시화한 상징물이 아니겠는가. 그렇다면 이 공동이란 자신의 경계를 무한히 확장함으로써 안팎의 경계를 지워버린 '서울'이 끝내 포괄하지 못한 바깥일 것이다.

삼풍백화점은 무너졌다. 성수대교가 무너지면서 한강의 기적이 무너졌듯이 최고급 백화점인 삼풍백화점이 무너지면서 새로운 세기 중산층의 장밋빛 미래도 무너졌다. 모래성처럼 사라진 꿈들. 5백여 명이 한꺼번에 죽는 사고가 대도시 한가운데에서 일어나리라고는 상상하지 못했던 것이다. 「어금니」(『오늘의 거짓말』)에서는 대학생 아들이 미성년자로부터 돈을 주고 성을 샀다는 사실을 모르는 척해야 하는 중년여성의 고통이 조명된다. 끊임없는 어금니의 통증은 안온한 중산층 가정의 삶이, 부식된 인간관계가 그것의 근본부터 뿌리째 흔들리고 있음을 증거한다. 행복의 이면에는 그 행복을 추구하기 위해서 소비해야 했던 욕망의 무가치함이 자리하고 있었던 것이다.

"국내 빅 쓰리 중 하나로 불리는 초대형 건설회사에서 시공한 드림빌 아파트"이자 "지하 5층, 지상 30층, 총 668세대가 입주해 있는 초고층 아파트 드림빌"(「그 남자의 리허설」, 135쪽)은 세 단계의 절차를 거쳐야 안전하게 출입할 수 있는 아파트이다. '그 남자'는 집 안에 열쇠를 놓고 나오는 바람에 거리로 내몰려 순식간에 "거리의 부랑자"(140쪽) 꼴이 된다.

그는 자신의 영락이, 집이 아내의 명의로 되어 있어서가 아니라, 도시란 게 본래 소유하는 것이 아니라 빌려쓰는 것일 뿐이어서라는 사실을 아프게 깨닫는다.

「삼풍백화점」의 끝에 이르러, "나는 살아남았고 R의 행방은 알 길이 없다." 잠깐의 차이로 우리는 생과 사를 나누었다. 살아남은 자들의 죄의식으로 유지되는 사회는 분열증적 사회이다.[9] 이 사회는 금기/욕망의 이분법을 넘어서지 못한다. 이러한 반성은 90년대 소설이 보여준 반성과는 다른 것이다. 도시의 일상성을 권태와 고독을 통해 그린 작품은 1990년대에도 발표되었다. 비정한 도시는 획일화와 몰개성의 인간관계에 대한 비판적인 대상으로 묘사되었다.[10] 그러나 「낭만적 사랑과 사회」가 보여주듯, 2000년대의 도시는 욕망의 기표를 재화처럼 유통하는 곳이다. 유리가 지킬 단 하나의 순결이 최고의 이데올로기일 수 있었던 것은 이 때문이다. 이를 순수의 시대라 부른다면, 순수한 욕망의 시대라고 적는 것이 적절할 것이다.

3. 인정의 동선, 자기보존의 도시: 김애란의 소설

욕망의 성채라 할 만한 정이현의 '달콤한' 도시에 비해 김애란의 도시는 다소 소박해 보인다. 왜냐하면 도시는 아직 아무것도 아니기 때문이다. 도시를 이루는 고층빌딩의 황금빛 이미지는 김애란의 인물들을 현혹하지 않는다. 그들은 아직 자신의 욕망을 알지 못하기 때문이다. 『침이 고인다』에 수록된 「자오선이 지나갈 때」에는 이런 에피소드가 나온다. 1999년 봄, 시

---

9) 슬라보예 지젝, 『전체주의가 어쨌다고?』, 한보희 옮김, 새물결, 2008, 328쪽. 안락한 생활, 쾌락 등이 지배하는 정념의 세계와 상징적 부채의 부과 속에서 죄의식을 느끼는 삶 사이의 분열이다.
10) 정혜경, 「1990년대 여성소설에 나타나는 연애 모티프의 두 양상—신경숙과 은희경의 소설 비교 분석」, 『인문과학논집』 19호, 2007. 은희경의 소설에서 '고독'은 키워드이다. 그 고독은 공허한 얽힘을 만들어내는 도시의 질서와 밀접하게 닿아 있다.

골에서 자란 '나'는 대학에 떨어져서 재수생활을 위해 입시학원이 밀집해 있는 서울의 노량진으로 올라온다. '나'는 한강 너머로 보이는 63빌딩을 가리키며 "나 지금 63빌딩이랑 좆나 똑같은 거 봤다!"고 말했다가 아이들의 놀림감이 된다. 세속도시의 상징질서에 편입되기 전, 기표의 의미를 체득하지 않은 채 입성한 것이다. 스스로도 믿기지 않는 견딤("한 달에 11만 원짜리 독서실에 산 것이 정말이었던 것")이 가능했던 이유는 척박한 고통의 강도를 예측하지 못했기 때문이고, 그러한 고통이 일시적일 것이라고 생각했기 때문이다. 욕망을 몰랐던 만큼 고통도 아직 알지 못했다.[11]

열차는 눈먼 물고기처럼 인천을 빠져나와 북쪽으로 달려갔다. 나는 노선도를 올려다보며 역사(驛舍)의 수를 꼽아보았다. 인천에서 의정부까지 50여 개의 역이 있고, 영등포와 신길, 종로를 지나면 서울 북쪽 어딘가에 내 방이 있다. 노선표의 불빛이 깜빡거렸다. 자그마한 플라스틱 전구 위로 종착역까지는 녹색 불이, 이미 지나간 역 위로는 빨간 불이 켜졌다. 도시의 이름을 가진 점과 그 사이를 잇는 직선. 나는 그것이 카시오페이아나 페르세우스, 안드로메다라 불리는 이국 말로 된 성좌처럼 어렵고 낯설었다. 내가 모르는 도시의 별자리. 서울의 손금. 서울에 온 지 7년이 다 돼가는데, 그중에는 내가 아직 한 번도 가보지 못한 동네가 많다. 땅속에서 바람을 맞으며 안내 방송을 들을 때마다 나는 구파발에도, 수색에도 한번 가보고 싶었다. 그러나 그러지 못한 것은 서울의 크기가 컸던 탓이 아니라, 내 삶의 크기가 작았던 탓이리라. 하지만 모든 별자리에 깃든 이야기처럼, 그 이름처럼, 내 좁은 동선 안에도—나의 이야기가 있을 것이다.
—「자오선을 지나갈 때」, 117~118쪽

---

11) 「도도한 생활」(『침이 고인다』)에는 "투명한 불행" 같아서 그 불행이 실감 나지 않는다는 서술이 있다.

『침이 고인다』에 수록된 단편들에는 고단한 도시생활자들이 등장한다. 고통의 원인은 두 가지, 돈과 방 때문이다.[12] "월급날은 번번이 용서를 비는 애인처럼 돌아왔다."(「침이 고인다」, 50쪽) 「자오선이 지나갈 때」는 대학을 졸업하고 학원 강사 생활을 하고 있는 '나'의 분투기이다. '나'가 힘들게 대학을 마쳤지만 대학을 졸업한 후에도 제대로 된 직업을 구하지 못하고 "주변부로 밀려"나고 있음을 보여주는 장면이다. 인천에서 강북으로 향하는 지하철 노선표를 "도시의 별자리" "도시의 손금"이라고 부르듯, 어쩌면 저 노선표는 태생적인 운명처럼 주변부로 밀려나야만 하는 인물의 사회적 위치를 예언하는 것 같다. 김애란의 몇몇 단편은 대체로 서울 인근의 위성도시나 지방의 소도시에서 상경한 인물들의 도시정착기이다. 서울의 위성도시는 서울에서 고부가가치를 창출하는 것이 한계에 다다르자 생성되었다. 위성도시라는 이름처럼 서울의 주변을 맴도는 위성의 성격은 이른바 베드타운으로서의 예속적 성격을 갖는다. 정치, 경제, 문화적으로는 도심에 속해 있고 위성도시에서는 잠만 자는 것이다. 이렇게 본다면 김애란의 소설은 '인 서울'을 향한 꿈을 간직한 아웃사이더들의 고생담이라는 점에서, 전대의 소설과 다를 바 없는 것처럼 보인다. 김애란 소설의 인물들은 말한다. "나는 자꾸만 주변부로 밀려났다"(140쪽)고. 확실성 속에서 성공신화를 거머쥘 줄만 알았던 인-서울에도 루저의 삶이 있다.

그런데 인-서울과 아웃-서울에 아무런 차이가 없다면? 정이현 소설의 인물들이 서울을 욕망의 대상으로 전개함으로써 서울을 내부에서 분할했다면, 김애란 소설의 인물들은 서울이 다른 모든 도시들과 구별되지 않는 루저들의 공간임을 밝힘으로써 서울을 바깥에서 포함해버린다. 서울은 더이상 욕망의 상징이 아니다. 그저 곤고한 삶이 영위되는 현장일 뿐이

---

12) 이광호, 해설 「나만의 방, 그 우주 지리학」, 『침이 고인다』, 문학과지성사, 2007.

다. 서울살이 10여 년이 지나도 눈치를 보며 이사를 다녀야 하는 처지는 변함이 없다. 「성탄특선」은 사랑을 나눌 지상의 방 한 칸이 없어서 방황하는 연인을 제시한다. 정이현의 소설에서 확인한 것처럼 극소수의 풍요로운 연애행태는 고급 강남아파트의 외관과 꺼지지 않는 환등상으로 드러난다. 그와는 대조적으로 자본의 규율 아래서 평준화된 루저를 양산하는 이 도시는 불 꺼진 여관의 낡은 간판으로 은유된다. 가난한 연인은 다음 순서를 기다리면 된다고 위안하고 있을지도 모른다. 마치 건널목에서 신호를 기다리는 것처럼. 그러나 안온한 방으로 들어가는 진입장벽은 비현실적으로 높기만 하다. 방 한 칸을 구하는 데 실패하고 돌아온 여동생을 빈둥거리며 시간을 보낸 솔로 오빠가 맞이한다. 서울에서 둘의 처지는 애인이 있건 없건, 다르지 않은 것이다.

김애란의 소설에서 보여주는 도시 형상은 편의점, 지하철, 원룸, 반지하 셋방 등 누추하고 각박한 현실을 되비추는 것들이다. 그럼에도 불구하고 김애란의 인물들은 유머감각과 특유의 긍정의 에너지로 마음을 다독인다. 김애란의 인물들에게는 국가도, 이념도, 가족도 무력하다. 이들은 고독한 개인의 안간힘으로 각자의 정념을 이겨내는 중이다.[13] 내 집 마련의 꿈이 아니라 내 방을 가지고 싶다는 소박한 소망. 원룸 세대에게 '방'이란 사랑을 나누기 위한 최소조건이다. 또한 그것은 연인뿐 아니라 한 개인의 심미적인 자아 재정립 작업을 위한 필수조건이다.[14]

이 글에서 주목하는 점은 그러한 '방'이 공간으로 재발견되는 일종의 건축술에 있다. 「종이 물고기」(『달려라, 아비』)에는 서울의 작은 옥탑방에서

---

13) 신형철, 「소녀는 스피노자를 읽는다」, 『몰락의 에티카』, 문학동네, 2008, 694~697쪽 참조. 신형철은 김애란 소설의 특징을 정리하면서 김애란의 '공간과 소통'을 핵심적인 사안으로 다루고 있다. 그에 따르면 김애란의 소설에서는 '원룸'과 '편의점'이라는 공간의 백태와 소통을 꿈꾸는 무수한 개별자들의 문제가 핵심적이다.

14) 이광호, 같은 책, 305쪽.

살고 있는 이십대 중반의 청년이 등장한다. 그는 수학과를 졸업하고 군대를 다녀와 백수로 지내다가 무작정 상경하여 공사장에서 막노동을 하면서 글을 쓰고 있다. 그는 방의 벽면을 포스트잇으로 도배를 해서 그 위에 작가들의 문장을 옮기거나 자기가 쓴 소설의 일부를 적는 등 벽면을 채운 뒤 그것들을 뒤섞어 새로운 문장의 배열을 만들었다. 벽을 깨알 같은 글씨로 채우는 사내의 괴벽에 대해 설명하자면 유년 시절에 대해서 간단하게 언급할 필요가 있겠다. 그는 미숙아로 태어나 찢어진 신문으로 도배된 방에서 홀로 자랐다. 엄마를 기다리면서 그는 "먹이를 알아보는 짐승처럼 글자들을 알아"(198쪽)보고 구멍 뚫린 신문에 인쇄된 글씨들을 읽으며 시간을 보냈다. 글자를 읽을 줄만 알았지 그 내용을 이해하지는 못했는데, 그 덕분에 언어의 의미를 오해하거나 언어에 미혹되지 않을 수 있었다.

천장에 포스트잇을 붙이기 전에 한 가지 정리를 했다. 그것은 네 벽면에 붙은 포스트잇의 위치와 배열을 바꾸는 일이었다. 그는 네 벽면에서 각각 한 장의 포스트잇을 떼어낸 뒤 그것들을 나란히 놓아보았다. 그는 네 장의 포스트잇에서 하나의 연관성을 찾아내고 뛸 듯 기뻐했다. 6×8의 포스트잇이 질서 정연하게 붙어 있는 네 벽면은 커다란 체스판처럼 보이기도 했으며, 시간이라는 X축과 공간이라는 Y축을 가진 사건 그래프처럼 보이기도 했다. 그것은 묘지나 도시처럼 보이기도 했으며 미로나 정글처럼 보이기도 했다. 네 벽면은 하나의 모서리에서 만나 다시 갈라졌으며, 선들을 공유하고 서로를 지탱했다.

　　　　　　　　　　　　　　　　　　　　　　　　—「종이 물고기」, 214쪽

이 거대한 설계도면은 김애란이 앞으로 보여줄 공간의 특징을 함축적으로 보여준다. 벽에 붙은 포스트잇과 그 위에 적힌 언어들 덕분에 그의 방은 '말'로 가득찬 우주가 된다. 그것은 새롭게 창작한 산물이 아니라 죽은 이들의 말을 재활용한 것이거나 미완성된 소설 일부를 뒤섞어 재배열한 것이다. "묘지나 도시"이거나 "미로나 정글"처럼 보이는 말의 벽면은 각각의 사연들이 서로를 지탱하고 연결하면서 비로소 완성되는 관계의 매트릭스다.[15] 도시는 "위조지폐처럼"(205쪽) 수상한 말로 도배되어 있다. 입간판으로 즐비한 거리의 벽면은 과대포장되어서 기대가 아니라 오히려 피로감을 준다. 새로운 언어 배열을 창조한 그는 직설적인 언어에 현혹되지 않는다. 겹겹이 덧댄 포스트잇만큼 이야기의 지층(地層)은 견고해지고 그는 그 속에 생명력을 불어넣는다. 그는 "세상에서 가장 근사한 공간을 상상"할 줄 아는 건축가이다. 이것은 그가 보여주는 공간건축술인 셈이다.

그러나 포스트잇의 약한 접착력으로 유지되는 공간은 오래 버티지 못한다. 그 방은 한순간 무너져 폐허가 되고 만다. 그럼에도 불구하고 살아있는 종이 물고기처럼, 개별적인 맥락 안에 나의 이야기가 보존될 때 빈방은 비로소 나만의 공간으로 인식된다. 그렇다고 해서 김애란의 공간이 '외딴방'은 아니다. 4인용 도서관, 여관식 자취방 등의 구조가 말해주듯이, 간신히 간격을 갖고 유지되는 저 공간들은 불가피하게 타인과 이웃해 있다. 타인의 삶은 번역되지 않은 불가해한 공간을 남긴다. 김애란의 인물들은 체험하지 않은 지대의 소유권을 주장하려 하지 않는다. 때문에 이들은 자신의 몸을 움직여 동선을 넓혀가는 만큼씩만 서울을 알아갈 뿐이다.

① 신림— 하면 푸른 숲이 떠오른다. 나무가 많은 숲 그리고 젊은 숲. 그 숲의 나무들은 모두 지하철 2호선을 표시하는 연녹색을 띠고 있다. 보통의 나뭇잎은 그보다 짙지만 어쩐지 신림의 나무들만은 꼭 그래야 할 것 같다. 신림, 하고 소리 내면, 먼 곳의 잎사귀들이 우수수 흔들리며 '수풀 림, 수풀

---

15) 앞의 글 「정념의 수용기(受容器), 공감의 문학」 참조. 공감(compassion)과 정념(passion)을 발생시키는 장치를 중심으로 한강, 김애란, 황정은의 서사를 분석한 바 있으나, 이 논문의 방향과는 다소간 차이가 있다.

림' 하고 울어대는 것 같다. 신림, 하고 발음할 때 내 혀는 파랗게 물든다. 구파발이라 읊조리면 내 가슴 어딘가에 꽂힌 붉은 깃발이 마구 펄럭이는 것처럼. 그것은 진짜 신림 진짜 구파발과는 아무 상관이 없다.

—「기도」, 183쪽

② 2005년 가을. 사람들 틈에 끼어 서울의 불빛을 바라봤다. 그리고 노량진의 이름을 생각했다. 다리 량(梁) 자와 나루터 진(津) 자가 동시에 들어간 곳. 1999년 내가 지나가는 곳이라 믿었던 곳. 모든 사람이 지나가는 곳. 하지만 그곳이 정말 '지나가기만' 하는 곳이었다면 얼마나 좋았을까. 7년이 지난 2005년 지금도 나는 왜 여전히 그곳을 '지나가고 있는 중'인 걸까.

—「자오선을 지나갈 때」, 148쪽

①에서 보듯이 현재적인 지리적 특징과 무관한 저 지명은 이 공간이 품고 있는 독특한 시간성을 지시한다. "지방 소도시 몇 개를 기워놓은 듯" (194쪽) 느껴지는 이유는 과거적이고 낙후된 모습이기 때문이다. 신림이라는 단어가 주는 서정적이고 고색창연한 어감은 풍경의 삭막함과 상반된다. 지명이 주는 어감은 아이로니컬한 낙차로 인해 서글픈 여운을 남긴다. '나'의 언니가 묵었던 고시촌은 "수십 개의 똑같은 문이 잔혹 동화처럼 펼쳐져 있"(200쪽)다. 이곳은 "수도(首都)가 이래도 되나?"(203쪽) 싶을 정도로 황량하고 낯선 공간이다.[16] 머리를 맞대고 기도라도 하듯이 숨죽이며 살았던 시절(「기도」)의 증언이다. ② 역시 '노량진'이 '나'의 체험과 연결된 개별화된 공간이라는 점이 서술되는 부분이다. '나'가 7년이 흐

---

16) 서울에 대한 실망감을 드러낸 부분은 곳곳에 있다. "어쩐지 여기, 서울 같지 않아." 언니가 잠 묻은 말투로 대꾸했다. "서울 다 이래, 네가 아는 서울이 몇 곳 안 되는 것뿐이야." 언니는 금세 곯아떨어졌다. 나는 도시의 지하에 반듯이 누워 있었다. 창 사이론 자동차 불빛이 아른거리고, 피아노 그림자가 내 얼굴 위로 드리워졌다 사라졌다. (「도도한 생활」, 28쪽)

른 뒤 조감하는 '노량진'의 이미지는 명사형이 아니라 서술형으로 바뀌었다. '나'의 맥락에서 의미화가 되었다는 뜻이다.

위의 두 사례가 시사하는 바는 신림과 노량진 등의 개별적 공간이 문화지리적인 현재성 혹은 동시대적 시간 개념으로 완전하게 환원되지 않는다는 사실이다. 나만의 별자리 속에, 개별적인 이야기로 구성된 개체적인 공간이 발생한다. 정체성은 시간과 공간의 의미를 규정하고 인식하면서 형성된다. 김애란의 인물들은 (집이 아니라) 방이라는 공간을 중심으로 자신의 정체성을 구성한다. 방이라는 구성요소는 사회, 문화적 맥락 속에 포함되어 있지만 역사적 맥락 속에서 설명되지는 않는다. 왜냐하면 김애란의 방은 통공간적으로 존재하기 때문이다. 김애란의 인물들이 동시대적인 감각과 다르게(다소 느리거나 빠르게) 느껴지는 이유가 여기 있다. 그리하여 2000년대적 서울이라는 거대한 지대에 세 들어 살고 있는 저 가난한 자들의 '움직임'을 모두 연결하면 새로운 동선(動線)이 형성될 것이다. 그들은 이를 통해서 개별적이면서도 세포적이라 할 공간을 생성하고 있다. 눈에 보이지 않았던 도시를 일으켜세울 수는 없을까. 김애란의 건축술은 도시 전체에 피를 돌게 하고 세부의 부분들이 서로 내밀한 관계를 유지하여서, 도시 전체를 하나의 유기체처럼 느껴지게 하려는 듯 보인다. 이 작은 개별성의 공간들, 그리고 이 공간들을 서로 잇대어 만들어낸 동선들은 서울을 인정(認定) 투쟁의 장이 아니라 인정(仁情) 표현의 장으로 변환시킨다.

앞서 개별적인 시간성을 미숙아(「종이 물고기」)로 설명했듯이 이번에는 조로증(早老症)이라는 은유로 설명해보자. 『두근두근 내 인생』의 열일곱 살 한아름은 조로증 환자다. 아름은 남들보다 시간이 빨리 흘렀고 그만큼 남은 시간이 많지 않다. 아름은 "뒹구는 말들"을 가지고 놀았다. 혼자 있는 시간이 많아지면서 아름은 주변을 관찰하고 그것에 이름을 붙여주는 성숙한 태도를 가질 수 있게 되었다. 그 성숙의 또다른 이름은 어떤 시간성, 즉 "혼자 있어본 사람의 시간"만이 가질 수 있는 특별한 시간성이다.

아름은 남들보다 짧은 생명선을 가진 대신, 남들이 경험하지 못한 시간대를 여행한다. 그 시간여행이 바로 소설쓰기이다. 현재 지점에서 과거 시점으로의 연결은 직선적인 시간 개념으로는 설명할 수 없는 공간적인 비약이다. 아름은 저 비정한 도시를 '말'로 이루어진 매트릭스 위에 옮겨적음으로써 자신의 좌표에 기입한다. 그 좌표는 시간이 흐른다고 해도 역사성 안으로 편입될 수 없는 개별적 지도를 완성한다.

『두근두근 내 인생』은 아름이 첫사랑이자 동갑내기 친구인 이서하가 실은 서른여섯 살 아저씨였다는 사실을 알게 되면서 극적인 하강 국면을 맞는다. 죽어가는 아름을 이용해서 소설을 쓰려고 했던 아저씨가 아름의 병실을 찾아온다. 어둠 속에서 그의 존재를 알아차린 아름은 어둠을 향해 혼잣말을 한다.

> "그래도 한 번쯤은 네게 이 얘기를 전하고 싶었어. 우린 한 번도 만난 적이 없지? 직접 목소리를 들은 적도 없고, 얼굴을 마주한 적도 없고. 어쩌면 앞으로도 영영 만날 수 없을 테지? 하지만 너와 나눈 편지 속에서, 네가 하는 말과 내가 했던 얘기 속에서, 나는 너를 봤어."
>
> "……"
>
> "그리고 내가 너를 볼 수 있게, 그 자리에 있어주었던 것, 고마워."
>
> "……"
>
> 저쪽에서 한 번 더 침 넘기는 소리가 났다.
>
> —『두근두근 내 인생』, 308~309쪽[17]

아름을 구원한 것은 아름의 내면이나 신념, 혹은 상상 속 인물이 아니다. 누군가의 존재/부재를 보여주는 네모난 "그 자리"(아름의 공간)인 것

---

17) 이 장면은 이 책 앞의 글 「정념의 수용기(受容器), 공감의 문학」에서 다른 방식으로 분석한 바 있다.

이다. 아름이 배신자인 사내에게 고맙다고 말할 수 있었던 이유는 아름이
외부세계의 말을 따르지 않고 자신의 시간성 속에서 자기 정념을 간직할
수 있었기 때문이다. 아름의 '공간내기'는 외부의 시간성으로 환원될 수
없다. 아름은 소설쓰기를 통해 자기가 태어나기 전으로 거슬러올라가 자
신의 부모가 사랑을 나누는 장면을 재구성한다. 그 소설은 상대적 개별성
이 아니라 대체불가능한 절대적 고유성의 공간을 창출한다. 그것이 바로
심장을 뛰게 하는 사랑의 마음이다.

　김애란의 소설 속 매정한 서울은 자동차를 위한 도로(road)만 있을 뿐
산책자를 위한 거리(street)를 내주지 않는다. 혹독한 지옥철에서 배우
는 관습적 정체성을 도시인이 느낄 수 있는 한 줌의 소속감이라 부를 수
있겠다. 그러나 일상이 온전히 예속상태에 있는 것은 아니다. 이들은 균
질화된 도시의 이미지를 취하는 것이 아니라 도시의 이름 '속'으로 의미
의 피부를 뚫고 살 속으로 육박해 들어간다. "지하철은 나른한 오후의 아
랫배를 머리로 들이받으며 내 천(川) 자가 들어간 도시의 이름 속으로 달
려"간다.(「영원한 화자」) 도시를 돌고 도는 지하철은 "고독과 신산함의 음
악을 만들어내는" 턴테이블이 되고(「네모난 자리들」) 거대한 유기체로 이
루어진 도시가 춤추듯이 움직인다.

　어쩌면 밤의 거리에서 뜻밖의 미광을 발견할 수도 있지 않을까. 때때로
그 속에서 기품과 품격이 출현한다. 그것은 느닷없는, 뜻밖의 아름다움이
다. 흔들리는 불빛과 함께. 그것은 주인 없는 빈방을 염려하는 형광등 불
빛이고(「네모난 자리들」), 나를 향해 윙크를 해주는 가로등 불빛이고(「스
카이콩콩」), 기도의 형상을 만들어낸 크리스마스트리 전구의 깜박임이
다.(「기도」) 삶의 고단함과 서글픔을 상쇄하는 지점이 있다면 바로 이런
아득하고 아름다운 불빛이 아닐까.

　김애란에게 기억은 정체성의 확인이 아니라 관계의 확인이다. 개별성
의 공간이 다른 공간과 만나서 동선을 만들어가는 것. 그것은 취향과 취

미를 공유하면서 유지되는 관계가 아니라, 몸에 각인되는 관계이다. 그것을 달리 표현하면 자기보존의 욕구라고 말할 수도 있겠다. 견디며 살아남으려는 욕망이다. 각박한 고시원촌에서도 서정적인 무언가를 찾아야만 한다는 그것. 서정적이라고 말하는 것은 어쨌든 인정(人情)의 세계 안에서 의미를 찾아내려는 시도이다. 「침이 고인다」에서 후배가 남기고 간 껌을 주인공이 씹고 느낀 '단맛'과 「자오선 지날 때」에서 친구 민식이 주인공의 손을 잡아주면서 느낀 '촉각'은 몸에 각인된 무언가를 촉발한다. 요컨대 미각과 촉각은 최초의 기억을 몸이 상기한 것이다. 김애란의 인물들에게 자기보존의 충동은 근본적으로 관계를 유지하려는 혹은 관계를 통해서만 보존되는 충동이다.

4. 잔존하는 섬광에 이름 붙이기: 황정은의 소설

정이현의 서울이 상승 욕망으로 구성된다면, 김애란의 서울은 인정(人情)으로 유지된다. 어느 쪽이든 자존감을 통해 자신의 정체성을 정립하려는 분투라고 말할 수 있다. 정이현의 인물들이 수직적인 도시의 숲에서 욕망을 추구한다면, 김애란의 인물들은 인접해 있는 방들의 개별성을 훼손하지 않는 방식으로 관계를 유지하려고 고군분투한다. 황정은의 소설 속 인물들은 정말이지 가진 것이 없다. 가진 것이 없다는 말은 궁핍한 경제적 조건을 가지고 있다는 차원이 아니다. 가난이 아니라 빈곤의 문제이고 도시가 아니라 슬럼의 문제이며 경쟁을 넘어서는 생존의 문제이다. 황정은의 인물들은 순간순간 자신의 정체성을 증명해야 하는 존재론적 궁지에 처해 있다. 도시 빈민의 양산은 나쁜 도시(화)에서 일어나는 특수한 문제가 아니다. 가령 슬럼의 문제는 모든 자본주의 도시에서 필연적으로 발생하는 부산물이자 결과이다. 황정은의 『百의 그림자』의 무재는 빛이 아니라 빚을 떠안고 태어났다. 무재는 자기 이야기를 은교에게 들려주면서 "아버지는 죽어서 빚을 남기고 소년은 빚을 갚으며 어른이 되어간다"

고 말했다.(93쪽) '백(百)의 그림자'라는 표제가 말해주듯이 이들의 고통은 낮/밤의 대립이 아니라 어둠 속의 모든(百) 어둠(그림자)의 문제이다.

황정은의 소설 속 인물들은 어둠 속으로 소멸하거나 어딘가로 떠나는 존재들이다. 이들도 엄연히 도시의 구성원이지만 사회는 이들을 셈하지 않는다. 사회가 이들을 호명할 수 있는 언어를 가지고 있지 않다는 말이며, 이들을 가리키는 기표가 없다는 말이다. 규정할 수 없는 존재들이 부스럭거리는 공간을 눈앞에 드러내는 것, 그것이 황정은의 소설이 가장 중요하게 여기는 작업이다. 균일하고 매끈한 도시공간은 이들을 배제하고 축출하는 방식을 통해서 구성되었기에 이들의 출현은 필연적으로 서울의 표상에 구멍을 낸다.

황정은의 작업은 타자의 목소리를 현시하는 것, 타자에게 언어를 돌려주는 것이다. 도시의 한 부분을 차지하고 있지만 중심에서 밀려날 뿐 아니라 제거대상으로 취급받는 이들이 있다. 무언가 발언하려 하지만 도시는 이들의 목소리에 무관심하다. 미약한 소리를 내는 '묽은' 존재들의 목소리를 현시하는 장면을 중심으로 분석하고자 한다.

은교씨는 슬럼이 무슨 뜻인지 아나요?

……가난하다는 뜻인가요?

나는 사전을 찾아봤어요.

뭐라고 되어 있던가요.

도시에서, 가난한 사람들이 사는 구역, 하며 무재씨가 나를 바라보았다.

이 부근이 슬럼이래요.

누가요?

신문이며, 사람들이.

슬럼?

좀 이상하죠.

이상해요.

슬럼.

슬럼.

하며 앉아 있다가 내가 말했다.

나는 슬럼이라는 말을 들어본 적은 있어도, 여기가 슬럼이라고 생각해본 적이 없는데요.

나야말로, 라고 무재씨가 자세를 조금 바꿔 앉으며 말했다.

—『百의 그림자』, 112~113쪽

『百의 그림자』에 등장하는 은교와 무재는 연인 사이다. 위에서 대화의 대상이 되는 '슬럼'이라는 단어는 이들이 일하는 생활공간을 이르는 표현이다. 은교와 무재는 도심에 있는 전자상가에서 처음 만났다. '나'(은교)는 30년 넘도록 음향기기 수리를 하는 여씨 아저씨의 수리실에서 접수와 심부름을 맡고 있다. 무재는 트랜스를 만드는 공방의 견습공으로 일하고 있다. 슬럼은 도시의 쌍둥이, 도시의 이면, 도시의 그림자라고 말할 수 있다. 무재와 은교가 일하는 전자상가는 도심에 위치해 있고 이곳은 행정의 중심지이자 정치적 담론의 밀집지역이며 자본이 집중적으로 유통되고 투자되는 대도시이다. 도시외관을 개선하고 도심 속 공원을 만든다는 취지로 전자상가 철거가 진행된다. 효율성과 실용성의 언어로 이루어진 대도시에는 타자에 대한 고려가 없다. 황정은이 『百의 그림자』에서 보여준 전자상가의 철거 장면은 소리 없이 은밀하게 이루어진다. 그것은 도시계획의 일부일 수도 있고 개발계획의 일부일 수도 있다. 전자상가의 한 개 동이 소리도 없이 "분해되었다"(90쪽)는 사실은 소음도 없이 가해지는 폭력이 있었다는 사실을 시사한다. 밤사이 한 층씩 사라져버리게 만드는 무서운 마술처럼. 날이 밝으면 장막이 한 계단씩 내려오다가 어느 날 아무것도 남지 않게 된 것이다.

이 철거 과정은 정이현이 보여준 삼풍백화점의 붕괴 장면과 대비적이다. 삼풍백화점 붕괴는 눈앞에 엄연히 보이는(존재하는) 것이 한순간 보이지 않게 되는(부재하는) 급전의 충격을 준다. 흙먼지 속에 갇힌 생존자의 구조 작업이 많은 사람들의 증언 속에서 이루어졌다. 그러나 소음 없이 처리된 전자상가 철거는 마치 처음부터 그곳에 아무것도 없었던 것처럼 녹지공원이 조성됨으로써 다른 공간으로 대체된다. 아무도 보지 못했으므로 증언할 수 있는 자가 없다. 기억의 대상이 되지 않는다는 것은 더 이상 존재의 가치가 없다는 것을 의미한다. 기억은 그런 의미에서 일종의 구원행위다. 이곳에서 일하던 그 많던 사람들은 어디로 갔을까?

황정은의 소설은 바로 이 가냘픈 소리들, 떠도는 소리들에 귀를 기울인다. 몸과 분리되면서 허공으로 흩어지는 목소리들. 이곳은 곧 사라질 '슬럼'으로 불리는 영역이고, 아직 사라지지 않은 도시의 한 부분이다. 도시의 한복판에 유령처럼 잔존하는 가설(假說)무대이다. 작고 애매한 소리들은 구별되거나 분별되지 않은 채 작은 날벌레들 무리처럼 허공에 덩어리로 떠 있다. 그러나 이들은 자신들이 있는 곳을 슬럼이라 생각하지 않는다고 말한다. 그곳이 그들의 생존의 터전이기 때문이다. 다른 이들에게 퇴락한 우범지대로 보이는 곳에서 이들은 생계를 꾸리고 서로 만나 사랑을 나누고 살아간다.

다음은 「양산 펴기」(『파씨의 입문』)에서 '나'는 동생 '녹두'에게 장어를 사주기 위해 양산 파는 아르바이트를 하는 장면이다.

양산 양산 로베르따 디 까메르노, 말할수록 리듬이 붙어 매끄럽게 읊었다. 날은 여전히 맑았으나 때때로 거세게 바람이 불어 천막이 울렁였다. 한두 번은 바람에 날아간 비닐백을 잡느라 도로 가장자리까지 달려나갔다가 돌아왔다. 길 건너편에서는 사람들이 북을 두드리며 목소리를 모아 구청장을 부르고 있었다.

나와라.

나와라.

노조 사무실 야밤 급습이 웬 말이냐 호화청사 웬 말이냐 노점상 철거민 생존권 보장 비리구청장 물러나라.

실크 팔십 퍼센트 스카프 만원.

양산.

양산도요 자외선 차단 안 되는 양산 있어요.

나와라.

로베르따 디 까메르노 웬 말이냐 자외선 차단 노점상 됩니다 안 되는 생존 양산 쓰시면 물러나라 기미 생겨요 구청장 한번 들어보세요 나와라 가볍고 콤팩트합니다 방수 완벽하고요.

아줌마 빤스는 국산이 좋아 국산 사세요.

―「양산 펴기」, 143~144쪽

　　현장에서 묻고 묻히는 말들의 난장(亂場)을 표현한 부분이다. 양산을 파는 장소는 바자회가 열리는 구청 앞이다. 천막에서는 일곱 가지 생활용품에 품목당 두 명씩 총 열네 명이 동원되어 물품을 판다. 반대쪽 구청 앞에서는 "노점상연합 공무원노조 철거민연합"이라고 적힌 현수막 세 개가 올라가고 집회가 시작되었다. 북을 치면서 구청장을 부르는 사람들의 목소리가 점점 크게 들리고, 그에 질세라 반대쪽 천막에서는 생필품을 파는 상인들의 목소리가 뒤섞이기 시작한다. '생존권'과 '기미'가, '구청장'과 '빤스'가 뒤섞이는 장면이다. 양측 모두 생존권을 주장하는 언어일 것이다. 한쪽이 구호의 언어, 공적인 언어, 공격적인 언어라면, 다른 한쪽은 생계의 언어, 사적인 언어, 호소하는 언어이다. 황정은은 이 두 목소리에 모두 귀를 기울임으로써 작은 목소리들을 모두 담아낸다. 공론의 장에서 소외될 수밖에 없는 타자들의 목소리가 배음으로 들린다. 이질적인 목소리가 뒤엉키면서 목소리의 데시벨을 더욱 높게 만든다. 그것은 사회적인 담론이라기보다는 소수적 목소리의 비고정성 자체를 지시한다.[18]

작은 존재들의 소리에 귀를 기울이는 황정은의 세계는 새로운 상상력을 보여줄 뿐 아니라 사물화된 세계를 맴도는 인간의 정념에 새로운 목소리를 부여한다. 그것은 타자의 이름을 불러주는 우정이라고 할 수 있다. 이 목소리들에 이름이 없다는 것은 이들이 유령적인 존재라는 뜻이다. 황정은의 인물들은 유령에 이름을 붙임으로써 이들을 다시 소환한다.

오랫동안 입을 다물고 살았으니까. 말을 건네지도 말을 건네받지도 못하면서 내가 누구에게 대답하는 일도 없이 누군가 내게 대답하는 일도 없이. 역에서 네가 나를 제대로 바라보며 대답해주었을 때는 좋았다. 그렇게 내가 말하고, 누군가 내게 대답하는 상황은, 정말, 오랜만이었어. (……) 하지만 이름을 비롯해 몇 가지 기억과 느낌은 영영 사라져버렸어. 여기저기 공동(空洞) 같은 것이 있는데, 내 얼굴과 등뼈가 쪼개졌을 때 그런 것들이 어딘가로 튕겨나가고 남은 구멍 같아. 거기에 있던 것들이 어떤 것들인지 아무래도 알 수가 없어. 완전히 사라져버렸어. 모르겠어. 이름을 기억할 수 없는 것은 최근에 좀처럼 불린 적이 없었기 때문일지도 몰라.

뭐를 불린 적이 없다고?

이름.

그가 말했다.

그러니까 사과라고 불러도 좋아.

사과.

---

18) 노점상과 철거민이라는 짝패는 모종의 연대가능성을 기대할 수 있는 집합이다. 그런데 황정은의 소설은 사회적 소수자의 목소리에 귀를 기울일 뿐 아니라 어떠한 연대조차 불가능한 타자(유령, 노숙자, 부랑자 등)를 만나는 데 공력을 들인다. 이들은 동일한 집합의 개념으로 포섭할 수 없다.

두리안이라도 상관없어.

—「문」, 21쪽

「문」의 주인공 m은 등 뒤에서 문을 열고 나타난 두리안이라는 유령의 이야기를 듣는다. 'm' 역시 이름을 부여받지 못한 이니셜일 뿐이다. 황정은의 소설에 흔히 등장하는 유령, 노숙자, 부랑자, 버림받은 아이들은 서로 닮은 점이 많다. 이들은 "집중해서 듣지 않으면 잘 들리지 않"는 중얼거림을 용케도 알아채는 사람들이며 "더는 말이 없었지만 두리안의 상태가 괜찮다는 것"을 알아보는 시선을 가진 자들이다.[19] 이것은 자신의 기원에 관한 이야기에서도 통용되는 진실이다.

주자(走者)는 파씨.

파씨의 이름은 파씨.

어째서 파씨냐고 묻는다면, 파씨니까.

어째서 파씨고 모조고 맨이고 팽인가, 묻는다면 파씨는 파씨고 모조는 모조고 맨은 맨이고 팽은 팽이니까 파씨는 파씨, 라는 대답이 가능할 뿐, 파씨는 파씨일 뿐, 파씨로서 발생하고 부단히 파씨가 되고자 노력하면서 사라질 뿐, 그뿐입니다.

—「파씨의 입문」, 209쪽

「파씨의 입문」은 파씨가 기억하는 최초의 장면에 대한 기록이다. 소설은 한 장의 오래된 사진에서 출발했다. 사촌들과 함께 바다를 등지고 찍은 한 장의 폴라로이드 사진이다. 이 가족사진은 "천구백칠십구년 팔월의 기억"이다. 이 장면이 중요한 이유는, 그것이 파씨의 "최초의 기억과

---

19) 앞의 글 「환상은 정치를 어떻게 사유하는가―2000년대 발표된 소설들을 중심으로」에서 타자들의 목소리를 분석한 바 있다.

최초의 질문과 최초의 정서가 시작된 지점, 여기가 바로 겨자씨만한 파씨, 파씨의 발생, 조그만 주름의 시작"(211쪽)이기 때문이다. 파씨는 파도라는 어휘를 처음 듣고 파도라는 것이 사람의 형상을 한 생물일 것이라고 생각한다. 그리고 파도가 자신을 향해 달려들 것이라고 상상한다. 이 순간부터 '나'는 파씨와 공존한다. 언어를 아직 배우기 전 태어난 지 "천이백 일 정도" 된 어린 생물이었던 파씨가 자신의 기원을 찾는 장면이다. 파씨를 '나'의 또다른 자아를 지칭하는 표현으로 보아도 무방할 듯하다. 그런데 '파씨'가 '파도'와 필연적 파생관계를 맺는다는 것은 '나'가 처음부터 어떤 실체로 대상화되지 않는다는 말이다. 파도는 끊임없는 오고감 속에서만 언뜻 형상을 갖춘다. '나'는 처음부터 그런 작은 존재들 사이에서 태어났다. 황정은의 소설에서 흥미로운 지점은 이처럼 주체가 홀로 존재하는 것이 아니라 타자의 말을 경유하는 방식으로 존재한다는 사실이다.

「옹기전」에서 "서쪽에 다섯이 있어"라고 말하는 옹기도 이런 존재다. 태아처럼 생긴 옹기, 말하는 옹기, 저들도 귀 밝은 저 아이(주인공)가 아니고선 발견되지 못했을 약한 존재들이 아닐까. 어쩌면 그들은 후광 없는 자들, 평생 스포트라이트 한 번 받지 못하고 조용히 나지막한 곳에서 살다가 사라진 존재들이 아닐까. 입이 있지만 발언할 수 없는 약한 존재들에 대한 관심은 황정은의 첫번째 작품집에서부터 확인되었다. 그것은 스펙터클의 사회에서 소멸된 사람들, 즉 스펙터클의 찬란한 빛 속에서 사라진 자들에 대한 배려이다. 이 도시에서 문화는 스스로 전체주의적인 야만의 도구가 되었다. 하지만 그 안에 잔존하는 존재들이 있다.[20] 잔존하는 불씨들, 명멸하는 존재들의 무장소적인 공동체. 어쩌면 그것은 황정은의 소멸해가는 존재들의 언어를 받아적어서 만든 타자들의 사전으로 시작할 수 있지 않을까.

---

20) 조르주 디디위베르만, 『반딧불의 잔존─이미지의 정치학』, 김홍기 옮김, 길, 2012, 40쪽.

정이현의 도시는 대체가 가능하다. 교환이 된다. 그러나 이때의 쾌락은 말로 표현할 수 있는 쾌락이다. 그것은 방정식처럼 등가의 원리를 바탕으로 한다. 찬란한 네온사인의 이면은 공허한 베일로 덮여 있다. 그러나 타자의 말로 촉발된 저 충동은? 내 속으로 들어오는 타자의 부름은? 타자의 말로 촉발된 것이면서도 말로는 표현할 수 없는 쾌락을 남긴다. 그것을 사랑이라고 부를 수밖에 없는 것이다. 이름 붙이기는 약하게 잔존하는 존재들의 신호와 미광을 받아적는 행위이다.[21]

5. 결론

정이현, 김애란, 황정은을 중심으로 2000년대 소설에 드러난 '서울'을 살펴보았다. 과거, 질적인 대상을 내면화해야 하는 작가들에게 서울은 소화하기 어려운 아포리아였다. 그러나 이제 (서울이 물리적, 지리적 의미가 아니라는 한에서) 서울에서 나고 자란 세대에게 서울은 반성적인 공간이나 대타적인 이미지로 자리 잡지 않는다.

2000년대 소설에서 서울은 실체성을 가진 대상이 아니다. 서울을 '텅 빈 기표'라고 말할 때 주의해야 할 점은 그 말이 무의미한 공간이라거나 허구의 이미지를 뜻하는 게 아니라는 사실이다. 서울은 통합된 하나의 의미로 완성되지 않는다. 문학적 관습의 일부로 호명되었던 서울과는 달리, 2000년대 서울을 통해 '완결적' 표상의 의미를 추출하는 것은 불가능하다. 서울이라는 무대는 2000년대 주체가 탄생하는 사건 자체, 사건의 일부이다.

정이현의 서울은 분열증적인 욕망 그 자체를 현시한다. 그것을 단순히 허울뿐인 환상이라고 단정지을 수 없다. 실패의 방식으로 욕망을 지속시

---

21) 조르주 디디위베르만, 같은 책, 127쪽. 지배적인 언어라 할 수 있는 '서치라이트-말'에 '반딧불-말'로 가하는 반격이라고 설명한다. 반딧불-말은 자신의 고유한 죽음을 넘어서서 이야기하고 증언하고자 하는 이야기꾼의 주권적 욕망의 소산이다.

키는 균열이 저 도시의 기원이기 때문이다. 그것은 세속도시를 대상화하는 비판적 지성인의 태도와도 다르다. 반대로 경제적 부와 성공을 물신화하는 무지한 아이러니를 내세우는 태도와도 다르다. 이는 분열된 욕망의 구조를 반성하는 것이 아닌 체현한 결과이기 때문이다.

김애란의 서울은 매혹적인 욕망의 대상이라기보다는 고독과 인내를 요구하는 정념의 대상이다. 그 정념의 수용기는 평균적이고 획일적이기보다는 개별적이고 단독적인 경험에만 반응한다. 서울을 개별적 좌표로 옮겨놓는 노동과 수고가 인물의 정체성을 확증하는 유일한 지표가 되는 이유가 바로 여기 있다. 그럼에도 불구하고 확증은 지속가능한 것이 아니다. 그러나 생의 감각이자 생을 보존하려는 욕구는 멈추지 않는다.

황정은의 서울은 구멍 난 지도에서 찾을 수 있다. 정이현의 서울이 수직 상승을 꿈꾸는 욕망으로 작동된다면 김애란의 서울은 인정(人情)을 바탕에 둔 관계를 통해서 지속된다. 문장의 통사구조를 완성하듯이 나와 타인의 관계가 의미망의 논리 안에서 움직인다고 볼 수 있다. 그런데 황정은의 인물들은 서울을 채우는 온갖 '말'들을 채집해놓는다. 그것을 단순히 사회적 담론으로 환원하는 것은 지나친 단순화의 위험을 피해갈 수 없을 듯하다. 여기 소집된 말들은 시끄럽고 빽빽하고 이질적이면서도 익숙한 공동(空洞)의 말들이기 때문이다. 그것은 무능력하게 잔존하는 타자의 목소리를 온전하게 들을 수 있는 유일한 형식이다.

2부

사랑의 기하학
— 권여선의 『비자나무 숲』

1. 관계의 작도법에서 삶의 기하학으로

모든 소설은 관계들을 표시한 지도이다. 무수한 나와 너와 그와 그녀들의 전후좌우(방위)와 등고선(높낮이)을 표시한 지도가 있다면 바로 소설이 그것이다. 관계를 명료하게 이해하려는 노력(독도법讀圖法)은 명료하게 표현하려는 노력(작도법作圖法)과 함께 간다. 무수하게 얽힌 관계들의 총체가 삶이라면 어쩌면 삶을 기하학으로 표현할 수도 있지 않을까? 전후, 좌우, 상하가 표시되는 관계들의 상호작용이라면 어떤 방식으로든 기하학이 될 수밖에 없을 테니까. 존 치버는 「사랑의 기하학」에서 기하학으로 자기 삶을 정리하려는 한 사내를 소개한다. '유클리드 드라이클리닝 및 염색'을 옆에 써붙인 트럭이 지나가자 자기와 주변 사람들을 기하학적 요소로 정리해보려고 한 사내이다. 그는 이해할 수 없는 현실을 나름대로 판독해보려고 노력했다. 결국 사내의 시도는 실패하지만 이 실패의 과정에서 사람들 사이의 관계가 이전보다 명료하게 정돈된다(사내에게 받아들여진다). 권여선의 소설이 제공하는 것도 그러한 관계의 기하학이다. 무수히 얽힌 사람들 사이의 선분, 면적, 입방체 들을 이해하려는 노력이다.

도대체 왜 저런 수고와 노력이 필요할까. 나와 너 사이에 놓인 가파른 절단면을, 나에게 가해진 갑작스러운 고통을 납득할 수 없기 때문이다.

관계는 단순하지 않기 때문에 기하학도 평면기하학에 머물지 않는다. 그것이 삼차원이 되려면 좌우와 위아래에서 개입하는 또다른 선분 즉 이항 사이에 개입하는 제3의 시선이 있어야 한다.

> 그녀는 맞은편 인도에서 이호재와 여학생이 걸어오는 것을 보았다. 이호재가 앞서 걸었고 여학생은 한 걸음 정도 뒤떨어져 걷고 있었다. 그들은 2차에 가지 않았거나 갔다가 바로 빠져나왔으리라. 그녀는 조용히 차를 세웠다. 그들도 그녀와 마찬가지로 모텔을 찾고 있는 것이다. 그들의 옆모습이 차창 너머로 스쳐지나갔다.
> ―「꽃잎 속 응달」, 『비자나무 숲』, 문학과지성사, 2013, 227쪽,

혼자 모텔을 찾는 그녀(양숙현)의 시야에 한 유부남과 제자 여학생의 일탈행동이 들어온다. 14년 전에는 그녀가 '한 교수'의 뒤를 따라 바로 저 길을 걷고 있었다. 그때 한 교수는 그녀의 귀에 대고 이렇게 속삭였다. "괜찮아, 숙현아. 이런다고 인생이 뭐가 달라지냐. 또 이러지 않는다고 뭐가 달라지냐. 괜찮아. 한 번쯤은 우리 마음에 정직해지자."(같은 쪽) 불륜의 시작을 알리는 달콤한 거짓말이다. 거짓을 말하는 것은 인간의 원죄이다. 거짓말은 보이지 않는 세계에 달린 문고리이다. 알려지지 않은 제3의 시선이 생기는 것도 그 덕분. "이건 비밀인데"로 시작하는 뒷담화 문법이 그래서 가능해진다. 보이지 않는 곳에 '대나무숲'들이 생기는 이유가 스캔들을 소비하는 거식증적 속물성 때문만은 아닐 것이다. 고상하고 품위 있는 공정사회를 실현하는 지렛대로 비방과 협잡이라는 외설적인 보충물이 필요하다는 것을 보여주는 게 아니겠는가. 뒷담화는 사후적으로 정리되는 회고담이다. 그 회고담은 루머를 전하는 '나'의 자리는 괄호 속에 넣

고 과거의 상황을 설명하는 방식을 띤다. "한 입속에 두 혀를"(「분홍 리본의 시절」, 77쪽) 감추고 있는 셈이고 등뒤에 꼬인 손가락(거짓말)을 숨기고 있는 셈이다. 그러니 "누구한테 들은 얘긴데"로 시작되는 뒷담화는 이미 사건의 생생함을 잃은 믿지 못할 풍문이 된다. 이미 누군가의 입맛에 맞춰서 요리된 담론. 문제는 음담패설처럼 뿌려진 "고소하고 새콤하고 야릇한 소스"(「진짜 진짜 좋아해」, 240쪽)가 치명적으로 맛있다는 데 있다.

이제 기하학은 치명적으로 박동하게 된다. 둘 사이를 보증하는 제3자의 개입(둘이 관계를 맺기 위해서는 다른 사람의 시선이 필연적으로 요청된다), 오랜 세월을 돌아와 욕망의 이면을 폭로하는 고백, 자신이 얽혀든 관계를 바깥에서 보는 이상한 시선. 주어로서 바라보는 '나'와 목적어로서 보여지는 '나', 나아가 이 둘을 관통하는 시선의 박동. 이러한 재귀를 가능하게 하는 구부림(re-flection)을 위해서 권여선은 튼튼한 삼각대를 준비해 두었다. 주의할 점은 저 갈고리 모양(재귀적인 시선이므로)의 성찰이 갖는 복잡성이다. 신앙과 배교가 한 몸이듯이 믿음과 배신이 같은 실체의 양면이고 과거를 돌아보는 것과 미래를 내다보는 일이 동시적일 수밖에 없다는 것을 권여선의 인물들은 삶을 바쳐 받아들인다. 다시 말해서 그들이 수행하는 회상은 단순한 회고담이 아니다.

어린 예수를 발견한 더러운 말구유처럼 성스러운 기도의 은사와 타락한 죄인의 저주가 한곳에 있다. 윤색된 문장과 꿈틀거리는 욕설이 한 데 있듯이. 치기와 센티멘털로 뭉친 미숙한 말과 세련과 이해타산에 빠른 호객의 언어가 한통속인 속된 세계이다. 이 세계를, 관계를 표상하는 몇몇 문자의 도움을 받아 탐색해보자.

2. ㄱ자 모퉁이: "미술관에 가려다 전당포로 잘못 들어오고 만 느낌"

권여선의 인물들이 처한 공간의 기하학에서 이야기를 시작해보자. 여러 소설에서 '모퉁이'가 출현한다. 이것은 일종의 변곡점이고 가지 않은 길이며 인물에게 주어진 선택지처럼 보인다. 선택할 수 있었으나 선택하지 않았던 두 가지 삶의 저쪽 가능성 말이다. 그런데 그것이 선택할 수 없었으나 선택할 수밖에 없었던 길이라는 사실이 뒤늦게 밝혀진다. 자유의지의 형식으로 출현한 운명의 폭력이란 바로 이런 것.

> 예나의 출입문은 길모퉁이의 꼭짓점에 있고 출입문 양쪽으로 뻗어나간 직각의 측면은 전면 유리로 되어 있다. 주택가로 통하는 오른편 유리에는 '올림머리' '신부화장'이라는 글자가 세로 두 줄로, 그 밑에 '예약'이란 글자가 가로로 코팅되어 있다. 전철역으로 통하는 왼편 유리에는 '녹은 머리' '탄 머리'가 세로 두 줄로, 그 밑에 '재생'이 가로로 코팅되어 있다.
>
> ─「길모퉁이」, 121쪽

예나미용실은 길모퉁이에 있다. 모퉁이 한쪽은 주택가로 나 있는데 신부가 되거나 올림머리를 할 수 있는 미래('예약'된)의 길이다. 모퉁이의 다른 한쪽은 전철역으로 통하고 상한 머리카락으로 살 수밖에 없는 과거(계속 '재생'해야 하는)의 길이다. 전자가 단란한 가정의 꿈을 기대하는 사면(斜面)이라면 후자는 이곳저곳을 떠돌아야 하는 도망자의 삶을 되풀이해야 하는 사면이다. '나'는 (아마도) 다단계 판매조직에 끌려들었다가 삶을 망치고 사채업자들에게 쫓겨 숨어사는 처지다. 어떻게 알았는지 옛 친구 상미가 찾아온다. 발 마사지기를 팔러온 상미는 '나'의 처지가 여전히 어렵다는 걸 알고 '나'를 원망하며 이렇게 쏘아붙인다. "암튼 너! 미스 강이랬나, 장이랬나? 잘 먹고 잘 살아봐, 어디."(147쪽) 그리고 그녀는 "'녹은 머리'의 세로 기둥"(같은 쪽)으로 사라진다. 상미가 재생불가능한, 그러니까 불가능한 과거로서만 재생되는 삶의 측면에 속했다는 얘기다. 그녀가 사라지자 '나'는 달아난다.

나는 어디로 향하는지도 모르고 전속력으로 길모퉁이를 꺾으며 달렸다. 3년 전에 이미 나는 올림머리 신부화장 쪽에서 길모퉁이를 돌아 녹은 머리 탄 머리의 세상으로 옮겨왔다. 재생이라니, 그건 간단한 만큼 불가능한 개소리였다.

———「길모퉁이」, 148쪽

이렇게 표현할 수밖에 없다. "나는 올림머리 신부화장 쪽에서 길모퉁이를 돌아 녹은 머리 탄 머리의 세상으로 옮겨왔다." 그것도 내 자유의지로, 내 발로 걸어서. 당시 상미의 남자친구였던 은찬이 '나' 때문에 신세를 망쳤다고 원망하는 상미에게 '나'가 하는 변명도 그런 것. "상미야, 그때 일은 니가 오해하고 있어. 내가 먼저 하자고 안 했어. 은찬이가 먼저 하겠다고 했어. 정말이야. 내가 은찬이를 왜……"(114쪽) 그런데 과연 그럴까. 그 누가 올림머리-신부화장의 세계에서 녹은 머리-탄 머리의 세계로 옮기고 싶겠는가. '나'도 은찬도 몰락을 선택하지는 않았다. 운명이 우리를 그리로 밀어붙였을 뿐. '나'에게 남은 건 미용실에서 쓰던 "앙상한 닭의 목뼈 같은 롯드"(119~120쪽) 하나뿐이다. 여전히 '나'는 고시원에서 살 테고 변두리 미장원을 전전할 테지. 그러다가 뜻밖에 상미의 원망스러운 방문을 받을 테고 그리고 지금처럼 도주하겠지. 그녀는 운명의 아포리아를 삶을 통해 보여주는 셈이다. 그녀가 겪은 감정의 정체가 앞에서 언급한 「꽃잎 속 응달」에 소개된다. 그 사정을 들어보자.

그녀는 고개를 돌려 두 남녀를 끝까지 지켜보았다. 이호재가 모퉁이를 돌았고 보이지 않는 끈에 묶인 듯 여학생이 그 뒤를 따라 모퉁이를 돌았다. 묶은 머리가 한포기 상추처럼 까딱거리다 사라지는 걸 본 순간 그녀는 지독한 경멸과 쓰라린 그리움이 결합된, 형언할 수 없는 감정에 사로잡혔다. 그것은 달고 쓰고 시고 떫은, 아주 기묘하면서도 익숙한 감정이었다.

저들이 모퉁이를 돌아가듯 '나'도 한때 그런 적이 있었다. 그후의 배신과 쓰라림은 쉽게 정리되지 않았다. '나'는 술에 취해 한 교수에게 "학교를 뒤집어엎어놓겠다고" "다시는 얼굴도 못 들고 다니게 만들어놓겠다고"(219쪽) 협박했다. 사랑과 증오 사이, 욕망과 원망이 뒤섞인 한때의 일이다. 이제는 한 교수도 '나'도 늙어가고 있다. 한 교수는 정년을 맞은 '명교수'처럼 퇴물이 되어갈 것이고 '나'는 능글맞은 한 교수의 말("공부하는 사람의 정년은 마흔이야")을 마치 '나'의 말인 듯 떠들었다. 그렇게 다 함께 속물이 되어 늙어가는 것이다. 그런데 그런 '나' 앞에서 14년 전의 우리가 모퉁이를 돌아간다. 다시는 돌아올 수 없는 한 시절이, "지독한 경멸과 쓰라린 그리움"이 아니고서는 추억할 수 없는 그 시절이.

그와 반대로 「진짜 진짜 좋아해」에서 이 모퉁이는 젊은이들의 미래를 향해 열린 가능성으로 제시된다(물론 이 소설도 기본적으로는 회상의 범주에 속해 있다. 그래서 잠시 뒤에 논의할 다른 기하학으로 전환된다). 「진짜 진짜 좋아해」는 고속성장 시대의 모토가 풀가동되었던 80년대 한 대학 캠퍼스를 배경으로 삼는다. 우연히 '나'는 대학 시절의 한때를 함께 보낸 룸메이트 '심경은'을 기억해낸다. 성정이 착한 경은과 '나'는 모든 것을 공유했다(고 믿어왔다). 그런 그녀를 잊었다는 건 "내 인생의 그래프" 한 조각을 잃어버린 것과 같다. 'ㄱ'자 구조로 되어 있는 학생식당에 대한 설명은 이렇다.

ㄱ자의 위쪽 수평면은 대형 유리창이 달려 햇살이 환하게 쏟아져들어왔지만 창에서 멀어지는 수직면의 아래쪽은 급격히 조도가 낮아지면서 장기 밀매자나 범죄자까지는 아니어도, 낙제생이나 휴학생 등이 모여 수군거리기 좋은 음습한 분위기를 풍겼다. (……) 그 어두침침한 입구에 식권 판매

대가 있었다. 식권을 사서 빈 식판에 반찬 한 가지씩을 받으면서 한 걸음씩 전진하다보면 우리는 점점 더 밝은 공간으로 나아가게 되어 있었다. 그것은 이를테면 갱생을 주제로 한 영화와 같은 구조로 되어 있어, 마지막에 식권을 반납함에 딸랑 떨어뜨리면 우리는 어느새 유리창 가득히 햇살이 쏟아져들어오는 광명천지에 서 있게 되는 식이었다.

—「진짜 진짜 좋아해」, 238~239쪽

'ㄱ'자 형태의 평면도는 학생식당의 내부 구조의 사실적인 이미지이기도 하고 이 소설의 구성적 요소인 '기억'('기역')의 시각적인 은유이기도 하다. 직각으로 꺾인 간결한 저 동선(動線)은 성장을 신화로 삼은 시대, 그 시대정신의 뼈대라고 불러도 좋으리라. 성공을 위해 젊음을 저당잡히며 훈육되는 사육장의 이미지와 '갱생의 동선'은 지금도 찾아볼 수 있다. 바리케이드 속에서 젊은이들을 교화하는 관리사회의 상징물이라고 말해도 좋을 것이다. 직각으로 꺾인 터널의 조도효과는 우리가 지나온 길을 돌아볼 수 없게 만든다. 과거는 어둠이고 미래만이 광명이다. 저 갱생 구조의 진기한 묘는 헛발을 짚거나 실수하게 만드는 사각지대에 대해서 누구도 문제를 제기할 수 없게 만든다는 데 있다. 보행자들은 컨베이어 벨트 위를 순환하는 자동기계처럼 주저함이나 망설임을 모른다. "일종의 틱 현상처럼, 신경질적인 다급함"(253쪽)이 느껴져 숨이 차오르는 것은 단지 '나'의 유약함 때문만이 아닌 것이다.

'ㄱ'자로 꺾인 모퉁이는 삶의 분기점 내지 변곡점을 상징하는 기하학적 공간이다. 모퉁이는 이들의 삶을 꺾고 구부린다. 마음의 관절마저 꺾이고 나서야 질문이 바뀐다. 여기가 어딘지를 묻는 것보다 근본적인 질문이다. "나는 도대체 어디로 가려고 했던 것일까."(227쪽) 장밋빛 미래에서 쓰라린 현실로, 청춘 찬가에서 중년의 환멸로, 우아한 미술관에서 속물적인 전당포로. "단 한 번 잘못 돈 길모퉁이로 나는 내 인생과 은찬의 인생을 한 큐에 엿먹이고 말았다."(151쪽) 이렇게 삶에 개입해서 행로를 폭력적으로 구부리는 운명의 힘센 팔뚝을 우리는 잠시 엿본 셈이다.

3. T자 교차로: "누가 너를 내게 보내주었나"

「진짜 진짜 좋아해」에서 학생식당의 구조와 대비적으로 제시되는 곳이 바로 대학가 술집 예촌이다. '나'는 휴학생 주제에 밤늦도록 아르바이트를 하는 경은에게 빌붙어 산다. 경은의 서빙 일이 끝나는 자정 이후부터 둘만의 하루를 즐기는 것이다. 예촌의 T자형은 교차로를 중심으로 이쪽과 저쪽을 쪼개는 분할 구조다. 그곳은 취중진담과 계산적인 수작이 오가고 뜨거운 연애와 치졸한 이별이 교차하는 장소다. 예촌에는 두 개의 출입문이 있는데 간혹 취객들이 하숙촌으로 통하는 뒷길 쪽문으로 도망가곤 했다. "형제와는 이미 끝났고, 애인은 아직 없고, 결혼은 너무 요원한 시절, 그렇게 이십대에 경험하는 친구와의 길거나 짧은 동거생활"(235쪽)에 종지부를 찍게 된 것은 둘 사이에 끼어든 제3자 주방장 아저씨 때문이다. 예촌의 김 주방장은 나이도 많고 경력도 부족한 주방보조이지만 "인품도 넉넉하고 말수도 적고, 무엇보다 음식에 대한 진지한 애정과 맛에 대한 탁월한 감각"(254쪽)을 지니고 있다. 그가 이들에게 요리를 해 주면서 노련한 "요리 곰"으로 단련되는 사이, '나'와 경은은 그의 환심을 사기 위해 경쟁적으로 이야기를 쏟아놓았다. 그러던 어느 날, 긴 술자리의 끝에서 '나'는 경은이 주방장과 사라진 걸 알게 된다.

스물두 살이 되던 새해 첫날 새벽, 술에서 깨어났을 때 내 주변에는 아무도 없었다. 나는 비틀거리며 예촌의 T자형 공간을 샅샅이 찾아다니기 시작했다. 큰길 쪽으로 난 문은 셔터까지 내려져 단단히 잠겨 있었다. (……) 다행히 뒷길 쪽 출입구는 반쯤 셔터가 내려진 상태였지만 문은 안에서 열 수 있었다.

경은은 예의 T자형 통로의 끝에 달린 뒷문을 통해서 취한 대학생들이 도망치듯이 그렇게 내게서 달아났다. 명민한 '나'는 배틀의 승자였지만 연애에는 루저가 되었다. 내 이야기에 웃다가 절 울린 사내와 정분이 난다는 통속적인 연애문법을 보여주는 것인가? 포인트는 그 방향이 아니다. '나'는 김 주방장에게서가 아니라 경은에게서 버림받는다. '나'는 경은과 경쟁구도에 놓이자 그녀의 감정 따위는 신경쓰지도 않고 승패에만 혈안이 되었다. 과장되고 미화되는 이야기는 말 건넴이라기보다 극단적인 과시용이라고 말해야 온당할 것이다. '나'의 순정 역시 뒷문으로 도망친 남녀의 그것 못지않겠지만 뒤늦게 '나'는 경은의 의미를 깨닫는다.

고달픈 젊은날의 뒷골목이 "큐빅처럼 촘촘하게 박혀"(248쪽) 있는 그럴듯한 풍경을 갖게 된 데는 '나'의 유아적인 허세욕구를 견뎌준 "비굴한 인간"(260쪽) 경은이 있었기 (덕분)때문이다. 스물두 살 동갑내기 여대생 두 명이 동고동락한 작고 보잘것없는 자취방이 '시체안치소'나 '도살장'처럼 두렵게 느껴지지 않았던 것 역시 경은이 욕실에서 내준 물소리 덕분인 것이다.

나는 어떤 궁금증이나 죄의식이나 고통도 없이 경은을 잊었고, 경은과 함께 지낸 그 시절도 잊었다. 심경은이라는 아이가 내 인생의 그래프에서 자신과 함께 지낸 시간 토막을 딱 잘라가지고 감쪽같이 사라져버렸는데도, 나는 무엇을 잃어버렸다는 생각도 없이 지금껏 아무렇지 않게 살아왔다. (……) 그게 뭐 어때서, 라고 생각하는 순간 증기처럼 아득한 두려움이 나를 덮친다. 나는 얼마나 많은 사람들을 잊음으로써 얼마나 많은 시간 토막들을 잃어버리고 살아왔을까. 진짜는 죄다 도둑맞고, 내가 그토록 애지중지하는 자아의 금고 속에는 엉뚱한 모조품만 잔뜩 쟁여져 있는 느낌이다.

스물두 살의 첫새벽처럼 나는 텅 빈 주방 앞에서 나지막이 읊조린다.

누가 너를 내게 보내주었지?

—「진짜 진짜 좋아해」, 261~262쪽

「진짜 진짜 좋아해」의 세 겹의 반전은 우리가 깜짝 놀랄 만한 순간을 예비해 두었다. 첫번째 반전은 순진한 경은의 과감한 연애담을 통해서다. 경은이가 사십대 아저씨와 도망간 순간 경은은 이미 '나'가 알고 있던 그녀가 아니다. 두번째는 '나'와 경은의 어긋남을 통해서다. 속인 쪽은 '나'인데 도둑맞은 쪽은 경은이 아니다. 풍문으로 세상을 관망하려 들던 '나'는 등뒤에서 속지 않으려다 눈앞에서 모조리 털린 자이다. 세번째 반전은 지금껏 지켜온 귀한 보물이 모두 모조품일지 모른다는 때늦은 각성의 순간. '나'의 삶이 실은 'T자형' 칸막이에 기댄 반쪽짜리일 수도 있다는 것.

80년대를 풍미한 혜은이의 노래 〈진짜 진짜 좋아해〉는 "누가 너를 내게 보내주었나"로 시작해서 "진짜 진짜 좋아해. 너를 너를 좋아해"로 끝나는 러브송이다. 「진짜 진짜 좋아해」의 마지막을 장식하는 "누가 너를 내게 보내주었지?"라는 문장이 발랄한 유행가의 맥락에서 떨어져나오자 퍽 진지한 여운을 남긴다. 누가 너를 내게 보내주었나. 누가 사랑을 내게 주었나? 결국 파국으로 끝낼 사랑이라면 왜 운명은 내게 당신을 허락한 것일까. 결국 「진짜 진짜 좋아해」는 제목과 정반대로 흘러간다. '나'는 평생 가짜를 끌어안고 살았을지도 모른다는 두려운 진실만을 떠안게 된다.

「진짜 진짜 좋아해」의 담백한 성찰이 우리를 '기억의 딜레마' 앞으로 인도한다면 「은반지」는 '감정의 딜레마' 앞으로 우리를 끌고 간다. 성마르고 까칠하고 까탈스런 오현숙과 작고 풍만한 체구에 넉넉한 인품을 가진 심은정이 교회에서 만나 룸메이트가 된 지 5년이 되었다. 오여사는 교통사고로 남편을 잃은 뒤 심여사와 살면서 두 딸들보다 심여사를 더 가족처럼 편하게 대하면서 지냈다. 환갑을 앞둔 중년여인 두 명이 서로를 의

지하고 지낸 1년을 기념해 은반지를 하나씩 나눠 낀 것도 그런 의미일 것이다. 그런데 어느 날 심여사가 일본에 있는 딸네에 갔다가 오여사의 집이 아닌 지방 소도시의 요양소로 들어가버린다. 예상하지 못한 이별에 오여사는 배은망덕을 느낀다. 그간 심여사를 거둔 장본인에게 이럴 수는 없다. 보증금도 없이 매달 생활비 반절만 내면서 살게 해주었는데.

오여사는 심여사를 만나러 요양소를 찾아가면서 그녀가 못 이기는 척 자신을 따라나서리라 생각했다. 그런데 그 기대는 무참히 무너진다. 6개월 만에 만난 심여사는 낯선 광신도처럼 보였다. "오여사님이 붙들어 앉히면 제가 또 그 구렁텅이에 붙들어 앉혀지겠다 싶었거든요."(70쪽) 이유 없이 따귀 맞은 느낌이겠다. 이런 표현도 있다. "기껏 빠져나온 개골창에 도로 처박힐 순 없지요".(72쪽) 돌변한 심여사의 태도에 두려움을 느낀 오여사가 그 요양소를 떠나려 하자 심여사는 은반지를 돌려주려고 한다. "가져가라면 가져가! 오여사가 해준 그 더러운 반지를 내가 왜 갖고 있어야 되는데? 왜?"(82쪽) 오여사는 상호인정을 바탕으로 적절한 균형과 품격을 지키며 살아왔다. 아니 오여사만 그렇다고 생각했다. 양로원에서 봉사활동을 하고 나눔을 (바로 심여사에게) 실천해온 결백하다 못해 금욕적으로 보이는 오여사의 삶이 순식간에 동거인의 증언에 의해 '개골창'의 오물 같은 삶으로 전락하고 만다. 알량한 시혜의 증거로 오여사가 선물한 은반지가 섬뜩한 방식으로 되돌아온다. 공유했던 지난 시간과 여생을 약속했던 미래의 계획과 크고 작은 의미들이 통째로 반려되는 순간이다. 가장 가까웠던 반려자로부터.

「소녀의 기도」는 제목이 주는 따스한 어감과는 다르게 폭력과 성욕과 식욕이 버무려진 '개골창'처럼 참혹한 작품이다. 자동차 앞 유리에 흔히 붙어 있는 "오늘도 무사히"라는 표어를 반어적으로 해석한 듯한 이 작품 역시 세 꼭짓점을 갖는 T자형 구조로 되어 있다. 술에 취한 여고생을 강간하기 위해서 집으로 납치해온 강석호, 빚에 쪼들려 인질극에 동참하는

동거녀 김은혜, 구타와 폭행을 당하고 결국 죽음을 맞는(맞을) 여자애로
구성된 증오와 폭력의 기하학이다.

"걸레 좀 가져와!"

마루에서 석호가 소리를 질렀다. 그 소리에 은혜는 눈을 번쩍 떴다. 꿈에
서 깬 듯 번개 같은 깨달음이 왔다. 모든 게 불을 켠 듯 분명해졌다. 그녀의
죄는 오로지 저 악마 새끼를 만난 것밖에 없었다. 취한 애를 납치해온 것
도 저 새끼였고, 애의 목에 쇠테를 조인 것도 저 새끼였고, 그녀가 없는 동
안 애를 강간한 것도 저 새끼였다. 그래서 애 눈빛이 그 지경이 된 거고 결
국 발작까지 일으킨 거다. 다 저 새끼 탓이었다. 그녀는 그 애를 인간적으
로 대해주려고 얼마나 노력했는지 모른다. (……)

"그래! 이 언니가 복수해주겠어!"

은혜는 이를 갈며 말했다.

"저 새끼를 짓뭉개버리겠어!"

—「소녀의 기도」, 192~193쪽

석호와 은혜는 서로에게 책임을 미루면서도 여전히 아군이었다. 그런
데 여자애가 죽(었다고 생각하)자 상황이 급변한다. "모든 책임은 저 악마
에게 있다. 그녀 자신은 결백하다."(193쪽) 죽은 자는 남겨진 자에게 신이
될 수 있다는 말처럼, 여자애의 주검 앞에서 "목사 딸년" 은혜가 회심(回
心)한다. "이 언니가 복수해주겠어!" 그러고 보니 모든 게 석호 탓이었다.
석호와 3년을 함께 지냈으나 석호의 부주의로 임신을 하였고 그의 무능
력 때문에 납치극의 공범이 되었다. 그러니 자신이 끓는 물을 여자애에게
부었던 것도, 화분으로 여자애의 머리를 내리쳤던 것도 "다 저 새끼 탓"
이다. 이것은 스스로를 꼭두각시로 만들어서 해명할 수 없는 불행을 밧줄
너머의 조작자 탓으로 떠넘기는 책임전가의 논리다. 진짜 진짜 증오해.

"그렇다. 모든 것을 예비하시는 그분께서 이런 시련을 통해 그녀에게 이런 소명을 주신 것이다."(194쪽) 스스로를 "성녀"(같은 쪽) 혹은 "기도하는 소녀"로 간주하는 희생양 코스프레다. 은혜는 제 불행을 엉뚱하게 개관하고는 거기서 폭력의 기하학을 지속시킬 동력을 찾아낸다.

ㄱ자형 모퉁이가 삶의 변곡점을 지시한다면, T자형 교차로는 처음부터 분할되어 있는 관계를 상징한다. 사랑이나 증오를 개시하는 둘과 그 둘 사이에 개입하는 제3자로 쪼개지거나(「진짜 진짜 좋아해」「소녀의 기도」), 혹은 사랑의 관계에 있는 둘이 증오의 관계에 놓인 둘로(「은반지」) 전환되는 교차로가 바로 이곳이다.

4. 非자 숲: "이름이 사라지면 불러 애도할 무엇도 남지 않아"

마지막으로 숲의 기하학을 살펴보자. 이를 위해서는 「은반지」의 에피소드로 돌아갈 필요가 있다. 심여사는 오여사를 데리고 요양원 뒤편 자기 방으로 데려가 진즉부터 별러온 불만을 쏟아낸다.

> "오여사가 한밤중에 무슨 짓을 했는지 내가 모를 것 같아요?"
> 오여사는 숨이 막힐 뻔했다.
> "내가 뭘 해요. 한밤중에?"
> "그런 짓을 하고도 천연덕스럽게, 참."
> 오여사는 심여사의 돌변한 말투에 놀랐다.
> "아니 심여사, 내가 무슨 짓을 했다고……"
> "내가 말 안 해도 그건 오여사 스스로가 더 잘 알겠네."
> ─「은반지」, 81~82쪽

오여사는 한밤중에 자신이 무슨 일이 벌였는지 알지 못한다. "혹시 큰딸이 사온 간식을 밤에 몰래 먹은 것을 말하는 걸까. 길게 쪽쪽 찢어지는

치즈와 육포를 장롱에 넣어놓고 일주일 동안 먹은 적이 있긴 했다."(83쪽)
그 일을 말하는 걸까? 오여사는 기억을 더듬는다. "설마 그걸 심여사가 알
고 있었단 말인가. 아닐 것이다. 그건 아닐 것이다."(84쪽) 심여사가 그걸
눈치챈 건 아닐 거라고 말하는 것인지, 그 일을 이야기하는 것은 아니라고
말하는 것인지 우리는 알지 못한다. 나아가 우리는 오여사가 저질러놓고
도 모르는 큰일이 정말 있었던 건지 아닌지도 알지 못한다. 그것은 요양소
를 나온 오여사가 숲속에 갇힌 것처럼 비밀스러운 기억의 숲에 감춰져버
렸다.

　심여사가 떠난 뒤 오여사는 누군가와 어울리려는 심산으로 경로당 자
원봉사를 시작했다. 그런데 얼마 전 그 경로당 노인들과 불교사찰 여행을
갔다가 다른 버스에서 웬 "노인 한 쌍이 상의를 거의 벗어부친 꼴로 부둥
켜안고 쭉쭉 빠는 소리를 내는 장면"(62쪽)을 목격했다. 그 당시 그 장면
을 도무지 이해할 수 없었는데 얼마 후 "미친 노인들"의 추잡한 행태라고
결론지었다. 이로써 오여사는 자신이 본 것, 들은 것조차 확신할 수 없는
거대한 불확실성 앞에 출두하게 된 셈이다. 심여사의 진술을 따르자면 바
로 오여사가 그런 추잡한 노인네의 하나였을 테지만 어찌 보면 이렇기도
했다. "부둥켜안고 쭉쭉거리던 늙은이 중 뚱뚱한 여자 쪽이 어쩐지 지금
의 심여사를 닮은 것 같다는 생각이 들었다."(84쪽) 추잡한 기억이든 아
름다운 추억이든 숲은 그렇게 무엇인가를 감춰두고 있다.

　「팔도기획」에서 그 숲은 윤작가의 배후(혹은 작업 파일)이다. 팔도기획
은 자비출판을 주로 하는 소규모 기획사이다. 홍팀장의 총괄하에 정작가,
김작가('나')가 실무를 처리하던 편집팀에 새로 윤작가가 들어온다. 소설
가 지망생인 윤작가는 인터뷰를 하거나 녹취를 푸는 등의 잡무를 거절함
으로써 동료들을 당황하게 만든다. 자신은 글을 쓰러 왔으며 "대상을 직
접 보거나 만지거나 그 소리를 듣거나 하면" "생생한 인상이나 감각이"
자신을 "혼란에 빠뜨려 어떤 단어도 떠오르지 않"(24쪽)는다는 것이다.

이들의 사무실 배치 즉 "홍을 꼭짓점으로 하고 정과 나와 윤을 밑변으로 하는 직각삼각형"(19쪽)은 T자의 변형이다. 정작가와 윤작가가 T자의 대극이고 홍팀장과 김작가가 가운데와 아래쪽 칸에 앉기 때문이다. 예술성을 지키려는 윤 작가의 소신이 뚜렷해질수록 그와 마주 보는 정작가의 실용주의가 예각화된다. 마침내 팔도닭발 사장의 자서전을 만들던 정작가가 폭발하는 장면. "이거 당신 작품 아닌 거 몰라? 이거 자서전이야. 신영수가 쓰고 그 주변 떨거지들이 읽을 신영수 회고록이라고. 신영수가 넣으라는데 왜 당신이 쌩오지랄을 떨어?"(「팔도기획」, 31~32쪽) 결국 윤작가는 "쌍년" "미친년" 등의 욕설을 들으며 집필료도 받지 못한 채 약간의 착수금만 받고 쫓겨난다. 홍팀장이 정작가의 손을 들어준 결과이다. 윤작가가 빠진 뒤 남은 셋을 꼭짓점으로 하는 얄팍한 삼각형이 생겨난다. "우리의 좌표는 나를 꼭짓점으로 하는 좁고 길쭉한 삼각형을 형성하고 있었다."(33쪽)

『팔도닭발의 신화―신영수 회고록』은 정작가의 윤색을 거쳐 제 날짜에 출간된다. 평범하고 무난한 자비출판의 결과물이다. 그러나 아직 이야기는 끝나지 않았다. 버려진 윤작가의 원고를 읽던 홍팀장이 문득 말을 꺼낸다. "더럽게 외로운 인간일 것 같지 않아?"(36쪽) 사람들이 윤작가 이야기를 하는 줄로 알고 그녀에 대한 흉을 보자, 홍팀장이 말을 고쳐준다. "내가 외롭다고 한 건 이 인간 말이야! 윤작가가 써놓은 이 인간! 이 닭발 사장 말이야."(38쪽) 결국 윤작가는 정말로 소설을 썼던 것이다. 윤작가의 원고 파일에 닭발 사장의 진면목이 숨어 있던 셈이다. 단 출판되지 않은, 비밀을 숨긴 원고의 형태로. 생면부지의 닭발 사장의 삶에서 "아련한 연민"을 길어올리는 것이 윤작가가 말해준 진짜 소설가의 위력이다. "소설가는 글에 향기를 불어넣을 줄 아니까요."(41쪽) 윤작가가 행간에 숨겨놓은 그 미약은 그녀가 꼿꼿하게 앉아서 소설기계처럼 원고를 써내려간 그 구석진 자리를 성스러운 거점으로 만든다. 그 여인이 지킨

소설가의 긍지는 김작가('나')가 언젠가 만날 "미지의 방문객"의 자리를
만들어낸다.

> 문 앞에 누군가가 서 있다. 저는 소설을 쓰는 사람입니다. 나는 자리에서
> 일어선다. 원고를 가져왔습니다. 나는 그 사람이 건네주는 원고를 유리그
> 릇처럼 소중하게 받아안는다.
>
> —「팔도기획」, 40~41쪽

"유능한 기획자인 내가 뒤돌아보아주기만을 조용히 기다리"는 저 부
재. 나의 각도를 조정하는 은밀한 작도법이다. 역설적인 방식으로만 드러
나는 놀라운 숲의 세계가 거기 있다. 이 숲을 비자나무숲이라 불러도 좋
겠다. 「끝내 가보지 못한 비자나무 숲」은 비밀을 안은 채 사라지는 것들에
대한 비가(悲歌)다. 어느 날 '나'(명이)에게 전화가 온다. 죽은 옛 연인인
정우의 동생 도우에게서 온 전화다. 어머니가 그녀를 보고 싶어한다고 내
일 제주도로 내려와줄 수 있는지를 묻는다. 소설은 그 짧은 제주행의 기
록이다.
셋은 밥을 먹은 후에 비자림으로 가기로 한다. 차에서 '나'는 깜빡 잠이
들었다가 격심한 충격으로 깨어난다. '나'는 그 충격이 간혹 자신을 찾아
오는 환각이라고 생각한다. 얼마 전에는 "임종을 앞둔 노파가 되어버린
환각"(94쪽)을 경험하기도 했다. 그런데 그것은 정말 환각이었을까? 교통
사고로 세상을 뜬 정우처럼 임종을 앞둔 '나'를 찾아온 저 감각이? 환각이
건 실제 교통사고건 중요한 것은 그 결과로 끝내 '나'는 비자림에 가지 못
하리라는 사실이다. 그로써 비자림은 예감 속에서만 존재하는 숲이 된다.

> 언젠가는 눈을 뜨게 될 것이고 나는 숨을 쉬게 될 것이고 그때쯤이면 비
> 자나무 숲 한가운데에 있을 것이다. 가을저녁처럼 어둑하고 선선한 그 숲

에서 나는 도우와 함께 어머니의 꿈 얘기를 들을 것이다. 그런데 그렇다면…… 대체 정우는 어디로 간 것일까 생각하는 순간 눈물이 흘렀다. 환각이 끝나려는 모양이었다.

— 「끝내 가보지 못한 비자나무 숲」, 117~118쪽

비자림은 끝내 가지 못하지만 언젠가는 끝까지 가야 할 곳이다. 비자는 '榧子'라고 표기하지만 실제로는 '非字'에서 왔다. 잎 모양이 등을 맞댄 저 글자(非)를 닮았다고 해서 생긴 이름이다. 끝내 가지 못한다는 의미에서 그것은 '秘姿'이기도 할 터. 기억이라는 구멍은 도우의 어머니가 손에 든 부채의 살처럼 주름 사이사이에 시간을 압축해 넣었다가 모두 풀어내는 블랙홀 같다. 비자림은 비밀의 숲, '아님'으로 존재하는 비밀의 입구다. 여기서 이 소설집의 세번째 기하학이 나온다. 비(非)자 형태의 우주. 거울에 비춘 것처럼 대칭적인 모습이지만 서로를 등진 돌아섬. 이런 돌아섬은 과거를 복권하려는 비춰봄(比)이 아니라 그 무엇도 '아님'을 드러내는 표지다.

"비자림 쪽으로 힘차게 달려보겠습니다"(116쪽)라고 외치는 도우는 어떤가. 분명 생의 찬란한 순간과 겹쳐 있는 것은 죽음의 그림자이다. 도축을 기다리는 도우(屠牛)의 신세라면 슬프고 처연할 법도 한데, 이들 셋은 "옆집 축사" 구경하듯 밝게 웃고 있다. '나'는 자꾸 웃음이 흘러나와 "발작을 하듯 웃음을 터뜨"(114쪽)린다. 축포가 터지듯이 '나'의 몸이 가벼워지고 깃털처럼 가벼워져서 세포가 낱낱이 분해되는 입자의 단위만큼 미분된다. 어쩌면 인간이라는 존재 또한 분광(分光)하는 시간이 남긴 잔여물에 불과할지도 모르겠다. 여과지에 붙은 커피 찌꺼기나 선풍기에 앉은 먼지처럼. 과거 누구의 무엇이었다고 말할 수 없는 비(非)자형의 우주에 떠다니는 것. 그리하여 "불러 애도할 무엇도 남지 않"(94쪽)는 것.

초식동물 같은 도우를 보고 "죽을 때가 들면 죽을 데를 딱 찾아든다"

(「약콩이 끓는 동안」, 116쪽)는 영험한 동물을 떠올리는 것이 우연일까? 기원을 찾아가는 영험한 감각, 여기서 포인트는 시간이 아니라 장소다. '아님'으로만 드러나는 장소. 권여선의 소설에서 실로 무수한 비자림을 찾아낼 수 있을 것이다. 그녀의 소설은 비밀을 폭로하는 소설이 아니라, 비밀이 거기에 있음을(다시 말해서 삶에 내재해 있음을) 알려주는 소설이다. "쭉 뻗은 은회색 도로는 끝이 물렁하게 구부러져 다음 풍경을 감추고 있었다. 그곳에 비자나무 숲이 있을 터였다."(117쪽) 저 만곡의 끝이 흐릿하게 실종되었다. 요컨대 보이지 않는 것을, 보이지 않는 채로 보여주기, 그것이 바로 비자 숲의 기하학이다.

5. 사랑의 기하학

그러고 보면 모든 관계란 기본적으로 '사랑'의 관계다. 설령 그것이 증오, 분노, 슬픔이라고 해도 그렇다. 선분이 그것을 구성하는 양끝의 상호작용을 표현한다면, 증오와 분노와 슬픔은 그 상호작용(사랑)이 잘 그어지지 못했음을, 덜 그어졌음을 혹은 지워졌음을 표시하는 반응이다.

권여선 소설의 변곡점들, 은폐된 선택지들, 사랑과 증오를 왕복하는 동선들, '아님'의 형식으로 비밀을 보존하는 내밀한 숲들을 살펴보았다. 이 통로를 통해서 수많은 감정선들이 대로와 소로처럼 교차한다. 선명하고도 풍요로운 상징과 기호의 소도구들이 출몰하기도 한다. 이 문자들이 권여선의 소설에서 출현할 때 그것은 그대로 사랑의 기하학이 된다. 권여선이 한땀 한땀 새겨넣은 순정의 문채(文彩)가 농밀한 정서의 공간을 일구어냈다. 권여선의 세계는 수많은 예감과 미묘한 추측이 난무하지만 전체를 관망하는 라운지는 없다. 그것은 저 숲이 관상용 정원이 아니라는 말이다. 환하도록 아름다운 풍경 속에는 여전히 수습되지 않는 구멍이 뚫려 있으니. 그리고 비밀은 상처와 연민, 미안함과 죄책감을 거느리기 마련이다. 그러나 이상의 말처럼 "사람이/ 비밀이 없다는 것은 재산이 없는 것처럼 가난하고 허전한 일"(「실화」)일 터.

　권여선이 가르쳐준 사랑의 기하학은 사랑의 완전연소 즉 제로지점을 향해 질주하는 소멸의 드라마다. 그러나 끝내 거기에 이를 수는 없을 것이다. 그곳은 삶 자체가 황폐한 불멸로 전환되어버린 세계일 테니까. 욕망이 죽으면 사랑도 죽는다. 권여선의 인물들은 들끓는 욕망의 힘으로 소멸의 지평선을 향해 나아간다. 저 지평선과 인물이 그리는 동선은 유클리드 기하학이 말하는 수평선이다. 다시 말해 그 둘은 영원히 만나지 않는다. 권여선이 기하학적 요소를 다룰 때 그것이 명제화의 논리나 확실성의 기호로 사용되지 않는다는 점을 기억해야 한다. 셈하고 연역할 수 있는 자본화된 언어는 여기에 없다. 오히려 명백한 오산(誤算)의 가능성이 삶을 도드라지게 만든다. 권여선은 그것을 누구보다도 잘 아는 작가이다.

죽음은 죽지 않는다
─ 박범신의 『나의 손은 말굽으로 변하고』

1. 악(惡)의 유기체론

박범신의 『나의 손은 말굽으로 변하고』(문예중앙, 2011)는 악의 발흥과 창성과 파멸을 보여주는 우화적 보고서이다. 악은 어떻게 태어났는가. 어떻게 자라는가. 그리고 그것의 궁극적인 끝은 어디인가. 악은 그 자체로 유기체와 같다. 그것은 인간이라는 세포를 구성단위로 조직되며, 주변 환경과 제 자신을 구별하는 모종의 자율적 평형 상태를 이룬다. 이 거대한 신체에는 두뇌에 해당하는 존재가 있고, 그 명령을 수행하는 신경망이 있으며, 그 명령에 복속된 지체들이 있다. 유기체의 각 부분들은 전체와 분리되지 않는다. 하나의 부분이 전체에서 떨어져나가는 순간 그것은 죽어버린다. 유기체의 관점에서는 자기 조직의 유지가 최고선이다. 때문에 그것은 자기 보존을 위해서라면 다른 유기체를 파괴하고 환경을 망가뜨리는 일을 개의치 않는다. 거기서는 악(악행)도 선(조직의 유지)의 존재양식일 수 있다. 죽음(다른 이들이나 지체의 희생)도 생명(조직의 지속)의 한 표현일 수 있을 것이다. 자본주의 사회에서 강조하는 적자생존의 생태주의는 승자의 '이익'에 복무하는 사이비 유기체론의 결과물이다.

『나의 손은 말굽으로 변하고』에서 보여주는 바, 이 세계에는 거대한 유기체의 신체가 살아 숨쉰다. 『나의 손은 말굽으로 변하고』에서 차용되는 유기체론의 층위는 세 가지 차원을 갖는다. 그 첫번째 층위는 이사장의 설법 속에서 작용하는 반(反)문명의 논리다.

"사전적으로 보면 의식이란 외부로부터 자극받아 생기는 생각이라 하지요. 그러나 외부란 눈에 보이는 것만이 아니라는 점에 유의하셔야 합니다. 보고 만질 수 있는 것만이 세상의 전부인가요. 명안을 갖지 않으면 우리는 외부세계의 미미한 일부만 볼 뿐이에요. 게다가 감정이란 것도 있어요. 영혼도 갈래갈래 찢어져 있고 의식도 일엽편주로 흔들리면, 하극상이 일어나요. 감정이란 놈까지 합세해서 아예 제 주인인 의식을 잡아먹으려 들거든요. 죽을병이 생길밖에요……"

치유의 길은 한마디로 몸과 영혼을 일체로 합치는 곳에 있었다.

이사장은 그 점을 강조했다. 이사장은 의식을 두 가지로 설명했다. 하나는 태어날 때부터 부여받은 '자연의식'이고 다른 하나는 살면서 환경에 의해 인위적으로 조작돼 머릿속에 들어앉은 '두뇌의식'이었다. 자연의식과 두뇌의식이 분열하면 몸의 기관들이 유기체적 협력 구조를 상실해 '병'에 걸린다고 했다. 자연의식과 두뇌의식을 일치시켜 하나 되도록 만들어 면역력을 높이면 만병을 이길 수 있다는 논리였다. 단식수련이나 채식수련도 그 방법의 하나였다. 이사장이 만들어낸다는 특별한 정화수를 마시는 것도 중요하다고 일렀다. 그 물을 명안진사에선 '명안수(明眼水)'라고 불렀다. 정신으로서의 명안을 갖지 못하면 만사가 다 소용없었다.

"분열된 아상(我相)을 버리고 견성(見性)을 얻으셔야 삽니다."

이사장의 결론은 그것이었다.

—『나의 손은 말굽으로 변하고』, 160~161쪽

이사장은 명안진종의 창시자이다. 그는 종교적 지도자로 지역의 정신적 지주를 자처한다. 그는 불우한 이들을 거두는 자선가이며, 현대의학이 외면한 정신주의를 설파하는 철학자이다. 그의 설법에 귀를 기울여보자. 의식이 조각나면 몸의 모든 기관들이 유기체적 구조를 잃어 병에 걸린다. 우리는 자연의식치유법으로 돌아가야 한다. 인체를 기계로 다룰 때, 병든 몸을 고장난 사물처럼 다룰 때, 병은 악화된다. 이 차원에서 강조되는 유기체론은 현대의학의 문제점을 비판하는 근거이면서 생명의 회복을 가져다줄 대안논리다. 이사장의 가르침을 수련을 통해 실천하는 조직이 '명안진사'의 '패밀리'이다. 대안의학의 논리는 그 자체로는 흠잡을 구석이 없다. 문제는 이사장이 자신의 논리를 실제로 실천하고 있지 않다는 데 있다. 그는 자신의 조직에서, 병든 지체들을 그냥 잘라버린다. 소설이 전개되면서 그의 조직(유기체)이 끊임없이 죽음을 생산함으로써 유지된다는 사실이 폭로된다. 궁극적으로 그의 조직은 유기체의 외양을 띠고 있으나, 실제로는 시체로서의 조직이다. 죽음을 극복하는 게 아니라 염(殮)하는 조직이 바로 이사장의 조직이다.

유기체론의 두번째 층위는 인물간의 조직도에서 드러난다. 이 조직은 크게 세 부분으로 나뉜다. 먼저 수뇌부를 차지하는 이사장과 백주사가 있다. 백주사는 이사장의 분신이다. 다음으로는 수족에 해당하는 '패밀리 그룹'(미소보살, 애기보살, 제천댁 등)이 있다. 이들은 이사장의 꾀임에 빠져 조직에 들어왔다. 탈출할 수도 없고 가족의 생사조차 모르는 사고무친의 처지에 처해 있으며, 살기 위해 조직에 협력한다. 이들이 지체(肢體)를 이룬다. 그다음으로는 '손님들'이 있다. 이들은 조직의 가장 밑바닥에서 조직에 먹이를 공급하는 역할을 한다. 그들은 조직에 돈을 지불하고 귀찮고 쓸모없는 가족들을 치료라는 명목으로 내다버린다. 터럭과 손발톱과 피부 각질과 배설물이 나오듯 조직은 죽음의 쓰레기들을 양산한다. 이러한 먹잇감을 얻는 곳이 바로 '샹그리라'이다. 샹그리라는 도심에 세운 오피스텔로 패밀리가 거주하는 궁전(샹그리라는 본래 숨겨진 낙원의 이름이다)이자 손님들을 끌어들이는 사무실이다. 여기서 걸려든 희생자들은 명안진사라는 이름의 단식원에 갇히게 된다.

유기체론의 세번째 층위는 유기체의 동적 평형에 있다. 유기체는 외부와 끊임없이 상호작용하면서 평형 상태를 유지한다. 이 조직도 마찬가지다. 이사장은 소설의 주요 배경인 샹그리라와 명안진사 사이를 오간다. 세속적 욕망이 들끓는 샹그리라와 금욕적 가치가 강조되는 명안진사는 조직의 두 중심점이다. 이로써 이사장이 지닌 이중성(금욕적/애욕적, 종교적/세속적 성격)이 조금씩 드러난다. 명안진사의 모태가 되는 것은 운악산에 배치된 특수훈련부대 출신의 군인집단이다. 이들은 "유령 같은 집단"(349쪽)이라 불린다. 이곳에 배속된 군인들은 인간성을 잃고 살인기계가 된다. "교관들은 훈련병을 일관되게 사람으로 취급하지 않도록 명령받고 있었어. 그렇게 해야 그들이 가진 인간성이 완전히 뿌리 뽑히니까." (348쪽) 이사장은 군복을 벗으며 과거를 청산하려는 상징적인 몸짓을 한다. 사람을 죽이던 '살인기계'(군화에 달린 말굽)를 태우는 행동이 그것이다. 하지만 죽음을 섭생의 원칙으로 삼았던 조직이 생명의 조직으로 변환될 수는 없다. 이사장의 군화(발굽)는 주인공 사내의 손으로 옮겨오고, 이사장은 사내를 자신의 조직에 포함한다. 발굽은 여전히 조직 내부를 떠돌며 죽음을 '생산'한다.

여기 유기체의 우주에 절대악의 씨앗이 하나 던져졌다. 주인공 사내 말이다. 그는 '사이코패스'라 불린다.

거두절미, 이것은 한마디로 살인의 기록이다.

유쾌하지 않은 기록이 될는지 모른다. 혐오감을 느낄 수도 있다. 하루에도 몇 번씩 알게 모르게 살인을 꿈꾸면서도, 사람들은 타인의 살인만은 특별하게 생각한다. 그러나 살인의 역사는 인류의 역사만큼 길고 보편적이다. 그렇다고 내가 살인자에게 인간적 연민을 갖고 있는 건 아니다. '셰익스피어가 살인자를 많이 창조한 것은 그 자신이 살인자가 되지 않기 위한 방책'이었다고 지적한 글을 본 적이 있다. 놀라운 통찰력이지 않은가. 수많은 사람들에게 돌팔매질을 받더라도 살인이야말로 언제나 최고의 윤리성을 갖고 있다고 말하고 싶다. 윤리성의 마지노선일 수 있다고. 그리고 살인도구로 무엇을 사용했든 죽이는 것은 손이며 손은 마음에 따른다. 마음이다.

마음이야말로 윤리성이 최후로 들어가 누울, 어둡고 깊고 향기로운 아기집이지 않은가.(22~23쪽)

이 소설은 "살인의 기록"이다.『나의 손은 말굽으로 변하고』에는 두 개의 살생부가 있다. 하나는 이 조직 전체가 만들어내는 죽음의 명부이다. 유기체는 항상성을 유지하기 위해 활동한다. 섭취한 음식을 배설물로 내버리듯, 필요한 물질을 받아들이고 필요 없는 물질을 배출하면서 제 자신을 유지하는 것이다. 이사장이 구축한 이 조직은 '살림'의 이데올로기를 내세운다. 패밀리는 누구든 살 수 있으며 살아나고 있다고 말한다. 그러나 서사가 진행되면서 이곳이 사람들이 버려지고 죽어가는 '죽임'의 장소, 생명의 폐기장소라는 사실이 폭로된다. 그곳은 상생과 재생의 공간이 아니라 어처구니없는 명분을 앞세운 안락사의 공간이었다. 가령 '제석궁'은 가치 없는 중생들을 처리하는 곳이다.("거기는…… 묘지야", 260쪽) 이곳이 죽음을 '상징'하는 것이 아니라 죽음 '그 자체'라는 것은 중요한 대목이다. 그 공동체는 모든 진리를 '밝은 눈'으로 볼 수 있다는 명제를 도착적으로 추구하는 악의 조직체이기 때문이다.

두번째 살생부는 주인공 사내가 작성한 명부이다. 그는 내부인이자(이곳이 사내의 고향이다), 외부인이다(사내는 방랑객이었다). 이사장의 살생부에 삶의 근거와 생의 논리가 설파되어 있다면, 사내의 기록에는 죽음,

오직 죽음뿐이다. 사내는 인간적인 감정을 느낄 수 없게 프로그래밍 되어 있다. 그의 손에 닿으면 누구든 죽는다. 그의 손에 붙은 '말굽'의 힘이 강해질수록 살인충동은 더욱 강력해진다. 이 낯선 사내가 명안진사에서 어떤 역할을 할 수 있을까. 흥미롭게도 사내의 존재는 이 조직에서 필수적이다. 유기체에게 외적 존재가 필수적이듯. 그는 이 악의 유기체에서 받아들여졌다. 조직이 그를 외부의 존재로, 이질적인 요소로 간주하지 않았다는 뜻이다. 만일 그랬다면 조직은 항체를 만들어 그를 배척했을 것이다. 그를 받아들인 것은 조직의 우두머리인 이사장의 뜻이었다. 사내는 마지막 장면에서 조직원 모두를 죽임으로써 조직의 최종목표를 체화한다. 이 소설이 죽음의 원리로 운영되는 자본주의를 겨누고 있다면, 바로 이 부분에서일 것이다. 가시화된 웰빙(건강)을 위해 병든 부위를 도려내는 사회의 메커니즘. 이것이 건강한 삶을 전시하면서 죽음을 관리하는 자본주의 사회의 진면목이다.

2. 죽음의 화신(化身), 악의 화신(火燼)

주인공인 '나'는 어릴 적부터 제 집을 가져본 적이 없다. 개장수를 하는 아버지는 무허가 지대에 임시적인 거처를 만들어 개를 패고 가족을 때리며 살았다. 사내는 이유 없이 폭력을 행사하는 아버지를 보며 폭력에 중독되었다. '개백정의 아들'이라는 이유로, 사랑하는 여인인 여린을 만나지 못하게 되자 사내는 분노하고 절망한다. 여린의 집이 불타고 그가 방화범으로 몰리는 일련의 과정이 서술되는 동안, 그 화재는 '경향파'적인 방화(가진 것 없는 자가 내몰릴 때 분출하는 폭력의 씨앗)처럼 느껴졌다. 그러나 화재의 숨은 진범은 사실 이사장 무리였다. 그들은 그 폐허 위에 샹그리라를 짓는다.

삼계화택(三界火宅)이라는 말이 있다. 세상의 번뇌가 마치 불타는 집 속에 있는 것과 같다는 말이다. 사내가 이사장을 만나는 '샹그리라'는 불멸의 성소이지만 동시에 불탄 집터이며 여린이 남자들을 목욕시키는 곳 (기름집, 油屋)이기도 하다. 화재 당일, 사내는 여린과 그의 부친을 구하느라 큰 화상을 입는다. 그는 방화범으로 몰려 여러 해 감옥신세를 졌으며 그후에는 부랑자로 떠돌아다녔다. '개백정의 아들'이라는 그의 과거(정체성)도 불길에 재가 되어 사라졌다. 지배욕, 소유욕과 같은 욕망과 집착이 이 세상을 태우는 불길이라 했다. 불난 집이 생로병사와 우비고뇌로 점철된 이 세계 전체를 말한다면 그 보이지 않는 화염을 가시화하는 것이 바로 사내와 그의 화상 자국이다.

우연히 고향(샹그리라)에 돌아온 날, 그는 이사장에게서 새로운 정체성을 부여받는다. 이사장을 만나는 날, '말굽'이 사내를 찾아왔다. 그 말굽은 이사장이 만든 군화에 붙어 있던 것으로, 사람을 죽이는 도구였다. 그는 이사장이 가진 폭력성을 이어받았다. 이로써 폭력의 화신이 되었다. 사내는 시간이 지날수록 말굽을 자신의 "카르마"이자 운명의 일부로 받아들인다. 그의 "손바닥 가장자리의 굳은살 속에 U자형의 말굽"이 생겨났다. 그는 그것으로 무자비하게 사람들을 해친다.[1] 첫번째 살인은 취객의 폭력에 대응하기 위해 무의식적으로 저지른 정당방위처럼 보인다. 명안진사에 들어와 자신의 신분을 숨기려다 저지른 두 건의 살인(오과장, 노과장을 죽인 사건)도 자기 방어의 명분을 가지고는 있었다. 그러나 제석궁에 감금된 사람들을 해치는 장면에서는 그가 말굽의 도구인 것처럼 보인

---

[1] 이 작품은 단행본으로 출간되기 전에 2010년 11월 1일부터 2011년 4월 22일까지 120회에 걸쳐 중앙일보에 연재되었다. 연재 당시 1회분에 함께 게시된 그림이다(일러스트: 김영진). 이해를 돕기 위해 그림을 싣는다.

다. 말굽은 날뛰면서 선인이든 악인이든 가리지 않고 죽인다. 그것은 한낱 죽임의 도구가 아니다. 오히려 사내가 말굽의 체화라 말해야 할 듯하다. "말굽은 결과적으로 나의 심장을 점령하고 있었으며, 나의 인격까지 먹어치우고 있었다."(331쪽)

그렇다면 말굽은 무엇을 의미하는가? (1)말굽은 폭력으로 이어진 인간관계의 결절점이다. 이사장의 말처럼 이들은 "하나의 카르마"로 "서로 맺어져 있"다.(301쪽) 말굽의 U자형은 일종의 수학적 기호이다. 말굽을 통해서 이사장과 사내의 폭력은 무한하게 이어진다. '폭력∩폭력∩폭력∩폭력……'의 연속이다. 이사장의 폭력은 군화에 붙어 있던 말굽으로, 사내의 폭력은 손에 달라붙은 말굽으로 수행된다. 특수부대 대원, 고문기술자, 개백정 아버지, 사내를 이유 없이 구타했던 낯선 행인, 노모를 명안진사에 버리는 며느리 등이 전부 폭력의 수행자들이다. 이들의 폭력이 말굽을 통해 교차하는 셈이다. 이들은 피해자인 동시에 가해자이며, 방조자인 동시에 협력자이다. 그들은 무엇이 다른가. 다를 바 없다. 오직 강도의 차이가 있을 뿐이다.

(2)말굽은 그 모든 폭력의 총합을 의미하기도 한다. '폭력∪폭력∪폭력∪폭력……'의 총체를 표시하는 기호가 말굽이다. 말굽 때문에 소설의 폭력은 전체(U)화된다. 예를 들어보자. 소설의 마지막 장면에서 (애기보살을 제외한) 조직의 모든 구성원이 죽임을 당한다. 폭력의 누적과 총합으로서의 죽음은 조직이 자신의 역능을 최고로 발휘한 상태를 표시해준다. 이 조직은 죽음을 체화한 조직이며 때문에 죽음으로 귀결될 수밖에 없다.

3. 죽음은 죽지 않는다

처음에 사내는 말굽이 자신과 한 몸이라는 사실을 부정하지만 결국에는 그 사실을 받아들인다. "하나의 카르마가, 애당초 말굽이 '간절한 나의 목소리'를 듣고" 달려와 "비로소 완성되는 느낌"이 들었다.(454쪽) "이사장이 말하는 의식의 합일이란 이런 것일는지도 몰랐다. 힘이 솟구칠수록 오래되어 지워졌던 기억들 또한 더 세세히 떠올라 이제 기억의 완전한 복원을 앞두고 있었다."(181쪽) 사내가 말굽이 된 것이 아니다. 말굽이 사내가 되었다.

　사내가 죽음의 화신이라면 이사장은 죽음 그 자체이다. 사내가 사람들에게 죽음을 배분한다면, 이사장은 처음부터 (죽음을 체현하는) 죽음의 인격화이다. 그가 생식불능이라는 사실, 그의 죽음이 소설에서 전면화되지 않는다는 사실(소설의 마지막 장면에서 주인공 사내는 이사장실로 쳐들어간다. 그러나 정작 그가 이사장을 죽이는 장면은 나오지 않는다. '죽음' 앞에서 '죽이는 힘'은 자신의 기원과 대면하고 있을 뿐이다. 이 소설의 원제로 "탄생 이전에서 온 슬픔"이 한때 고려되었음을 기억해둘 필요가 있다)도 그것을 암시한다.

　이사장은 예편한 후 여린의 집이 있던 땅을 사들여 샹그리라를 세우고 명안진사를 경영한다. 샹그리라에 사는 사람들은 모두 다 독신이다. 어디서도 생식(생산)의 흔적은 없다. 죽음의 그늘뿐이다. 제석궁에 들어가는 사람들이 결국 송장이 되어서만 바깥으로 나올 수 있는 것처럼. 이사장은 죽음의 공간을 구축한 장본인이다. 이사장의 뒤에는 백주사가 그림자처럼 따라다닌다. 이사장은 그에게 일종의 지존(至尊)이다. 둘은 훌륭한 복식조가 되어 사업을 펼친다. 이사장과 백주사는 마치 우뇌와 좌뇌처럼 분업하고 협력한다. 이사장이 현대의학이 포기한 각종 질병을 치유하고 바로잡는 이론을 강조하면, 백주사는 귀신을 쫓고 병을 고치는 이적을 상연한다.

　둘의 협업은 백주사와 여린의 섹스 장면에서 빛을 발한다. 주인공 사내는 암벽에 올라 샹그리라를 훔쳐보곤 했다. 어느 날 그는 충격적인 장면을 목격한다.

아니, 그런데 저것은?

나는 쌍안경의 화면을 클로즈업시켰다.

백주사를 보기 위해서가 아니라 백주사 등뒤의 그늘 속을 보기 위해서였다. 손이 떨렸다. 클로즈업이 얼른 되지 않았다. 스탠드 불빛 밖의 어스레한 그늘 속에 다른 누군가가 있다고 느낀 것은 백주사의 피스톤 운동이 절정을 이룬 순간이었다. 간신히 당겨진 화면 속에서 한 남자의 프로필이 잡혔을 때, 나는 하마터면 쌍안경을 떨어뜨릴 뻔했다. 스탠드 등갓의 그늘에 얼굴을 숨기고 있던 남자는 바로 이사장, 그 사람이었다.

말굽이 마구 울근불근했다. 이제 곧 다가들 결정적인 순간을 놓칠 수 없다는 듯, 의자에 앉아 있던 이사장이 엉거주춤 상반신을 일으키더니, 머리를 스탠드 불빛 안으로 쑥 디밀었다. 주름투성이 얼굴이었다. 이내 백주사의 허리 안쪽 경계까지, 이사장의 대머리가 뻔뻔스럽게 진출하고 있었다. 이사장의 눈엔 이제 백주사의 성기와 그것이 가파르게 무찌르고 있는 여자의 국부까지 낱낱이 뷔 것이었다. 쪼글쪼글하게 접힌 이사장의 대머리에서, 솟은 부위는 더 밝게 쪼그라든 부분은 더 어둡게, 명암이 다이내믹하게 갈렸다. 쪼글쪼글한 대머리 역시 땀으로 잔뜩 젖어 있었다.(426~428쪽)

백주사가 "탁월한 고단위 정력가"(426쪽)인 데 반해 이사장은 성불능자이다. 그는 장교 시절 폭발사고로 인해 성불능이 되었다. 성적 불능이란 죽음(불모성)의 한 표현이다. 그렇다면 이 장면을 죽음이 관음하는 현장이라고 말할 수도 있겠다. 죽음은 생식할 수 없지만 관음할 수는 있다. 관음은 섹스의 현장을 무대화한다. 이 무대를 위해서는 또하나의 존재가 필요하다. 바로 주인공 사내 자신이다. 이사장의 응시는 보는 이를 바라보는 이(훔쳐보는 나를 바라보는 시선)를 전제할 때에만 가능해진다. 라캉은 타인의 방을 훔쳐볼 때 훔쳐보는 자의 응시는 (그가 바라보는) 대상이 아니라 타인의 응시(그를 바라보는 다른 눈)를 전제할 때에만 존재한다고 말한다.[2] 섹스를 하는 대상(분신)이 아니라 염탐하는 자신을 지켜보는 제 3의 시선(사내의 눈)은 이사장의 관음을 위해서 필수적이다.

이사장의 논리가 백주사에 의해서 실행되듯이, 이사장의 욕망(불능)이 백주사에 의해서 상연(실현)된다. 이사장과 백주사는 상상적 분신관계이 자 현실적 짝패이다. 세번째 분신인 사내가 필수적인 것은 훔쳐보는 자가 훔쳐봄을 당해야 하기 때문이다. 이것은 죽음으로 유지되는 저 악의 조직 전체에서도 관철되는 논리다. 이사장은 죽음을 생산하고는 있으나, 그것 을 끝까지 실행하지는(죽음을 완성하지는) 못한다. 죽음이 죽음을 실행할 수는 없다. 그것을 위해서는 조직의 바깥에서 또다른 요소가 도입되어야 한다. 그것이 주인공 사내이다. 드디어 조직은 잃어버린 조각을 찾았고, 최종적인 완성(모두의 죽음)을 향해 맹렬히 가동된다.

에필로그는 사내가 자폭했으며, 사내의 몸이 부패되어 이제 말굽만이 남아 있다고 전한다. 모든 이가 죽었어도, 말굽만은 또다른 이의 손에서 부활할 날을 기다린다. 폭력과 죽음은 희생자들을 다 집어삼키고 나서도 다시 소생할 날을 기다린다. 죽음은 끝내 자신의 논리를 관철할 것이다. 이것이 자본의 논리와 상동관계임은 쉽게 짐작할 수 있는 일이다.

4. 마지막 성찬식의 자리

사내가 왜 길을 에둘러 샹그리라에 돌아왔는가에 대해서 이야기할 차 례이다. 그것은 사랑하는 여인, 여린에 대한 그리움 때문이다. 여린에 대 한 그리움은 소설 곳곳에서 고독한 사내의 심정과 함께 빈번하게 드러 난다. "오래된 기억의 우물에서 두레박이라도 올리고 있는 눈치였다." (308~309쪽) 여린은 사내의 '우물'이다. 그녀는 과거의 출처이자 기억의 근원이다. 그러나 그토록 사랑하는 여린을 만난 사내는 그녀마저 죽인다.

---

2) 자크 라캉 , 『세미나11-정신분석의 네 가지 근본 개념』, 맹정현 · 이수현 옮김, 새물결, 2008, 133쪽.

"그걸 입으면…… 오빠의…… 손에서 마법이 풀……릴 거야……"

심장에서 솟아나온 피가 하얀 시트를 물들이고 있었다. 그녀의 마지막 말이었다.

그리고 잠시 후 그녀는 우물처럼 고요해졌다.

나는 그녀 안으로 깊이 엎드려, 그녀의 우물에서 솟구쳐올라오는 피를, 마음껏 빨아마셨다. 그녀의 피는 희고 붉었으며, 따뜻하고 달고 향기로웠다. 나는 놀랐고, 감동했다. 미각만은 완벽하게 살아 있었다. 혀가 천 개로 갈라지면서 길게 길게 늘어나는 느낌이 들었다. 그녀의 입술에 내 입술을 댔을 때조차 느껴지지 않았던 예민한 감촉이었다. 빨아마시는 것도 모자라, 나는 천 개의 긴 혀를 그녀의 심장에 더 깊이 박아넣어, 좌심실 우심실 좌심방 우심방은 물론, 심장에서부터 뻗어나간 여러 동맥의 붉은 내선을 따라, 그녀의 몸속에 숨겨놓은 모든 우물물을 섬세히 핥아먹었다. 따뜻하고, 달고, 향기로운 에너지가 나의 전신으로 빠르게 퍼져나가고 있었다. 기쁘고 뿌듯했다. 본성을 찾아 가진 것 같았다. (445~446쪽)

오디세우스의 아내 페넬로페처럼 털실 짜기와 풀기를 반복한 여린. 여린을 죽이고 그녀가 흘린 피를 핥는 장면이다. 사내는 감각이 남은 유일한 부위인 '혓바닥'으로 여린의 피를 핥는다. '말굽'의 목소리(말굽은 사내와 대화를 나누기도 하였다)를 흉내내어 말하자면, 이것이야말로 "미학적인 살인"의 한 장면이다. 주목할 점은 여린을 죽인 것이 '말굽'이 아니라 그가 여린에게 주었던 은장도라는 사실이다. 이것은 그녀의 죽음이 말굽 때문이 아니라(그녀는 무의미한 희생자가 아니다), 사내 자신 때문이라는 사실(그녀는 죽음으로써 마지막 순수성을 보존했다)을 보여준다. 도착된 것일지라도 사내의 흡혈과 식인은 사랑하는 이와 한 몸이 되고자 하는 동일시의 욕망을 의미한다. 피와 살을 먹고 마심으로써 사내는 둘만의 성찬식을 거행한다.

불멸의 사랑이야말로 외롭게 방랑하는 이 사내가 평생 안고 온 소망이
다. 나아가 그것은 문학이라는 빙벽에 매달린 작가 박범신이 갈망해온 가
치이기도 하다. 불가능한 꿈, 그것은 박범신의 소설에서 '모성'의 상징으
로 반복되었다. 여인의 품, 절대적인 모성의 우물. 그것은 바로 이 세계의
자궁이다.[3] 돌아가고 싶지만 돌아갈 수 없는 절대적인 가치. 박범신은 전
작에서 불멸의 가치를 지닌 여인의 이미지를 다양한 표상으로 보여주었
다. 『촐라체』에서 빙벽에 매달린 두 형제는 돌아가 어머니의 품에 안기기
위해 사투를 벌였다. 『고산자』의 '고산자'는 '혜련 스님'을 평생토록 그리
움의 대상으로 가슴에 묻었다. 『은교』에 등장하는 두 남자 역시 사랑하는
소녀를 얻기 위해 생의 낭떠러지 밑으로 투신한다. 소설 속에서 여자는
언제나 그들이 바라볼 수 있는 존재들 너머에 있다.

여기서 박범신이 보여주는 또다른 유기체론이 모습을 드러낸다. 죽음
의 유기체가 아닌, 생명의 유기체가. 주인공은 관음보살이라는 법명을 받
은 애기보살을 죽음으로부터 벗어나게 한다. 애기보살을 보내면서 사내
는 "오랜 연인과 숙명에 따라 이별하는 것 같았다"고 말한다. 감정을 느
끼지 못하는 사내가 처음으로 눈물을 흘린다. "탄생 이전부터 가지고 있
던 눈물"(456쪽)이라고 그는 생각한다. 사내에게 애기보살은 어린 여린
이며, 어릴 적 헤어진 어머니이며, 자비로 세상을 구할 관음보살의 현현
이다. 생명은 여기서 나온다. 탄생 이전부터 가지고 있었던 눈물로부터.

---

3) 이 점에 관해서는 2부의 「여자라는 아토포스(atopos)—박범신의 『은교』」를 참조.

지향성 발생기계 소설
— 박솔뫼론[1]

1. 발생의 시작: "지금 무슨 생각해?"

"지금 무슨 생각해?" 연인에게 이런 질문을 받아본 적 있을 것이다. 마음의 소리를 들을 수 있을까? 연인의 표정을 읽을 수 있을까? 그 뉘앙스를 놓치지 않고 이해할 수 있을까? 연인의 일거수일투족을 넘어 속마음까지 접수하고 싶은 마음을 이해하지 못하는 것은 아니지만, 어떻게 보면 이것은 좀 무서운 질문일 수도 있다. 내 안에서 그 대답을 강요하는 존재의 이름이 초자아인데, 애인이 그 자리를 요구하는 것이기 때문이다. 사실 이 질문은 대답을 요구하는 질문이라기보다는 상대의 속내를 모르겠다는 고백에 더 가까운 질문이다. 사랑하는 이가 간직한 신비는 애인의 눈앞에서 봉인되어 있기 때문이다. 따라서 이 질문은 재판장에게 묻기보

---

1) 이 글에서 다룰 작품은 다음과 같다. 『을』(자음과모음, 2010), 「차가운 혀」(인터파크 〈북&〉, 2010년 4월 6~30일, 8회 연재), 「그때 내가 뭐라고 했냐면」(웹진 〈뿔〉, 2010년 11월 15~18일, 4회 연재), 「안 해」(『자음과모음』 2010년 가을호), 「안나의 테이블」(『망상 해수욕장 유실물 보관소』, 뿔, 2011), 「해만」(『창작과비평』 2010년 겨울호), 「그럼 무얼 부르지」(『작가세계』 2011년 가을호).

지향성 발생기계 소설 193

다 시인에게 물어봐야 할 것 같다. 시인은 숨길 줄 아는 자가 아닌가. 가장 잘 숨기는 사람이 가장 잘 찾을 것이다. 언어는 존재를 숨기는 집이고 마음을 드러내는 유일한 장소라고 했다. 언어를 다스리는 사람들은 시인이다. 그러나 불행하게도 우리 모두가 시인이 될 수는 없다.

프로이트의 유명한 유태인 농담을 떠올려보자. 『농담과 무의식의 관계』에서 프로이트가 인용한 사례이자 라캉이 자주 인용하는 농담이다. 두 명의 유태인이 열차에서 만난다. 한 사람이 어디를 가느냐고 묻는다. "렘베르크로 가려고 하네." 그러자 상대가 화를 낸다. "너는 정말로 렘베르크에 갈 생각이면서, 왜 렘베르크에 간다고 말하는 거지? 그렇게 말하는 건 나더러 네가 크라코우에 가려 한다고 생각하게 하려는 게 아니니?"[2] 이 대화는 기만하는 것처럼 가장함으로써 기만하는, 이중적인 기만을 다룬 농담이다. 저 유태인의 농담 안에는 타인의 마음 상태를 고려하는 지향성(intentionality)이 담겨 있다. 지향성이란 표면적이고 문법적인 언어의 의미 너머에 숨어 있는 의도나 속임수, 가장, 가정 등의 내적 의미역(意味域)을 말한다. '내 생각에 너는 ~라고 생각하는 것 같아'라는 식으로 네가 한 말 너머에서 다른 말을 찾아내는 능력 말이다.

이 농담이 보여주는 언어의 기만성은, 말하는 사람과 듣는 사람 사이 즉 이자(二者)관계 안에서 움직이는 피드백 효과이다. 진자운동, 그 반복이 해석적 차이를 낳았다. 두 사람의 생각의 회로 안에 지향성의 단계가 설정되어 있다. 문장으로 풀어 말하면, (1)내가 그것을 의도한다고 (2)너가 생각한다는 것을 (3)내가 가정한다는 것이다. 저들의 대화 안에는 세 단계의 지향성이 있으며, 이것들을 관통해야 상대의 마음을 추론할 수 있다. 그렇다면 상대의 마음은 몇 단계의 추론 과정을 거쳐 알아낼 수 있다는 말인가? 그렇게 간단한 문제가 아니다. 무더기의 기표가 떠다니는 언

---

2) 프로이트의 농담은 프로이트, 『농담과 무의식의 관계』, 임인주 옮김, 열린책들, 2004, 148쪽 참조. 이에 관한 구체적인 설명은 다음을 참고. 라캉, 같은 책, 210쪽.

어의 바다는 투명하지 않기 때문이다. 언어는 거짓말할 수 있는 가능성을 품고 있는 한에서만 언어이다. 언어의 이중기만적 속성을 라캉은 미끼(lure)라고 부른다. 우리는 오히려 미끼의 유혹을 이겨내야 한다. 언어 속에 담긴 의도-해석의 매혹을 뿌리치고 의미의 바다를 빠져나가야 한다.

　"거짓말이잖아요?"(「그때 내가 뭐라고 했냐면.」) 박솔뫼의 아이들은 믿지 않는다. 앞뒤 상황을 확신하지 못하지만 질문하는 배짱을 가졌다. 박솔뫼가 무대 위에 올리는 인물들은 미숙한 대화체를 구사하는, 작가의 표현을 빌리자면 "백치미" 넘치는 이들이다. "백치미와 불안감을 온몸으로 풍기지만 정작 본인은 평안하기만 한 인물"(「안나의 테이블」)이다. 때로 이들은 무지로 무장하고 있어서 아름다워 보이기까지 한다. 그러나 바로 이 백치미 때문에 이들의 언어 능력을 의심할 수도 있을 것이다. 오히려 이들이 말의 비밀을 알고 있다는 뜻이기도 하니까. 소설을 "조카가 일곱 살이 되면 읽어주려고" 만든 수수께끼(「안나의 테이블」)라고 소개하는, 저 맹랑한 서술자를 따라가보면 어떨까? 7세용 수수께끼라, 이토록 까다로운 언어라니. 일곱 살짜리 아이가 펼치는 언어 조합과 해석의 지평을 우리가 상상이나 할 수 있겠는가. 박솔뫼의 문장은 초보 수준의 언어 실력을 가진 아이가 꺼내놓은 낱말카드 같다. 의미는 반복적이고 조합은 우연적이다.

　박솔뫼의 소설은 그 여러 장의 카드가 섞이면서 만들어내는 의미의 효과를 겨냥하고 있다는 점에서 지향성 발생기계다. 박솔뫼가 구축한 서사들은 기본적으로 삼각구도를 이룬다. 바로 이 트라이앵글이 관계 발생의 기원적인 프레임이다. 지향성은 두 점 사이를 흐르는 의식 안에서 발생하는 것이 아니라, 룰렛의 우연한 조합을 통해 만들어진다. 소설기계가 지향성이라 이름 붙일 만한 의도들을 쏟아낸다. 동시에 이 의도들은 한낱 우연의 소산이므로 거짓이 된다. 기계는 멈추지 않는다. 이 대목이 핵심이다. 기계음을 내는 소도시의 공장처럼 소설기계는 쉬지 않고 작동한다.

막 배출된 지향성의 차원들은 가뭇없이 사라져버린다. 그걸 무어라 부르기는 쉽지 않다. "내가 모르는 시간으로 내가 더하거나 내게 겹쳐지지 않는 시간들"(「그럼 무얼 부르지」, 207쪽)을 무어라 부를 수 있겠는가.

2. 삼각구도: "화살표를 따라가시오"

『을』은 박솔뫼의 데뷔작이다. 박솔뫼는 '둘' 혹은 '셋'의 구도를 가장 기본적인 관계 단위로 채택한다. '둘'은 서사의 뼈대를 이루는 인물의 기본 단위이며, 여기에 다른 한 사람이 들어왔다 나가면서 무수한 트라이앵글이 생겨났다 곧 사라진다.[3] 『을』은 뚜렷한 사건을 묘사하거나 전형적인 인물을 재현하는 소설이 아니다. 인물들은 삼각형을 이루었다가 해체하기를 반복한다. 이것은 '둘'을 완성하는 것이 사실은 제3의 시선이라는 것을 보여준다. 박솔뫼의 소설 속에서 삼각구도는 다양한 항을 통해 위치를 바꾸지만, 하나의 조합은 새로운 조합의 탄생과 함께 소멸될 수밖에 없다.

> 을은 풀리지 않는 기호와 오래된 신호 같은 것을 사랑했다. 그렇다고 그것으로 어떤 비밀을 밝혀내고자 하는 것은 아니다. 다만 을은 그것을 따라가는 과정, 풀어내는 과정에 매혹되었을 뿐이다. (……) 을을 흥미롭게 하는 것은 동사의 변화나 다른 뜻을 일곱 개쯤 가지고 있는 같은 발음의 단어였다. 소통의 매개가 아니라 기호의 등가물이 되는 것들을 을은 사랑했던 것이다.
> ─『을』, 21쪽, 강조는 인용자

을은 "풀리지 않는 기호"나 "기호의 등가물이 되는 것들"을 좋아한다.

---

3) 정여울은 해설(「흔적 없는 존재, 쾌락 없는 소통」, 『을』)에서 사회가 이루어질 수 있는 최소한의 숫자가 3이며, 인물들의 삼각구도가 사회적 관계의 시작을 의미한다고 설명한다. 대체로 온당한 지적이라고 본다. 단 이 글에서는 박솔뫼의 삼각구도를 삼각관계라는 사회적 관계의 차원에서 살피지 않는다.

언어의 우월함을 표현한 것이 아님에 주의하자. 위계의 문제가 아니다. 핵심은 '기호의 등가물'로서의 언어에 있다. 관습적인 의미나 담론, 비의에 관심을 갖는 게 아니다. "같은 발음의 단어"이면서도 위치나 기능에 따라 다른 뜻으로 변환하는 기호의 등가물은 고정적 의미를 담보하고 있지는 않다. 그러나 이는 의미를 가능하게 하는 문법적 형식이다.

가령, 잘 알려진 펀(fun)을 예로 들어보자. "I know that that 'that' that that writer used is wrong."("그 작가가 쓴 저 'that'이 틀렸다는 것을 나는 알고 있다.") 여기서 다섯 번 반복적으로 사용된 that은 어느 위치에 놓이느냐에 따라 각기 다른 의미로 해석되기도 하고 단지 형식적인 기능만을 수행하기도 한다. 지향성이란 위치에 따라 달라지는 저 that과 같다. 즉 인물들의 관계가 그려내는 지향성의 화살표라고 말할 수 있겠다. "가가 가가가?"는 어떤가? 저 표현은 우리말 방언의 특색(이를테면 경상도 방언의 경제성)을 이야기할 때 단골로 불려나오는 예문이다. 표준어로 바꾸면 "그 아이가 가씨 집안의 아이니?"가 된다. 동일한 음절('가')이 대명사, 조사, 술어로 들고 나는 저 농담은 소리가 놓인 위치에 따른 의미의 변화를 잘 보여준다. 이것이 등가물로 기능하는 기호이다. 이 소설의 제목이자 주인공의 이름인 '을'도 그러한 지향성 발생기 가운데 하나이다. '을'은 (1)주인공의 이름이라는 점에서는 고유명사이며 (2)다른 이름에 덧붙을 때에는 목적격 조사이며 (3)'갑을병정……'과 같은 순서로 쓰일 때에는 수사이고 (4)'노을'의 축약이라는 점에서는 보통명사이다. 어느 위치에 놓이느냐에 따라 다른 기능, 다른 의미, 다른 지향성이 발생하는 것이다. 또한 을이 여러 가지 의미로 쓰일 수 있다는 것은 동일한 정체성의 이름으로 기표화할 수 없다는 말을 뜻한다. 박솔뫼의 소설 속 인물들은 어딘가에 고정되지 않는다. 그러니 이러한 언어가 제시하는 현실은 모호하고 중의적인 세계일 수밖에 없을 것이다. 그것은 사태의 모든 확실성을 약화, 해체하는 전략이라 말할 수 있다.

기호의 등가물의 또다른 형태는 수학 도형이다. 그것은 형식적 순수성을 유지한다는 점에서 명증한 아름다움을 띠고 있다. 「차가운 혀」에는 "아름다운 삼각형"을 열망하는 청년이 등장한다. 그는 경제적으로 넉넉하지는 않지만 조화로운 삼각형을 이루며 살기를 열망한다. 그러다 끝내 그는 완성적 관계가 불가능하다는 것을 곧 깨닫는다. 청년, 그의 연인, 그의 보스, 이들 셋은 안정된 삼각구도를 이루고 있는 듯 보이다가 얼마 안 가서 해체되고 만다. 셋은 서로가 보는 것을 볼 수 없을 것이다.("누나는 내가 보는 것을 평생 보지 못할 것이다. 그것은 나 역시 마찬가지이다", 8회) 지향성이란 관계의 한 끝이 다른 한 끝을 향해 쏘는 화살표이기 때문이다. 꼭짓점의 위치가 다르면 지향성도 달라진다. 이로써 화살은 삼각구도의 어느 지점에서 봉쇄되고, 우리는 서로 다른 지향성의 영원한 순환이라는 운명에 처하고 만다. 때문에 "우리 셋은 똑같다."(8회) 단 서로를 알 수 없다는 점에 의해서만.

3. 노래방과 망상: "해라"와 "되다" 사이

『을』에는 노을-민주, 주이-프래니 커플과 그들을 바라보는 인물인 씨안이 등장한다. 인물들이 이루는 각각의 삼각형들은 서로 다른 지향성을 만들어낸다. 첫번째 유형은 긍정적인 지향성이 개입하는 경우이다. 씨안은 긍정적인 기능을 하는 관찰자이다. 씨안의 시선은 민주의 등뒤, 을의 목선까지만 닿는다. 씨안의 시선은 타인의 내면을 파고들거나 전제하지 않는다. 씨안의 시선을 통해 을과 민주는 하나의 안전한 무대 위에 설 수 있다. 씨안의 자리는 을과 민주 커플을 축복하는 자리다. 을이 민주를 사랑하고 민주도 을을 사랑한다고 씨안이 믿고 있다. 긍정적 관찰자인 씨안이 커플을 축복하고 둘과의 거리를 지킨다. 그 보호 속에서 둘의 관계가 유지된다.

두번째 유형은 부정적인 지향성이 개입하는 경우다. 프래니와 주이는 사촌지간이자 동성 커플이다. 프래니-주이, 씨안이 함께했을 때 프래니-주이는 완벽한 관계를 유지했다. 그러나 배치가 바뀌자 상황이 달라진다. 주이와 낯선 여인이 커플의 자리에 서 있다고 프래니가 가정하자, 그는 질투로 가득찬 사랑의 파괴자로 돌변한다(여인을 총으로 쏘아 죽인다). 주이와 여인이 정말 연인 사이인지는 중요하지 않다. 핵심은 프래니가 주이의 마음이 자신을 떠났다고 믿었다는 데 있다. 삼각관계의 불가능성은 셋의 관계가 아니라 둘 사이에 어떤 지향성이 개입하느냐에 달려 있다. 부정적 관찰자의 위치는 (배신했다고 믿음으로써) 행동을 취하도록 의도된 자리다. 부정적 의도가 행동으로 실현되는 순간 관계는 파탄에 이르고 만다.

　이렇게 보면 지향성 발생기계는 로또복권의 숫자를 추첨하는 회전기계와 같다. 룰렛이 돌면서 기계에서는 숫자가 적힌 작은 공이 무작위로 튀어나온다. 거기에는 숫자 대신 축복, 기원, 질투 등의 기호가 적혀 있을 것이다. 이것이 지향성 발생기계다. 지향성이 품은 의미들은 무작위적인 조합이 만들어낸 화살표라는 점에서, (인물들의) 의도의 결과가 아니라 (인물들의) 관계의 조합이다. 트라이앵글의 꼭짓점이 이동하면 조합이 바뀌고, 그리하여 매번 다른 공이 튀어나온다. 지향성은 그 기계의 무작위적인 회전에 붙인 이름이다. 박솔뫼의 인물들은 의도하지 않은 감정에 휘말리기 일쑤이고, 쉽게 오해하며 미칠 듯이 질투심을 느끼고 공허하게 잊어버린다. 그것은 이들이 스스로 감정을 만들어내는 정념의 주체가 아니라는 것을 보여준다. 이들에게는 자신의 감정조차 책임질 권리가 없다. 감정마저 지향성 발생기계의 (의도하지 않은) 결과물인 셈이다. 박솔뫼의 소설은 구조적으로 반복되고 내용적으로 연결된다. 인물들의 이름이 반복되거나 모티프가 반복된다. 인생에는 연습장이 없지만, 박솔뫼의 인물들은 썼다 구겨버리고 다시 쓰는 종잇장 속에 적힌 이름들과 같다. 저기 저 트라이앵글이 생산하는 기호의 유희, 지향성 발생기계의 회로에서.

　만일 이 기계의 회전을 중지시킨다면 어떻게 될까? 하나의 지향성만이 남아서 강박적으로 증폭될 것이다.「그때 내가 뭐라고 했냐면,」을 살펴보자. 여고생 주미는 친구와 노래를 부르러 왔다가 노래방 주인에게 감금당한다. 노래를 열심히 부르지 않았다는 죄목이다. "나는 열심히 하지 않는 사람이 싫다!"(4회) 그의 어이없는 강요는 '노래방은 노래를 부르는 곳이다'라는 표면적 정의를 지향성으로 환치했을 때 생겨나는 도착적 결과다. 노래방 주인은 소녀에게 열심히 노래할 것을 강요한다. 오로지 자신의 의도만을 관철하려 드는 것이다.「안 해」는「그때 내가 뭐라고 했냐면,」의 확장판이다. 이번에는 여고생 주미가 노래방에 감금된다. 이미 한 남학생이 그곳에서 노래방 남자가 시키는 노래를 부르고 있었다. 남학생은 남자의 기괴한 노래 철학을 들어야 한다는 것이 퍽 괴롭다. 가령,

"서편제 안 봤어?"
"서편제요?"
"어. 서편제."
"서편제에서는 약을 먹이는데요."
"아니야. 서편제에서도 그러는데. 그렇게 노래시키는데. 약도 먹이고 여자애는 팔을 묶고 오빠는 발을 묶고 서로 도와주라 그러는데. 그래서 손발을 묶은 끈이 풀어지면 쉬어라 그러는데. 그런 시간을 견디면 자기 소리를 찾는 거야. 그걸 보여주는 거야. 임권택 감독은."(679쪽)

이 대화를 관통하는 도착의 논리는 이렇다. 서편제에서의 고통은 진정한 소리를 얻기 위해 치러야 할 내적 단련의 하나였다. 거기서 작동하는 논리는 '그럼에도 불구하고'이다. 고통에도 불구하고 우리는 진정한 소리에 이르러야 한다. 그러나 진정한 소리를 얻으려고 노래방에 들르는 이는 없을 것이다. 노래방은 그저 즐기러 오는 곳이다. 따라서 노래방에서는 즐거움(고통의 회피다)을 얻는 것이 목적이며, 여기에 작동하는 논리는

'그렇다면'이다. 노래를 부르는 데 고통이 수반된다면, 그런 노래를 부르지 않는 게 좋다. 그런데 이상한 권력의 집행자인 노래방 주인은 지향성을 강요함으로써, 지향성 발생기계의 기호생산 능력을 중지시키고 단일한 기호("노래해!")만을 생산한다.

이것은 당위가 과잉된 방식으로 생산되는 엄숙주의 사회, 파멸할 때까지 재생의 회로를 멈추지 않는 자본주의 사회를 겨냥한 알레고리일 수도 있다. 우리는 노래를 열심히 부르지 않는 게 도대체 무슨 문제가 되는 건지를 의심할 수 있다. 노래방 주인은 왜 그래서는 안 되는 곳에서 '열심히'를 강요하는가. 우리는 거짓을 말함으로써 진실에 가까워진다. '열심히 살아야 한다'라는 당위가 그런 거짓의 하나이다. 이 말을 실천하기 위해서 우리는 얼마나 많은 대가를 지불하는가. '얼마나 더' 땀과 노력이 지불되어야, 우리는 당위와 나의 '의도' '의지'라 말할 만한 자유를 일치시킬 수 있는가. 당위가 삶의 자세에 수반된다면? 그리하여 자세가 목적이 되어버린다면? 그것은 가죽만 남을 때까지 우리를 수탈할 것이다.

지향성 기계의 회전이 멈추어 단일한 기호만을 생산하는 공간이 노래방이라면, 기계의 작동이 멈추어 어떤 지향성도 생산하지 못하는 공간이 망상의 공간이다. 전자가 초자아의 명령이라면 후자는 그 명령의 실행이다. 망상이란 의도와 표면이 뒤섞여서 종국에는 둘 사이에 어떤 간극도 남지 않은 상태를 말한다. 「안나의 테이블」은 '나'와 안나가 영화관에서 겪은 이상한 일들을 전한다. 둘은, '머리핀이 되려고 하는 나비'와 '테이블이 되려는 곰'을 만나는 신기한 체험을 한다. 안나는 집으로 돌아와 "거미 자세"를 취하더니 테이블이 된 곰처럼 자신이 테이블이 되어버렸다고 말한다. 그 순간부터 안나는 말도 없이 꿈쩍도 하지 않다가, 정말로 테이블이 되어버린다. 안나가 취한 자세는 '테이블'의 모양을 흉내낸 것이다. 이것은 은유일 것인데 이상하게도 안나는 실제로 테이블로 변해버렸다. 상상과 실재가 만나는 세계이자 은유가 현실로 치환되는 세계가 바로 망상의 세계다. "테이블이 되려고 하는 것은 곰"인데, 안나는 곰의 지향성을 자신의 것으로 여긴다. 망상 안에서는 둘의 구별이 생기지 않는다. 관계의 양끝이 생기지 않았기 때문에 지향성도 발생하지 않는다. 있는 것은 상상이 곧 현실인 뒤죽박죽의 단편들뿐이다.

4. 메타언어는 없다

라캉은 충만한 말(full speech)과 텅 빈 말(empty speech)을 대조하면서 완전한 '의도'를 전달하는 충만한 말은 존재하지 않는다고 설명한다. 충만함이란 시간이 지난 후에 가역적으로 의미 발생을 유도한 상징화의 결과일 뿐이다. 해석 욕망이 의미를 부여한다. 언어의 의미작용의 온전함을 가장하는 것이야말로 상상적인 가정이다. 박솔뫼는 의도의 왜곡이나 오해의 가능성이 만들어내는 지향성의 몇 가지 조합을 보여주었다. 여기서 흥미로운 것은 박솔뫼에게 메타언어가 없다는 데 있다. 언어에 지향성은 있으나 지향성의 지향성은 없는 법이다. 다시 말해 지향성을 표현하는 기호화된 언어는 있으나, 그 언어를 지향성으로 바꾸는 메타언어는 없다. 언어를 목숨처럼 다루는 소설가라도 예외는 아니다.

「해만」과 「무얼 부르지」를 보자. 둘을 함께 읽는 데에는 그 나름의 이유가 있다. 「해만」은 해만에서 여름을 보내고 돌아온 '나'의 여행담이다. 나는 해만에 다녀온 후, 해만에 대해서 이야기해달라는 요청을 받지만, 대답할 말을 떠올리지 못한다. 해만에서의 기억은 불투명함만을 남길 뿐이다. 그러다가 "결국 텅 비어버린 자신이 강렬해질 뿐"(304쪽)임을 깨닫는다. "텅 비어버린 자신"이란 지향성을 잃어버린 빈 기표로서의 주체를 말한다. 여기에 언어가 서려든다고 해도, 그 언어가 의미 있는 무엇이 되기는 어려울 터. 의도는 왜곡되는 것만이 아니다. 의도의 원인 자체가 소멸할 수도 있다. 의도가 구현하는 지향성이 소멸한다면 그후에 남는 것은 무엇일까? 어쩌면 그 질문(이 질문이 바로 메타언어이다) 자체가 사라질 수도 있다. 지향성의 지향성을 목표로 하는 언어, 의도 너머의 의도를 재문맥화하는 언어인 메타언어는 없다.

「해만」이 지도에 없는 허구의 지명을 통해서 '텅 빈 말'을 체험하게 했다면, 「그럼 무얼 부르지」는 '광주'라는 역사적인 사건이 텅 빈 기표로 전환되는 순간을 보여주는 작품이다. 광주 출신의 삼십대 여성인 '나'는 외국 여행중에 만났던 교포 친구를 3년 후 광주에서 다시 만나게 된다. '나'는 30년 전 광주의 참혹을 다룬 시편을 읽으면서, 그것이 "60년대 남미의 이야기처럼 보였고 아일랜드의 피의 일요일을 노래한 것처럼"(208쪽) 느껴진다. 이것은 불편한 질문을 야기한다. '광주'가 보편적인 학살의 상징으로 이야기될 수 있을까? 광주가 완전히 기표화될 때 그것은 참으로 끔찍한 무엇을 숨기고 있는 대문자 기표가 된다. 즉, 광주는 어떤 의미에서든 실재를 숨기고 있으므로 온전한 메타언어가 될 수 없다.

해만이라는 상상적 고유명사와 광주라는 실제 지명 사이, 그 가벼움과 무거움의 대비는 대립적이지 않다. 둘 다 '충만한 말'이라는 환상을 가로질러, 메타언어의 상실에 이르렀기 때문이다. 언어는 단순히 받아들이는 사람의 경험이나 정보 혹은 의향에 따라 다른 무게를 갖는 것만은 아니다. 중요함과 가벼움은 왜곡되고 착종되어 있다. 그러한 불가피함은 언어 자체의 타자성을 보여주는 대목이다. 그런데 그 환상을 가로지르면서 우리는 무언가 경험한 것 같다. 언어는 언어 이상의 무언가가 남아있다는 알 수 없는 느낌을 전달하면서 허공으로 사라진다. 룰렛이 내놓은 조합은 곧 해체되기 위한 의미들을 보여주는 것이며 이 장치는 무한히 반복할 것 같다.

5. 삼각형이 있다

박솔뫼의 세계는 기호의 등가물로 이루어진 세계다. 여기서 의미는 삼각형의 세 꼭짓점 사이의 방향성에서 생겨난다. 이 세계는 도대체가 분명한 것을 보여주는 세계가 아니다. 이 세계는 의미로 움켜잡을 수 없이 손가락 사이로 무심하게 빠져나가는 공기와 같다. 지향성은 이렇게 '빠져나가는 것'들의 벡터(vector)를 보여주는 무형의 구조다.[4] 박솔뫼는 이 벡터를 분명히 함으로써 인간과 사회를 다층적으로 탐색하는 작가이다. 물론 이 지향성은 방향만을 지시할 뿐이다. 중요한 것은 이 우주가 '삼각형이 있다'를 제1원칙으로 삼는 세계라는 사실이다. 이 삼각형은 의도를 중층적으로 왜곡하는 언어라는 주물이다. 박솔뫼의 '백치형' 인물들은 속물적인 계산이나 세련된 비유에 약하지만, 윤리적 무지라 부를 만한 거리감각을 지니고 있다. 언어를 거대한 기호로 받아들이는 인물들이라는 점에서 그러하다. 하지만 바로 이 점에서 박솔뫼의 인물들은 언어의 지향성을 자기 자신의 지향성으로 바꾼다. 또한 사회적 관계를 자신의 성격으로 정립하면서 나아가 빠져나가는 것을 자신의 소멸로 실천한다.

박솔뫼의 이 룰렛 기계는 시니피앙을 무작위로 조합하여 이야기를 만들어낸다. 이 이야기의 건너편에 다른 꼭짓점을 차지하고 있는 기호화된 누군가가 있다. 누구지? 잘 알 수 없다. "고개를 돌린 쪽의 옆자리는 비어 있었다."(「무얼 부르지」, 207쪽) 누구의 부름이었을까. 어쨌든 여기에는 룰렛을 돌리는 손길이 필요하다. 박솔뫼의 소설에 진입하기 위해서는 판돈을 걸고 장치를 작동시킬 제3자의 손길이 필요하다. 승률을 알 수 없는 이 게임에 재산을 판돈으로 거는 자. 어디까지가 당신의 의도에 포함된 것인지 되묻고 싶을 지도 모르겠다. 하나 분명한 것은 없다. 손잡이를 돌리시라. 이제 시작이다.

---

4) 비평의 '움켜쥐기'와 텍스트의 '빠져나가기'에 대해서는 1부의 「빠져나가는 것」을 참조.

표면(surface)으로, 혹은 심연(abyss)으로
— 이홍과 정이현의 소설

1. 자본이라는 신비

자본주의는 해명되지 않는 신비를 가진다. 무엇보다도 모순 덩어리임에도 불구하고 무너지지 않는다는 점, 오히려 내적인 극렬한 모순이 유지, 발전의 동력이라는 점이 그렇다. 자본주의는 끊임없이 이동하는 미로와도 같다. 미로의 지도를 갖고 있는 자라도 그곳에서는 길을 잃을 수밖에 없을 것이다. 끊임없는 폐색, 수선, 개량, 임시변통으로 그곳의 내부가 변화하고 있기 때문이다. 자본주의는 내면과 외면이 일치하지 않는다는 점에서도 신비하다. 우리는 화폐로 유비되는 자본의 요소가 표면에서 순환하는 것을 목도한다. 그러나 정작 그 순환을 가능하게 하는 내부의 동력(모순)이 그것과 어떤 방식으로 맺어지는지는 알지 못한다. 그래서 자본주의에 대한 탐색은 불가피하게 두 가지 방식으로 수행될 수밖에 없다. 다시 말하면 표면의 자본주의에 대한 탐색과 이면의 자본주의에 대한 탐색. 어느 쪽이든 신비주의의 일종으로 출현한다. 여기서 살펴볼 이홍과 정이현의 소설이 그렇다.

2. 표면의 신비주의

카운트다운이 시작되었다. 이홍의 『성탄피크닉』(민음사, 2009)은 CCTV카메라에 찍힌 하룻밤 사이의 기록이다. 성탄 이브의 저녁 시간, 카메라는 "불빛 없는 608호의 창"을 비추고 있다. "나는 이 시간을 관찰한다"고 말함으로써 카메라가 조망하는 거대한 무대에 조명이 켜진다. 이홍은 산뜻하고 발랄한 문체로 독자를 매혹시키는 작가다. 이 작가는 왜곡된 현실을 바로잡아보겠다는 신념으로 띠를 두르고 나선 운동가형 작가도 아니고 세간에 알려지지 않은 사건의 진상을 캐고자 하는 기자형 작가도 아니다. 이홍은 강남 한복판에 고정된 카메라를 세워놓고 "밤의 아파트"가 도시의 환등상 아래서 "거대한 트리"로 변하는 순간을 보여줄 예정이다. 알람이 울리면 일제히 해피 뉴 이어를 외치기만 하면 된다.

카메라에 녹화된 내용을 소설화한다는 점에서 이 소설은 일종의 환등상이다. 소설의 배경이 되는 강남, 압구정, 로데오 거리, 갤러리아 백화점 역시 고유명사(지명)라기 보다는 자본주의의 환유이다. 분명한 것은 누구도 이 환영으로부터 자유롭지 못하다는 점이다. 풍경은 보는 것이면서 동시에 보이는 것이다. 방마다 불을 밝힐 사람들 뿐 아니라 그것을 조망하는 외부의 시선이 있어야 "거대한 트리"의 삼각구도가 완성될 수 있다. 도시의 환등상을 떠받드는 것은 그런 욕망이면서 욕망의 시선이기도 하다. 욕망이 심연의 것이라면 시선은 표면의 것이다. 이홍의 소설은 욕망의 시선으로(이 시선이 외관, 곧 욕망이 상연되는 스크린을 만든다), 욕망 자체를 생성해낸다(스크린에 상연되는 것은 물론 욕망의 드라마이다).

소설의 주인공들은 세 명의 아이들이다. 로또가 당첨되는 천운을 안고 강남에 입성한 졸부의 아이들이다. 일확천금이 주어지자 부모들은 제 갈 길을 떠났고 아이들만 아파트에 남겨졌다. 첫째 은영은 동생들을 책임져야 하는 가장이다. 자신의 욕망을 포기한 은영의 처지는 거세당한 강아지에 유비된다. 명품 중독증에서 빠져나오지 못하고 있으며 공갈 협박을 일삼는 둘째 은비는 뻔뻔한 기식자이다. 가족에게까지도 관심을 거둔 히키코모리 막내 은재는 개인주의의 극단을 보여주는 인물이다. 소설 속에서 이들은 사고 싶은 것은 많지만 가질 수 있는 (경제적) 능력은 없다는 점에서 생래적인 절망을 품은 세대로 여겨진다.

아이들의 처지는 옆집 여인이 버리고 떠난 갓난아이의 위태로움과 겹쳐진다. 버려진 자들의 불안과 두려움을 감안할 때 아이들이 필사적으로 지키려고 하는 열정은 부당한 대우과 차별 속에 속박된 사회로부터 자신을 지키기 위한 자기보존본능이라고 말할 수도 있을 것이다. 아이들이 저지른 우발적인 살인행위는 화폐와 불평등으로 구조화된 자본주의 사회의 단면을 되비춘다고 이해할 수도 있다. 사건은 이미 벌어졌고 수습하는 일만 남았다. 시체를 운반하는 세 명의 아이들은 세 가지 경로를 보여주는 롤플레잉 게임을 연상시킨다. 이제 아이들이 시체를 무사히 던전(dungeon, 롤플레잉 게임에 나오는 성내 지하 감옥)으로 옮겨갈 수 있는가에 관심이 집중될 수밖에 없겠다.

아파트 입구에 설치된 무인카메라는 주거민들을 따라다니면서 그들의 속사정을 담는 데 쓰이지 않는다. 그것은 관리 시스템을 대표하는 감시자의 눈이자 치안을 책임지는 보호자의 눈이다. 소설은 카메라를 매개로 서술된다. 건조하고 무심한 기술은 작가의 방법론이 아니라 카메라의 방법론이다. 그를 통해 주인공들과의 접촉을 최소화하는 서술상의 거리화가 가능해진다. 작가는 인물들과 카메라가 어느 정도 거리를 유지하고 있다는 것을 보여주는 표지로 녹화가 완료된 시점(날짜, 시간)을 자막처럼 삽입한다. 흥미로운 것은 녹화가 완료된 시점 이후에 서술된 문장들이 카메라의 가시(가청)영역을 한계 짓는다는 점이다. 오프 더 레코드 지점에 배치된 문장은 인물의 행동이나 표정을 주시하는 것일 뿐 판 자체를 바꿀 만한 것들이 아니다. 이 지점에서는 인물들의 말소리도, 서술자의 내레이션도 들을 수 없다.

아이를 버리고 떠나는 무정한 엄마의 모티프는 「50번 도로의 룸미러」(『문학과사회』 2008년 겨울호)에서도 등장한 바 있다. 이홍의 소설을 '상류층도 나름의 고통은 있다'는 식으로 한정해서 읽는 것은 지나치게 소박한 이해에 지나지 않는다. 문제는 국지화된 고통의 차원이 아니다. 소설이 감추(면서 드러내)는 고통의 발생지점은 강남/강북이라는 경제지표의 비교 구도 안에서 평가될 수 있는 문제가 아니다. 『성탄피크닉』에서 옆집에 사는 인주가 보여주듯이 '베이비 인터폰'을 통해 아기를 지켜볼 수 있다는 것과 아이를 위험으로부터 지켜줄 수 있다는 것은 완전하게 다른 문제이다. 아이를 지켜보는 인주의 시선은 세 남매를 지켜보는 카메라의 구도를 통해 다시 반복된다. 이홍의 소설에서 욕망의 동력학보다, 욕망의 위상학이 문제시되는 것도 이 때문이다. 세 남매는 거대한 구조물 안에 갇힌 것처럼 고정적인 동선 안에서 움직인다. 소설은 한정적인 시선을 통해 이들의 일상이 분절될 뿐 아니라 시선의 권력 안에 표구되어 있음을 강조한다. 조율하는 시선의 작용이 충격적인 장면이나 극단적인 순간들을 일상적이고 평균적인 수위로 조정하고 균일화하는 데 기여한다는 점에 주목할 필요가 있다.

그러면 카메라는 무엇을 지켜보고 있는가? 누구를 기다리고 있는가? 사건의 현장으로 가보자. 세 남매는 가족을 위협하는 외부적인 존재인 최원장과 피 튀기는 몸싸움을 하고 있다. 카메라는 세 남매가 번갈아가면서 최원장과 대치하는 장면을 통해 차츰 그가 시체로 변하는 과정을 중계한다. 소설 속에는 외부인의 사지를 자르는 장면이나 토막난 시체를 가방에 옮겨담는 구체적인 장면은 그려지지 않는다. 일련의 절차는 "남자의 몸은 한 가방에 다 들어가지 않았다."(179쪽)는 문장으로 대체된다. 최원장은 세 남매의 열정을 무력화하는 외부 세력이자 이들이 절대 가질 수 없는 부의 구현자이다. 이 모든 일이 소비에 중독된 은비의 철없는 행동에서 비롯된 사태라고 말할 수는 없다. 파렴치한 자본가(최원장)의 표상은 힘없는 아이들에게 경제적 굴종을 강요하는 자본주의 사회의 라이프스타일을 압축적으로 보여준다. 그런데 결국 그가 시체로 변한다.

이 주검은 자본의 내면을 끝내 은닉한다는 점에서 의미를 찾지 못한 채 떠도는 기표이자, 이들의 일상에 폭력적으로 출현한다는 점에서 영혼 없는 생명이다. 사라진 남자의 뒷모습은 판독할 수 없는 외부인의 형상을 하고 있을 뿐이다. 도시에 시체를 유기할 만한 장소가 없다는 것은 그 시스템 안에서는 그것을 맥락에 맞게 판독할 수 없다는 말이기도 하다. 세 남매가 짊어진 가방은 이들에게 할당된 죄의식이다. 이들이 손에 가방을 들고 고향을 향한다는 설정은 일종의 구조적 회귀이다. 회귀는 구조의 안쪽이 아니라 구조의 가장자리에서 일어난다. 이는 판독 가능한 것/판독 불가능한 것 사이를 경계 짓는 일이기도 하고 판독의 영역 자체를 구조화하는 일이기도 하다.

CCTV의 어느 구역을 돌려 보아도 유혈이 낭자하고 사지가 찢기는 살벌한 장면은 찾아볼 수 없다. 소설은 "그들은 평소보다 조금 더 커다란 가방을 들고 나갔을 뿐이다"라는 문장으로 끝을 맺는다. 이로써 사건이 반복되는 일상적 풍경의 일부로 축소된다. 이것은 카메라의 가시영역 바깥인 사각지대에서 범죄가 일어난다는 예외성을 강조하여 아이러니를 불러일으키기 위한 것이 아니다. 오히려 그 역이다. CCTV의 스펙터클은 살인, 폭행 등의 잔인무도한 사건을 폭로하는 장치가 아니다. 그것이 제공하는 것은 일상적인 프레임 속에서 금지된 사건을 공공연히 은폐할 수 있도록 조정하는 '정상성의 스펙터클'이다. 카메라는 아주 조금 이상한 '부분'들을 잠시 보여주었다. 그러나 그것은 기이한 사태나 경악할 만한 사건은 아니다. 차 안에서 나는 야릇한 냄새처럼 징후에 불과하다. 조금의 차이는 거대한 비밀을 해프닝으로 봉합하는 유용한 마개이다.

사건은 '발생'했지만 '출현'하지 않는다. 그것은 바디우 식의 진리사건이 아니다. 이 소설에서의 사건은 심연에 공백의 자리를 냄으로써 새로운 의미를 출현시키지 않는다. 반대로 그것은 탄산이 든 음료처럼 내부에서 발생해서는 표면으로 올라와 터지는 무수한 기포들이다. 거품으로 표면들의 배치가 변하지만 우리는 심연을 알아볼 수 없다. 하지만 자본주의라는 거대한 구조의 작동방식 자체가 그런 것이라면 어찌할 것인가? 이익만을 다투는 사람들의 이해관계는 구조를 공고하게 만들고 보수화한다. 여기서 아이들의 가출은 도시를 위협하는 범죄행위가 아니라 시스템을 유지하게 하는 조건(시체의 유출)이 되는 역설적인 전도가 일어난다. 더 많이 소유하고 기왕에 소유한 것들을 유지하고자 하는 사람들의 욕망은 이들의 퇴출을 담보로 성취될 수 있다. 이들이 가방을 싸들고 문밖으로 나갈 때 외부 존재를 퇴출시킨 시스템의 안전문이 닫힌다. 세 남매에게 가족 내부의 안전을 위해서 외부의 존재(최원장)가 제거되어야 하듯이, 자본주의의 외양을 유지하기 위해서 떠돌이들(세 남매)은 배제되어야 한다. 이홍은 카메라로 표면을 따라감으로써, 공포스러운 살육의 밤이 "지루하다 싶을 만큼 평온한 밤"의 풍경으로 뒤바뀌는 순간 자체를 소설화하였다. 이로써 세속도시의 화려한 축제에 어울릴 법한 스펙터클이 완성된다.

능선 너머로는 그들이 살고 있는 동네가 한눈에 내려다보였다. 밤이면 동네는 총총한 불빛으로 휘감겨 있었다. 그것은 아주 커다란 크리스마스트리처럼 아름답고 황홀했다. 은재는 아빠가 그 멋진 장관을 보여주기 위해서 부른 것이라고 생각했다.(162쪽)

'아름다운' 집은 가족이 함께 살기 위한(to live) 보금자리가 아니라 내다팔기 위한(to buy) 상품이다. 도시가 재개발되기 위해서는 낡은 집들을 헐려야 하고, 이익의 극대화를 위해서는 구조조정을 해야 한다. 여기에 낭만적 회고나 감정적 태도는 절대 금물이다. 여기서 보이지 않는 이들,

고려되지 않는 요소는 개인들뿐이다. 이홍이 말한 대로 거대한 물고기 비늘처럼 반짝거리는 백화점의 외관과 그 외관이 뿜는 빛은 간신히 스스로 빛을 내기 시작한 젊음을 소멸시키기에 충분한다. 강남은, 젊음을 저당 잡히고 몸을 상품화하여 고가에 팔려가길 원하는 젊은이들을 관리하는 거대한 어장이다. 이것이 강남으로 압축된 도시지형학이다.

이홍은 첫번째 장편 『걸프렌즈』(민음사, 2007)에서 시선의 전환을 보여준 바 있다. 그것을 내적 전환이라고 말한다면, 『성탄피크닉』에서 보여주는 것은 구조의 안쪽에서 바깥을 향하는 시선의 외적 전환을 보여준다고 말할 수 있다. 누군가는 여전히 자본의 외관(유명 명품브랜드와 랜드마크)들만을 전시하고 있다고 불만을 표시할지도 모르겠다. 그러나 자본의 위상학은 표면에서만 드러난다. 이홍의 소설은 표면으로, 표면으로 나가는 중이다.

3. 심연의 신비주의

이홍의 소설 속 아이들이 의미를 찾지 못한 기표를 떠안고 고향으로 돌아가는 중이라면 정이현의 소설 속 주인공들은 아이라는 기표를 잃어버린 채 집으로 돌아온다. 자본주의 시장에서는 소비주체라는 이름으로 유통되는 주체 없는 주체가 환영으로 존재한다. 이홍의 인물들은 정확히 여기 속한다. 구조를 떠도는 아이들의 유령. 아이들이 가해자이면서 동시에 희생자이기도 하다는 점에서 세계는 온통 악의로 둘러싸여 있다. 그럼에도 불구하고 아이들이 모험을 그만두지 않는 이유는 숫자들의 조합이 보여준 짜릿한 마술을 잊을 수 없기 때문이다. 그에 비해 정이현의 『너는 모른다』(문학동네, 2009)에 등장하는 인물들에게는 반전 드라마가 없다. 그 게임의 승패에 아이의 목숨이 걸려 있기 때문이다.

『너는 모른다』는 2008년 2월 아이의 실종사건에서 출발하여 한 남자의 사체가 발견된 5월까지의 수사 과정을 담고 있다. 잃어버린 아이의 행방이나 죽은 남자의 신원을 명확하게 밝히지 못한 채 수사는 매듭지어진다. 소설 속에서 아이를 잃어버린 사건은 개인적인 고통의 차원을 넘어선다. 아이라는 가치의 결손이 생명과 죽음이 맞물려 있는 실존적인 질문으로 확장되기 때문이다. 그런데 이 질문에 대한 해답 역시 감추어져 있다. "누가 뭐라 해도 결단코 바뀌지 않는 것을 진실이라고 부를까? 알 수 없었다." (163쪽) 세상은 알 수 없는 것투성이이다. 세계에 대한, 그리고 타인에 대한 질문 가운데 어느 것도 명확하게 풀리지 않은 채 소설은 끝난다. 알 수 없는 암흑의 심연 속으로 들어가기 위해 이 소설은 씌었는지도 모르겠다. "문득 내가 이들을 영원토록 알 수 없으리라는 예감이 든다."(486쪽)

화교인 옥영과 중국을 오가는 사업가인 상호는 유지라는 딸을 둔 부부이다. 유지가 사라진 사건이 일어나기 전까지 이 집은 소음이 없는 평화로운 우주처럼 보였다. 실종이냐 유괴냐, 사건의 실마리를 풀어나가는 탐문의 과정은 유지의 이복형제인 은성과 혜성을 포함한 네 명의 식구들의 비밀을 폭로하는 과정과 맞물린다. 단 한 번도 서로를 진짜 가족이라고 생각해본 적 없는 구성원들은 아이가 사라진 사건을 매개로 한자리에 모이게 된다. 정이현은 가족의 내면을 다루면서도 구성원의 개별적인 삶의 개체성에 주목한다. 가족들이 가지고 있는 사적인 비밀은 아이를 잃어버렸다는 죄책감을 떠안기 위한 변명이 아니다. 오히려 이들 자신조차 모르고 있었던 깊은 심연과 만난다. 그것은 인정하고 싶지 않은 자신의 상처와 관련된 것일 테고 외상과 무관하지 않을 것이다. 때문에 이들이 자신의 비밀을 고백하는 장면은 불륜 코드나 복고적인 가족담론과는 구별될 필요가 있다.

옥영이 "균형 잡힌" 것으로 느꼈던 상태들은 실은 위태로운 삶의 기울기를 감추고 있었다는 점이 뒤늦게 드러난다. 옥영에게 안정적인 일상으로 보였던 장면이 유지에게는 엄마의 불안을 발견한 장면이 될 수 있다. "엄마는 어디로 돌아가고 싶은 걸까."(78쪽) 아이의 질문은 단지 엄마의 이질적인 국적(화교)의 문제만을 겨냥한 것은 아닐 것이다. 어쩌면 이 가족의 파국은 어느 날 갑자기 찾아온 재난이 아니라 조금씩 넓어진 분열이 아니었을까? 삶은 인간의 의지와 계획을 보기 좋게 무효화하는 사건들의 연속이다.

아이의 이름과 함께 불려나온, 남겨진 가족들은 각자 자신의 심연과 마주하게 된다. 옥영은 혼전 임신을 하고 상호와 결혼하였다. 아이(생명)는 옥영의 소망과는 다른 또다른 삶의 근거가 되었다. 상호는 "때마침 등장한" 뱃속의 아이 덕분에 옥영과 결혼했다. "김상호의 인생에 기습적으로 도착했던 그 생명. 유지."(227쪽) 상호에게 유지는 신이 내린 선물이다. 은성에게도 아이(생명)는 자신의 삶의 의미를 보충하는 가치이다. "어떤 생명이 전적으로 또다른 생명을 위하여 태어나기도 한다는 사실에 그녀는 커다란 충격을 받았다. 나를 위해, 나를 고독하지 않도록 할 사명을 띠고 이 땅에 태어난 아기! 그것이 동생 혜성이었다."(32쪽) 이 말은 은성에게 일종의 주술처럼 작용한다. 은성은 늘 일을 저지르는 쪽이고 수습하는 쪽은 혜성이다. 이들의 부채의식과 피해의식은 우리가 일상적으로 만나는 가족들이 품고 있는 무의식인지도 모른다.

혜성은 아버지의 집에서 살고 있긴 하지만 아버지의 무관심에 끊임없이 절망한다. "아버지는 단호하게 선을 그은 것이었다. 이 집에서 일어나는 어떤 문제도 엄밀하게 따져 너의 일이 아니므로 더이상 개입하지 말라고 선언한 것이었다. 자신을 금 밖으로 밀어낸 것이었다. 잔인하다."(96쪽) 가족이라는 테두리 안에 보이지 않는 또다른 테두리가 존재한다는 말이다. 혜성은 감정을 표출하거나 아버지에게 대항하지 않는다. 혜성의 인내어린 시선이 가족 내부에 균형을 유지하게 한다면, 밍의 존재는 가족 외부에서 균형을 잡는다. 옥연과 내연의 관계인 밍은 "생래적인" 개인주의자이면서도 따뜻한 심성의 소유자이다. 밍은 자신의 아이일지도 모를 유지를 그리워하면서도 자신에게 어떤 자격도 부여하지 않는다.

아이로니컬하게도 스스로 권리를 포기한 자가 책임의 문제를 떠맡는다. "아무것도 선택하지 않음으로써 아무것도 망가뜨리지 않을 수 있다고 믿었다. 덧없는 틀 안에서 인생을 통째로 헌납하지 않을 권리, 익명의 자유를 비밀스레 뽐낼 권리가 제 손에 있는 줄만 알았다. 삶은 고요했다. 그 고요한 내벽에는 몇 개의 구멍들만 착각처럼 남았다. 그는 길게 한숨을 쉬었다 숭숭 뚫린 빈칸을 이제 와서 어떻게 메울 수 있을까. 그것은 더이상 선택의 문제가 아니었다."(199~200쪽) 유지의 소식을 들을 수 있다는 마지막 희망에 목숨을 건 사람은 옥연이나 상호가 아니라 "아무도 모르는" 존재(밍)이다. 유지가 사라지자 그 사건의 배후를 이룰 만한 고백들(외도와 거짓말, 장기밀매라는 숨겨진 직업, 친부를 겨냥한 범죄계획 등)이 쏟아져나온다. 그러나 실종사건은 인물들이 예측할 수 있는 이해관계의 차원으로는 해명되지 않는다. 작가는 밍이 위험을 무릅쓰고 유지의 행방을 알아보기 위해 길을 떠나는 장면에서도 그의 행위가 일말의 성과를 가져오리라고 낙관할 수 없음을 강조하였다. 밍이 떠나고, 얼마 후 유지(로 보이는 아이)가 돌아온다.

정이현은 소설의 서두에 익명의 사체가 떠내려오는 장면을 배치한다. 사체(죽음)는 소설을 읽는 내내 일종의 비밀로 존재한다. 서사가 진행되면서 '한 남자'의 죽음은 "정황적으로" 밍의 죽음과 연결된다. 소설의 마지막 장면에서 밍의 죽음은 확실시되고 나아가 그의 죽음이 아이의 생존을 확신하게 하는 연동적인 관계에 놓여 있음이 암시된다. 밍의 죽음에 확신이 생기는 순간 아이의 생존을 희망할 수 있게 되었다. 이 미묘한 연동 단계는 "밍이 유지를 집으로 돌려보내주었다고 믿는다"고 말하는 혜성을 통해 확증을 얻는다. 그렇다면 밍의 죽음이 유지의 생명과 맞교환된 것인가?

누군가의 죽음을 담보로 누군가의 생명을 유통하는 교환의 논리는 곧바로 밍과 유지의 문제로 환원될 수 없다. 때문에 불가피한 우회가 필요하겠다. 집안의 가장인 상호는 불법 장기매매라는 비윤리적인 행위를 통해 돈을 모은다. 그는 건강한 공여자의 장기(생명)를 돈을 주고 구매해 죽어가는 사람에게 되파는 브로커이다. 정확히 죽음은 생명과 등가적으로 교환되고 있으며 인간의 신체는 화폐의 외관으로 유통된다.

인간의 삶을 지배한 상품논리에 대한 인문학적 비판은 교환가치로 환원되지 않는 인간의 고유한 영역을 강조함으로써 대안을 제시할 수 있다. 그것은 무의미하지는 않지만 무력한 비판이다. 그렇다고 해서 시장 논리 '바깥'에 이상적인 대안이 존재한다고 말하는 것은 오히려 문제의 핵심에서 벗어난다. 교환가치의 거대한 유통 구조를 경유하지 않고서는 오늘날 우리가 직면한 현실문제에 대해서 논의할 수 없기 때문이다. 정이현은 교환 구조를 통해 유통되는 소비자로서의 주체성 즉 소비행위를 통해 구성된 허구적 주체성의 핵심을 짚어온 작가이다. 작가의 태도 속에서 모종의 정치성을 발견할 수 있다면, 그것은 우리가 자본의 교환 구조에서 단 한 순간도 벗어날 수 없다는 진실을 작가의 소설이 드러내기 때문이다.

밍의 죽음과 유지의 생명의 문제로 돌아와보자. 생명과 죽음이 교환된다고 말할 때 그 사이에 가로놓인 심연을 보지 않고 지나칠 위험이 있다. 정이현은 익명의 사체를 해명되지 않은 채로 깊은 심연 속에 남겨두었다. 심연은 획일화 전략의 일환으로 이름을 지우는 익명성이 아니라 사회적, 정치적 맥락으로 포섭할 수 없는 독특성을 보여주는 익명성이다. '아이'라는 기표는 가족의 내부에 있었으며 내부에 있어야 할 존재이다. 그렇다면 잃어버린 아이는 가족의 내부에서 외부로 뜯겨져나간 살점이라 부를 수 있다. 프롤로그를 통해서 작가는 가족의 품으로 돌아온 아이가 잃어버린 유지가 아닐지도 모른다는 여지를 남겨둔다. 추론과 논증이 불가능한 암흑의 영역, 기다림을 요구하는 어둠의 공간, 그것을 작가는 "암흑의 빈 칸"이라 부른다.

정이현은 소설을 통해 자본주의의 유통방식을 간파해내고 그 안에서 경험하는 다양한 사건들을 감각적 비율로 묘파하는 작가이다. 첫번째 장편소설(『달콤한 나의 도시』)이 세태와 외양의 차원에서 서술된 경우라면 두번째 장편소설은 깊이와 심연의 차원에서 구성된 경우이다. 생명이라는 신비한 중핵을 중심으로 돌아가는 회전문을 통과하면서 작가 역시 방향 전환의 기회를 얻은 셈이다. 그 전환은 "권리 없는 자"의 자리에서 "울타리 너머에 세계에 주의를 기울"(55쪽)이겠다는 의지로 읽을 수 있다. 이름 붙일 수 없는 자(시체)가 중심이 되어 유지되는 불안한 우주, 그것은 해명되지 않은 깊이의 소여이다.

4. 두 개의 신비주의

이홍이 따라간 표면효과는 경계 긋기의 테크닉을 보여준다. 세 명의 아이들이 하남으로 되돌아간다는 설정은 졸부의 불가능성을 강조한다. 졸부를 퇴출하는 것은 자본이 구성원을 다루는 테크닉을 압축한다. 시체를 보여주는 것보다 확실한 경고장은 없을 것이다. 떠나는 이들 역시 근거가 있다. 가족의 논리에 포섭되지 않는 잉여(시체)를 배제해야 한다는 필연성이 그것이다. 그로써 가족의 경계를 긋게 되는 효과를 얻는다. 졸부를 강남에서 축출해야 하는 이유와 시체를 버리기 위해 강남을 떠나야 하는 근거가 동시에 마련되었다. 그런 점에서 이들의 돌아옴은 구조적인 회귀이다. 이러한 회귀를 통해 표면을 구현할 수 있게 되었다. 표면으로만 나타난 자들은 표면으로밖에 드러나지 않는다.

물론 이들도 계급적 상승을 꿈꾸는 기적 같은 사건을 우연히 경험하기도 했다. 여기 우연이라는 말 안에는 불확정성의 지점, 아무도 모르는 비밀이 숨어 있다. 그것은 운명의 결정론이나 확률의 실증론으로 환원할 수 없는 영역이다. 표면은 단순히 인위적으로 주어진 외관에 불과하지만 불가지의 영역을 포함한다. 로또가 보여주듯, 불가능의 영역을 뚫고 솟아오른 기적은 우연의 선물이 아니라 우연의 폭력이다. 거기에 불확정의 영역이 남아 있다는 의미에서 그것을 '표면의 신비주의'라고 부를 수 있을 것이다. '표면의 신비주의'는 세속사회의 위상학이 어떤 방식으로 구현되는가를 역설적인 방식으로 보여준다.

정이현은 프롤로그('0장')와 에필로그를 맥락상 죽음(시체)과 생명(회복)이라는 대칭적인 주제로 연결한다. 그 사이에 배치된 소설 본문은 "시작의 시작"에서 출발해서 "끝의 시작"으로 끝난다. 그러니 '끝'은 아직 완료되지 않았다. '끝'의 지속은 죽음을 선고할 수도 없고 깨어나기를 기대할 수도 없는 혼란스러운 시간을 만들 것이다. 그 "암흑의 빈칸"을 중심으로 세계가 회전한다. 교환될 수 없는 생명/죽음이 맞닿아 있다는 점에서 심연은 시간의 외상이고 동시에 구조의 중핵이다.

정이현의 소설은 우리를 심연에 맞닥뜨리게 만든다는 점에서 '깊이의 신비주의'라 부를 수 있겠다. 암시장에서도 실제로 교환되는 것은 장기가 아니라 화폐이다. 그러나 생명과 죽음을 등가교환의 항목에 놓을 수 없다. 다르게 말해서 자본주의에서 화폐의 유통은 불가능한 것을 교환하는(교환의 불가능성을 시연하는) 표면효과일 뿐이다. 작가가 서사적 구조를 은폐하면서 노린 효과도 이 점일 것이다. 심연은 끝내 해명되지 않는다. 밍(죽음)과 유지(생명) 사이에 놓인 심연은 무엇으로도 치유될 수 없는 뜯겨진 살점과 판독할 수 없는 표정을 짓고 있는 사체를 상기시킴으로써, 폭력적으로 기획된 교환질서에 구멍을 낸다. 우리가 확인할 수 있는 것은, 재활용되는 인체의 가격이 아니라 해명되지 않는 가치(혹은 그 가치의 부재)이다. '깊이의 신비주의'는 생명(죽음)이 어떻게 자본의 맥락 속에서 현현하는가를 보여주는 성실한 답변이라 말할 수 있다.

여자라는 아토포스(atopos)
― 박범신의 『은교』

1. 여자라는 너머

박범신이 돌아왔다. 실존적 한계를 온몸으로 맞서려는 강한 구도자(『촐라체』)도 아니고 개별적인 삶의 형태를 유린하는 권력에 대항하는 지도(제작)자(『고산자』)도 아니다. 들끓는 열정과 한 몸이 되어 탐욕과 정념에 속수무책으로 무너지는 사랑의 화신(『은교』)으로 돌아왔다. 카르마를 등에 짊어지고 히말라야를 등반하는 자기 수련의 고뇌 대신 모든 생의 에너지를 소진해서라도 욕망과 본능을 따르려는 자의 갈망으로 가득하다. 추레한 욕망과 동물적 본능을 숨기지 않는 인간학이라는 점에서 이 소설은 작가가 1993년 절필을 선언한 이후 인간본성의 탐색에 대한 길로 돌아온 17년 만의 복귀라 할 만하다.

박범신은 『촐라체』(2008), 『고산자』(2009), 『은교』(2010)를 '갈망(渴望)의 3부작'이라 부른다. 맞는 말이다. 『촐라체』에서 전인미답의 '촐라체' 북벽이 주인공들에게 실존적 의미의 절대고독을 맛보게 한다면, 『고산자』에서 세상 너머 '불멸의 세상'은 고산자를 유랑자의 삶으로 운명 짓는다. 『촐라체』의 내적 대결의지나 『고산자』의 외적 저항의지와 비교할 때 『은교』[1]는 보다 본원적인 차원에서 욕망이 분출하는 지점을 조명한다고 말할 수 있다. 그런 점에서 세 편의 작품을 존재론 3부작이라고 부를 수도 있다. 그렇다면 그 갈망은 어디에서 오는가. 존재론의 근원에는 '여자'가 있다. 『졸라체』에서 빙벽에 매달린 두 형제는 고인이 된 어머니의 품에 안기기 위해 사투를 벌인다. 『고산자』의 고산자는 혜련 스님을 평생토록 그리움의 대상으로 가슴에 묻었다. 『은교』에 등장하는 시인과 소설가 역시 사랑하는 여자를 얻기 위해 생의 낭떠러지에서 몸을 던진다. 그러나 소설 속에서 저 '여자'라는 기표는 언제나 그들이 바라볼 수 있는 존재들 너머에 있다. 너머의 이름, 그것이 여자다.

롤랑 바르트는 『사랑의 단상』에서 사랑하는 대상을 '아토포스(atopos)'라고 명명한다. '장소 없음'을 가리키는 이 말은, 사랑에 빠진 사람에게 사랑하는 대상이 예측할 수도 분류할 수도 없는 대상이 된다는 의미이다. 사랑에 빠진 이는 대상의 정체를 헤아릴 수가 없다. 사랑하는 대상은 지시 가능한 어떤 위치에 고정되지 않는다. 즉 사랑하는 대상이 놓인 곳은 해체된 장소이다. 아토포스는 사랑에 빠진 자의 변덕스러운 정념과 독특한 욕망에 기적적으로 부응하는 이미지이다. 그 이미지는 어떠한 상투적인 것에 포함될 수 없다는 의미에서 유일한 진실의 형상을 구현한다.

바르트는 물었다. "나는 상대방 육체의 어느 구석에서 내 진실을 읽어야 할까?" 『은교』의 시인은 소녀의 하얀 '손등'에서 사랑이 담보한 진실을 발견한다("명백한 건 모든 게 그날 네 손등에서 이미 시작되었다는 것", 95쪽). 그것은 오래 전 어린 소년(시인)을 감싸안았던 낯선 누이의 하얀 손등이기도 할 것이다. 누군가는 상투적이라고 말할 수도 있겠다. 하지만 바르트의 말처럼 대부분의 상처는 상투적인 것'에서' (나)온다. 상처와 상투는 유음이의어 같은 것이다. 상투적인 것으로부터 사랑의 독창성을 지

---

1) 이 작품이 인터넷에 연재될 당시 원제는 '살인당나귀'였다. 이 글에서는 『은교』(문학동네, 2010)를 대상으로 분석한다. 본문에서 인용할 때는 쪽수만 밝힌다.

키려면 어떻게 해야 할까. 바르트는 독창성의 진짜 처소는 당신과 나 사이의 관계라고 말한다. 박범신은 『은교』를 통해 욕망의 정치학에서 출발하여 어떤 결론이나 담론이 부재하는 관계를 보여주는 에로스의 예술론으로 이행하는 과정을 보여준다. 어떻게? 흔들리는 것들, 무너지는 장소들, 허물어지는 기둥과 해체되는 언어들을 통해서. 이제 '상투=상처'를 만나러 갈 시간이다. 그것들이 어떤 방식으로 흔들리고 초월되고 철수하는지를 지켜보자.

2. 은교가 없다고 상상해봐

이적요로 알려진 주인공은 사회적으로 성공한 일흔 살 시인이다. 적요(寂寥)라는 필명이 보여주듯이 그는 세속적인 욕망이나 속물적인 이해관계로부터 자발적으로 물러난 인물이다. 현대의 시성(詩聖) 이적요는 신성한 가치를 작품뿐 아니라 삶을 통해서도 성취한 장인으로 칭송받는다. 그런 점에서 이적요와 열일곱 살 한은교와의 내연관계는 시인이 평생 쌓아올린 품격 있는 삶을 전면적으로 부정하는 엄청난 스캔들이다.

『은교』의 주요 서사는 한은교를 향한 이적요의 은밀한 시선의 길과 그 시선이 제자인 서지우의 시선과 충돌하는 길, 이렇게 두 갈래로 진행된다. 이적요를 아버지처럼 모시는 서지우는 서른여섯 살 소설가이다. 서지우는 스승의 소설을 대신 발표해 소설가로 데뷔하여 대중작가로 이름을 알리지만 거기서 비롯된 열등감과 인정 욕망에 시달린다. 이적요와 서지우는 사제관계로 출발하지만 은교라는 소녀가 등장하면서 연적관계로 바뀐다. 이적요가 겪는 내적 정념과 감정적 동요는 롤리타(Lolita) 콤플렉스로 알려진 병리현상처럼 보이기도 하지만 소멸과 죽음을 받아들이지 못하는 노년의 고통과 불안감의 표출로 비춰지기도 한다. 그가 싸우는 대상은 표면적으로는 사랑하는 여자를 탐하는 경쟁자(서지우)이지만, 심층적으로는 시간(죽음)에 맞서는 젊음(미래)이다. 이적요가 전시하는 것은 시간으로부터 소외된 황혼의 몸이다. 그의 몸은 다소 위악적으로 보일 만큼 늙은 나무, 마른 사막, 쓸모없는 폐기물, 나약한 동물에 직유된다. "당신, 지금 썩은 관처럼 보여."(207쪽) 때문에 이적요의 순정은 타인의 말에 쉽게 더럽혀지고 상처받는다.

삶보다 죽음에 가까운 노년을 대표하는 이적요라는 인물은 열일곱 살 소녀의 눈부신 몸을 통해 과거로 회귀한다. 시인은 자신이 은교의 나이였을 때로, 마을 사람들로부터 자신을 구해준 여인을 만나는 순간으로 되돌아간다. 이적요는 평양 외곽 과수원집 아들로 자랐다. 어느 날 완장을 찬 청년들이 몰려와 과수원이 공화국의 것이 됐다고 선언했다. 집 앞을 가로막고 저항하는 소년에게 청년들의 발길과 몽둥이가 날아들었다. "저항할 수도 도망칠 수도 없었"던 소년이 이대로 죽는구나 하고 생각하는 순간 누군가가 그의 몸을 감쌌다. 그것은 이적요가 열 살 소년이었을 때 평양에서 조국통일민주주의전선이 결성되던 해의 일이다. 낯선 누이는 무력한 소년을 무차별적으로 내모는 이데올로기적 현실을 중지시킨 희망의 손을 가졌다. "이런 식의 폭력은 안 돼!"(117쪽) 그 말을 듣는 순간 이적요의 사랑의 본(本)은 누이의 이미지로 표구되었다. 그것은 이적요에게 "나침반이 됐고, 내 평생의 중심 이데올로기"(117쪽)가 된다. 그 기억은 다수의 폭력에 대항해 약한 자의 편에 선 구원자의 힘과 생애 처음 느낀 육감적인 이성(異性)의 몸에 매혹된 경험이다. 누이의 얼굴은 사랑의 원형이자 그에게 다가온 유일한 사건이다. "만약 생애에서 단 한 번 내가 사랑한다, 라고 고백해야 한다면 대상은 그 여자뿐일 것이다."(115쪽)

소설 속에서 이적요, 서지우, 한은교 외의 인물들은 모두 이니셜로만 등장한다(연재 당시에는 이름을 가졌던 인물이 활자화되면서 익명처리된 경우도 있다). 그들은 살아 있는 인물이 아니라 일종의 기호일 것이다. 이적요의 삶에 결정적인 영향을 끼친 기억 속의 누이 역시 고유명사가 아닌 익명('여자 D')으로 표기된다. 그녀는 "혼인반지만큼, 꼭 들어맞는"(119쪽) 대상을 찾기 위한 프레임을 제공하는 절대성의 기호라 할 수 있다. 아름다움, 정의로움, 순결함, 순수함 등의 가치들은 사랑의 원형을 이루는 이 절대성의 기호에서 배태된 관념들이다. 하지만 절대성의 기호는 이정표일 뿐 살아 있는 대상이 되지 못한다. 손가락이 가리키고 있을 뿐 손끝이 닿지 못한 이야기, 그 아슬아슬한 갈망만이 드러나는 이유는 절대성의 기호가 결코 성취할 수 있는 욕망의 대상이 아니라는 점 때문이다. 그것이 손끝에 닿기 위해서는 이름을 가져야 한다. 이를테면, '은교'와 같은.

사랑의 대상을 발견하는 순간을 가리켜, 작가는 잠복해 있던 등롱(燈籠)에 불이 켜졌다고 표현하였다. 이적요가 사랑이라고 부른 것은 초월적인 존재가 내려준 선물이 아니라 깊은 내면에 숨어서 작동(work)하지 않았던 신비이다. 은교의 가슴에 새겨진 '창(槍)'(문신)이 이적요의 오랜 침묵(적요)에 균열을 낸다. "그것이 내 본능의 발화지점이었다. 불꽃이 일었다."(73쪽) 그것은 "목이라도 베이고 싶은, 저돌적인 욕망"(24쪽)을 쏟아내는 "우주의 비밀"이 폭로되는 순간이다. 그것이 우주적 비밀이 되는 이유는 엄청난 나이 차를 초월한 사랑이기 때문이 아니라 평생을 바쳐서 지켜온 가치를 전면적으로 부정하게 되는 계기이기 때문이다. "관능은 아름다움인가, 연민인가."(309쪽) 이적요에게 "지친 어린 새"이자 불멸의 젊은 신부였던 은교는 욕망의 대상인가 연민의 대상인가. 저 신비로운 "어린 새"는 합리적인 언어로 개념화할 수 없는 대상이다. 그것은 이적요가 쌓아온 신념 자체를 무효화하는 질문들을 낳는다.

"너를 만나고 비로소 나는 나를 알았다."(398쪽) 이적요는 자신의 '진짜 얼굴'을 바라보면서 무엇을 발견했는가. 그것은 시인이 '정신승리법'으로 억압해온 성적 욕망과 본능적 리비도이다. 그는 최소한의 성욕을 해소하는 것으로 욕망을 다스릴 수 있다고 믿었지만 그것은 오히려 관성적인 대인기피증을 가진 신경증적 인간형을 낳는다. 은교가 깨운 시인의 생기(生氣)는 자기 고문으로부터 해방되는 순간이기도 하다. 이적요의 해방은 고통을 동반한다. 은교를 통해 발견한 시인의 내밀한 욕망은 타인들의 존경 속에서 이상화된 자신의 이미지를 모욕하는 행위이기 때문이다. 그러나 그것은 타락이 아니라 스스로를 보다 엄격하게 용인하는 일이며 혹은 용인을 요청하는 일이다. 사회적 성취와 상징적 명예를 평화롭게 유지할 수 있었던 적요(寂寥)의 우주는 찢어지고 버려졌다. 치명적인 파국은 국소적인 긴장으로 도드라지는 것이 아니라 토대 자체의 불균형으로 흡수될 때 비로소 드러난다. 이로써 시인은 팽팽한 활처럼 당겨져 있던 욕망에서 자유로운 사랑으로 이행했다고 믿는다. 그는 "빼앗아 내 것으로 소유하고 싶은 욕망이 아니라 내 것을 해체해 오로지 주고 싶은 욕망"으로 변화되었다고, "아니 욕망이 아니라 사랑"으로 승화되었다고 믿는다. 그리하여 외적 정념에서 벗어나 내적 자유를 얻었다. 이로써 적요의 우주가 조용히 막을 내리고 사랑의 우주가 탄생한 것처럼 보였다. 그런데 시인이 맨얼굴로 사랑을 발견하는 순간, 광폭한 아버지가 모습을 드러낸다. 사랑의 실천이 파멸의 모략을 동시에 작동시킨다. 그것은 생을 파괴하는 행위가 삶을 완성하기도 한다는 도착적인 구조의 효과이기도 하다.

3. 아버지는 죽지 못하는 것이 제일 슬펐다

일흔번째 생일날, 이적요는 완전히 죽고 새로 태어난다. 이적요는 죽음보다 깊은 잠 속에서 죽음과 같은 고통을 견디고 일상으로 돌아온다. 신생한 아버지는 아들의 죄를 심판하러 나선다. 이적요가 보기에, 무능하고 멍청한 소설가 서지우는 "생로병사라는 절대적 자연법을 부정"했으며 예술가의 존엄성뿐 아니라 "스승의 자존"까지도 능멸했다. 게다가 타인의 영혼(작품)을 훔치고도 반성할 줄 모르는 뻔뻔한 중죄인이다. 무엇보다 서지우는 은교의 순결(처녀성)을 빼앗으려 하는 사악한 수컷이기도 하다. 이적요가 나열한 서지우의 죄목들은 서지우가 훼손한 가치들이지만, 사실은 서지우보다 먼저 이적요 자신이 부정한 가치들이기도 하다. 서지우가 체현하는 속물성은 고요하고 신성한 시성(詩性)의 이면이다. 서지우가 뺏으려고 했던 은교의 순결은 이적요의 욕망이기도 했다. 이적요는 은교를 "덧없이 흘러간 내 청춘의 마지막 보상"으로 보았으며, 그것은 분명 "이기주의적 범죄"(235쪽)에 속할 것이기 때문이다. 무능한 아들을 향한 늙은 아버지의 분노는 세대론적인 대타의식을 노골적으로 보여주기도 한다. "너희가 지금 누리는 달콤한 인생을 누가 주었느냐."(135쪽) 아버지 세대의 보상심리가 발동하는 지점은 연민이나 위안 역시 단지 심리적인 차원의 문제가 아니라 정치적인 차원의 사안이라는 것을 시사한다. 그것은 누가 누구를 연민할 수 있으며, 누가 누구를 위안할 수 있는가라는 권력적 위계의 문제를 담고 있는 질문이기 때문이다. 아버지는 누구를 연민하고 누구를 심판하고 있는가. "다만 죽음을 기다리는 것. 온갖 비애의 종말을 기다리는 것. 그리고 그 길은 과정이 아니라 집행되어야 할 하나의 절대적 법이라는 것."(236쪽) 저 심문은 누구를 법정에 세우기 위한 절차일까.

고요하고 쓸쓸하다는 뜻을 가진 적요(寂寥)라는 이름은 물론 필명이다. 그는 이십대 때 사회주의운동에 투신, 폭풍 같은 혁명의 전사가 되길 꿈꾸었고, 삼십대 십 년은 감옥에 있었으며, 사십대에서 일흔 살로 죽을 때까지는 시인의 이름으로 살았다.(16쪽)

이적요의 삶은 아버지 세대의 약사(略史)이기도 하다. 아버지가 보여준 사랑은 전사의 사랑이다. 그들이 사랑을 위해 포기한 기회비용은 삶 전체이다. 가슴 터질 듯 열망하는 사랑, 이토록 순수한 사랑이다. 아들들의 사랑은 어떤가. 이렇게나 한심하다. "만나면 따뜻하고 안 보면 조금 쓸쓸한, 그것이 나의 사랑이다. 사랑은 본래 미친 불꽃, 불가사의한 질주의 감정이라고 말한 건 선생님인데, 나는 그 말에 동의하지 않았다. 어찌하여 사랑이라는 이름으로, 불에 데거나 다리를 부러뜨릴 수 있는 위험을 감수해야 한단 말인가. 내가 꿈꾸는 사랑은 오래 앉아본 듯한, 편안한 의자 같은 것이다."(185쪽) 서지우가 믿는 사랑은 그가 쓴 소설만큼이나 "내면화가 안 돼"(183쪽) 있다. 그는 스승의 소설을 훔치다가 몰래 발표하는가 하면 스승이 세상을 뜨기를 기도하기도 한다. 겉으로는 스승에게 용서를 구하였으나, 알고 보면 내가 이긴 셈이라고 속으로 단정하였다.

아들의 탐욕이 증식하는 동안 아버지는 아들이 스스로 선을 넘기를 기다린다. 제 스스로 파멸의 선을 넘을 때 무책임하고 어리석은 아들을 향해 아버지는 단호하게 "사형"을 선고한다. 이적요는 서지우를 교통사고로 위장해 죽이려고 한다. 수많은 죄명이 제시되지만 가장 용서받지 못할 죄는 아버지의 여인을 욕망한 죄가 아닐까. 그 살기를 느낀 아들은 뒤늦게 항변한다. "당신은 너무 늙었잖아요"(326쪽) 작가는 인간의 본능적 열망은 생로병사의 실존적 시간과 맞물릴 때 무화되는 것이 아니라 오히려 광포해진다고 말한다. 프로이트는 부자(父子) 간의 심리전을 설명하면서 아들의 살부(殺父) 욕망이 인류의 문화(법과 금기)를 만들었다고 해석한다. 박범신은 늙은 아버지의 아들살해 욕망이 불멸의 예술(문화)을 만든다고 말하고 있는 듯하다. 아들과의 경쟁 관계에 놓인 광폭한 아버지는 타협과 포기를 모른다. 아버지의 율법은 불멸하는 예술가의 법이다. 상대적인 규칙이 아닌 절대적 법의 집행자이다. 한계를 모르는 포악한 욕망이 죽음조차 넘어서려 할 때 아버지의 남근은 성적 탐욕의 상징(당나귀)이자 살의(殺意)의 상징이 된다.

이적요의 시점에서 진술된 시인의 노트가 소설의 주된 서사를 차지하지만 서지우의 시점에서 서술된 일기가 중간에 삽입되면서 또다른 서사를 파생한다. 스승을 배신한 제자, 아버지를 배반한 아들, 노인을 농락한 청년은 도망치면서 비로소 자신의 진심을 깨닫는다. 문학적 스승인 이적요를 향한 존경과 사랑이 자신에게 얼마나 소중한가에 대해 통감한다. 그러나 시간을 되돌릴 수도 없고 아버지의 심문을 무효화할 수 없으며 무엇보다 스승의 욕망("미친 역주행")을 멈추게 할 방법도 없다. 무력한 아들은 자신의 행위가 얼마나 진심 어린 사랑에서 기인한 행동인지, 얼마나 불가피한 행동인지를 증명하기 위해 노력한다. "그애를 지금 얼마나 열렬히 원하고 있는지도. 얼마나 깊이 사랑하고 있는지도."(329쪽) 이적요가 자신의 노트에 "서지우를 내가 죽였다"고 고백했듯이 서지우는 이적요 때문에 죽는다. 서지우의 직접적인 사인(死因)은 이적요가 조작한 핸들이 문제를 일으켰기 때문은 아니다. Q변호사의 추측처럼 "눈물이 앞을 가려" 중앙선을 넘어오는 트럭을 제때 보지 못했거나 기민하게 대처하지 못했을 가능성이 크다. "완전히 버림받은 자의 깊은 슬픔"이 그를 죽음으로 몰아넣은 셈이다. 아들은 사악한 아버지가 사주한 죽음의 방식이 아니라 자기만의 방식으로 징벌을 받았다. 그로써 그는 사악한 아버지의 면죄부를 만들고 죽음의 형식으로 아버지에게 용서를 구한다. 그러나 아버지는 아들의 죽음을 다른 방식으로 상상하지 않는다.

이적요는 스스로를 세상과 유폐시킴으로써 자신의 집을 무덤으로 만들었다. 평생 잡고 싶었던, "차고 부드럽고 흰 상아(象牙)"와 같은 소녀의 손을 놓음으로써, 이적요는 스스로를 장례 치렀다. 누군가, 두 남자가 파멸에 이르는 욕정의 드라마를 보면서 감동적인 잠언을 기대한다면 이 소설은 매우 허무한 결말만을 남겨놓았다고 말할 수 있을 것이다. "내가 세상이라고, 시대라고, 역사라고 불렀던 것들이 사실은 직관의 감옥에 불과했다는 것을, 시의 감옥이었다는 것을 알았다. 나의 시들은 대부분 가짜였다."(394쪽) 이러한 신앙고백은 단지 자신이 믿어온 종교를 배반한 유신론자의 고백이 아니다. 문제는 거기에 있는 것이 아니다. 이적요의 고백은 자신의 죽음을 법정에 올리는 소송이다. 그것은 '상징적 폐기물'이 되기를 스스로 거부하기 위한 선언이라고 말해야 한다. 그가 죽은 후 한국의 시성이라고 그를 우상화하고 숭배할 아들들에게 그는 외친다. "엿먹어라"(397쪽)라고. 그는 완전한 자기소멸을 통해서 자식에게 아무것도 남겨주지 않겠다고 말하는 탐욕스러운 아버지의 모습을 체현한다. 아무에게도 양도되지 않는 문학, 누구도 파괴할 수 없는 욕망, 무엇도 부패시킬 수 없는 몸이 됨으로써 완전한 폐기물이 되겠다는 것. 자신의 무덤에 침을 뱉고 자신을 더러운 욕정의 짐승으로 여기도록 만들겠다는 것. 마조히즘적인 주문이고 파멸적인 자기 폭로이다.

작가는 현재 시점을 이적요의 유언이 효력을 발휘할 2010년 봄으로 설정한다. 시인이 죽은 지 1년이 지나 시인의 유언에 따라 비밀이 공개되어야 할 시기이다. 문단에서는 시인을 기념하는 문학상과 기념관 설립을 계획하고 있다. 바로 그때 이적요는 유령으로 돌아와 신의 죽음을 폭로할 계획이었다. 숨겨진 살의와 욕정과 질투, 관능과 탐욕을 전시하면서 자폭할 생각이었다. 그를 통해 지금까지 시인 이적요가 남겨놓은 시에 대한 믿음을 뿌리까지 부정하고, 시인으로서의 전면적인 죽음을 선언할 것이었다. 가장 독실한 시인이 신전(神殿)을 무너뜨리고 성소(聖所)를 훼손시킨다. 그것은 신의 사망신고가 될 것이고 아무도 신을 그리워하지 않게 될 것이다. 그리하여 아무도 성전을 찾지 않을 때, 그는 홀로 자신만의 성소를 찾아가 눈물로 죄를 고백할 것이다. 그로써 홀로 구원받을 것이다. 그 기적은 오직 그만 아는 비밀로 간직될 것이었다. 그러나 아버지는 결국 제대로 죽지 못한다.

4. 여자는 존재하는가

소설은 은교가 이적요의 노트와 서지우의 일기장을 모두 불태우고 눈물 흘리는 장면으로 끝을 맺는다. 늙은 시인의 긴 고백이 하나의 이야기로 사라지는 순간이다. 이적요의 죽음은 자연적인 소멸을 거부하고 스스로 폐기물이 됨으로써 오히려 시성(詩性) 자체로 화한 자의 최후를 보여준다. 즉 아버지는 자멸하는 길을 걸음으로써 무너지는 길을 피하려 하였다. 늙은 천재 시인은 아무런 의미도 남기지 않고 온전하게 소각됨으로써 불멸하려 하였다. 파괴를 통해 보존하는 역설적인 창작 열망은 예술가의 목숨을 담보로 하는 위험한 내기처럼 보이기도 한다. 그는 파괴의 신이자 생성의 신 에로스를 닮았다.

　이 소설에서 가장 큰 비밀은 이적요의 "어린 신부"이자 서지우의 여인인 은교의 '창 끝'(가슴)에 시심(詩心)이 옮겨붙었다는 데 있다. "어느 날 보니까 제가 미친 듯이 시를 쓰고 있는 거예요. 그게 뭔지도 모르면서요. 웃기죠?"(378~379쪽) 예술을 창조하는 신이 죽자, 예술 자체를 사는 신이 탄생한다. 은교는 뛰어난 재능을 가진 천재도 아니고 인정받기를 욕망하는 문청도 아니다. 그저 할아버지의 삶을 아름다운 한 편의 시로 읽어낸 작은 손을 가진 따뜻한 심성의 소녀일 뿐이다. 청년 시절 이적요가 시를 통해 무언가를 생성해내려고 노력했다면 노년의 시인은 평생 만든 것을 파괴하면서 예술적 욕망을 다스려야 했을 것이다. 만약 그가 환생하여, 노래하고 꿈꾸는 것이 그 자체로 (시)쓰는 행위가 되는 은교를 다시 만난다면, 그 행위를 가리켜 순수한 시성(詩性)이라고 말하지 않았을까. 시는 그 자체를 위해 쓰일 뿐이므로. 불꽃같은 사랑처럼 시심 역시 뜻대로 움직일 수 있는 것이 아니다. 이적요가 보여주는 에로스의 시학은 우정 어린 신념이 아니라 사랑의 본능에서 출발한다. 그것은 숭고한 목적론에 복무하지 않고 음탕한 상상 속에서 허무하게 소진되기도 한다. 예술은 자연스럽게 무너지는 자가 얻는 아름다움이 아니라 자신의 거처를 해체하는 자가 떠맡은 죗값이다. 예술을 통해 시인은 "죽은 다음에도 살아남는 자"가 되었다. 그가 사는 집은 언제나 소음으로 가득차고 불안정한 관능으로 울렁거리는 거대한 무덤이다. 그 혼돈을 긍정할 수 있다면, 시간의 유한성을 넘어 육체의 외피를 찢고 나온 에로스(삶의 욕동)의 예술론이 가능할 것이리라.

　이제 마지막 질문으로 끝을 맺도록 하자. 은교는 누구인가. 어떤 날 예상하지 못할 시간에 시인의 내밀한 방문을 두드린 은교는 도대체 누구인

가. 이적요의 여생을 미친 불꽃으로 뒤바꿔놓은, 그리하여 "죽은 세포"에 "생성의 낯선 바람"을 불어넣은 그 여자는 누구인가. 이적요는 '은교'만을 유일한 '고유명사'라고 말했지만, 은교의 고유성은 그의 환상 속에서만 유지될 수 있다. 은교는 "세상의 모든 시간을 해방시키는 '처녀의 향기'"(99쪽)를 가진 눈 속의 '나타샤'이고, 한 남자만을 구원할 수 있는 단한 명의 여자이기도 하다. 시인은 그녀 때문에 질투와 불만과 불안과 경쟁심을 느끼게 만드는 상투적인 상황들을 경험하지만, 일체의 상투적인것들로부터 벗어나는 것도 그녀 덕분이다.

바르트는 사랑하는 사람에게 사랑의 대상은 정의할 수 없는 것, 언어의분류에 저항하는 것, 특징지을 수 없는 것으로 규정된다고 말한다. 그것은 부정형으로 부를 수밖에 없는 독창적인 관계를 가리킨다. 어디에도 없는 곳, 아토포스는 장소(topos)도, 궁극의 결론도, 최종적 의미도 부재하는 곳이다. 박범신의 소설에서 여자라는 아토포스는 실존(is)한 적 없는존재(being)이고 때문에 소멸할 수도 없는 (비)존재이다. 바르트는 말했다. 사랑의 기호들은 디오니소스적이다. 사랑의 기호들은 광폭하고 유동적이고 좀처럼 내재화되지도 않는다. 그것은 사회적 소통의 유용성이라는 교환기제 속에 통합될 수 없는 순수한 유출지점을 가리키는 지표이다. 불멸의 에로스와 결합한 절대적 창작욕은 시인이 상징적 타락을 넘어서시(예술)를 산출하기 위한 조건이 된다.

인생도처유상하수(人生到處有上下手)
— 천명관의 『나의 삼촌 브루스 리』, 조남주의 『귀를 기울이면』

1

인생도처유상수(人生到處有上手)라. 천명관과 조남주의 소설을 읽고 떠오른 말이다. 유홍준이 『나의 문화유산답사기』 6권의 서문에서 쓴 말이기도 하다. 그는 이렇게 말한다. "하나의 명작이 탄생하는 과정에서 미처 내가 생각하지 못했던 무수한 상수(上手)들의 노력이 있었고, 그것의 가치를 밝혀낸 이들도 내가 따라가기 힘든 상수들이었으며, 세상이 알아주든 말든 묵묵히 그것을 지키며 살아가는 필부 또한 인생의 상수들이었다."(『나의 문화유산답사기』 6권, 창비, 2011, 5쪽) 여기 필부로서 스스로의 경지를 이뤄 상수(上手)가 된 선배들이 있다. 천명관이 모셔온 짝퉁 이소룡 '권도운'이나, 조남주가 소개하는 비상한 청력의 소유자인 '김일우'가 바로 이들이다. 이들의 급수는 세간의 잣대로는 가늠할 수 없다. 세간의 기준에서는 다소 이상하거나 모자라 보일 수도 있지만, 그들의 진짜 삶을 들여다본 사람이라면 그들이 상수임을 알아차릴 것이다. 그러니 이 작품들이야말로 세상에는 나보다 나은 사람들이 도처에 있고 그들의 삶에서 무엇이든 한 가지씩은 배울 만한 것이 있다는 저 경구에 잘 어울리는 것들이다. 그러나 이들이 처음부터 상수였던 것은 아니다. 자신의 재능을 먹고사는 데 쓸 뿐이라면 하수(下手)에서 벗어날 수 없고, 타고난 자질을 계발하였으나 그것이 자아실현과 무관하다면 아직 중수(中手)에 불과하다. 자신의 능력과 삶을 관통하는 도에 이르러야 진정한 상수가 되었다 할 것이다. 그러니 처음의 경구를 조금 고쳐서 말하자. 인생의 도처에서 우리는 상수도, 하수도 만난다.

2

먼저 무림의 고수인 천명관의 인물을 소개한다. 천명관의 세번째 장편 『나의 삼촌 브루스 리』(전2권, 예담, 2012)는 '정무문' '맹룡과강' '사망유희' 등 영화배우 이소룡의 필모그래피를 소제목으로 삼고 있다. 무협활극을 연상시키는 소제목에 어울리는 무도인이 바로 소설의 주인공 권도운이다. '떠도는 구름'이라는 도인 풍모의 이름을 가진 저 사나이는 서자로 태어났다. 처음부터 그의 삶이 짝퉁이 될 거라는 암시인데, 그와 부친과의 관계가 사실은 남남임이 소설의 후반부에 가서 밝혀진다. 짝퉁의 짝퉁이었던 셈이다. 부친이 세상을 뜬 후, 어린 도운은 권씨가 모여 사는 집성촌인 동천읍으로 들어온다. 그는 올곧은 성실함을 인정받으며 성장하지만, 아홉 살 때 얻은 말더듬증을 어른이 되어서야 겨우 고친 어리숙한 인물이기도 하다.

1973년 이소룡 추모제를 기점으로 시작된 도운의 파란만장한 삶은 그와는 다른 세 명의 소년 즉 화자인 '나'(상구), '나'의 친형 동구, 친구 종태의 성장담과는 확연한 차이가 있다. '나'의 삼촌인 도운의 삶은 뭐랄까, 급수가 있는 성장의 단계들을 성실하게 보여준다. 이소룡을 닮은 "짝퉁의 길"(168쪽)을 걷던 삼촌은 처음에는 이소룡의 겉모습을 모방하는 하수(下手)의 길을 걷는 듯 보였다. 그러나 그는 몸을 한 치도 더듬지 않는("삼촌은 비록 말은 더듬었지만 몸은 더듬지 않았다", 222쪽) 기예를 익히면서 미학적인 구도를 몸소 실천하는 기량을 보여준다. 시골 싸움꾼인 그가 동네 양아치와 달랐던 이유는 아무하고나 싸우지 않는다는 남다른 원칙 때문이다. 그 심미적 태도야말로 중수(中手)의 면모이다. 인생 후반부에서 그는 평생의 연인이자 이상형인 배우 최정원을 향한 사랑을 미학적으로 완성하는 듯 보인다. 자신의 몸으로 미학적 절정을 추구하던 그가 자기 바깥에서 미의 절정을 찾아냈다는 것, 그리고 거기서 숭고한 실천의 길을 발견했다는 것. 저 숭고한 사랑은 폭력배나 대역배우라는 사회적 지위와는 무관한, 진정한 도인의 정신을 삶의 기예로 완성한 이른바 상수(上手)의 실현담이 아닐까.

쌍절곤 돌리기로 상징되는 이소룡의 삶이 의리파 삼촌들에게 삶의 고단함을 잊게 해주는 희망이었음은 분명해 보인다. "아비요"하는 기합 소리가 보여주는 "이소룡교"(31쪽)의 비장함이 시골 뒷골목을 차지한 건달의 외로움을 "미학적 퍼포먼스"(396쪽)로 만들어준다. 천명관은 도운의 이름을 부르면서 모든 실패담을 집대성해놓은 듯한 제스처를 취했다. 그러나 표면적인 서술 태도와는 달리 서사 구성 방식은 순수한 성취담을 강조하는 구도를 선택한다. 또한 영웅 스스로 자신의 삶을 회상하는 것이 아니라 그를 따르는 후손이 그의 행적을 기꺼운 마음으로 전하는 서술 방식을 선보인다. '훗날 ~했다고 한다'는 식으로 서술을 끌고 가는 '나'의 이야기 방식은 삼촌의 행적을 자유롭고도 유머러스하게 전달하고 있는 것처럼 보이면서도 때로는 그 기억의 과정이 성지순례(聖地巡禮)라도 된다는 듯이 사뭇 진지하다.

3

신예작가 조남주가 불러낸 인물은 예민한 청력을 가진 맹인무사이다. 『귀를 기울이면』(문학동네, 2011)의 김일우는 절대청각의 소유자로 일종의 눈뜬 맹인이다. 일우는 눈에 보이는 상황과 맥락을 파악하기보다는 감추어진 느낌과 감정을 살필 줄 아는 아이다. 좋아하는 여자아이의 얼굴을 지나치게 예술적으로 추상화하여서("코와 눈이 뾰족하고 머리 위에 뿔이 나 있었다", 10쪽) 친구들에게 오해를 사기도 하지만. "이게 뭐야? 몬스터니?"(10쪽)『귀를 기울이면』은 갱생을 꿈꾸는 사람들의 이야기다. 작가는 서사의 한 축에는 일우 가족을, 다른 한 축에는 재래시장 되살리기 운동에 나선 '세오시장 상인회' 총무인 정기섭을, 세번째 축에는 방송국 피디 박상운을 세워두었다. 정기섭은 가문 대대로 터전으로 삼아온 세오시장을 활성화시키기 위해, 박상운은 시청률 높은 방송 피디로서의 명예를 되살리기 위해, 일우 가족은 경제적 위기에서 벗어나기 위해 고군분투한다. 그리하여 이들은 한 점에서 만난다. "쓰리컵 대회"가 그것이다. 〈더 챔피언〉이라는 프로그램이 내세우는 쓰리컵 대회는 이름만 바뀐 야바위 게임이다. 돈 내고 돈 먹기 게임은 인생 역전을 기다리는 사람들을 불러모은다. 세 개의 컵이 번갈아가며 움직이는 쓰리컵 대회처럼 서사의 주체가 되는 세 개의 축이 번갈아가면서 조명을 받는 방식으로 소설이 이루어진다. 이해관계로 뒤얽힌 방송국과 세오시장 관계자들은 시청자의 욕망을 자극할 싹쓸이 게임(쓰리컵 대회)이라는 덫을 준비한다. 그들의 먹잇감이 될 최종목표는 절대청력을 가진 우리의 주인공 김일우다.

　일우는 "학교와 지역사회가 공식 인정한"(8쪽) 소문난 바보다. 일우 부모는 지능이 낮은 일우에게 "음을 맞히는 데 비상한 재주가 있다"(75쪽)는 사실을 뒤늦게 알게 된다. 이들은 아들의 비상한 청력을 이용해 돈을 벌 궁리를 한다. 일우의 능력이 발현되는 과정은 세 단계로 요약할 수 있다. 먼저 하수(下手)의 단계다. 어린 일우는 부모의 꼭두각시 노릇을 해야 했다. 일우의 부모는 쓰리컵 대회에서 우승하기 위해 일우를 데리고 '청각단련훈련'에 돌입한다. 부모가 시키는 대로 소리를 기계적으로 찾아내고 그 보상으로 밥을 제공받는 것으로 이는 가장 저급한 단계다. 그는 부모의 요구가 사라지는 밤이 되면 세상의 모든 소리를 듣는다. 탁상시계의 초침 소리, 냉장고의 진동 소리, 쥐새끼의 발소리, 남녀의 신음 소리, 취객의 발소리 등. 게다가 엄마와 아빠 그리고 자신의 심장 소리를 듣기까지 한다. "세 사람의 심장 소리가 윽윽윽윽윽윽윽 방안을 울"(145쪽)려대는 생명의 신호음. 일우가 불면의 밤을 보내며 비상한 청력으로 인해 괴로워하는 것은 아이의 몸이 아직 자신의 능력을 제대로 다루지 못하는 하수(下手)의 단계에 있음을 드러낸다.

어른들이 요구하는 방식으로 청력을 쓰지 않게 될 때, 그는 중수(中手)가 된다. 부모의 계획대로 〈더 챔피언〉이라는 리얼 버라이어티 프로그램에 출현한 일우는 쓰리컵 대회의 유력한 우승후보가 된다. 일우의 승승장구에 제작진은 겁을 먹는다. 광고 속 호언장담과 달리 방송사측과 시장측은 상금조차 제대로 마련하지 못했다. 우승을 방해하기 위해 방송사측은 갑자기 룰을 바꾸어버린다. 일우가 구슬 소리를 듣고 답을 찾는다는 것을 알고 구슬이 없는 컵을 찾게 했던 것이다. 결승전에 나간 일우는 구슬 소리에 집중하다가 정신을 잃고 만다. 〈더 챔피언〉은 무사히(승자 없이) 막을 내렸지만 여론의 뭇매를 맞았다. 박상운은 선정적이고 비윤리적인 프로그램을 만들었다는 이유로 피디협회에서 제명당했고 일우 부모는 판돈으로 걸었던 전셋돈을 날릴 위기를 간신히 모면한다. 어른들이 인생역전의 기회를 놓치고 빈손으로 돌아올 즈음, 일우는 지금까지와는 다른 종류의 소리들을 듣게 된다. "세상의 모든 사물과 현상과 공간과 시간과 흔적과 움직임"(219쪽)이 내는 제각각의 소리를. 다른 누구도 들어본 적 없는 소리, "소리가 없는 소리"(219쪽)를. 세계의 모든 존재가 내는 소리를 듣는다는 것은 철학자의 오랜 꿈이자, 예술가의 최고 자질이 아닐까. 안타깝게도 그즈음 일우는 전국적으로 인정받은 바보가 되었다.

세속적인 욕망의 대행자로서의 삶을 벗어버리고 나서 일우는 상수(上手)가 된다. 박상운과 정기섭은 〈더 챔피언〉 시즌 1의 실패를 만회할 계획을 세운다. 쓰리컵 협회를 재정비하고 〈더 챔피언〉 시즌 2를 기획한 것. 그들은 생계가 어려운 일우 가족과 방송의 희생양이 된 미숙아를 돕기 위한 일명 '김일우 갱생 프로젝트'를 은밀하게 추진한다. 시즌 2를 알리는 기자 회견장에서 일우는 사물들이 외치는 소리를 듣는다. "이곳은 건강하지 않다. 불안하다. 위험하다"(293쪽)라고 경고하는 "소멸의 소리들"(294쪽)이다. 그리고 제 심장이 자신에게 말하는 강렬한 소리를 듣는다. "도망쳐!" (297쪽)

4

절대청력을 가진 김일우와 순수한 무도인 권도운의 삶을 상수(上手)에 이르는 자아실현담의 두 가지 판본이라고 할 때, 이들이 몸소 보여준 기예(기술) 혹은 기능을 요약하면 이렇다. 첫째로 도구화된 기능의 대표일 때, 그들은 하수에 불과하다. 인간의 몸이 기능적인 도구가 된다는 것은 가치전도의 결과이다. 이 관점이 전제하는 것은 내면(인격)과 기술(기능)이 완전히 구별된다는 이분법이다. 둘째로 몸의 숙련을 통해 최고의 경지에 이를 때, 혹은 자신의 몸이 최고의 완전성을 구현할 때 이들은 중수가 된다. 이른바 '생활의 달인'들은 몸과 기술이 일치하는 경지에 이른 사람들이다. 이들의 몸은 기능에서 떨어져나와 그 자체로 완성태가 되었다. 마지막으로는 기예(art)가 삶 자체가 되는 경우이다. 이때 몸은 그들 자신과 다시 통합된다. 그들은 그 자체로서 예술의 주체이자 대상이 된다. 이것이 진정한 상수다.

권도운이 사랑하는 여인을 지키기 위해 세속적인 이해관계를 초월한 유토피아에 이른 경우라면, 김일우는 내면의 소리에 따르기 위해 현실적인 토대를 무너뜨리는 디스토피아로 뛰어든 경우이다. 『나의 삼촌 브루스 리』는 이소룡 추모제에서 출발해서 그 후일담과 그 뒤의 후일담과 그 뒤의 뒤를 잇는 후일담의 연속으로 완성된 소설이다. 그 안에는 빛바랜 사진이 주는 아련한 향수와 같은 감성이 남아 있다. 서술 간격도 일정하지 않고 다수의 우연이 끼어들었음에도 불구하고 이 소설이 서사적인 호흡이 주는 미감을 갖는 이유는 이 후일담이 무언가를 교정하려 들거나 미화하지 않기 때문이 아닐까 싶다. '나'의 삼촌 권도운은 언제나 이소룡의 에피고넨이자 짝퉁에 불과했으며 끝내 아무것도 되지 못한 필부일 뿐이다. 사랑에 성공하든 그렇지 않든. 그런데 그렇게 한결같은 한 사나이의 삶은 그 자체로 우리를 감동시킨다. "어처구니없을 정도로 무모했지만 너무나 간절하고 순수한 꿈, 그래서 모든 걸 다 버려도 좋을 것 같은 그런 꿈"(2권, 107쪽)이 주는 여운처럼.

그러나 후일담은 또다른 오해를 남길 수도 있다. 『귀를 기울이면』의 후일담이 그렇다. 시즌 2를 기획하는 방송사의 의도가 또다른 기만이라는 사실은 익히 알고 있다. 그것보다는 마지막 결론이 결국 "김일우는 예전의 김일우가 아니었다"(288쪽)는 문장을 확인시켜주기 위한 후일담이 되고 말았다는 사실이 문제이다. 저 후일담은 그 역전의 외양 속에서 시즌 2를 통해 어른들(방송국 관계자들과 일우의 부모)이 하려는 일(김일우를 챔피언으로 만들기)을 무의식적으로 반복한다. 진정한 챔피언은 저 문으로 달려가는 저 사내아이라는 것. 일우가 "바보 같은 게 아니라 진짜 바보"(17쪽)라는 듯이, 저 아이가 챔피언으로 보이는 게 아니라 진짜 챔피언이라는 듯이. 이렇게 후일담의 방식으로 전체 서사가 미화되는 방식은 서사적 흥미를 떨어뜨릴 뿐 아니라 인물에 대한 우리의 태도를 변질시킨다. 후일담 역시 소설의 구성적 요인이 되어야 한다는 점, 그것이 단순한 덧붙임이 되어서는 안 된다는 점은 강조할 필요가 있겠다.

욕망의 자본론
— 백영옥의 『실연당한 사람들을 위한 일곱시 조찬 모임』

1. 몸에 좋은 이별 한 스푼

바야흐로 연애에도 '스타일'이 필요한 시대다. 연애를 완성하기 위한 가이드북과 커플 카운슬링이 제공되고 전문가의 노하우가 전수되며, 전 과정을 체크하고 피드백해주는 시대. 백영옥의 시크한 언니들 얘기다. 이들에게 붙여진 악녀(惡女/樂女)라는 별칭은 욕망을 감추느라 궁상을 떠는 선녀(善女)의 반대말이 아니라 욕망에 침잠한 우울증자의 반의어에 가까워 보인다. 즐겨라, 단 내가 욕망하고 있다는 듯이! 욕망은 저 초자아의 명령 이전에 존재하는 것이 아니라, 명령을 강박적으로 실천하는 가운데 생겨난다. '~듯이'는 욕망의 생성기다. 욕망의 심연이 먼저 있는 게 아니라 그것의 표면 효과가 먼저 있다는 말이다.

연애에만 전략이 필요한 것이 아니라 이별에도 공식이 있다. 이별이 매뉴얼에 포함되어 있어야 다음 연애를 시작할 수 있는 법이다. 실연까지 잘 수행된 레시피의 일종이 되어야 한다. 그러자면 실연을 공적 담론의 영역으로 끌어올려야 한다. 레시피란 표준화된 절차이기 때문이다. 이제 실연 남녀들은 이별의 증표이자 추억의 기념품들을 마켓에서 구입한다.

막 파산한 자들이 쥐고 있는 저 백지수표가 어떤 효용이 있을까? 아무 소용이 없다. 그것은 깨진 신뢰와 파기된 약속을 복원해주지 않는다. 화폐를 교환을 덮은 베일이라고 부르듯이, 그것은 단지 교환을 쉽게 해줄 뿐이다. 덧없는 약속의 증거물인 커플 반지가 원시 화폐의 일종인 조개껍데기가 되는 것이다.

백영옥이 제출한 작품세계를 간추린다면 사랑과 이별, 상처와 치유에 대한 작가적 처방이 아닐까 싶다. 연애와 자기 성취에 골몰하는 도시인의 생활상을 단지 속되다고 말할 수는 없다. 백영옥의 소설에서 '돈'은 인간의 근본적인 욕망과 구별할 수 없게 밀착되어 있다. 사랑과 욕망이 같은 마음의 다른 표현이듯, 돈과 욕망은 같은 유통 구조 안에서 순환하는 다른 지표이다. 백영옥의 소설을 도시 남녀의 사랑과 이별을 그린 통속적인 연애소설이라고 불러도 좋을까? 물론 표면적으로는 연애의 창세기 혹은 사랑의 종생기라고 요약할 수도 있을 것이다. 그러나 그 통속 너머에서, 통속을 지탱해주는 혹은 통속을 생산해내는 근본적인 구조가 있다.

백영옥의 세 편의 장편을 '욕망 3부작'이라 부르려 한다. 욕망이 어떻게 이 사회의 하부 구조를 이루는가에 대한 세 가지 판본인 셈이다. 첫번째 판본을 살펴보자. 유행의 첨단을 보여주는 패션계에서는 사회적 상징물로서의 의복(패션)이 화폐로 유통된다.(『스타일』, 예담, 2008) 패션잡지 기자 '이서정'이 자신의 능력을 인정받기 위해 고군분투하는 성장담이다. 유행하는 스키니진 체험기를 쓰기 위해서 몸을 청바지에 맞추는 고행도 마다하지 않는다. 성장은 살아 있는 조개가 속살을 버리고 껍데기(화폐)로 변하는 결정화(結晶化) 과정이기도 하다. 두번째 판본에서는 몸이 그 자체로 화폐가 된 경우다.(『다이어트의 여왕』, 문학동네, 2009) 이별의 아픔 때문에 폭식을 일삼던 여주인공 '정연두'가 고도 비만의 거구가 되었으나 서바이벌 방송에 나가 결국 살을 빼는 데 성공한다는 비만 탈출기이다. 자신의 몸을 거대한 감옥으로 여겼을 이 여인은 강박적인 외모 담론이 낮은 뒤틀린 욕망과 콤플렉스를 체현한다. 전자가 (취향이 가격으로 치환되므로) 속물화된 심미적 욕망을 다룬다면, 후자는 (목적과 수단이 뒤바뀌었다는 점에서) 전도된 인정 욕망을 그린다. 이들에게 연애(할 수 있는 능력이)란 사회적 성취에 수반되는 스펙과 다르지 않고(『스타일』), 검열을 통과한 인증서(『다이어트의 여왕』)와 같다. 때문에 이러한 격렬한 욕망은 사적이고 개별적인 출처를 가지면서도 자본주의 시스템에 동기화된 파생적인 성격을 갖는다.

　욕망 3부작의 세번째 판본인 『실연당한 사람들을 위한 일곱시 조찬모임』(자음과모음, 2012, 이하 『실사모』, 인용시 쪽수를 밝힘)은 전작에서 보여주었던 강박적인 경쟁이나 격렬한 성취 욕망과는 거리가 멀어 보인다. 오히려 개인의 내밀한 상처와 고통을 들여다보는 정적인 소설에 속한다. 그럼에도 불구하고 유통되는 욕망이 어떻게 이 세계의 하부 구조를 구성하는지를 보여준다는 점에서 욕망 시리즈의 일부라 보아도 틀리지 않을 듯하다. 이 작품을 통해 '욕망의 자본론' 3부작이 완성된 셈이다.

2. 욕망의 하부 구조

　잠시 백영옥의 소설집 『아주 보통의 연애』(문학동네, 2011)를 경유해가도록 하자. 단편 「아주 보통의 연애」의 김한아는 회계 업무를 맡아보고 있다. 그녀는 동료 직원인 이정우를 남몰래 좋아해서 그가 제출한 영수증을 따로 복사해서 모아둔다. 한아는 그것으로 "서른두 권의 비밀일기장"을 완성한다. 그녀는 영수증에 찍힌 상호명들과 숫자들이 그 사람의 경험의 세부를 복기해준다고 믿는다. 영수증은 일종의 내비게이터이다. 정우의 삶의 궤적을 따라 알려주므로. 그녀의 기벽은 연모하는 남자의 행적을 뒤따라가면서 그가 겪은 경험을 공유하려고 하는 눈물겨운 노력의 결과물이다. 중요한 것은 한아가 영수증을 다루는 태도에 있다.

우정이나 사랑 때문이 아니라 돈 때문에 자신의 비밀을 털어놓을 만큼 외로워 보였다. 자본주의 시대에 개인의 비밀을 가장 많이 알고 있는 건 정신과 의사가 아니라, 직접적으로 돈을 다루는 세무사나 자신의 주식계좌를 맡고 있는 증권사 직원들일지도 모른다고 생각했다.

——「아주 보통의 연애」, 35쪽

한 개인의 비밀을 가장 잘 알려주는 것은 일기나 고백이 아니라 영수증이다. 그가 자본주의 구조 속에서 어디를, 어떻게 지나갔는지를 보여주기 때문이다. 영수증은 회사가 보증하는 화폐인 셈이다. 한아는 정우의 책상에서 귀금속을 구입한 영수증을 발견하고는 그것을 충동적으로 가지고 나온다. 정우는 연인에게 차이고 법인카드로 구입했던 고가의 반지를 환불해야 할 처지에 놓인다. 정우는 자신의 사정을 한아에게 고백하면서 도움을 청한다. 한아는 찢어서 쓰레기통에 버렸던 그 영수증을 이어붙여서 그에게 되돌려준다. 이쯤에서 우리는 쓰레기통 속에서 진짜 욕망을 읽어낼 수 있다고 말한 소설가 하성란을 떠올릴 수 있을 것이다. 그런데 저 영수증은 누군가가 남긴 욕망의 찌꺼기(쓰레기)가 아니라 욕망의 교환을 가능하게 하는 화폐라는 점에서 더 적극적이다. 세계는 이성관계마저 기회비용으로 평가하는 욕망의 백화점이다. 이 무서운 실용주의의 제국에서는 아무것도 그냥 버려지지 않는다.

『실사모』로 돌아오자. 처음부터 이 소설은 연애의 종생기 혹은 버려진 사람들의 회생기를 표방한다. 이미 끝난 연애에도 이별의 의식은 필요하다. 연애가 끝난 곳에 "범죄 현장의 유류품처럼"(59쪽) 남아 있는 증거물들을 처리하기 위해서 실연 남녀 스물한 명이 서울 광화문의 한 레스토랑에 모였다. 이곳에서 추억이 담긴 증표들을 교환하는 시장이 열린다. '실연의 기념품 가게'라는 착상은 추억의 증표를 돈으로 되파는 속류 "실용주의자들"(59쪽)의 방식보다는 품위 있는 교환 방식을 선보인다. 상처받은 영혼들이 집단적인 상처의 교환을 통해 집단 애도의식을 거행한다. 사랑하는 사람에게 버려졌으나 최소한의 품위를 지킬 수 있는 스타일로. 물론 각자 참가비를 내고.

연극적으로 보이는 저 이벤트는 말 그대로 이벤트로 기획된 연극이다. 낯선 남녀의 만남과 의미 있는 물건의 교환이라는 매칭 시나리오를 하나의 기획 작품으로 일궈낸 장본인이 바로 정미도이다. 행사 참여자로 행세하고 있는 미도는 결혼정보회사에 다니는 커플매니저이다. 커플 매칭을 위한 고객 유치 행사의 일환으로 막 이별한 사람들의 감정을 이용하여 이벤트를 구상한 것이다. 저 행사는 방송국에서 기획하는 파일럿 프로그램처럼 수익 창출을 겨냥한 견본품이라는 말이다. 미도의 행동을 비도덕적인 처사라고 비난할 필요는 없다. 미도는 (커플)관리자의 역할을 충실하게 해냈을 뿐이다. 작가는 미도가 자신의 프로그램이 성공한 걸 기뻐할 무렵 미도의 연출과 설정조차 이미 계획된 더 큰 프로그램의 일부였다는 것을 폭로함으로써 자본의 작동 방식을 우회적으로 알려준다.

트위터를 통해 소집한 '실연당한 사람들의 모임'이 일회적인 퍼포먼스로 제값을 다한 것인가? 실연의 기념품 가게에서 이들은 무언가를 교환했다. 그것은 쓰라린 옛 추억을 떠올리는 기념품이고 그래서 떠나보내야 할 상징물인 것처럼 보인다. 그런데 의식을 치르는 과정에서 그것들이 폐기된 욕망의 증거가 아니라, 새로운 욕망을 유통시키는 화폐로 기능한다는 점이 점차 분명해진다. 역설적으로 상처를 많이 가진 쪽이 많은 화폐를 가진 편이 된다. 저 교환은 과거를 기억함으로써 현재를 재구성하는 이중 작용을 필요로 한다. 한 손으로는 훼방을 놓고 다른 한 손으로는 해방하는 것. 이로써 한쪽 욕망은 수장되고, 한쪽 욕망은 창궐하는 셈이다.

3. 안전한 이별을 위한 두 가지 판본

『실사모』는 실연의 고통을 보고하는 두 가지 판본으로 이우어진다. 하나는 아름다운 스튜어디스인 '윤사강'의 경우이다. 사강은 유부남 조종사인 한정수와 뜨거운 사랑을 나누었으나 지금은 헤어진 상태다. 그녀는 아버지의 외도로 인해 외로운 이혼녀의 삶을 살았던 엄마의 불행을 지켜보며 자랐다. 정수가 지금의 아내와 이혼하겠다고 하자 사강은 그와의 이별을 택한다. 다른 하나는 능력 있는 기업 컨설턴트이자 스타 강사인 '이지훈'의 경우이다. 지훈은 고등학교 교사인 정현정과 이십대를 함께 보냈다. 자유분방한 성격인 현정이 어느 날 충동적으로 그에게 이별을 통보함으로써 긴 연애에 종지부를 찍게 된다. 지훈에게는 현정에게도 털어놓지 못했던 상처가 있다.

바로 이 상처, 불우했던 과거가 문제다. 사강이 정수와 사랑에 빠진 것은 정수의 손목에 난 자살 시도의 흔적을 보고 나서다. 그녀에게도 손바닥에 비슷한 상처가 있었기 때문이다. 사강의 부모가 이혼하는 과정에서 증인으로 법정에 서야 한다는 말을 듣고 스스로 낸 상처이다. 손에 난 자해의 흔적은 둘을 연애로 인도하는(욕망을 시작하게 만드는) 기표로 작용했다. 한편 지훈에게는 자폐를 앓고 있는 지적장애인 형이 있다. 형은 아무 데서나 옷을 벗고 성욕을 해소하곤 했다. 부모가 교통사고로 죽고 조부모마저 세상을 떠나자 형을 돌보는 일은 온전히 그의 몫이 되었다. 그는 시설에 형을 떠넘겼지만, 형의 존재는 그에게 트라우마로 남았다.

지훈과 사강은 일본행 비행기 안에서 우연히 만난다. '실사모'에서 둘이 주고받았던 추억의 증표는 카메라(지훈이 내놓은 것)와 소설 『슬픔이여, 안녕』의 네 가지 외국어 판본(사강이 준 것)이다. 카메라에는 지훈이 현정과 찍었던 필름이 있었고, 『슬픔이여, 안녕』은 사강이 정수에게서 온 기념품으로 오해하고 내놓은 물품이다. 얼마 후 사강의 아버지가 과거에 『슬픔이여, 안녕』 한국어 번역본을 출간한 적이 있다는 사실이 뒤늦게 밝혀진다. 카메라 속 사진을 돌려주기 위해 도쿄에서 만난 두 사람에게 대지진이 덮친다. 두려움과 공포 속에서 둘은 서로의 상처를 꺼내놓는다.

형의 비밀에 대해 토로하는 지훈과 정수의 아이를 유산했음을 고백하는 사강. 둘은 서로를 부둥켜안고 눈물을 흘린다.

> 사강은 말없이 그의 손을 잡았다. 침묵이 흘렀다. 그녀는 테이블 위에 있던 초 하나에 불을 붙였다. 촛불 속에 잠긴 방은 기이하게 왜곡되어 보였다. 가구와 가구 사이에 비어 있던 공간이 사라지고 그 사이에 부드러운 비누 거품이나 증류수처럼 느껴지는 투명한 기포들이 가득 채워진 것 같았다. 공기의 밀도는 지훈과 사강의 이야기로 미세하게 달라져 있었다. 그곳은 방이 아니라 이제 망망대해의 검은 바다처럼 느껴졌다. 국경을 넘어서 목적지 없이 바다를 표류하는 난민들처럼 지훈과 사강은 서로를 마주보고 있었다.(378~379쪽)

소설 전체에서 가장 극적인 장면이다. 미묘하게 달라지는 저 공기의 밀도는 둘 사이에 오가는 친밀감의 밀도와 비례한다. 이 극적인 장면을 지탱하는 것은 두 가지 재화이다. 지훈에게 장애인 형이라는 과거가 있었다는 것. 사강에게는 유부남과의 사랑이라는 금지된 과거가(그것도 부모의 운명을 반복하는 형식으로) 있었다는 것. 그들은 상처를 교환하면서 새로운 욕망을 시작할 동력을 얻는다.

그런데 여기 재화는 더 있다. 카메라와 소설책이 바로 그것이다. 지훈의 옛 애인인 현정은 충동적으로 그에게 결별을 선언했으나 성급했던 결정을 후회한다. 지훈은 커플매니저인 미도에게서 현정의 속마음을 전해 듣지만 이별의 상황을 돌이키지 않는다. 어쩌면 그것은 현정에게 연애를 다시 시작하게 할 재화인 상처가 없기 때문일 것이다. 부유한 배경을 가진 현정은 미도의 최고 등급 고객이다. 지적장애를 가진 형의 존재도 그렇다. 아무에게서나 성욕을 느끼고 아무 데서나 성욕을 표출하는 사내. 이런 사내의 욕망은 도대체가 교환할 수가 없다. 나눌 수 없는 욕망이라면 저 소모되지 않는 정력이 무슨 의미가 있단 말인가? 그것은 가짜 화폐처럼 쓸모없는 잉여일 뿐이다. 사강의 손에 난 상처가 욕망을 시작하는 입구라면 유산의 경험이 욕망을 끝내는 출구였던 것과는 아주 다른 것이다.

사강과 지훈의 연애/이별 서사는 별개의 이야기라기보다는 다르게 드러난 공통의 기원, 즉 욕망의 진원지를 확인하게 한다. 욕망은 근본적으로 어긋나는 방식으로만 유지된다. 사강의 슬픔과 지훈의 죄책감은 일종의 화폐로서 욕망을 위해 지불된다. 상실은 삶을 파멸로 빠뜨리는 게 아니라 견딜 만하게 해주는 재화인 것이다. 『슬픔이여, 안녕』이 이별(Adieu)의 징표가 아니라 만남(Bonjour)의 징표인 것처럼. 지훈의 카메라가 만남의 기록들을 간직하고 있었던 것처럼. 사강이 지훈 커플이 보낸 긴 시간들을 여러 장의 사진을 통해 추리하고 추측하는 과정이나, 지훈이 외국어로 된 사강의 책을 읽기 위해 한국어 번역본을 사서 읽는다는 설정이 일종의 (정서적) 스와핑처럼 느껴지는 것은 이런 이유에서다.

여기서 강조된 '교환'의 함의는 타인의 언어를 번역하는 이해와 공감의 태도일 것이다. 그럼에도 불구하고 상처를 가진 사람들의 '보편언어(침묵)'를 수락하는 순간 또다른 의미에서 교환의 에스페란토어가 만들어진다는 사실을 기억할 필요가 있다. 누군가를 이해한다는 말은 결국 교환가능한 창구를 열어두는 것이기 때문이다. 그 창구는 결국 관계의 회복으로 이어지는 긴 통로다. 때로 그 통로를 성급하게 지나치려 할 때 일반화의 위험에 빠질 수도 있다.

나도 안다. 위로라는 걸 해주려면 때때로 일반화도 필요하다. 하지만 내 경우엔 위로해주는 사람을 안심시키기 위해 그런 일반화에 날 끼워 맞추는 게 피곤했다. 그래, 너희들이 맞아. 다 맞아. 나는 그저 고개만 끄덕였다. 그러면 나 대신 그들이 먼저 더 큰 소리로 울었다.

—「고양이 샨티」, 252쪽

백영옥의 등단작 「고양이 샨티」에는 예외 없는 삶을 살면서 평균화된 방식으로 서로를 이해하는 행태에 대한 냉소적인 발언들이 나온다. 손쉬운 화해가 더 큰 상처로 돌아올 수 있다는 사실을 강조하는 대목이다. 주인공이 느끼는 관계의 피로감은 현대인이 느끼는 보편적인 공허라고 부를 수 있다. 『실사모』의 서두에서 의례적(ritual) 절차들을 진행하는 데 많은 지면을 할애한 이유가 여기 있다. 이별의 단계들(메시지가 충만한 아침 식사의 레시피, 한정된 공간, 어둠을 밝히는 촛불 등)이 사강의 깊숙한 내면에 감추어져 있던 아버지와의 이별 예식이었음이 서서히 드러난다. 그것은 엄마가 좋아했던 프랑스 작가인 사강(Sagan)의 에피고넨과 작별하고 '윤사강'의 삶을 시작할 수 있을 것이라는 선언이기도 하다.

4. 무용지물의 경제학

『스타일』에서 '이서정'은 밀란 쿤데라의 『생은 다른 곳에』를 인용한다. 그녀는 쿤데라 소설의 원제목인 '서정시대'를 '서정의 시대'로, 즉 나, 이서정의 시대로 번역해서 읽는다. 그녀는 감상적인 세월이 아니라 '서정의 시대'를 씩씩하게 살아내겠다고 결심한다. 명랑한 성장담의 완결판이다. 그런데 그렇게 깔끔하게 정리될 수 있을까? 진짜 욕망의 문제는 해결될 수 없는 거대한 슬픔으로 남아 있을 수밖에 없다. 그것은 근본적으로 교환될 수 없다. 우리는 욕망을 정시할 수 없다. 그것이 재화의 모습으로 출현할 때 그것의 유통된 흔적만을 볼 수 있을 뿐. 그 잔여물은 어디에 들러붙어 있는가? 욕망의 잔여물, 욕망이라는 잔여물의 잔여물.

백영옥이 작성한 욕망의 자본론이란 대가를 치르는 선택의 법칙을 가르쳐주는 교본이다. 지훈의 형 얘기로 돌아가보자. 아무 손실도 없다는 듯 자신의 날것 그대로의 욕망을 표출하는 형의 행위는 범법 행위와도 같다.

형의 세계에는 오로지 자기 자신밖에 없었어요. 자기 욕망, 자기 욕구, 자기 분노 같은 것들. 형은 타인을 향해 웃는 법을 몰랐어요. 물론 타인을 위해 우는 법도 몰랐고, 할아버지가 돌아가셨을 때도, 평생을 키워준 할머니가 돌아가셨을 때도 울지 않았죠. 그런 인간이니 그렇게 이해할 수밖에. 그래서 전 형이 슬픔이라는 감정을 아예 모른다고 생각했어요. 그걸 이해할 수 없게 만드는 건 자폐증의 가장 심한 패악이라고 생각했었죠.(375쪽)

형은 문자 그대로 욕망의 화신(化身)이다. "여자를 사랑하는 법을 몰라서 괴물같이 비명을 내지르면서 할 수 있는 건 대낮에 벌이는 자위라는 활극뿐"인 "유쾌한 확신범"(374쪽). 아무 곳에서나 수음을 하는 욕망의 방출과 자기밖에 모르는 비인간적인 무관심은 욕망의 자본주의에서 바라보자면 염치없는 투기꾼이자 몰상식한 수전노에 속한다. 형은 인간적인 공감과 슬픔의 정서가 없는 욕망기계다. 투기꾼이나 수전노가 자본주의 사회의 암초로 꼽히는 이유는 화폐의 환상을 맹신하는(그리하여 희소성의 위험을 두려워하지 않고), 더 나아가 그 환상 자체를 체현(환상을 실재로 받아들이려)한 존재들이기 때문이다. 투기꾼은 순식간에 돈을 낭비할 수 있다는 위험 자체를 고려하지 않는다. 운에 승부를 맡기는 욕망만이 있다. 수전노는 그 반대이다. 수전노는 의도하지 않게 돈의 필요성 자체를 부정하는 인간이다.

현정이는 우리 사이에 우연과 낭만이 부족하다고 말하곤 했어요. 교과서에나 나올 법한 따분한 사랑이라고. 하지만 전 연애를 우연히 이루어진 환상이라고 생각하지 않아요. 연애는 질문이고, 누군가의 일상을 캐묻는 일이고, 취향과 가치관을 집요하게 나누는 일이에요. 전 한순간 사랑에 빠지는 게 가능한 일이라고 믿지 않았어요. 대단한 영감으로 순식간에 걸작을 써내는 작가를 좋아하지도 않아요. 트루먼 커포티는 『인 콜드 블러드』

를 쓰는 데 6년이나 걸렸어요. 그런 거예요. 누군가를 이해하기 위해서 죽도록 시간이 많이 걸리는 일, 우연히 벌어지는 환상이 아니라 서로를 이해하기 위해 철저한 노동을 필요로 하는 일, 그게 제가 알고 있는 연애예요.(376~377쪽)

지훈의 연애론이다. 누군가를 이해하는 행위는 인간적인 공감 능력이나 직관적인 본능을 발휘한다고 가능한 게 아니다. 그것은 철저한 노동과 긴 시간과 끈질긴 인내와 노력이 필요하다. 저 구체적인 노동은 숱한 수정과 실망을 반복하면서 견뎌내는 자세를 필요로 한다.

여기서 기회비용을 계산하는 것은 중요하다. 모든 행동에서 우리는 무언가를 포기한다. 욕망의 경제에서 기회비용은 그 결정으로 인해 우리가 포기하는 다른 것들의 집합이다. 진정한 인연을 만나는 일은 희소하다. 저토록 오랜 노력과 시도가 있어도 이별은 또다시 다가오니 말이다. 그럼에도 불구하고 '실사모' 회원들(적어도 두 명)은 누군가를 다시 만날 기회를 얻었다. '실연의 기념품 가게'가 보여주었듯 공동의 재화(상처)가 개인의 희소성을 극복하게 한다고 알려주지 않았는가. 그렇다면 저 실연의 공동체야말로 '쓸모없어서' 가장 아름다운 유토피아의 상징이 될 수도 있지 않은가. 그러나 저 실낙원의 신화가 희소성이라는 자기 논리를 통한 조작일 뿐이라면 어찌할 것인가? 소설의 후반부에 그것이 폭로되는 장면이 있다. 회사의 대표는 미도에게 '실사모 이벤트'를 몰래 촬영한 영상을 보여준다. 영상에서 확인할 수 있는 사람들의 얼굴은 미도에게 낯설게 느껴진다. 상처를 내놓고 서로 울고 있는 감동적인 체험이 외설적인 장면으로 바뀌는 순간으로 되비춰진다. 순간 미도는 심한 부끄러움을 느낀다.

5. 정신적 수해를 입은 노아들을 위하여

커플매니저인 미도는 실사모의 기획자이자 진행자였다. 그녀는 토크쇼의 사회자처럼 게스트의 상처를 번역하고 전시하는 역할을 한다. 그녀는 이들이 겪은 개별적인 상실감을 보편적인 형식으로 전환하여 당사자도 몰랐던 슬픔을 사용 가능한 화폐로 만들어준 마스터이다. 기업 강연자(말하는 자)인 지훈이 비행기를 기다리는 저녁 7시에, '실사모'의 오전 7시를 떠올리는 것은 우연이 아니다. 미도의 담론에서 시작해 지훈의 담론으로 끝을 맺는 전체적 구성 역시 우연이 아니다.

미도의 프로젝트는 표면적으로 성공을 거두었다. 미도는 누군가의 트위터에서 실연의 기념품을 떠올리게 하는 저 문장을 발견한다. "쓸모없는 것만이 진정 아름다울 수 있는 건 아닐까."(391쪽) 버려진 물건(goods)이 누군가에게는 좋은(good) 것이 될 수 있다는 저 담론의 힘은 다가올 모든 아침을 이들이 소유하거나 소비하는 시간으로 여기도록 도울 것이다. 자신이 소유한 물건에 나의 진짜 욕망을 통과시켰다고 여기도록 만드는 것이다.

그러나 여기서 소비의 패러독스가 발생한다. 소비하면 할수록 더욱 강박적으로 새로운 욕구가 창출된다. 해소되지 않는 소유의 폭식증 속에서 희생되는 것은 우리의 욕망 자체이다. 그렇다면 넘쳐나는 소비의 패러독스로부터 우리의 욕망을 어떻게 구할 수 있을 것인가. 노아가 겪은 홍수라는 대재앙은 실은 재난 서사의 묵시록적 상징이 아니다. 그것은 말로 형용할 수 없는 무언가가 실재한다는 사실을 폭로하는 표식이다. 일본의 지진과 정전사태가 사강과 지훈을 한자리에 모이게 한 것으로 제 소임을 다했던 것처럼 말이다. 그것은 재난의 표현이라기보다 둘을 새로 만나게 하는 낯선 공간을 창출하고는 무대 뒤로 사라지는 무엇이다. 파괴적으로 보이는 낯선 욕망의 위력이 아주 잠깐 공통감각을 산출해냈던 것이다. 다양한 언어로 이루어진 담론들이 교환되는 사이, 출발어가 도착어로 번역되는 데 필요한 그 침묵의 순간, 우리는 욕망의 기표로 떠다니는 노아처럼 외롭다. 물론 우리는 잠시의 시간이 지나면 또다른 욕망의 정박지에 다다를 수 있을 테지만.

스파이스 로드

— 명지현의 『교군의 맛』

1. 독(毒)한 요리사: 노-후(know-who)

백문이 불여일식(不如一食)이다. 수전 손택의 말을 살짝 비틀어보자면 『교군의 맛』(현대문학, 2012)은 해석할 것이 아니라 먼저 맛보아야 한다. 여기 교군(轎軍)에서 요리 연구에 평생을 바친 이덕은 여사를 소개하겠다. 고아로 태어난 덕은은 몸종 신분으로 교군에 들어와 주인마님이자 한식 명장(明匠)으로 거듭난 성공신화의 주인공이다. 일제시대와 한국전쟁, 4·19혁명과 5·16쿠데타와 광주민주화운동을 온몸으로 겪은 노장의 일생이 교군의 역사 그 자체이다. 고택 교군은 거대한 왕국이고 덕은은 누구도 범접할 수 없는 독한 손맛 하나로 이곳을 지켰다.

교군의 맛을 음미하기 위해서는 담력이 필요하다. 칼칼하게 찌르는 찌르르한 맛이 입속을 접수하고 나면 혀끝에 남은 알싸함과 화끈함이 온몸을 땀과 눈물로 젖게 만든다. 후끈거리는 흥분이 조금 가라앉으면 개운하고 후련한 느낌에 사지가 노곤해진다. 화끈하고 매운 교군의 맛은 강한 중독성을 갖고 있기 때문에 매혹적이면서도 위험하다. 금단 증상을 앓고 있다는 '손김이'양의 말을 들어보자.

미각은 지문처럼 천차만별이지만 김이가 간절하게 원하는 맛은 분명했다. 그것은 화통하게 혀를 볶는 맛, 미친 짐승처럼 길길이 날뛰는 맛, 울다 지쳐 혼절할 것 같은 맛, 뒷덜미를 찌르는 바늘 같고 심장을 관통하는 총알 같은 맛, 붉은 피를 머금은 맛, 목구멍을 태우며 배 속으로 쿵 떨어지는 맛, 8월의 태양 같은 맛, 심장이 두방망이질하는 맛, 영혼이 셀로판지처럼 얇디얇게 분리되는 맛, 쓰라린 칼침 같은 맛, 어머니로부터 물려받은 지독한 맛, 마약처럼 중독성이 강해 먹고 또 먹고 싶어지는 맛, 그것은 교군의 맛.

—『교군의 맛』, 30쪽

교군을 맛으로 향수(鄕愁)하는 김이는 이덕은 여사의 하나뿐인 손녀다. 김이는 한동안 아버지 손씨와 함께 살다가 독립하였다. 엄밀하게 말하면 김이가 덕은의 피붙이는 아니다. 하지만 복잡한 가계도를 거쳐 교군을 이어받을 유일한 자손인 것만은 틀림없는 사실이다. 삼대째 이어져온 교군의 가족사를 간추려두자. 교군의 첫 봄은 일제시대로 거슬러올라간다. 김이의 외할아버지 배택수는 본처 창성댁을 두고 일본에서 피아노 공부를 하는 상희라는 여인과 살림을 차렸다. 상희가 택수의 아이를 갖자 두 사람은 상희의 부모가 살고 있는 조선의 교군으로 돌아와 정착하고 얼마 후 미란을 낳았다. 해방 이후 상희의 부모가 월북했다가 돌아오지 못하자 데릴사위인 택수가 교군을 관리하게 된다. 그즈음 교군은 요릿집으로 변했고 교군은 권력자들을 접대하는 요정정치의 주무대가 되었다. 상희는 몸을 풀고 얼마 지나지 않아 폐결핵으로 시름시름 앓았는데 택수의 냉대를 받아 더욱 심약해졌다. 상희는 몸종인 덕은이 준비한 매운 암죽과 잘 차려진 음식들을 맛있게 먹고는, 젊은 나이에 세상을 뜨고 만다. 교군의 이력에 음모론이 추가되는 순간이다. 택수는 덕은을 세번째 부인으로 맞는다. 상희를 닮아 미모가 뛰어난 미란은 열아홉 살이 되자 가수의 꿈을 품고 상경한다. 딸에게 무관심한 아버지와 아버지보다 스물다섯 살이나 어린 양어머니를 떠나 제 꿈을 찾겠노라고 독립한 것이다. 미란은 짧게나마 '힛걸즈'라는 여성 트리오로 활약하기도 하였다. 그러나 화려한 연예계 뒤편에는 어린 여가수에게 고위층 인사의 애첩 노릇을 강요하는 패악이 도사리고 있었다. 미란은 가수로 성공하지 못한 데서 오는 박탈감과 잦은 성 상납으로 심신이 쇠약해가던 중 누군가의 아이를 임신한다. 그녀는 서울생활을 정리하고 교군으로 돌아온다. 교군으로 들어올 때 미란은 한 사내를 신랑감이라고 소개하며 데려왔는데 그가 김이를 키운 양아버지 손씨다. 미란이 갑작스럽게 죽고 얼마 후 택수도 세상을 떠났다. 이렇게 해서 김이가 교군의 마지막 후예가 되었다.

교군이 긴 세월을 견딘 것은 덕은의 노고 덕분이다. 그래서일까. 덕은의 요리는 숨쉴 틈을 주지 않고 사람을 후려치는 맛의 폭군으로 그려진다. 재난은 신의 역현(力顯)이다. 도무지 알 수 없는 무한한 힘이 출현하는 순간이기 때문이다. 덕은의 요리가 불러일으키는 미각의 재난 역시 어떤 알 수 없는 강력(强力)을 현시하고 있다. 교군의 일인자가 덕은이라면 부엌의 이인자는 정인이다. 덕은의 요리법을 전수받은 정인은 자기만의 레시피를 만든 실력자다. 첫 맛은 맵지만 끝맛은 청량한 향내를 풍기는 요리가 바로 정인의 솜씨다. 그리고 막내 요리사 이정목이 있다. 수련생이기도 한 정목은 김이의 옛 애인이기도 하다. 정목은 가지요리를 완성해서 요리사로 등극하였다고 하여 이름 대신 '가지'라는 별명으로 불리기도 한다. 이처럼 교군은 맛의 천국이자 감각의 제국이다. 이곳에서 누구인지 안다(know who)는 말은 어떤 맛인지 안다는 말로 치환될 수 있다. 사실 맛은 언어로 번역되지 않는다. 맛을 설명하는 언어는 비유의 주변을 돌 뿐이다. 덕은의 절대적인 힘의 원천이 밝혀지지 않는 것은 이 때문이다.

2. 신산고초와 쿠킹: 노-왓(know-what)

소설은 교군의 역사에 겹쳐진 여인 삼대의 이야기이기도 하다. 이덕은, 배미란, 손김이 세 여인의 이야기 말이다. 물론 이들을 묶는 절대적인 존재는 덕은이다. 미란과 김이를 본능적으로 끌어당기는 힘은 덕은의 손맛에서 나온다. 임신한 미란뿐 아니라 김이 역시 덕은이 만든 요리를 맛보고 황홀경에 빠졌다. 김이가 느낀 오감의 환희는 몸에 각인된 희열을 열망하는 중독자의 심정에 가깝다.

그런데 덕은의 주방은 일반적인 부엌과는 다르다. 일반적인 의미에서 건강, 영양, 맛을 추구한다고 볼 수 없는 곳이기 때문이다. 덕은이 요리하는 대상은 식재료가 아니라 어쩌면 그것을 먹는 누군가의 입, 혀, 몸 전체가 아닐까. 덕은은 "매운맛은 물리칠 도리가 없어 모두가 평등해진다"고 했다. 허위와 가식을 벗기려다보니 음식이 점점 더 매워진다는 것이다. 『교군의 맛』을 한마디로 표현하자면 맵디매운 맛이 혀끝에 남기는 통증이다. 매운맛은 혀가 받은 통증이고 신체가 받은 자극이다. 교군의 요리는 온몸을 흥분시켜서 개운하고 후련해지도록 한다. 저 최루성 음식이 일종의 테라피 효능을 가지고 있는 셈이다. 이쯤 되면 통쾌하고 뜨겁고도 매혹적인 맛을 내는 요리사를 종족의 안위에 관여하는 제사장이라고 부를 수도 있을 듯하다. 수많은 혓바닥을 정복한 덕은은 교군의 대모(Big Mother)이다. 그러니 덕은의 요리는 냉혹한 시대의 한기를 견디기 위한 생존법이자 무력한 아버지의 자리를 대신 채운 강한 어머니의 생존법이라고 말할 수도 있다.

교군에서 준비하는 빈소 음식은 사정을 봐주지 않는 매운 강도 때문에 문상객의 눈을 적시고 몸을 적시고 마음을 적시는 것으로 유명하다. 덕은이 평생을 바쳐서 만들어낸 치명적인 맛은 미각을 섬세하게 감동시키는 다채로운 맛이 아니라 미각 자체를 무디게 만드는 절대 맛이다. 맛의 범주에 넣을 수 있는 임계치를 보여주는 요리랄까. 교군의 차림표에는 다소 익숙하지 않은 요리들도 많이 적혀 있다. 그것은 문화적인 차이를 드러내면서 '먹을 수 있는 것/없는 것'의 구분을 교란한다. 김이가 정리한 기록물을 살펴보면 그 매운맛 속에는 무언가가 감추어져 있다. 그것이 덕은이 완성한 레시피의 핵심인 비약이다. 덕은은 택수의 전처 상희가 병상에 있을 때 사람을 홀리는 치명적인 맛을 낸다는 독가루를 구해다가 요리를 했다. 그 독가루는 삶에 대한 의욕이 넘치는 사람에게는 차마 먹지 못할 역한 맛으로, 죽음이 가까운 사람에게는 거부할 수 없는 최고의 맛으로 느껴진다는 묘약이다. 상희는 덕은의 요리를 맛있게 먹고 세상을 떠났다. 덕은이 매운 음식 속에 조금씩 넣는 독성은 혀를 천천히 마비시키는 효능이 있다. 독으로 영혼을 홀리는 그녀는 팜 파탈이다.

죽음의 맛이 삶을 일깨우고 지극한 고통이 열락으로 전환되는 곳, 일종의 임사체험을 통해서만 다가갈 수 있는 지복의 자리, 덕은은 이곳을 관리하는 제사장이다. 훗날의 역사가 증언하는 바, 이대(미란)의 참혹한 죽음과 삼대(김이)의 삶은 그녀의 두 가지 맛의 표현형이라고 볼 수도 있다.

3. 그해 여름: 노-웬(know-when)

『교군의 맛』의 현재 시점을 책임지는 인물은 손김이다. 노년에 들어선 덕은이 김이를 교군으로 불러들였기 때문이다. 교군에서 김이는 이덕은 여사의 일생이자 교군의 역사를 문서로 기록하는 역할을 맡았다. 그런데 교군의 역사는 김이의 역사이기도 하다. 그전에 김이의 어머니 미란의 죽음을 상세히 알 필요가 있다. 미란은 김이를 임신하고서야 자신이 권력자들에게 철저히 농락당했음을 깨닫는다. 몸과 마음이 망가질 대로 망가진 미란은 순박한 청년 손씨를 만난다. 손씨는 지적으로는 모자라지만 벽돌 공장에 다니면서 성실하게 일하는 건장한 사내다. 손씨와 몸을 섞은 미란은 난생처음 수치심 없는 섹스를 경험한다. 미란은 손씨와 함께 교군으로 돌아와 결혼을 하고 가정을 꾸린다. 그러나 달콤한 꿈은 오래가지 못했다. 미란이 둘째 아이 즉 손씨의 아이를 가진 몸으로 권력자들에 의해 무참하게 죽임을 당했던 것이다. 훼손된 미란의 주검과 태아의 사체는 공터에 함부로 버려졌다. 목숨을 지키기 위해 교군에 둘 수 없다는 가족의 판단에 따라 김이는 영문도 모른 채 강릉의 한 보육원으로 보내졌고 학교에 입학할 나이가 되어서야 교군으로 돌아올 수 있었다. 몇십 년 세월은 비련의 여가수 배미란의 죽음이 안고 있는 미해결의 장을 덮어버렸고, 그사이 교군의 맛은 흉내낼 수 없는 경지까지 숙성해갔다.

김이가 교군에 들어와 덕은의 육필원고를 기록물로 완성한다는 것은 두 가지 의미를 갖는다. 하나는 김이가 교군이 숨기고 있는 비밀에 접근한다는 것. 이는 출생의 비밀을 알아가는 과정과 일치한다. 다른 하나는 그 기록을 통해 덕은의 손맛을 알아간다는 것. 한 인간이 평생을 응축시켜서 만들어낸 맛의 의미가 기록으로 남기 때문이다. 각 장의 서두에는 짧은 프롤로그가 배치되어 있다. '교군 이덕은 여사 채록본'『이딴 얘기 받아적어서 뭐하려고』의 한 단락이 인용되면서 표지 역할을 하는 셈이다. 과거와 현재를 오가는 서술 시점의 변이를 용이하게 만드는 것도 이것의 몫이다. 서술의 흐름을 시간 순서에 맞추지 않고 서사의 내적인 논리에 따라 진행할 수 있게 된 것도 이 때문이다. 소설 전체에서 불행과 절망은 끼니처럼 반복되는데 그것들이 슬프고 고통스러운 정서를 강요하지는 않는다. 그 역시 세 인물의 삶에 적절하게 끼어들어 서술 중간 중간 간을 맞추는 메타적인 프롤로그의 기능 덕분이다.

김이의 불행은 미란이 끔찍하게 살해당한 그해 여름을 기점으로 시작되었다. 미란은 임신한 몸으로 귀가하던 중 검은 세단을 타고 온 남자들에 의해서 살해당했다. 그들은 미란의 뱃속에 있는 아이에 대해서 오해하고 살인을 저질렀다. 그들은 미란과 성관계를 가진 고위직 관리들(총재 '김씨', 회장 '이씨')의 측근으로 문제의 싹을 미리 잘라내기 위해 미란과 아이를 살해했다. 김이라는 존재는 가문의 천적이 남긴 치욕적인 결과인 셈이다. 어린 김이의 귓가를 떠나지 않았던 그 환청, 어쩌자고 저 아이를 낳았느냐는 원망과 두려움 섞인 누군가의 목소리. 그 환청은 김이가 떠안고 있는 원죄의식의 발현일 터. 김이가 겪는 불행의 발생 근거가 바로 그녀 자신이었던 셈이다.

이 점에서 『교군의 맛』은 작가의 첫번째 단편집의 표제작인 「이로니, 이디시」의 확장판이기도 하다. 「이로니, 이디시」에서 몸종 고만이는 옆구리가 붙은 채 쌍둥이로 태어난 두 명의 아씨를 모시고 있다. 독일로 입양될 쌍둥이 아씨들은 그녀들을 데려갈 독일 선교사 부부를 기다리고 있다. 이 소설은 양부모에게 버림받을 처지에 놓인 쌍둥이를 이야기하면서 그들을 바라보는 고만이의 시점에서 서술된다. '이로니, 이디시'는 두 아씨들의 독일식 이름이다. 그 이름을 조선식으로 바꾸면 '이동희, 이덕신'이 된다. 이로니와 이디시는 매우 함축적이고 상징적인 명명이다. 존재가 안고 있는 아이러니(이로니)를 체현한 인물과 마음을 정화하기 위한 글쓰기(이디시)를 지시하는 인물이 한 몸으로 태어났다. 두 이름의 상징성은 작가의 소설론을 지탱하는 상징이라고 불러도 좋을 것이다. 치욕과 고통에 젖은 정한을 언문으로 쏟아내는 저 한풀이가 『교군의 맛』이라는 소설이 담고 있는 성격과 무엇이 다르겠는가. 불행의 근원이 제 자신이라는 아이러니, 흩어진 자의 언어로 기록될 수밖에 없는 운명이 모두 교군의 삼대에 스며들었다. 그 가운데서도 김이의 이름이야말로 그 운명의 집약이다. 어머니 미란이 관계한 세 명의 남자가 가진 세 개의 성씨가 모여 '손김이'라는 이름이 되었던 것이다.

4. 피의 향연: 노-웨어(know-where)

무능한 남편 대신 가장의 역할을 떠맡은 덕은과 가수의 꿈을 얻은 대신 목숨을 잃은 미란, 소신 있게 살고 싶었으나 백수가 되어버린 김이는 삼대에 걸친 여성 수난의 다양한 국면을 보여준다. 그러한 고통(혹은 교통)

의 장소가 바로 교군이다. 이제 교군이라는 독특한 장소에 대해서 이야기할 차례다. 경기도 외곽에 위치한 고택인 교군은 과거 가마꾼이 쉬어가는 쉼터이자 정거장 같은 곳이었다. '맨입에 앞교군 서라고 한다'는 속담이 있다. 먹이지도 않고 일을 시킨다는 말이다. 바로 이곳이 일하러 떠나고 돌아오는 일꾼들이 쉬어가는 간이역이고 플랫폼이다. 이동수단이 된 가마꾼의 몸은 언제나 배고프고 피곤했을 터. 이곳에서는 함께 음식을 나누는 것이 일종의 전통이 되었다. 이곳이 여관과 식당을 겸하는 소문난 한식집 이상의 상징적인 의미를 갖게 된 것은 역사의 고통이 이들의 신체에 스며들었기 때문이다.

양반들의 전유물이었던 가마는 민중들에게 딱 두 번 허용되었다. 시집가는 새색시에게, 그리고 세상을 떠나는 망자에게. 꽃가마와 상여가 미란의 운명을 집약하는 것은 이 때문이다. 미란은 교군에서 신방을 차렸고, 장례 역시 교군에서 치렀다. 소설의 첫 장면에 등장하는 미란의 참혹한 살해 장면에는 '1980년 초여름'이라는 표지가 붙어 있다. 미란의 죽음에 민중의 죽음이 겹쳐 있음을 암시하는 대목이다. 장례식에서 덕은 여사는 매운 빈소 음식으로 손님들을 울렸다. 기침이 터지고 눈물이 흐르도록 만드는 맵디매운 맛. 어쩌면 화풀이 같기도 한 농축된 슬픔의 뜨거운 맛. 취한 이들은 죽은 자에게 미안해하고 살아남은 것을 부끄러워하기도 했다. "온순한 희생양을 제물로 바치고 온전하게 지냈던 지난날이 새삼 수치스러"(206쪽)워지는 순간, 살아남은 자의 슬픔을 되새겨야 하는 순간이다.

덕은이 만드는 요리는 신성한 생명을 바치는 일종의 제식이다. 생각해보면 요리란 죽음과 죽임의 흔적을 지니기 마련이지만, 덕은의 요리만큼 그것의 의미를 깊이 체현한 경우는 다시없을 듯하다. 예를 들어 갓 태어난 송아지를 잡아서 만든 간장은 "음흉하고 짜디짠 간장은 태어나자마자 숨이 끊긴 송아지의 울분과 설움까지 몽땅 녹여 제맛으로 강탈한 것이다."(292쪽) 송치로 젓갈을 담그는 장면을 보자.

이것은 어둠의 맛이다. 징그럽고 칙칙한 덩어리가 세월의 작용으로 삭으면 처음과는 아주 다른 맛의 권력을 지니게 된다. 그대로는 독이기에 밀도를 희석하고 분량을 조절해 드문드문 섭취하면 몸이 적응하지만 한꺼번에 많이 먹었다가는 죽는다. 집장은 사람의 혀를 홀려 걷잡을 수 없는 식탐을 이끌어내는 맛의 전령이다. 독이 들어 있어야 사람의 혀는 중독되고 몸에서 이는 저항과 고통을 쾌락으로 환치시키는 것이다.(294~295쪽)

교군이 일종의 성지로 그려진다고 말할 때 미란은 상징적인 죽음을 현시한 인물이다. 이른바 '여가수 배미란 살인사건'은 무고한 손씨를 범인으로 지목하면서 강제 종료되었다가 덕은과 이준의 노력으로 억울한 옥살이 4년 반 만에 손씨가 무죄로 석방되고 나서는 그대로 묻혀버렸다. 소설의 후반부에서 두 가지 비밀이 드러난다. 하나는 미란이 유명한 정치인의 아이를 가졌다고 실언한 장본인이 바로 덕은이라는 사실. 그렇다면 미란이 김총재의 측근인 강용수라는 자에게 죽임을 당한 간접적인 원인을 덕은이 제공한 것일 수 있다. 덕은은 혀를 잘못 놀린 죄책감을 평생 안고 살아야 했다. 두번째 비밀은 미란을 살해하도록 교사한 범인 강용수가 몇십 년째 교군을 드나들고 있다는 사실. 덕은은 강용수의 존재를 알고 그에게 복수할 순간을 노리고 있는지도 모른다. 그 시간을 견디기 위해서 희석한 독성이 몸의 고통을 무디게 만들 필요가 있었던 것은 아닐까. 어쩌면 그것은 많은 사람들이 이유 없이 죽어나갔던 80년대의 사회적 풍경에 대한 은유는 아닐까. 최루탄과 미니스커트가 공존하던 기묘한 시대에, 민주화의 바람과 소비문화의 세태가 뒤섞이던 시대에 무고하게 죽어간 사람들에 대한 명지현식 애도라고 말하면 과한 해석일까.

5. 핫 스파이스 스페셜: 노-하우(know-how)

『교군의 맛』은 핫 스파이스(spice) 예찬론이기도 하다. 스파이스는 자극성 향과 맛을 가진 조미료라는 의미로 특별하다는 뜻을 가진 스페셜(special)과 같은 어원에서 나왔다. 향신료가 요리를 완성하는 식재료일 뿐 아니라 약재로 쓰이기도 하고 화폐를 대신하는 역할을 하기도 했다는 점을 감안하면, 그것은 찾는 자의 목적과 의도에 따라 다른 효력을 발휘하는 묘약인 듯하다. 향신료 전쟁으로 대표되는 역사적 사건을 떠올리는 사람이 있다면 교군식 풍미의 가치를 문화사적 해석에 기대 풀어볼 수도 있을 것이다. 교군에서 발견되는 핫 스파이스는 어떤 구체적인 맛으로 한정되지 않는다. 구체적인 미감으로 제한되지 않고 오히려 미감 자체를 무력하게 만들 정도로 높은 강도의 자극이라는 점이 두드러진다.

매운맛은 미각이 아니라 통각의 범주에 속한다. 입안의 점막과 혀의 표면을 아리도록 때리는 촉각이고 그로 인해 피부 전체가 달아오르는 공감각을 불러오는 통증이다. 매운맛이 몸속에서 발휘하는 기묘한 최루성은 정서적으로 어루만지는 감정의 전이가 아니라 감각적으로 공격하는 따가운 촉성을 발생시킨다. 자극은 입맛에 맞느냐 맞지 않느냐 이전에 작동하는 감각의 논리다. 자극은 누구에게나 공평하다. 때문에『교군의 맛』에는 즉자적으로 눈물 흘리는 자들을 만날 수 있을지라도, 감정적인 슬픔에 갇힌 우울증자를 찾아볼 수는 없다. 울어라, 슬퍼지지 않을 것이다. 이것이 매운맛 사용 수칙이다.

그 덕분인지『교군의 맛』은 1970년대에서 80년대 격동의 시기를 호출하면서도 후일담계 소설과 거리를 둘 수 있게 되었다. 나쁜 후일담이 있다면 사적 추억을 소비하기 위해 공공의 슬픔을 훔쳐오는 이야기일 것이다.『교군의 맛』은 개인의 감각, 그 개별적인 신산고초에서 시작하여 민중사로 퍼진다. 화기(火氣)를 품고 탄생한 치명적인 매운맛은 세상 모든 이야기를 자신의 식재료로 사용할 수 있다. 그건 예전에 작가가 귀뜸해준 사실이다. "이 세상은 커다란 식재료 창고가 아닌가. 세상의 모든 것이 요리가 된다."(『이로니, 이디시』, 문학동네, 2009, 87쪽)

6. 원 테이블 오픈 마이크: 노-와이(know-why)

역사는 죽음을 끌어안아야 완성된다. 죽음이야말로 과거가 완성되는 방식이기 때문이다. 새로운 것이 시작되기 위해서는 이전의 것이 죽어야 한다. 소설의 첫 장면인 미란의 죽음과 소설의 후반부에 나오는 강용수의 죽음이 한 역사의 시작(수난담의 절정)과 끝(신원담의 절정)을 보여준다고 할 수도 있다. 이 대응관계는 『교군의 맛』이 망자를 대신하여 감행된 덕은의 복수극일 수도 있다는 생각을 하게 만든다. 그런데 이 과정 내내 죽음을 겪지 않는 인물이 나온다. 교군의 지배자, 덕은이다. 덕은이야말로 교군 자체이기 때문이다. 그는 역사의 바깥에서, 풍화를 겪지 않은 채 인물들에게 각자의 운명과 죽음을 배당한다.

명지현의 유물론은 섭식과 성(性)이라는 기초적인 토대를 갖고 있다. 그것이 매운맛이라는 문화적인 요리의 형태로 드러나지만 그것 역시 인간과 동물의 경계, 문화와 본능의 경계에서 작동한다. 매춘이 매식과 유사한 모티프라는 사실을 강조할 필요가 있을 것이다. 입을 책임지는 덕은과 성기를 책임지는 미란은 쌍둥이 같다. 가부장적인 사회에서 여성의 몸은 결박되어 있다. 그렇다면 '매운 고추'로 상징되는 남성은 어떤가. 결국 강용수는 위험을 감수하고 덕은이 준비한 밥상을 맞는다. 이쯤에서 강용수가 미란을 죽인 교사범인 것만이 아니라 미란에게 구애했다가 거절당한 사내라는 점을 언급할 필요가 있겠다. 그는 권력의 맛에 중독되어 평생 안고 갈 죄를 지었다. 결국 강용수는 교군의 고장난 트럭을 몰고 나갔다가 사라진 후 행방이 묘연하다. 남성의 몸 역시 자유롭지 못하다.

마지막 발언대는 김이의 몫이 되어야 할 듯하다. 김이와 정목이 덕은의 음식을 나눠먹고 온몸이 뜨거워져 사랑을 나누는 에로틱한 분위기로 소설은 끝을 맺는다. 김이에게는 상처가 있으나 자기비하가 없다. 사랑으로 파괴되었던 미란과 새로운 사랑으로 탄생하는 김이. 덕은이 만든 스파이스 로드는 이렇게 새로운 길을 낸다. 가루에 불과한 한 줌의 향신료가 서

양과 동양을 연결했듯이. 교군은 맛의 길을 내는 거대한 식구(食具)이자 거대한 육장(肉醬) 상자이다. 우리는 죽음과 삶을 끌어안은 채 끝끝내 그 독하고 매운 맛을 보아야 한다.

미스터 노바디(nobody)가 그대를 사랑할 때
— 조해진의 『아무도 보지 못한 숲』

1. 숲(forest)의 로직: 남겨진 자들을 위하여(for the rest)

숲속에 오누이만이 남는다. 게다가 누나는 남동생이 자신과 함께 있다는 것도 알지 못한다. 동생은 야구 모자를 쓴 낯선 남자아이로, 다른 말로 하면 그냥 흐릿한 배경으로 남아 있을 뿐이다. 이정표 삼아 뿌려둘 조약돌도 빵가루도 없다. 독자가 이 소설을 펴고 처음 마주치는 숲은 '헨젤과 그레텔'의 숲에 가깝다. 진입로에 들어서자마자 가파른 수수께끼에 직면하고(엄마는 왜 우리를 버렸던 것일까?), 질문이 또다른 질문으로 이어지는 거대한 미로 속에서 길을 잃고(동생은 어디로 사라진 것일까? 혹은 보스는 후원자일까, 악당일까?) 마침내 마녀와 같은 삶의 냉혹한 비의와 마주치는 곳. 그리고 그 끝에서 해후하는 오누이까지. 어쩌면 '숲의 플롯'(forest plot)이라 부를 만한 서사적 모티프가 있다고 말해도 지나친 상상은 아닐 것이다.

문제는 우리가 살펴볼 숲이 보편적인 구도로 설명되지 않는다는 데 있다. 『아무도 보지 못한 숲』(민음사, 2013)[1]이라는 표제가 말해주듯 저 숲은 완전히 은닉되어 있다. 그러면서도 숲의 이미지는 반복적으로 등장한다. 숲은 누군가의 시선에 잠시 포착되었다가 사라지기를 반복한다. 그러면서도 전모를 끝내 드러내지 않는다. 숲은 보편적인 조망점을 허락하지 않는다. 정념적이고 파편적인 이미지만으로 현상하는 숲. 그렇다면 저 숲의 돌출적인 이미지는 누구의 것인가.

소설의 끝에 이르기까지 숲은 아직 '그 누군가(somebody)'의 것도 아니다. 그렇다면 이렇게 바꿔 말할 수는 없을까. 저 숲은 '아무도 아닌 자(nobody)'가 보는 숲이라고. 누나는 숲을 다 헤맨 후에야 숲의 초입부에서 배경으로 등장했던 소년을 마침내 다시 발견한다. 아무도 아닌 자가 내가 찾던 바로 그 사람임이 밝혀지는 순간이다. 그때까지 숲은 누군가의 것도 아니며, 그러므로 아무도 아닌 자의 것이다. 소설은 이 발견의 과정을 바로 그 아무도 아닌 자(남동생)와 아무도 아닌 자가 바라보는 바로 그 사람(누나)의 시선을 왕복하며 기술한다. 소년은 아무도 아니므로 눈에 띄지 않았고 누나는 그토록 찾아다녔던 이가 자신과 동행했다는 것을 몰랐다. 소년에게 눈만 있었다면(소년은 내내 누나를 본다), 누나에게는 몸만 있었다(누나는 내내 소년을 보지 못한다). 숲은 눈뜬장님들을 붙잡지 않는다. 헨젤과 그레텔처럼 둘은 숲에 남겨진다. 이곳에 남겨진 자들을 위해(for the rest), 버림받은 자들을 위해, 숲(forest)은 거기에 있다.

아무도 아닌 자, 이방인의 시선에 대한 집요한 관심에 대해서라면 작가 조해진을 빼놓을 수 없을 것이다. 저 숲(『아무도 보지 못한 숲』)의 정체를 설명하는 일은 조해진의 건축술이 작동하는 원리를 살펴보는 작업과 맞물려 있다. 먼저 숲의 로직을 살피기 위해 소년의 행적을 따라가보자. 신현수라는 이름의 이 소년은 엄마가 진 빚 때문에 죽은 사람으로 처리되었다. K시 지하철역에서 거대한 가스폭발 사고가 일어나자, 빚쟁이들은 보상금을 타내기 위해 현수를 사고의 희생자로 처리하고 신병을 인도해갔

---

1) 이 작품은 『세계의문학』 2011년 여름호에 실렸던 경장편이다.

다. 현수보다 일곱 살 많은 누나 미수는 갑작스러운 동생의 죽음을 의심 없이 받아들이고 가난한 외톨이로 살았다. 사채사업을 하는 보스에게 잡혀간 현수는 조직의 일을 도우며 열여덟 살이 되었다. 소년은 이제 성인이 되지만 여전히 세상에 없는 존재다. 성인이 된다는 것은 세상에 진입한다는 의미다. 그러나 소년은 이미 죽은 것으로 처리되어 있었기에 입사(入社)가 불가능하다. 그는 어른이 될 수도, 나아가 산 사람이 될 수도 없다. 현수는 완벽하게 유령이 되었다. 어쩌면 현수가 누나의 주변을 맴돈 이유가 이것 때문일지도 모른다. 현세와 자신을 이어주는 유일한 끈이 바로 누나였기 때문에.

　현수를 데려간 조직의 보스는 서류를 위조하는 전문 브로커로 현수를 키운다. 버림받은 채 맹목적인 복종과 폭력을 일삼던 형들 틈에서 현수는 냉혹한 생존의 기율을 체득한다. 이쯤 되면 현수가 살의와 적개심으로 처참하게 망가졌을 법도 할 터. 흥미로운 것은 지금부터다. 현수는 복수를 꿈꾸는 괴물이 되지 않는다. 오히려 최선을 다해 살아내는 것이 최고의 복수라는 듯이 시간을 견디고 고통을 참아낸다. 현수는 미수가 살고 있는 원룸을 몰래 찾아가 그녀의 삶을 조용히 돌보아준다. 그것은 절대적인 선의이다. 이로써 역할의 역전이 시작된다. 버림받은 아이가 남겨진 누나를 보호한다는 것은 어떻게 가능한가. 그러나 이 역전이야말로 숲의 비밀이다. 숲, 남겨진 자들을 위한 비의(秘意)의 저장소. 동생을 잃고 홀로 버려진 여자는 동생의 보호를 받고, 세상에 버려진 동생은 최선을 다해 누나를 지켜낸다. 그 비의를 이해하는 순간, 우리는 홀연 숲의 가장 깊은 곳에 당도해 있을 것이다. 이를테면 이런 구절.

　708호는 온몸으로 M의 냄새를 풍겼다. 기억회로가 종종 도달하는 그곳, 수많은 시간을 거슬러올라가야 접속할 수 있는 그 장면에 이 냄새를 입력하면 소년은 언제라도 천국 근처에 도달할 수 있었다. 밋밋한 가슴, 등허리

를 쓸어주던 솜털이 돋은 두 팔, 울지 말라고 속삭이던 앳된 목소리, 교환
되고 사라지던 서로의 숨결……(63쪽)

현수가 기억하는 유일한 생생함. 그것은 와해되고 사라지는 저 하나의
장면 속에 간신히 남아 있다. 누나가 나가고 없을 때 누나의 빈방을 찾아
간 소년이 누나의 냄새에서 천국의 이미지 하나를 얻어내는 순간이다. 그
이미지는 어렸을 때 누나가 소년을 안아주고 젖을 물리던 원형적인 장면
에 대한 것이다. 이제 저 장면을 누나의 목소리로 들어보자.

그 시절 나는, 아무도 몰래 현수에게 젖을 물리기도 했어. 그럴 때면 그
애는 달콤한 젖이 나올 리 없는 내 납작한 가슴을 물어뜯듯 빨아대곤 했는
데 무서운 흡입력이었어. 통증도 있었고 할머니나 숙모가 어느 순간 문을
왈칵 열어젖히고 이쪽을 노려볼지도 모른다는 두려움도 컸지만 한동안 그
만두지 못했어. 현수를 잘 돌봐줄 수 있는 그보다 더 좋은 방법을 나는 도
무지 알 수가 없었으니까.(97쪽)

소년에게 누나는 엄마이기도 했던 셈이다. 정의상 기원은 분화되지 않
은 것이다. 기원 속에는 엄마의 젖가슴과 연인의 향기와 누나의 냄새가
한덩어리인 채로, 하나의 전체를 이룬 채로 포함되어 있다. 때문에 현수
가 누나를 부르는 이니셜 M은 그에게 유일하게 평안과 휴식을 주는 천국
의 엠블럼이다. 이니셜 M은 미수의 M이자, 마더(Mother)의 M이기도 하
다. 이 기원을 숨기고 있다는 것, 이것이 바로 숲의 비의이다. 엄마가 소
년을 돌보는 것이 아니라 소년이 엄마(＝누나)를 돌보는 뒤집힌 역할극이
가능해진 것은 이 때문이다.

2. 게임의 로직: 굴뚝 청소를 하는 아이들

그러나 작가는 숲의 안쪽으로 우리를 안내하지 않는다. 그랬다면 소설은 동화와 판타지, 정신분석과 욕망의 서사로 뻗어나갔을 것이다. 대신 작가는 우리를 다시 바깥으로 데리고 나온다(두번째 장이자 본문에 해당하는 장의 제목은 「숲의 바깥」이다). 이곳은 냉혹한 현실원칙이 지배하는 공간이다. 소년 현수도, 누나 미수도, 미수의 애인 윤도 이곳의 논리에 포획되어 있다. 이 논리는 인위적인 강제력이 행사되는 곳이라는 점에서, 승패가 명확하게 갈린다는 점에서, 그리고 거기에 참여한 플레이어에게서 주체성을 말살한다는 점에서, 정확히 게임의 로직을 따르고 있다.

게임의 로직은 둘 중 하나를 선택해야 하는 이분법으로 구성된다. "성공 혹은 실패. 반드시 둘 중의 하나로 결정된다는 것이 피할 수 없는 운명이란 걸 알면서도"(24쪽) 소년은 이 게임을 그만둘 수 없다. 저 이분법은 하나의 원칙을 전제하고 있다. 어느 쪽을 선택해도 손해를 본다는 것. 소년은 생존의 방식을 일찍 깨우쳤다. 그래서 그는 울지 않는다. 눈물을 참아야 형들에게 맞지 않고 살아남을 수 있다. 현수는 스스로를 "꺼지지 않는 노트북"(46쪽)이라고 부른다. 1년에 한 번씩 메모리를 포맷하는 망각 기계라는 의미다. 매 순간이 미션이며 게임이라고 말하는 소년, 자신을 세계의 버그(bug)라고 부르는 아이.

> 서명이 끝난 후 영수증이 출력되는 소리를 듣고 나서야 소년은 시야 오른편에 새겨지는 한 줄의 자막을 발견했다. "0:00. You win. Game over." 영수증을 건네받은 소년은 점원의 인사도 받지 않고 서둘러 비닐봉투를 챙겨 마트의 유리문을 활짝 열어젖혔다. 두번째 골목으로 접어들면서부터는 달리고 또 달렸다. 하나의 게임은 무사히 끝났지만 또다른 게임이 이미 시작되고 있었다.(25쪽)

이 게임은 소년이 질 때까지 계속된다. 'You lose'가 떠야 정말로 게임이 끝난다. 실제로 소년이 경찰에 붙잡힌 후에야 게임은 중단될 수 있었다. 게다가 그는 이 로직에서도 벗어나 있다. 소년은 이 게임을 조작하는 플레이어를 자처했지만, 실제로는 보스의 손아귀에서 벗어날 수 없는 게임의 장기 말에 지나지 않았다. 그는 이 세계에서 지워진 아이, 이 게임의 유일한 얼룩이다. 소년이 동일한 이름의 신현수를 찾아 그를 제거(대신)하려는 계획을 세우는 것도 그 때문이다. 그는 다른 아이를 대체함으로써만 현실로 귀환할 수 있었으나, 그걸 실행할 만큼 독하지 못했다. 오히려 그는 소년에게 조심할 것을 경고할 뿐이다. 현실의 신현수는 버그로서의 신현수를 조심해야 한다. 그는 게임의 로직에서 벗어날 수밖에 없는 바깥 그 자체이다. 그리고 그것이 작가의 시선이 가 있는 곳이다. 자본의 냉혹한 논리 바깥에서, 얼룩으로 살아남을 수밖에 없는 우리의 주인공들에게 말이다.

길을 잃은 자들을 껴안는 것이 숲의 아량이라면 아무것도 남겨두지 않는 것이 게임의 본질이다. 승자가 모든 것을 싹쓸이하고 루저는 모든 것을 잃게 된다. 그보다 더 큰 문제는 경기의 승패가 선수가 태어나기도 전에 결정된다는 데 있다. 태어나기도 전에 이들의 운명이 정해지는 것이다. 다 자라기도 전에 버려질 운명이. 굴뚝을 타고 오는 이가 산타할아버지만은 아니다. 윌리엄 블레이크의 시가 설명하듯, 산업혁명기 런던에서는 굴뚝 청소를 아이들에게 시켰다. 화재가 자주 일어나는 도시에서 굴뚝 청소는 반드시 필요한 일이었을 것이다. 어른이 들어가기에는 비좁은 굴뚝에 들어가 청소를 하는 아이들. 윌리엄 블레이크는 이 아이들을 관 속에 들어가는 시체에 비유했다. 아이들은 굴뚝에서 그을음을 닦아내다가 화상을 입거나 연기에 질식해 죽기도 했다. 「굴뚝 청소부The Chimney Sweeper」라는 시는 낭만적인 풍경화로 보이지만 실은 잔혹한 참상의 고발이다. 일하는 아이들의 외침(sweep)과 갇힌 아이들의 울음(weep)은 겹쳐 있다. 아무도 소년을 도와주거나 검은 관 같은 현실에서 꺼내주려 하지 않았다. "날 좀 꺼내줘. 속삭였지만 아무도 듣지 못했고 그 누구도 다가와 손을 내밀지 않았다."(94쪽)

현수를 21세기의 굴뚝 청소부라고 부를 수 있을까. 봉인된 관처럼 탈출 불가능한 폐쇄회로에 갇혀 사는 것은 현수뿐이 아니다. 현수가 진짜 여행을 떠나지는 못하면서 공항에서 여행 직전의 기분까지만 즐기는 취미를 가지고 있듯이, 미수 역시 연인 윤에게조차 하고 싶은 말을 다 전하지 못한다. 미수는 블로그를 통해서만 윤에게 전달할 수 없는 말을 건넨다. 사실 미수와 윤은 거울상이다. 굴뚝청소를 하는 아이가 상대의 얼굴을 보고 제 얼굴이 더러운지 아닌지를 판단하는 것처럼 미수와 윤은 서로를 들여다보고 그 속에서 자신을 발견한다. 빌딩 안내원인 미수는 윤의 눈에 마네킹으로 보인다. "마네킹. 미수를 처음 봤을 때 윤이 받은 인상은 마네킹, 그 이상도 이하도 아니었다."(31쪽) 그녀는 다른 이의 눈에 거의 띄지 않는 존재다. 그녀 역시 게임판 위의 장기 말에 지나지 않는다. 윤도 마찬가지다. 미수의 눈에 비친 윤은 "장난감 병정"(57쪽)이다. 그는 회사 로비를 지키는 비정규직 경비원이다. 이들이 자본주의의 전시장을 꾸미는 장기 말에 지나지 않는다는 것은 마지막에 이르러서 충격적으로 밝혀진다.

남자는 휴게실에 들어서자마자 대동한 사내에게 휴게실 문을 잠그게 한 후 엉거주춤 일어나는 윤에게 다가가 다짜고짜 뺨부터 때렸다. 갑작스럽게 일어난 일에 당황한 미수가 벌떡 일어나 남자에게 무슨 말인가를 하려는 순간, 그는 미수의 뺨도 사정없이 내리쳤다. (……)

"야, 나가면 서울이 다 모텔이고 여관 아니냐? 박으려면 그런 데 가서 박아. 왜 멀쩡한 남의 사업장에서 그 짓이야, 어? (……)"(144쪽)

새벽에 윤은 병원에서 퇴원한 미수를 데리고 자신이 경비하는 지하 쇼

펑몰로 들어간다. 이들은 침대에 누워도 보고 액세서리를 달아도 보면서 이곳저곳을 누빈다. 잠깐의 로맨틱하고 환상적이고 동화적인 풍경이 펼쳐진다. 그러나 그것도 잠시, 빌딩의 소유주가 경비들을 데리고 밀어닥친다. 얻어맞고 쫓겨나는 둘. 이들은 이렇게 자본주의의 게임판에서 추방된다.

게임의 로직이 지배하는 곳이 숲의 로직이 통용되는 곳과 대극이라는 것은 의심할 여지가 없다. "간절하게 가고 싶은 곳이 있었다. 버그나 몬스터의 배역 따위 없는 곳, 갚아야 할 빚도 없고 되새기고 또 되새겨야 하는 기억도 없는 곳, 칼이나 날카로운 유리 조각도 없는 곳, 사라지거나 위장되는 자도 없는 곳, 그런 곳. 숲이라면 좋을 듯했다."(131쪽) 이 소설에서 꿈이 자주 출현하는 것도 이와 무관하지 않다. 게임에서 이탈해서 숲을 찾기 위해서, 인물들은 자주 꿈을 꾼다. 그러나 꿈은 현실과 무관한 곳이 아니다. 꿈에서 숲과 게임의 세계는 뗄 수 없이 얽혀 있다. 세번째로 살펴봐야 할 지점이 바로 이 꿈의 로직이다.

3. 꿈의 로직: 수면 그리고 들여다본다는 것

소년이 자신과 이름이 같은 다른 소년을 꿈꾸듯, 미수와 윤도 다른 삶을 꿈꾼다. 언젠가 '신현수'의 급소를 관통할 거라고 상상하는 현수가 겨눈 총처럼, 윤도 총을 겨눈다. 하지만 그 총구는 실은 자신을 향해 있다. 미수는 꿈속에서 윤이 발사되지 않는 빈 가스총을 입에 밀어넣는 장면을 본다. 가까웠지만 동시에 너무나 멀리 있는 윤의 세계. 미수의 시선은 원경의 정지 상태와 근경의 가속을 동시에 담아내는 이상한 카메라와 같다. 미수는 윤과 사회적 위치가 비슷하지만 현수와는 정서적 특징이 유사하다. 미수의 블로그는 미수의 마음을 읽는 창이다. 소년은 그 창을 통해서 M과 윤의 관계를 읽는다. 누군가의 흔적을 따라가는 일은 작가 조해진의 인물들이 가장 잘하는 것에 속한다. 작가의 첫 장편 『로기완을 만났다』(창비, 2011)에서 김작가가 로기완의 일기장을 따라가는 것이 그러하고,

『아무도 보지 못한 숲』에서 소년이 M의 블로그를 읽으면서 M의 주변을 살피는 것이 역시 그러하다. 어쩌면 무의식의 잔영이 남기는 것 역시 사라진 시간과 사라진 감각의 복원이 아닐까.

하늘이 회색으로 뒤덮인 날 K시에서 한 소년이 사라졌다. 시체도 발견되지 않았다. 그러나 아무도 소년의 죽음을 의심하지 않았다. 소년은 사람들의 묵인과 잔인한 이기심의 볼모로 잡혔다. 올드보이의 동화버전이라고 불러야 할까. 암흑 같은 세계에서 악당(현수를 납치하고 감금한 자)과 구원자(현수를 키우고 돌보아준 자)가 같은 사람이라는 아이러니를 소년은 어떻게 받아들였을까. 보스는 현수를 지금의 구렁텅이에 빠뜨린 장본인이면서 동시에 현수를 감싸는 보호자이기도 하다. 어디를 가든 따라붙는 보스의 집요한 시선이야말로 꿈의 로직에서 대타자의 작인에 해당하는 것이라 할 수 있다. 보스는 현수에게 집착하는 이유가 죽은 아들이 현수와 닮아서라고 말한다. 대타자가 현실의 현수를 지배하는 것은 대타자의 지배가 '부재하는 존재'(실제로 죽은 아들)를 향해 있기 때문이다. 그래서 보스는 현수를 '없는 존재'(서류상으로 죽은 아들)로 만든다. 소년은 이미 엄마에 의해 버림받은 적이 있다. 보호해야 할 엄마가 나를 팔아넘긴 존재라니, 그건 사실인가 아닌가?

언젠가 그녀는 이런 전봇대 뒤에 숨어 있었다. 외삼촌 집을 떠난 봉고차가 골목을 돌 때, 창문에 바짝 얼굴을 갖다대고 있던 소년은 잠시 울음을 그치고는 두 눈을 동그랗게 떴다. 1년 만이었지만 소년은 단번에 그녀를 알아봤다. 엄마라고 부르지는 않았다. 소년은 그저 최대한 두 눈을 크게 뜬 채 가만히 그녀를 지켜보기만 했다. 어느 순간부터 그녀는 보이지 않았다. 소년은 다시 울기 시작했다. 그후로도, 한 번도, 엄마를 봤다고 발설하지 않았다. 시간이 흐를수록 소년 역시 그날의 장면이 실제의 일이었는지, 아니면 그저 꿈의 일부였는지 구분하기 힘들었다.(131~132쪽)

이 소설의 가장 핵심적인 장면 중 하나가 이것이다. 팔려가는 아들을 숨어서 지켜보는 엄마, 보호해야 할 아들을 참혹한 운명 속에 던져넣은 무섭고 잔인한 엄마. 이것이 실제로 벌어진 일인지, 꿈에서 벌어진 일인지 소년은 알지 못한다. 알지 못한다는 것은 구분되지 않는다는 뜻이다. 이것이 해명되지 않는 기원, 즉 원장면(primal scene)이기 때문이다. 소년이 아는 것은 이것이 소년의 운명을 결정한 일이었으며(실제이든 아니든), 그에 따라서 지금의 소년이 형성되었다는 것, 혹은 (이것이 핵심이다) 소년의 운명의 시작을 바라보아주는 이가 있었다는 것이다.

엄마가 나를 버렸다는 게 요점이 아니다. 그때 이후로 모습을 드러낸 적 없는 엄마가 사실은 기원에(따라서 지금껏 소년의 모든 현실에 은닉된 채로) 포함되어 있었다는 것, 이것이야말로 그후의 '바라봄'을 정초하는 핵심이다. 보스가 나를 지배하면서 모습을 드러내지 않는 것이나, 소년이 M(누나 미수)을 돌보면서 자신이 동생임을 밝히지 않는 것이 모두 동일한 의미를 갖는다. 보스는 소년을 지배하는 악의 중심이면서 소년의 보호자를 자처하는 선의의 지배자이기도 하다. 소년이 잡힐 지경에 이를 때에도 다급하게 달아나라고 일러주는 이는 보스이다. 마찬가지로 미수에게 소년은 지나가는 엑스트라에 지나지 않았지만, 사실은 윤(애인)의 역할을 대신하는 보호자이다. 유령(야구 모자를 쓴 낯선 남자아이)과 천사(미수의 부족한 것을 표나지 않게 채워주는 후견인)의 이형동질. 그토록 찾아 헤맨 동생이다.

이것이 이 소설의 바라봄에 내재한 비밀이다. 숲이 숨기고 있는 수면(水面)이 수면(睡眠)의 은유로 드러나는 것도 이 자리에서이다. 이 소설에서 가장 아름답고 참혹한, 환상적이면서도 사실적인 장면들에서 몇 문장을 뽑아보자.

바닥엔 빈 병 하나가 쓰러져 있었고, 병 안에서는 초여름의 숲처럼 초록색 바람이 불고 있었다. 소주병을 집어들어 주저 없이 내리치자 바람 한 줌이 미수의 손 안에 들어왔다.(125쪽)

미수는 물 위를 떠다니고 있었다. (……) 갑자기 얇고 단단한 막 하나가 나타나 미수의 전진을 막았다.(126~127쪽)

막을 지나갈 수 없다면 남은 선택은 하나다. 미수는 다이버처럼 두 팔을 앞으로 모아 물속으로 집어넣었다. 두 팔은 가까스로 물속으로 들어갔지만 어떤 강한 힘이 막고 있는 듯 미수의 몸과 두 다리는 수면을 통과하지 못했다.(127~128쪽)

그만둬. 얼굴까지 가라앉기 직전, 갑자기 어딘가에서 낮고 굵은 목소리가 끼어들어왔다. 낯설지만 익숙했고 익숙했지만 지금까지 들어본 그 어떤 목소리에도 겹쳐지지 않는 생소한 느낌의 음성이었다.(128쪽)

미수의 손목을 잡았다. 손목이 잡힌 미수는 끈적끈적한 물속에서 천천히 빠져나왔다. (……) 그리고 무심결에, 현수를 찾았다.(128쪽)

그제야 소년은, 링거 바늘이 꽂혀 있던 M의 손목을 놓아줄 수 있었다.(128쪽)

늪 같은 잠이 연이어졌다.(133쪽)

소년은 무릎을 꿇고 앉아 상체를 앞으로 기울인 채 방바닥에 귀를 대보았다. 바닥 아래 깊은 곳에 호젓한 호숫가가 보이는 듯했다. M이 자주 발을 담그고 놀았을 고요한 호수는 소년의 얼굴을 맑게 되비쳤다. 소년은 이 시간을 잊을 수 없다는 걸 느리게 깨달았다.(134~135쪽)

이제야 왜 이 숲이 호수를 숨기고 있는지가 드러난다. 숲이 치유와 휴식이 깃든 장소만이 아니라 죽음의 늪을 품고 있다는 말이다. 현수를 찾다 지친 미수가 윤의 집 앞에서 소주병을 깨서 손목을 그었다. 소주병의 초록이 숲을 불러왔다는 데 유의하자. 혼미한 가운데 미수는 수면 속으로 잠겨든다. 정신을 잃고 숲의(그러니까 숲이 숨긴 꿈의) 로직에 포함되려는

272   2부

순간이다. 그녀를 쫓던 현수가 팔을 뻗어 그녀의 손목을 잡는다. 수면은 이때 이미 죽음의 잠으로 전환되어 있다. 그녀는 늪 같은 잠에 빠지고, 소년은 그녀의 방에서 아름다운 호수를 발견한다. 호수는 남매가 서로를 바라볼 수 있게 해주는 수면(水面)이면서 죽음으로 상징되는 깊은 수면(睡眠)이기도 하다. 숲은 보살핌을 받고 갱생하는 요람이자(구원의 장소다), 버려진 자들의 무덤이다(잉여의 공간이다).

요컨대 이 소설에서의 '바라봄'은 근본적으로 꿈의 로직에 따른 것이다. 꿈의 로직에서 바라본다는 것은 바라보는 대상에 의해 바라보아진다는 뜻이기도 하다. 나는 대상에 의해 바라봄을 당한다. 그 시선이 있어야만 나의 자리가 지정된다. 골목 끝에서 팔려가는 나(현수)를 보는 엄마의 시선이 있어야 나의 운명이 결정되고, 언제 어디서든 나(미수)를 위하는 윤(사실은 윤의 시선이라고 착각한 현수)의 시선이 있어야만 나의 삶이 보호를 받는 것처럼. 조해진은 소설의 끝에 이르러 보는 자와 보이는 자의 시선이 부딪치는 두 개의 지점을 설정한다.

하나는 CCTV에 의해 폭로된 미수와 윤의 심야 데이트 장면이다. 앞에서 언급했듯이, 이들은 자본주의의 시선에 포획되어 곧장 추방된다. 자본주의만큼 바라보아짐을 필요로 하는 체제도 없다. 자본의 장기 말에 의해 바라보아짐을 당해야 그들(권력자 집단)이 대상을 (상품으로) 온전히 바라볼 수 있다. 그럼에도 불구하고 상품이 주인공 행세하는 것은 용납되지 않는다.

다른 하나는 현수의 바라봄. 자신이 더이상 지나가는 사람 A, B……와 같은 엑스트라가 아니라는 선언이다.

엘리베이터 안에서 소년은 야구 모자를 벗었고 꼿꼿이 고개를 세워 폐쇄회로 카메라를 올려다보았다. 눈이 아파올 때까지, 한 번의 깜빡임도 없이 집요하게. 소년이 선택한, M에게 보내는 처음이자 마지막 인사였다.(135쪽)

조금 전, 현수는 보스에게 걸려온 전화를 받았다. 이렇게 반응한다. "꺼져, 개새끼."(132쪽) 이것은 더이상 보스의 장기 말로 살지 않겠다는 선언이다. 또한 게임의 로직에서 이탈하겠다는 선언이다. 이제 현수는 CCTV를 똑바로 바라본다. 갑자기 화면 밖으로 걸어나오는 귀신만큼이나 공포스러운 장면이다. 단 사랑의 외양이 드러나는, 사랑스러운 공포이겠다. 꿈은 이렇게 현실에 스며들고 현실을 재구축한다. 마침내 우리는 '숲의 끝'에 이른다. 다른 말로 하자면, 우리는 이미 숲의 중심을 통과해왔다.

4. 유령이 당신을 사랑할 때

『아무도 보지 못한 숲』에는 우리를 쉽게 놓아주지 않는 장면들이 있다. 주어진 궁핍을, 고통을, 상실을 겪어내는 자들의 응시가 담겨 있기 때문일 것이다. 거기에 어떤 위악이나 냉소가 서리지 않고 몽환적인 분위기가 감돈다는 점에 주목하자. 환상적이고 몽환적인 느낌이 드는 이유는 우선 '꿈'이라는 소재가 반복되기 때문이다. 우리는 언제든 미수의 꿈속으로 끌려들어갈 준비를 해야 한다. 미수는 꿈의 안과 밖을 명확히 구분하지 않으면서 이야기를 전달하는 취한 서술자이다. 그런데 그런 방식으로만 전달되는 어떤 현실이 있다는 것을 자명하게 보여준다는 점에서 정확한 보고자이기도 하다(심지어 윤의 떠나감마저도 꿈의 일부로 기술된다). 그 현실의 중핵에는 어떤 존재가 아니라 부재가 있다. 어머니의 부재, 동생의 부재. 미수는 꿈속에서, 잃어버린 시간을 찾을 수 있다는 듯이 기도한다. 마술을 부리듯이. "하나, 둘, 셋."

'숲의 시작' '숲의 바깥' '숲의 끝'. 우리는 숲의 시작에서 출발해서 끝을 확인한다. 우리는 그들과 함께 서 있을 테지만, 숲의 '한가운데'에 들어가지는 못한다. 우리가 감지하지 못한 사이 저기 숨어 있는 풍경은 오롯이 남매의 몫으로 통과될 뿐이다. 때문에 우리가 지금부터 듣게 될 마지막 꿈 이야기 속 어딘가에는 우리가 상상할 수 없는 미지의 장면이 남아있을 터이다.

미수가 이끄는, 마지막 꿈속으로 들어가보자. 애타게 찾아다닌 동생이 실은 그녀의 곁에 살고 있었다. 경찰에 찾아달라는 그녀의 청원이 그를 체포하는 일이 될 줄은 몰랐다. 그러나 그녀의 신고가 없었다면 현수는 영원히 유령으로 떠돌 뿐 그녀에게 돌아올 수 없었을 것이다. 마침내 둘은 만난다. 소년원에서 출소한 소년과 그를 기다리는 누나의 해후. 혹은 숲을 가로질러 숲의 끝에 이른 둘.

"현수야."
부르는 그 말에, 소년은 대답했다.
"응, 누나."
손이 따뜻해졌다. (……) 누나의 등뒤로 숲을 빠져나갈 수 있는 외길이 조금씩 선명하게 보이기 시작했다.(163쪽)

('M'이 아닌) '누나'라는 호칭에서 드러나듯이, 드디어 이들은 무명을 벗고 그토록 찾아 헤매던 서로를 발견한다. 이 결말은 우리에게 한 가지 윤리적인 질문을 던진다. 우리를 사랑하는, 하지만 우리가 알지 못하는 유령은 누구인가? 우리는 그토록 우리를 사랑하는 이를 단순한 후원자로 여기는 것은 아닌가? 혹은 우리가 그토록 찾던 이가 바로 우리 옆에 있는 것은 아닌가? 아무도 아닌 자, 유령이자 천사인 미스터 노바디가 그대를 사랑한다. 우리는 거기에 응답할 준비가 되어 있는가?

선의의 숲이 있다면 이 소설의 숲이 바로 그럴 것이다. 숲에 버려진 오누이가 있다. 사실 숲(forest)은 이들(the rest)을 위해 마련된 것이다. 저들은 최선을 다해 서로를 돌본다. 이 돌봄이야말로 숲을 관통하는 단 하나의 비의가 아닐까. 조해진은 냉혹한 세상이 그 지배력을 관철하려 들 때마다 그 숲을 생각해보라고 권한다. 미스터 노바디가 그대를 사랑한다.

그러므로 우리는 아무도 아닌 자가 아니다. 우리는 서로에게 사랑하는 바로 그 사람이 된다.

3부

탄원행(歎願行)
— 이기호와 김애란의 소설

도대체 그는 무엇을 어떻게 하겠다는 것인가?
그에게 무슨 일이 일어났단 말인가?
그는 무엇을 용서해달라는 것인가?
—카프카, 『성』 중에서

카프카의 『성』에서 측량기사 K는 성의 초대를 받는다. K는 성의 관할 지역인 한 마을에서 입주 허가를 기다린다. 그 마을에서 그는 바르나바스 가족을 만난다. 바르나바스 가족은 마을사람들에게 배척당해왔다. 바르나바스의 여동생 아말리아가 성의 관리에게서 받은 음탕한 제의를 거절했기 때문이다. 관리의 지시를 거부하는 것은 마을의 금기를 깨뜨리는 것이기에, 아말리아가 무고하다는 걸 알면서도 누구도 그들을 도울 수 없었다. 바르나바스는 마을 사람들의 적대를 되돌리고 성으로부터 용서를 받기 위해, 가족의 죄를 확정해달라는 탄원서를 제출하기로 마음먹는다. 용서를 받기 위해서 죄를 확정받아야 하는 역설적인 상황이 펼쳐진 것이다. 그들의 탄원행은 무고한 자들이 용서받기 위해서는 그들 스스로 죄를 구성해야 한다는 것을 보여주는 전도의 과정이다. 그러나 궁극적으로 이들은 아무런 죄도 저지르지 않았기 때문에 용서받을 수가 없다.

이것은 우리에게 은닉된 기원에 관한 문제를 제기한다. 바르나바스 가족의 현재는 '죄 없음'과 '벌받음'이라는 이중구속의 결과이다. 이 구속을 떨치기 위해서 이들은 '죄 있음'이라는 상태를 들여와야 한다. 처음부터 존재하지 않았던, 어떤 원인으로도 기능하지 않았던 기원이 이렇게 사후적으로 구성된다. 우리는 이 과정을 탐색하면서 우리 삶의 특별한 기원 하나를 알 수 있을지도 모르겠다. 어쩌면 이것은 소설의 기원에 대한 탐색일 수도 있다.

1

"법도 어차피 문장으로 되어 있는 거니깐."(80쪽) 우리는 바르나바스 가족의 곤궁을 언어의 곤궁과 관련지을 수 있다. 이기호의 「탄원의 문장」(『문학과사회』 2011년 겨울호)은 문예창작학과 교수인 '나'가 제자의 탄원서를 작성하는 과정을 담고 있다. "이건 마치 문장으로 제자를 구해내라는 명령 같네."(81쪽) 이 문장이 소설 전체를 압축한다. 자신의 무고함에 손을 들어달라는 제자의 청원이 있고 그것을 들어주기 위해 모았던 선생과 지인들의 탄원서가 있다. 그런데 '나'의 탄원행 역시 전도된 결과를 낳음으로써 카프카적 맥락에 포함되게 된다.

사건은 한 여학생의 죽음에서 출발한다. 박선희라는 학생이 죽었다. 선배들의 강요로 너무 많은 술을 먹어 쇼크사한 것이다. 과실치사 혐의로 유죄판결을 받은 세 학생 가운데 P만이 실형을 선고받는다. 지도교수인 '나'는 죽은 제자와 갇힌 제자 사이에서 갈등을 겪다가 P의 청탁을 받아들여 탄원서를 작성하려고 결심한다. 주인공이 아는 한 P는 매우 성실하고 재능 있는 학생이다. P는 행정학을 전공했으나 문학에 대한 믿음을 가지고 문예창작학과로 진로를 바꾼 소신 있는 젊은이다. 배관공인 아버지에게 실망을 안기면서까지 P가 전공을 바꾼 것은, '법 뒤'를 따르는 학문이 아니라 '법 앞에' 서는 문학을 하고 싶다는 이유에서였다. '나'는 그를 위해 탄원서를 쓴 것은 물론, 학과의 다른 학생들에게서도 탄원서를 받는다. 이 가운데에는 P의 헤어진 애인인 '최'도 있었다. 그런데 이 과정에서

P의 다른 면이 폭로된다. 탄원서에 담겨서는 안 되는 어떤 비밀, 그러니까 P의 잔혹한 성정이 말이다. "그 개자식이 종종 언니한테 손찌검했다는 것도 말하던가요?"(102쪽) 이로써 '나' 역시 가해자 가운데 하나가 되고 말았다. P와 공모하여 최를 거듭해서 괴롭힌 역할을 떠맡게 되었으니까.

최의 말은 선생과 친구들의 탄원이 은폐해야 하는 특별한 기원(P는 후배에게 술을 강요할 만큼 포악한 위인이었다는 사실) 하나를 폭로하는 동시에, 그 기원과는 무관한 또다른 기원을 찾게 만든다. 최는 판결문에서 죽은 학생이 했다는 말, "이 선배가 왜 이렇게 자꾸 술만 따라주실까"에서 이상한 기미를 감지한다. '이'라는 지시관형사가 담고 있는 특별한 의미에 마음이 쓰였던 것이다. 어쩌면 P는 죽은 후배에 대한 특별한 감정을 갖고 있었던 건 아닐까. 그 탄원의 문장이 '최'의 내면을 옥죄게 한 이유는, 그것이 어쩌면 선배에 대한 죽은 여학생의 마음을 상상하는 행위이기 때문이다. 최가 쓴 탄원의 문장에는 진실이 무엇인가(what)가 아니라 누구(who)의 진실인가가 담겨 있다고 말해야 할 듯하다. 탄원의 문장에는 너무 많거나, 턱없이 부족한 최의 번민과 후회와 두려움이 담길 수밖에 없을 것이다. 진실은 절대적인 것이 아니고 매 순간 우물쭈물 우왕좌왕하는 선택을 필요로 하는 터. 소설의 말미에 와서, '나'는 아내의 말("이 인간이 정말.")에서 동일한 지시관형사를 찾아낸다. 그것이야말로 "제도"(108쪽)가 이해하지 못한 전혀 새로운 의미의 탄원서이기 때문이다.

법정의 담론이 논증적 수사로 이루어진다면 탄원서는 일종의 '소설쓰기'에 비견될 수 있다. 법정의 판결문과는 다르게 최의 글은 한편의 소설을 연상시킨다. 최는 죽은 학생의 고향인 땅끝을 찾아가서, 죽은 부모의 회한 어린 대화까지 녹취해온다. 법정의 용어와 비교할 때 최의 탄원서는 주관적이고 감상적인 수사에 불과할 수도 있다. 탄원의 문장에 걸맞지 않은 디테일한 묘사와 시적인 서사가 가득 담긴 장문의 고백인데다가, 탄원의 처음 목적에서 벗어난 또다른 탐색담이기 때문이다. 그리고 결국 이런 문장들이 보여주는 것이 소설 아닐까. 기왕의 목적에서 벗어나, 법정의 언어에는 담길 수 없는 삶의 진실이 폭로되는 언어들이. 요컨대 소설은 은폐된 기원을 거듭해서 설정하게 만드는 탄원의 기록이다. 처음부터 그 기원이 없었다는 점에서, 그리고 새롭게 사실들이 밝혀질 때마다 그것들이 기원이 된다는 점에서, 소설은 최의 말처럼 엇나간 탄원의 문장들이다.

법적 담론이 언어의 무력함을 외면한다면, 문학 담론은 그것을 폭로한다. 법적 담론이 '처방적(prescriptive)' 성격을 띤다면 문학 담론은 '실정적(positive)' 언어로 이루어져 있다. 최의 탄원서는 죽은 소녀의 마음을 떠올리고 상상하는 참혹한 의문을 담고 있다. 사소해 보이는 '이'라는 지시관형사의 무거움에 대해서 다시 한번 생각하는 것은 어떤 의미가 있을까? 충만한 언어로 표현할 수 없는 '불가능성'이 지시하는 것은, 결국 아무것도 증명할 수 없는 세계에 갇힌 진실이 아닐까? 최의 탄원서는 아무 진실도 증명하지 못했지만(판사에게 전달되지 않았으므로 그 글은 효용가치를 지니지 못했다) 그 자체로 탄원행의 또다른 끝, 두렵고 무서운 진실의 국면 하나를 보여준다.

바르나바스는 여동생 아말리아의 과실을 확정해달라는 탄원서를 제출하기 위해 고군분투했다. 여기서 드러나듯 탄원행위는 실은 과실을 만드는 행위이다. 『성』의 한 장을 차지하는 탄원행은 잘못한 것이 없어서 용서받을 수 없는 자들의 이야기이다. 원죄는 없고 용서를 비는 행위만 있는 것. 이기호의 「탄원의 문장」에서 최의 탄원서에 담긴 무서운 의문이 죽은 학생의 어떤 의도의 가능성을 상상하는 참혹한 추론이 된다면 그것이 진실의 또다른 차원이라고 말할 수 있을까? 적어도 최는 그 무서운 가능성을 알았던 것 같다. 이들의 탄원행이 보여주는 바, 탄원행이라는 행위 자체가 숨어 있는 죄를 낳는 기원이 된다.

2

　이기호의 「탄원의 문장」이 은폐된 기원을 찾아가는 비선형적 서사라면, 김애란의 「서른」(『문예중앙』 2011년 겨울호)은 삶의 악무한에 갇힌 자들이 끝없이 죄를 만들어가는 과정을 보여주는 반복적 서사이다. '나'는 옛 애인의 권유로 불법 다단계 회사에 포섭되어 끌려들어간다. 자칭 "선진국형 신개념 네트워크 마케팅 업체"(232쪽)인 그곳은, 사실은 인간 피라미드를 시연하는 거대한 감옥이었다. 용변을 볼 때마저 감시를 받아야 하는 그곳에서, '나'는 모든 지인들에게 피해를 끼친 후에 용도폐기된다. 피라미드 다단계 회사야말로 자신의 이득을 위해서 다른 이들을 착취해야 하는, 그것도 이득은 자신에게 조금도 돌아가지 않고 최초의 알려지지 않은 고안자만이 혜택을 받는 자본주의의 상징물이다. 이 역시 끝없이 죄를 지음으로써 자신의 잘못을 용서받고자 하는 탄원행의 구조가 아닌가? 「서른」이 고해성사처럼 자신의 잘못을 시인하고 고백하는 1인칭 자기진술로 이루어져 있는 것도 이 때문일 것이다.

　이 소설은 겉이야기와 속이야기로 구분된다. 겉이야기는 서른의 '나'가 열아홉의 '나'를 호출하는 회상의 서사다. '나'는 사임당독서실에서 숙식을 해결하면서 힘겹게 재수 시절을 보냈다. 거기서 만난 성화 언니와 서로 의지하며 지냈다. 이듬해 '나'는 대학에 들어갔지만, 임용고시를 준비하던 언니는 8년 동안이나 그곳에서 빠져나오지 못한다. 10년이 흐른 후에 언니가 소포를 보냈다. 거기에는 독서실을 떠나면서 주인공이 언니에게 주었던 베이커리 적립카드가 담겨 있다. 속이야기는 이 카드를 받고 내가 살아온 과정을 언니에게 고백하는 내용으로 이루어져 있다. 어려운 가정형편 때문에 대학을 졸업하는 데에 7년이 걸린 사연, 비인기학과에 다니느라 취직은커녕 학과마저 존폐 위기에 처하게 되었다는 사연, 학원에서 선생으로 아르바이트를 했던 사연들 끝에, 옛 애인을 만나 다단계 회사에 연루된 사건이 나온다. 다단계 조직에서 빠져나오기 위해 '나'는 학원에서 만났던 제자 혜미를 거기로 끌어들인다. '나'는 혜미가 그곳에서 "어쩌면 정말 큰돈을 벌고 있을지도 모른다고 제 멋대로 상상"(243쪽)하며 지냈지만 죄책감마저 지울 수는 없었다. 두문불출하던 '나'에게, 혜미가 빚과 외로움에 시달리다가 결국 자살을 시도했고 지금은 식물인간이 되었다는 소식이 전해진다.

언니의 백수 탈출기와 주인공의 감옥 탈출기('나'의 이름은 수인이다) 사이에 혜미의 비극적인 죽음이 있다. 이것이야말로 청춘의 10년을 보내고 맞아야 하는 '서른'의 쓰라린 탄원행이다. 언니가 10년 만에 돌려준 카드에는 "노량도"(노량진 학원가)에서 보낸 1년(동안 먹은 20만 원어치의 빵)에 대한 이자가 적립되어 있다. 그것은 고통스러웠지만, 한편으로는 미래에 대한 희망이, 함께 고생하는 이들 간의 인정이 남아 있던 곳이었다. 그 적립금은 소소하지만 의미 있는 시간, 그 소망의 시기에 덧붙은 5할짜리 마일리지이자 증거물이다. 언니가 내내 같은 공부를 했다는 것은, 언니의 소식이 바로 그곳에서 곧장 날아온 청춘의 메시지라는 증거이다.

그러나 '나'가 언니에게 전하는 답장에는 그 이후의 쓰라린 삶과 회한이 담겨 있다. '나'는 옛 애인의 권유로 다단계에 끌려들어갔다. 다단계 아니냐는 '나'의 질문에 옛애인은 "여기가 그렇게 안 좋은 데라면, 네가 나를 구해줘야 하지 않겠냐"(232쪽)라고 설득한다. 한편 '나'는 혜미의 안부 전화를 받고 그녀를 속여 회사에 끌어들였다. 전자의 관계('나'와 성화 언니 혹은 '나'와 사귀던 시절의 애인 간의 관계)가 순수했던 관계의 원형이라면, 후자의 관계('나'와 옛 애인, '나'와 혜미와의 관계)는 타락하고 훼손된 부정한 관계의 표본이다. 관계의 끝에서 혜미는 식물인간이 된다. 성화 언니가 오랜 장수 끝에 임용고시에 합격했다는 소식을 전하는 것과 다르게, 혜미는 거기서 빠져나오지 못했던 것이다. 성화 언니가 사임당독서실에서의 여전한 시절을 상징한다면, 혜미는 식물인간이 됨으로써 그 이후의 파괴된 인간관계 속에 영원히 사로잡히고 만다.

이기호의 탄원행이 은폐된 기원들을 찾아가는 이야기라면 김애란의 탄원행은 순결/부정(不淨)이라는 두 개의 기원을 설명하는 이야기이다. 주인공은 청춘의 마일리지 카드를 버리지 못하는 것처럼, "샘 도와주세요. 샘 어디 계세요……"(245쪽)라는 혜미의 문자를 끝내 버리지 못할 것이다. 우리는 어떤 죄를 확정받아야 구원받을 수 있을까. 누구에게 죄를 인정받아야 용서받을 수 있을까. 피라미드 구조에 유비되는 자본주의는 다른 이에게 해악을 끼침으로써, 그러니까 악업의 마일리지를 쌓음으로써 거기서 벗어날 수 있다고 말한다. 과연 그래야만 할까? 혹시 작가가 여기에 성화 언니의 서사를 덧붙인 것은 다른 출구를 가리켜 보이기 위함은 아니었을까? 우리 삶이 타락의 과정일지라도, 탄원행이 필요 없었던 최초의 시절(그 역시 은폐된 기원에 불과할지라도)을 잊지 않는다면, 어쩌면 일말의 구원의 가능성은 남아 있을지도 모른다.

죽음과 인간
— 이응준, 김숨, 한창훈의 소설

모든 이야기는 죽음에 대한 인간의 저항을 보여준다. 이야기의 끝은 이야기의 죽음이자 그 이야기를 만들어갔던 인간의 죽음이기 때문이다. 엔들리스 스토리는 죽음에 대한 끝없는 연기이다. 그러나 어쨌든, 이야기는 끝나고 인간도 죽는다. 인간은 죽음이라는 운명을 받아들이지 않을 수 없다. 아무리 끝을 뒤로 미룬다 하더라도 마침내 책장을 덮어야 하는 순간이, 관 뚜껑을 덮어야 하는 순간이 오게 마련이다. 인간은 죽음에 비추어 보았을 때에만 진정한 인간이 된다. 여기 죽음을 통해서 인간의 인간됨을 보여주는 세 가지 사례가 있다.

1. 미학적 인간

이응준의 「밤의 첼로」(『현대문학』 2011년 7월호)는 "비극 앞의 혼란"을 느끼는 인간의 행방을 묻는 작품이다. 그 비극은 물론 죽음과 관련된 것이다. 이 소설에는 무수한 죽음이 나오지만, 그 중에서도 전혜린과 배인경의 죽음이 도드라진다. 윤명식은 대학 시절 천재적인 독문학도 인경을 사랑했다. 인경은 횃불처럼 제 삶을 산화하여 예술에 바친 천재 예술가들을 예찬했고(여기엔 물론 전혜린의 모습이 겹쳐 보인다), 명식은 그런 인경을 선망했다. 그런데 명식이 군대에 다녀오는 동안 그녀는 자본주의의 세례를 받은 속물로 변해 있었다. 명식은 인경에게 버림받고 자살을 시도한다. 며칠 후 깨어난 명식은 인경을 마음속으로 증오하면서 세월을 보낸다. 20년이 지난 후 그는 병으로 죽어가는 인경과 재회한다. 전신마비 환자가 되어 휠체어에 앉아 있는 인경. 육체의 감옥에서 죽어가는 인경 앞에서 명식은 혼란에 빠진다. 명식은 "무장해제되었고 거대한 혼돈 속에서 산책자가 되었다."(76쪽). 그는 거대한 혼돈, 그 무의미와 대면할 수밖에 없었다. 인경이 죽은 후 명식은 납골당을 찾아간다. 그녀는 정말로 재가 되어버렸다. 바로 그때 "누군가 연주하는 첼로 소리"(84~85쪽)가 들려온다. 이 첼로 소리는 스물네 살의 인경이 읽은 시의 한 구절로 이미 제시되어 있었다.

……누구에게나 제 생애에서 가장 혹독한 밤이 꼭 한 번은 찾아오고 그러면 그는 홀로 눈보라 치는 광야에서 뜨거운 무쇠 난로를 끌어안듯이 신의 이름을 부른다. 신은 기쁨이 아니다. 신은 슬픔도 아니다. 그저 아직 살아 있는 자가 죽음을 앞에 두고 부르는 조용한 노래일 뿐. 가장 절망스러운 밤의 밑바닥에서 신의 얼굴을 보고자 기도하는 인간은 신이 연주하는 첼로 소리를 듣게 된다. 단 한 번은, 꼭 한 번은, 듣게 된다. 신이 흘리는 눈물보다 더 아름다운 저 첼로 소리를.(67쪽)

생애에서 가장 혹독한 밤, 신이 인간에게 들려주는 아름다운 첼로 소리는 신의 위로도 신이 내린 심판도 아니다. 신은 기쁨도 아니고 슬픔도 아닌 그저 노래일 뿐이므로. 누군가의 말처럼 신이 있다면 신은 "어처구니없음"(74쪽)일지도 모른다. 그 노래가 인간을 구원해주지 않는다면, 인간은 어떻게 그 무의미를 극복할 수 있을까? 인경의 롤모델은 전혜린이었다. "전혜린의 잡문들은 조악한 신경증으로 가득차 있고 기실 남긴 책이라고는 번역과 수필밖에는 없다. 만약 그녀가 시와 소설을 쓸 수 있었다면 난해한 우울을 끝끝내 이기고 이 세상을 끌어안지 않았을까? (……) 그녀는 (……) 창작자는 결코 아니었다."(79쪽) 전혜린과 인경은 둘 다 지식인이었으나 예술가는 아니었다. 둘은 예민한 자의식의 소유자였으나 천재적인 지식인이었을 뿐, 스스로 창작을 하지는 못했다. 저 무수한 죽음과 자살 앞에서, 예술만이 그 죽음을 현재화한다. 무의미한 죽음, 혼란스러운 양가감정 앞에서 첼로 소리만이 들린다. 그것은 어떤 문턱이다.

이것은 예술의 기원이기도 하다. 지식인이 예술가와 다른 점이 바로 그것이다. 경험적 한계와 관념적 초극 사이에 서 있는 자, 그가 바로 예술가가 아니겠는가. 소설가는 경험적 현실에 예속되어 있으면서(인간은 유한한 존재이므로) 동시에 관념적 죽음의 효과를 믿고 있다(유한성을 넘어서는 진리가 있다고 믿고 있다). 때문에 이념적 선언(현실을 개조하려 하는 자)이나 종교적 신비(현실을 초월하려 하는 자)의 영역으로 비상하지 않는다. 저 첼로 소리는 따라서 죽음에 대한 미학적 증언이며, 끝내 미학으로 죽음의 종지(終止)를 극복하려는 인간의 휴지(休止)이다. "슬픔을 넘어서는 불가사의"는 애도하거나 기념할 수 없는 죽음의 형식과 관련 맺고 있다. 인간의 운명에 이의를 제기할 수 없는 명증성을 드러냄으로써, 작가는 무엇을 말하고 있는가? 두 가지이다. 하나는 관념적인 죽음과 경험적인 죽음 사이의 낙차이고, 다른 하나는 그 틈새에서 탄생하는 미학적 인간의 문제이다. 인경은 자본주의화된 속물이 되는 순간 전혜린과 갈라서서 관념적으로 죽었다. 전혜린은 그 문턱을 넘지 못하고 자살했으나, 인경은 전신마비가 되어(이것은 관념적인 죽음에 대한 비유다. 그녀는 살아 있으나 죽은 것과 다를 바 없다) 20년을 더 살았다. 이 아득한 낙차 사이에서 첼로 소리가 들려온다. 순간의 연주만으로 죽음의 순간을 증거하는 미학적인 증거다. 따라서 「밤의 첼로」라는 시를 쓴 여류시인은 전혜린의 예술가적 분신이라 할 수 있다.

2. 애도하는 인간

이응준이 미학적 인간을 그렸다면, 김숨은 유령에 들린 존재들을 그리고 있다. 죽음에 들린 존재들이 죽음 자체를 사유하거나 넘어서려고 노력하는 자들이라면, 유령에 들린 존재들은 이미 죽은 자를 제대로 매장하기 위해 필사적으로 애쓰는 자들이다. 김숨의 소설 「구덩이」(『문학사상』 2011년 7월호)의 중근은 굴착기 운전수 생활로 잔뼈가 굵었다. 그는 떠돌이로 살면서 30년 동안 온갖 구덩이를 파며 생계를 유지했다. 무덤을 만들 구덩이부터 가축들을 매장할 웅덩이까지. 중근이 농가에 내려가게 된 것은 전국적으로 퍼진 구제역 때문이다.

작가는 몰살당할 돼지떼와 죽어가는 인간을 병치시킨다. 예방 차원에서 생매장되는 가축들이 늘어간다는 것은 구덩이가 "시방 이곳이 아닌 다른 곳에서도 파지고 있을 것"(132쪽)을 의미한다. 언젠가는 땅에 숨기는 것으로 처리할 수 없는 사태가 벌어질 터이다. 온몸에 퍼진 종양 때문에 별다른 조치도 취하지 못하고 도로 덮어버린 병든 장기처럼. 중근이 돼지떼를 묻을 웅덩이를 파면서 "무덤 쓸 구덩이를 파고 있는 듯한 기분"이 드는 이유가 여기 있다. 죽어가는 가축들은 단지 도축장의 위기나 축산업자의 몰락만을 가져오는 것이 아니다. 그것은 땅 전체를 뒤흔드는 징후와 연결된다. 굴착기로 땅을 파던 중근은 매몰지 일대가 흔들리는 것을 느낀다. 5백 평 일대에 묻힌 9천여 마리의 돼지떼가 생매장되어 "지랄발광을 해대"(148쪽)는 소리처럼 느껴지기도 할 터. 단순한 환각이 아니다. 여기저기 구멍 뚫린 지반이 저 스스로 꺼지기도 한다. 땅 전체가 내려앉을지도 모를 흔들림이다. 그것은 어쩌면 오래전부터 예고되었던 재난의 징후일지도 모른다. 살아 있는 가축들을 살처분을 하는 데서 오는 거부감, 자신을 원망하는 양돈 농민들의 눈빛들, 끓어오르는 뱃속의 요동이 더해지면서 그는 혼란스러워진다. 방독면으로 중무장을 한 몇 무리의 사람들이 돈사와 구덩이를 오가며 굴착 작업을 감시하고 총괄한다. 중근의 눈에는 저들이 유령처럼 보인다.

김숨은 소설 속에 작고 큰 구덩이들을 감추어놓는다. 땅에 뚫린 "목구멍"(132쪽) 같은 구덩이들, 제 기능을 하지 못하는 육체에 뚫린 구멍들, 화장실 벽에 뚫린 작은 틈새들. 그리고 살아 있는 것들을 모두 삼켜버릴 듯한 검은 웅덩이. 이성적으로 제어할 수 없는 잦은 설사처럼 예기치 못한 파열이 발생하는 장소들. 이 구멍들이야말로 죽음의 장소들 아닌가? 중근은 젊어서 처자식을 버린 "철저한 가해자"이다. 그러나 아들과 함께 사는 아내보다 자신이 훨씬 더 불행하다고 생각한다. 그는 늙어서도 돼지를 생매장할 구덩이나 파고 있는 신세에 지나지 않는다. "먹고살려면 별수" 없는 일이 아닌가. "나는 그저 구덩이만 팔 뿐이야, 구덩이만⋯⋯" (149쪽). 구멍을 파고 다시 그것을 덮음으로써 중근은 자신의 삶이 파국적이며, 그가 근본적으로 애도중에 있다는 사실을 감추려 한다. 무엇보다 그는 자기 자신을 속이고 있다. 그는 그 애도가 자기 자신에 대한 애도라는 사실을 숨기고 있다.

"못 올라오면 내가 이혼장 들고 내려가겠다니까."
"⋯⋯"
"거기가 어디냐니까!"
"네가 함부로 올 데가 아니다⋯⋯"
매몰 작업이 진행 중인 농장 곳곳에는 '외부인 출입 금지'라고 쓴 푯말이 지키고 있었다. 워낙에 외져 지나가는 차는커녕 사람 한 명 없이 유령천지임에도.
"왜? 지옥에라도 가 있는 거야?"
지옥?

"당신이 갈 데가 지옥밖에 더 있나?"

"……"

"지옥밖에!"

여기가 어쩌면 지옥인지 모르지…… 생지옥인지도…… (155쪽)

중근과 아내는 이혼한 것과 마찬가지인 채로 수십 년을 지냈다. 중근이 무책임하게 방치한 아들이 장성하여 부모의 법적관계를 자신이 정리하겠다고 나선다. 당장 눈앞에 나타나 서류에 도장을 찍으라는 아들의 독촉이 빗발친다. 당신은 왜 언제나 늦게 도착하느냐고. 중근은 이미 장례 치러진 죽은 아버지와 다를 바가 없다. 중근이 마을 청년에게 머리를 얻어맞고 피를 흘리다 서서히 정신을 잃는 장면에서 소설은 끝을 맺는다. 축사에서 내몰린 돼지떼처럼 구덩이 앞에서 눈을 감은 늙은 아비. 그것은 그 자신의 매장이 이미 시작되었음을 알리는 것이 아닐까. 그의 몸이 완전히 땅 속에 묻힐 때까지 불침번을 서는 유령들에게 포위된 채.

중근은 필사적으로 구덩이를 파왔다. 그는 처자식을 마음속에 이미 묻었고, 생매장할 돼지들을 묻었으며, 그 주위로 방독면을 쓴 유령들이 배회했다. 그는 모든 것을 묻음으로써 장례 절차를 완수했으나, 거기에는 한 가지가 빠졌다. 바로 그 자신의 무덤이 준비되지 않았던 것이다. 애도는 타인의 상실을 봉인하는 작업이다. 타인의 죽음을 돌이킬 수 없이 만든다는 점에서, 애도는 '구덩이 파기'이다. 따라서 애도가 완성되기 위해서는 그 자신에 대한 애도가 뒤따라야 한다. 그것들을 가능하게 하는 이들이 바로 유령이다. 즉 이미 "유령 같은" 타인들이다.

3. 상속받는 인간

한 사람이 죽으면 살아남은 다른 사람이 그 죽음을 이어받는다. 우리 모두가 죽음의 운명을 상속받았기 때문이다. 여기, 죽자고 달려드는 바다

사나이의 이야기가 있다. 한창훈의 「친구」(『문학사상』 2011년 7월호)는 운명을 달리한 두 명의 남자들의 이야기이다. 김일등은 일등항해사가 되기 위해 열심히 노력했으나 소원 성취 직전에 간염이 악화되어 낙향하게 된다. 아버지가 남겨준 유산은 '일등'이라는 거창한 이름만이 아니다. 간염이라는 몹쓸 병도 남겨준 것이다. 일등은 빈털터리 신세로 귀향한다. 그를 맞아준 사람은 바로 어릴 적 친구이다. 친구가 준 것은 경제적인 지원만이 아니다. 가령 이런 우정 어린 조언도 아끼지 않았다.

> "이곳을 너의 죽을 곳으로 삼아라."
> 친구가 했던 말이다. 물론 이곳은 죽자 하면 살 것이요, 살자 하면 죽을 것이니, 라고 일갈했던 이순신 장군의 흔적이 있는 곳이기는 했다. 강감찬이나 김유신보다 훨씬 가깝다. 역시나 친구는 이렇게 한마디 더 덧붙였다.
> "나는 매일 어장을 나갈 때 왜적을 맞이하러 나간 이순신 장군을 떠올린다."
> "......"
> "바다에서 죽을 작정을 해버린다는 소리야. 그러면 아무리 파도가 높아도 마음이 편안해져." (117쪽)

일등은 "이곳을 너의 죽을 곳으로 삼아라"라는 전언을 가슴에 새긴, 이순신 장군의 후예로 다시 태어난다. 몇 해 만에 일등은 건강도 되찾고 경제적 재기에도 성공한다. 일등의 사례가 보여주듯이, 죽을 작정을 하면 죽을 운명에서 벗어날 수 있는 것일까? 그런 순진한 발상으로 죽음과 겨룰 사람은 없을 것이다. 죽음조차 두려워하지 말라는 전언은 삶의 가치를 강조하기 위한 과장된 수사이다. 그것은 "살고 싶다"는 욕망을 지지하고 생의 전의를 되살리기 위한 주술이다. 삶의 의욕 자체를 통째로 상실한 전장에서라면 그 주문은 효력을 발휘할 수 없을 것이다. 아이로니컬하게도, 일등에게 장군의 기개를 전해준 친구는 급속도로 쇠락의 길을 걷게 된다. 한때 선장이었던 친구는 경제적 기반을 잃고 상실감에 빠진다. "친구는 배를 몰고 나갈 때만 이순신 장군을 생각했던 것이다."(125쪽) 결국 그는 빈 소주병과 담배 반 갑을 유산으로 남겨두고, 스스로 세상을 등진다.

작년 이맘때, 친구는 "점령군 같은 안개"(126쪽)에 갇혀 모친의 장례식에 참여하지 못했다. 친구의 자식들 역시 짙은 안개 때문에 오늘 섬으로 들어오지 못할 것이다. 사람들의 발을 묶는 건 눈에 보이는 거대한 파도만이 아니라 시야를 가로막은 안개이기도 하다. 달려들어서 싸울 수 있는 대상이 있을 때는 어쩌면 행복하다. 되찾아올 트로피가 있으니까. 그러나 혼자 남겨짐을 견디는 것은 참으로 두렵고 비참한 일일 것이다. 하염없는 기다림 속에서 절대적인 고독함과 독대해야 하기 때문이다. 그것은 "내림이라면 내림"(126쪽)이라 할 만한 유산이다. 일등은 친구가 유품으로 남긴 술을 마신다. 유산은 아버지에게만 받는 것이 아니다. 친구에게도 받고, 이순신 장군에게서도 받는다. 생의 의지도 상속받지만, 죽음을 향한 금기도 상속받는다. 누군가는 말했다. 우리가 원하든 원치 않든 간에, 우리 자신의 존재가 상속이라고. 죽음은 매장하거나 극복할 대상이 아닐지도 모른다. 인간에게 주어진, 인간이 상속받은 가장 위험한 재산이 바로 죽음이 아니겠는가. 그러나 바로 그런 상속이야말로 인간의 본원적 재산이다. 죽음을 상속받으면 모든 재산을 잃는다. 따라서 죽음이야말로 가장 큰 상속이다. 우리는 삶 전체를 걸고 세상에 뛰어든다. 단 내기에서 이기기 위해서가 아니라 지기 위해서. 내기에서 이기면 우리는 죽음을 상속받는다. 작가의 유머는 이 역설에 바쳐진 것인지도 모른다.

시간에 대한 세 가지 명상
— 윤성희, 조현, 백가흠의 소설

소설은 언어와 시간 사이에서 벌어지는 예술이다. 언어에서 시제는 사건을 정돈하고 사건은 서사를 배열하며 서사는 욕망을 형상화한다. 욕망의 시간은 없으나 욕망을 상연하는 시간은 있다. 소설은 시간 축 위에서 벌어지는 사건의 얽힘과 분산의 기록이다. 소설이 구현하는 시간은 선형적이지 않다. 시간을 '~이전'과 '~이후'로 딱 잘라 설명하는 것은 불가능하다. 시간적 거리를 측정할 수 있는 순서란 애초에 존재하지 않기 때문이다. 소설이 구현하는 사건은 순서나 과정이 아니다. 그것은 처음과 끝이 한 번에 주어진 실존의 양태이며, 규정할 수 없는 방식으로만 규정되는 비규정적인 규정자이다. 시간을 셀 수 있는 대상으로 간주하고 나면 시간은 부패를 낳는 원인으로 전락하고 만다(시간은 존재가 부패를 거쳐 죽음에 이르게 하는 원인이다). 우리에게 측정가능한 것, 양화된 것으로서의 '시간'이란 없다. 현재의 '매 순간'이 과거를 시험해보는 실험대일 뿐이다. 따라서 시간에 대해 명상한다는 것은 회고나 예측이 아니라 현재와의 관계 맺음을 통해 시간성을 살핀다는 것이다. 여기 윤성희, 조현, 백가흠이 제시한 시간의 유형들이 있다. 이를 '시간의 존재론'이라 불러도 무방할 것이다.

1. 동화적 시간

동화를 지배하는 시간에는 유연한 흐름이 없다. 동화 속 시간의 로직은 제자리 뛰기와 같다. 출생과 모험, 탈출과 성공. 이러한 단락(短絡)은 일종의 도약 없이는 불가능한 이동이기 때문이다. 동화 속에서는 시간이 흘러간다기보다는 사태가 급전(急轉)한다. 어른들은 자연스러운 성장이 발전과 성숙으로 귀결된다고 가르친다. 적어도 표면적으로 동화의 외양이 바로 그렇다. 그러나 그것은 근대적인 세계관이 낳은 신화이다. G. K. 체스터턴의 말처럼 알이 새로 변하는 것은 이론적인 법칙이 아니라 마술이라고 불러야 한다. 제 손으로 자기 몸을 끌어당겨 늪에서 빠져나왔다는 허풍선이남작처럼, 동화는 자기 자리에서 도약을 이루어낸다. 때문에 그 결과, 아무것도 변한 것은 없으나 이미 모든 것이 변했다.

윤성희의 「구름판」(『문학과사회』 2011년 가을호)에 등장하는 열여덟 살 소년은 곧 밀려올 파도를 정면으로 맞이해야 한다. 동심(童心) 가득한 제목이 상징하듯이, 이 소설은 도약을 위해 발을 구르는 한 소년의 성장담이다. 윤성희의 소설을 동화적 성격과 연결해서 해석한 논의들은 이미 제출된 바 있지만, 동화 속 시간의 로직에 대해서는 좀더 주목해볼 필요가 있다. "옛날 옛적에"로 시작해서 "행복하게 살았습니다"로 끝맺는 선형적인 구조는 동화 속 시간이 물화된 경우이다. 벤야민이 강조한 동화의 핵심은 그것이 이성적 방식으로는 접근할 수 없는 마법의 순간이 제 힘을 발휘하는 세계라는 데 있다. 설명가능한 방식대로 정해진 코스를 따라가는 것은 동화가 아니라 신화의 세계에 가깝다. 잔혹 동화는 진실의 적이 거짓이 아니라 신화라는 사실을 폭로한다. 동화는 신화적 폭력에 맞서 기적이 작동하는 세계이다. 그렇다면 동화적 시간은 시원을 찾아 회귀하는 단순한 역행운동이 아니라, 태고부터 간직해온 존재론적 순간을 일깨우는 시간이라고 해야 할 것이다. 존재들 제각각이 깨어나는 순간 말이다. 「구름판」의 사내아이는 현실 속에 웅크리고 있는 '제각각'의 세계를 목격한 장본인인 셈이다.

어쩌다가? 낙천적인 성격의 '나'는 이모와 단둘이 산다. 어머니가 세상을 뜨자 아버지마저 주인공을 남겨두고 동남아로 떠났다. 이모는 얼마 전 약혼자에게 돈을 떼인 후 이별과 배신의 고통을 술로 달래고 있다. '나'는 집에서는 이모를 챙기는 속 깊은 어른 노릇을 하고 있지만, 정작 자기가 속한 사회에서는 왕따이다. 같은 반 누군가는 돈을 빼앗고 누군가는 운동화를 훔쳐갔다. 교실에 남겨진 '나'의 책을 챙겨주는 이는 아무도 없으며, 누구도 '나'의 안부를 묻지 않았다. 혼자 놀기의 달인인 주인공에게 새로운 습관이 생긴 것은 3미터짜리 줄자를 선물받은 이후부터이다(선물이긴 하지만, 실은 반 전체가 참여한 물물교환에 가깝다). 매일매일 줄자로 무언가의 길이를 재는 습관이 생긴 것이다. 흥미로운 점은 고정된 사물을 재는 게 아니라 끊임없이 모양새가 변하는 것들의 길이를 잰다는 사실이다.

줄자가 생긴 뒤 나는 보이는 것마다 길이를 재기 시작했다. (……) 물건들의 길이를 재다가 어느 날 문득 이런 의문이 들었다. 움직이지 않는, 원래 그렇게 만들어진, 그런 물건들의 길이를 아는 게 무슨 소용일까? 지우개가 달린 연필을 사서 일주일을 써본 뒤 쟀더니 1밀리미터가 줄었다. 운동장을 한 바퀴 걸어본 뒤 발자국 간격을 쟀는데 보폭이 제각각이었다.(103쪽)

규격화된 사물의 길이를 재는 것은 무의미한 일이다. 거기에 어떤 변화도 없기 때문이다. 고정된 사물들은 원래 그렇게, 그 척도대로 있다. 시간이란, 그리고 삶이란 변화가능해야 하는 것 아닌가? 불변이 아니라 생성과 변화가 그것들의 본질이어야 하지 않는가? 연필의 길이가 미세하게 변하고 발자국의 간격이 제각각인 것처럼. '나'의 줄자는 주어진 대상을 측정하기 위한 도구가 아니다. 그것은 오히려 단속적인 시간의 연속이 아닌, 측정불가능한 시간의 흐름을 노출하는 매개물이라고 해야 옳다. 줄자의 눈금은 궁극적으로 측정불가능한 것들을 보여주기 위한 장치이다. 삶은 작은 차이라 할지라도 매 순간 변화한다. 균일한 척도에 종속되지 않는 제각각의 모양새를 가지고 있다. 때문에 삶은 놀랍다.

이 소년은 학급에서 소외된 학생이며, 결혼적령기를 놓친 이모에게 얹혀사는 조카이며, 아버지에게 버림받은 아들이다. 그를 규정하는 것들을 떠올릴 때, 제자리 뛰기, 기록 재기, 그림자 길이 재기 따위는 어린 아이의 사소한 유희 거리로 보일 수도 있다. 그러나 소년을 둘러싼 세계가 고정적으로 머물러 있지 않다는 것을 알게 됨으로써 현재를 구성하는 또다른 존재들을 발견하게 된다면 어떤가? 놀랍게도 이 세계가 아까와는 다른 시간들이 모여 있는 우주라는 것을 깨닫게 된다면?

아버지가 환갑이 되면 나는 서른 살이 된다. 서른 살의 아들과 환갑인 아버지가 숯불을 피우고 삼겹살을 굽는 장면을 상상해보았다. 절대 배는 나오지 말아야지. "환갑 선물을 누군가 준다면…… 난 스무 살로 돌아가게 해달라고 할 거야." 영심 할머니가 말했다. 그 말에 김 기사 아저씨의 머릿속에는 어떤 영상이 떠올랐다. 아름다운 무용수가 된 어머니의 얼굴이었다. 엄마는 다시 태어나면 춤을 추는 사람이 되고 싶어. 김 기사 아저씨는 어릴 적 어머니가 했던 말이 잊혀지지가 않았다.(111쪽)

윤성희의 소설에서 자주 등장하는 병원이라는 장소는 치료를 위한 기능적인 공간이 아니다. 질병의 은유를 징벌적 의미로 사용하는 데 반대한 수전 손택이 윤성희의 소설을 읽었다면 긍정적인 반응을 보이지 않았을까 싶다. 전작인 『감기』가 보여주었듯이, 병원은 남녀노소 많은 사람들이 만날 수 있는 공적 공간이다. '나'는 물리치료를 받기 위해 찾아간 병원에서 영심 할머니와 물리치료사 김 기사 아저씨를 만난다. 이들의 상상과 공상이 하나의 화면 속에 모여든다. 이 장면을 등장인물들의 상상이 특정한 인물의 환영 속으로 들어갔다는 말로 설명할 수는 없다. 현재의 지점에 붙박여 있는 이들 각각의 시간들을 불러들인 것이다. 여기서 현재를 섭렵한 시간을 동화적 시간이라 부르도록 하자. 왜냐하면 그 시간은 사물을 해방시키고(줄자—사물이 문장의 주어가 된다) 증상을 은유에서 해방시키고(병이 치료의 대상이 아닌 것이 된다) 존재를 해방시키는(인물들의 꿈이 상연된다) 기적과 같은 순간을 보여주기 때문이다.

동화적인 시간은 외부로부터 온 선물이다. 그것은 내 맘대로 되돌릴 수 없다는 점에서 불가역적이며, 선물처럼 당도한다는 점에서 외적 기원을 가지고 있다. '나', 할머니, 김 기사 아저씨가 함께 모였을 때, 기적처럼 도약의 순간이 도달한다. 주인공이 제자리 뛰기를 통해서 한 자리에서 조금 더 높아졌듯이. 이들은 함께할 때 무언가를 만들어낼 수 있다. 시간을 돈으로 살 수 있다고 생각하는 사람들은 시간의 대체물을 시간 그 자체로 혼동한 것일 뿐이다. 이들에게는 물질과 재화처럼 쌓아둘 수 있는 그런 시간 개념이 성립되지 않는다. 다만 있는 것은 동화적인 기적의 순간에, 제자리에서 도약하는 것을 가능하게 해주는 선물과 같은 시간이다.

2. 꿈의 시간

윤성희가 소개한 동화적 시간은 (주인공에게 귀속된) 단 하나의 시간, 정복가능한 물화의 시간이 아니라 사물들 각각의 해방의 순간들, 그것들의 동시적인 모임이라는 의미에서 동심(同心)의 시간이다. 동화적 시간이 제각각의 시간들을 집단화한다면(해방된 시간들은 무정형의 에너지로 변한다), 조현의 소설은 개별적인 꿈에서 출발하는 개별자의 시간이다. 이는 여러 개의 기억들로 분기되는 다자적인 사건의 시간이다. 꿈의 시간은 현재와 어떤 관계를 맺고 있는가를 보여준다. 이동과 압축과 같은 꿈의 건축술은 의식이 아니라 지각의 재구성이라는 목표를 향해 움직인다. 꿈은 무의식도 의식도 아니다. 그것은 선택받지 못한 의식, 지각의 두꺼운 지층 아래로 미끄러져들어가는 의식이다. 꿈은 현실과는 다른 질서로 마름하는 손이다. 그렇게 보면 꿈은 현실화되지는 못했으나 잠재적으로 실재하는 요소들로 가득찬 가능성의 풍경이다. 그 풍경은, 이루지 못한 과거에 대한 염원(현재)과 부단히 연관된다. 꿈의 시간이 보여주는 로직은 과거를 따라가는 현재가 아닌, 현재가 호출한 과거들이라는 의미에서 가역성(可逆性)을 띤다. 때문에 꿈의 시간은 현실 속에 말려들어간 형국을 하고 있다.

조현의 「은하수를 건너―클라투 행성의 통신 1」(『현대문학』 2011년 9월호)은 현재와 과거의 시간여행과 함께 꿈을 통해 타인의 꿈속으로 들어가는 꿈 여행의 모티프를 담고 있다. 소설은 두 개의 축으로 구성된다. 하나는 '나'가 과거에 겪은 충격적인 사건에 얽힌 이야기이다. 자기 애인과 친구가 은밀한 관계를 맺고 있다는 것을 알고 고통스러워한다. 다른 하나는 타인의 꿈(허구) 속을 여행하는 환상적인 여로담이다. 두번째 서사를 먼저 살펴보자. '나'는 평범한 스물세 살 지구인이었던 시절에 고향인 클라투 행성에 대한 꿈을 꾸면서 자신의 정체성을 뒤늦게 깨닫는다. '나'는 "클라투 행성 외계문명접촉위원회 소속"의 지구 특파원이다. 그에게 맡겨진 임무는 지구인의 예술작품에 대한 정보를 수집하는 것이었다. 내게 주어진 임무는 1979년 월간지 『현대문학』에 발표된 작품인 김채원의 「초록빛 모자」라는 작품 속에 들어가, 소설에 나오는 「은하수를 건너」라는 시의 내용을 알아내는 일이다. '나'는 「초록빛 모자」 속으로 진입하여 결국 "버리고 싶지만 버리지 못하는 과거"(139쪽)를 찾아낸다. 「초록빛 모자」의 주인공 김기정(그의 예명은 김호이다)이 읊어준(그러니까 '나'가 외운) 시 속에는 '나'의 사연이 담겨 있다. 여기서 과거와 현재가 교묘하게 뒤섞인다. 그것은 가공의 소설 「초록빛 모자」 속 주인공의 과거이기도 하면서, 그 과거를 꿈으로 꾸고 있는 '나'의 과거이기도 하다. 여기서 서사의 첫번째 축인 '나'의 과거(의 경험)가 개입한다. '나'는 애인이 친구와 밀애를 즐겼다는 사실을 알고 충격에 빠진다. '나'는 배신감으로 인해 애인을 데리고 죽어가는 친구를 병문안 가는 등의 위악적인 행동을 한다. 친구가 세상을 떠난 후, '나'는 자신의 처사가 정당했는지 확신하지 못하고 깊은 번민에 빠진다.

주인공의 내적 갈등을 해소하는 데 도움을 준 것이 록그룹 '클라투라'의 음악이었던 점이나, 그를 계기로 '나'가 클라투라의 기원인 〈지구가 멈추는 날〉이라는 영화를 보게 되었다는 점을 감안할 때, '나'의 꿈꾸기는 영화 속 주문을 현실에서 반복하는 망상처럼 보일지 모른다. 그러나 우리의 행동이나 우리가 처한 현실은 불가해한 장면들로 가득차 있다. 모두가 허구로 치부할지라도 적어도 작가와 작품 속 인물이 연결되어 있듯이, 타인의 우주와 자신의 우주는 연결되어 있다. "평행우주"처럼 말이다.

"꿈을 꾼다는 것으로 어엿한 직업인의 소임을 다한다는 것"(138쪽), 그것이야말로 예술가의 특권이 아닐까. 그것은 인물에게 운명을 부여해준 주인의 몫을 말하는 것은 아니다. 현재라는 한계에 둘러싸여 있으나 잠재적 차원에서 실재하는 것, 현행화(actualization)되지 않아 그 내용을 알수 없으나 무궁무진한 우주를 향해 세계를 개방하는 작업, 세계의 소음들에 귀를 기울이는 작업이 예술가의 소임이다. 작가가 "꿈의 이동통신"(138쪽)이라고 부른 그 작업을 프로이트라면 텔레파시라고 부르지 않았을까. 멀리서 들리는 어떤 바스락거림이 흘러나오는 주파수에 안테나를 맞추고 타인의 꿈을 전송해주는 소임을 지키려는 예술가의 임무.

왜 세상의 모든 작가들은 모르고 있을까? 자신이 기분 내키는 대로 지어내는 모든 운명들은 무한에 가까운 평행우주에서 실제로 존재할 수 있는 어떤 개연성의 사건이라는 것을. 왜 이 지구의 모든 사람들은 무언가를 떠올리는 것에는 온 우주만큼의 무게가 뒤따른다는 사실을 모르고 있을까? 자신들이 뭔가를 진지하게 생각하는 순간, 그게 현실로 벌어진 새로운 우주가 막 탄생한다는 것을. (……)

나는 그렇게 상상했다. 그리고 내가 읽은 소설이 끝나는 바로 그 지점에서 시인 김호는 이제 우리 우주에서 지어내지 못한 자신 운명의 뒷부분을 스스로 열어갈 것이다. 그것으로 나는 만족한다. 그리고 염원한다. 내 삶이 누군가의 소설이라면 내 운명을 미리 아는 사람 역시 나에 대해서 깊은 동정심을 가져주기를. 그것으로 내 삶은 바뀔 수 있으니까.(143쪽)

"세상의 모든 작가들"이 모르고 있는 것은 픽션의 우주가 "가능성의 풍경으로 채워진 파노라마"(142쪽)를 품고 있다는 사실이다. 이 생성의 극장에서는 "상상하는 것은 존재하는 것이"(143쪽)다. 가능성의 세계에 서라야 "내 운명을 아는 사람 역시 나에 대해서 깊은 동정심을 가져주기를" 기도할 수 있다. 그러니까 꿈의 시간은 잠재성의 시간(현행화를 기다리는 가능성의 시간)이자 다중적인 시간(이미 다른 우주에서는 현행화된 시간)이다. 꿈의 시간을 소설의 로직으로 삼겠다는 것, 이것이야말로 작가 조현의 예술론이다. 조현은 자신의 첫 소설집 『누구에게나 아무것도 아닌 햄버거의 역사』(민음사, 2011) 작가의 말에서 자신을 '클라투의 지구 주재 특파원'으로 소개한 바 있다. 클라투 행성 덕분에, 우리는 지구인을 깊은 동정심을 가지고 바라보는 적어도 한 명의 남자를 확인할 수 있다. 이 작품은 현재 속에 고여 있는 잠재적 존재들을 주의 깊게 관찰하는 발견술의 결과이다.

3. 추격담의 시간

꿈의 이론을 발견한 프로이트의 사후성(事後性) 개념은 과거의 기억이 훗날 인간의 사고와 행동에 영향을 끼친다는 것을, 나아가 어떤 결과들만이 원인으로서의 기억을 만든다는 것을 보여준다. 그것은 현재의 상황에 맞춰서 과거가 호출된다는 의미에서 시간의 가역성(可逆性)을 드러내는 시간 개념이다. 조현의 꿈 여행이 시간의 가역성을 드러낸다면, 백가흠의 추격담은 시간의 동시성을 보여준다. 「더 송The Song」(『세계의문학』 2011년 가을호)은 '왜'라는 질문으로 구성된 소설이다. 이 질문은 현재 시점을 중심으로 시간의 양방향으로 분기한다. 한쪽은 자신의 현재 불행의 원인을 찾아가는 과정(과거)을 보여준다. 다른 한쪽은 풀리지 않은 기억 속 사건들에 대한 상징적 현실을 생산하는(미래) 과정이다. 전자는 과거를 호출하는 시간의 역행을, 후자는 그것의 현재적 의미를 산출한다는 점에서 시간의 순행을 로직으로 삼는다. 「더 송」은 양방향의 시간운행이 교차하면서 만들어낸 돌림노래다.

박준은 쉰 살의 중년으로 1남1녀를 둔 대학교수이다. 그러나 서사의 순행노선에는 박준이 평생 동안 이루어놓은 것들을 하나씩 잃어버리는 몰락의 과정이 그려진다. 반대편의 역행노선에는 몰락의 길을 걷는 박준이 자신의 과거에서 불행의 원인을 찾으려는 추격담이 그려진다. 그는 결혼 후 잦은 바람을 피웠을 뿐 아니라 재직중인 대학에서 벌인 성추행 사건이 폭로되어 이혼과 해직의 위험에 처했다. 이 부도덕한 사내는 30년 동안 어떤 반성의 기미도 보이지 않은 이기적이고 몰염치한 인간이며, 자주 화를 내고 타인에 대한 분노를 억제하지 못하는 괴팍한 성정을 가졌다. 그는 눈앞에 닥친 분노, 화, 신경질, 허기, 배신감 등을 해소할 곳을 찾지 못하다가, 학창 시절 아내 혜랑의 동거인이었던 남미현이라는 선배를 떠올린다. 당시 운동권이었던 미현은 "무지하고 정치의식 없는"(254쪽) 박준을 탐탁지 않게 여겼고, 박준 역시 자신을 무시하는 미현을 미워했다. 둘 사이가 완전하게 틀어지게 된 결정적인 계기는 미현이 혜랑에게 맡긴 개 때문이다. 혜랑이 집을 비운 동안 박준은 미현의 개를 굶긴 후에 내쫓았고 때문에 결국 개는 동네 청년들에게 잡아먹혔다.

백가흠식 추격담은 형식상 분노와 환멸과 같은 급격한 감정의 변환을 낳는다. 이 과정에서 이중적인 시간이 겹쳐진다. 추적을 통해 가동되는 시간의 레일은 미래를 향해 뻗어 있지만, 결국 그것이 사건의 최초 원인을 밝히는 과정이라는 점에서는 과거로 돌아가는 역방향의 레일이기도 하다. 실제로 불행의 원인은 현실의 감정적 상황에 상응하는, 매우 우연적인 계기를 통해 드러난다. 이를테면,

내 이년을 찾아서 가만두지 않겠어.

그러니까 그가 아침에 일어나며, 이제는 삼십 년이나 지나버린, 어떤 일을 기억해낸 것은 정말이지, 기이한 것이었다. 그는 꿈을 꾼 것이 아니었다. 잠 속에서 오래전 일이 시작된 것이 아니었다. 눈을 뜸과 동시에 대학 1학년 때의 한 일화가 떠오른 것인데, 스스로도 신기하다는 생각이 들었다. 갑자기 왜 그 일이 생각난 것인지 자기 자신이 이해되지 않았다. 그 개에 대한 일이 생각나기 전까지는 그런 일이 있었던 것조차 알지 못했다. 그는 치밀어 오르는 분노를 주체할 길이 없어, 아침부터 집 안을 서성이며 분을 풀 곳을 찾고 있었다.(247쪽)

박준은 "모두 다 미현 때문이었다"(255쪽)라고, "이 모든 일이 삼십 년전 그 개 때문이었다"(270쪽)라고 결론을 내린다. 물론 상식적으로 보아, 이런 이유를 대는 게 올바를 리 없다. 그의 감정적인 성향과 남을 원망하는 태도를 비추어보건대, 그가 찾아낸 이유는 부차적인 방아쇠에 불과해 보인다. 서술자의 설명을 들어보자.

'왜?'라는 물음은 그에게 가장 의미 없는 것이었다. 세상의 모든 것이 '왜'에 의해 규정되는 것을 그는 참을 수 없었다. 모든 사건에 근원이 있거나 본질이 있다는 식의 생각에 대해 그는 반감이 있었다. 그는 자신을 충동

적이거나 즉흥적이라고 규정지었다. 일정 부분은 사실이었다. 그가 화를 통제하지 못하는 것도 그중 하나였다.

'왜'에 대한 답을 준비할 수 없는 것은 그로선 당연한 일이었다. 한 번도 스스로에게 그러한 질문을 해본 적이 없기 때문이었다.(……)

왜? 왜? 이러한 질문들에 그는 대답이나 이유, 어떤 것도 준비되지 않은 상태였다. 정말이지 그는 그런 것에 대해 단 한 번도 고민해본 적이 없었다. 그가 문제를 풀지 못하는 이유가 거기에 있음을 알지 못했다.(258쪽)

탐색을 통해 그는 무엇을 발견했는가? 그는 불행한 체험을 통해 무엇을 깨닫고 있는가? 일반적인 추격담과는 달리 박준은 과거로 돌아갔으나 어떤 본질적인 문제나 근본적인 이유를 알아내지 못한 채 돌아나온다. 현실로 돌아온 그는 이제 '흔들리는 중년'이 아니라 역주행을 일삼는 '위험한 인간'의 모습을 하고 있다. 그는 남의 현관 앞에 오줌을 싸는 퇴행적인 (개와 같은) 행동을 하는 인간이 되어 있다. 여기서 보여주는 바, 과거로 돌아가서 자신의 실수를 만회하려는 시도 자체가 미래 속에 실현되어 있다. 어떻게? 시간의 이중 전략을 통해서. 지젝은 이를 '시간의 덫'이라고 부른다. 오이디푸스가 자신의 신탁을 거부하는 것 자체가 신탁에 포함되어 있는 것처럼, 박준은 자신의 불행을 외부적인 원인에서 찾으려는 집요한 시선을 거두지 않으면서, 내부를 향해 '왜'라는 질문을 던지지 않는다. 과거로 돌아가서도 같은 상황에 처한다면 그대로 지나칠 것이다. 미래는 과거의 실패 자체를 이미 포함하고 있기 때문이다. 요컨대 사건의 추이를 이전으로 되돌리는 과거로의 역행운동이, 이후를 향하는 순행운동과 상호함축적인 관계에 놓여 있다. 이전과 이후가 동시에 존재할 수는 없다. 논리상 불가능하기 때문이다. 그런데 박준의 미래는 오인(의 과거)을 통해서만 다가갈 수 있다. 그렇다면 그것은 동떨어진 것처럼 보이는 노선의 이면을 보았다고 할 수 있다. 추격담의 시간은 몰락의 운명을 두 방향으로 밟아나가는 비극의 시간이다.

　우리는 양방향의 시간으로 걸어가는 한 남자를 살펴보았다. 그와 함께 길을 걷다보면 어느새 우리는 반대편에 와 있는 것을 확인하게 된다. 과거에서 출발한 듯 보이지만 현재의 순간에 와 있고, 현재의 시점에 서 있는 듯 보이지만 곧 과거의 장면에 가 있는 형국이다. 역행의 노선과 순행의 노선은 안으로 접힌 8자처럼 과거와 현재가 상호함축적으로 연결되어 있다. 저 구부러진 레일의 그 접점에는 안으로 말려든 텅 빈 내면이 있다. 사내가 추격한 과거의 흔적은 결국 자신이 예상한 미래의 길이다.

　시간에 대한 세 가지 명상은 세 편의 좋은 소설에 대한 단상이기도 하다. 동화적 시간은 제각각의 시간에 봉합된 정태적인 시간처럼 보인다. 하지만 윤성희의 제자리 뛰기가 상징하는 바 그것은 도약의 순간이며, 초월하지 않음으로써 초월하는 공동체의 시간이다. 불가역성으로 가로막힌 구조가 오히려 도약을 가능하게 하는 것이다. 꿈의 시간은 판타스마고리아(Phantasmagoria)가 상연되는 무대인 꿈의 로직에 의거해 있다. 이 무대에는 잠재적이면서도 다중적인 우주가 들어있다. 이 잠재적인 가능성 속에 조현이 예술의 존재 이유라고 말하는 미션이 포함되어 있다. 추격담의 시간은 나의 지금을 결정해버린 원인을 추적해가는 구조 속에서 작동하는 시간이다. 백가흠식 추격담이 보여주는 것은 감정의 파노라마식 진술과 추궁만이 아니라 기원을 찾아가는 추격담의 이중구조이다. 추격담에서는 두 개의 시간, 곧 현재에서 미래로 가는 순행 시간과 현재에서 과거로 향하는 역행 시간이 한 데 겹쳐 있다. 그것은 시간의 트랩(덫)에 갇힌 불완전한 인간이 부르는 노래(Song)이기도 하다.

밤의 독순술(讀脣術)

— 김유진의 『숨은 밤』

『숨은 밤』(문학동네, 2011)은 김유진의 첫번째 장편이다. 작가가 다른 소설에서 한 말을 빌리면, 이 책은 "우리가 다시는 보지 못하는 밤의 기록"(「마녀」, 『늑대의 문장』, 문학동네, 2009)이다. '밤의 기록'이라는 말을 밤에 '대한' 기록이라고 생각해서는 안 된다. 이것은 밤에 대한 재현이 아니라, 밤 자체를 탁본하는 시적인 작업에 가깝다. 어둠이 쏟아내는 낯선 언어를 받아 적는 작가는 세계의 소음을 듣는 자이며 동시에 밤의 형상을 보는 자이다. 밤은 특정한 방식으로 의미화되는 실체가 아니다. 밤은 제 스스로 모인 무언가(들)을 거느릴 뿐이다. 밤은 낮의 구별(판단하고 분별하고 배치하는 작용)이 무의미해지는 지평이다. 그것은 낮의 반대가 아니라 낮의 없음이다. 따라서 '우리는 밤이 무엇인가'라고 묻지 말고, '밤에 우리는 어떻게 사는가'라고 물어야 할 것이다. 밤에는 판단하지 않고 분별하지 않고 위계화되지 않은 어떤 삶(들)이 있다.

『숨은 밤』에는 그저 '있다'고 말해야 할 인물들이 등장한다. 이름도 알 수 없고 국적도 알 수 없다. 그들은 낮의 기준에 맞는 인물들이 아니다. 의미와 의의를 찾는 순간 무의미해지는, 밤의 영역에 든 자들이다. '나'는 시골 마을의 한 여관에서 홀로 묵게 된 소녀이다. 소녀는 여관에서 일하는 소년 '기(基)', 어탁을 하며 지내는 늙은이 '안(安)', 히스테리컬하지만 매력적인 예술가 '장(薔)'을 만난다. 안과 장은 몇몇 인상적인 장면을 통해서 출현한다. 이런 장면화의 경향은『숨은 밤』이 인물의 재현에 초점을 두지 않고, 어떤 이미지의 제시에 초점을 두고 있음을 말해준다. 이를테면 안이 어탁을 뜰 때, 그것은 물의 번짐을 잡아내는 미세한 움직임 자체의 탁본이다. 물고기의 형태가 물의 흐름에 조율되어 있기에 어탁은 유속의 흐름을 잡아내는 스냅사진과 같은 것이 된다.

주인공('나')과 '기'는 서사의 중심을 차지하는 두 개의 축이다. 외부에서 온 소녀가 마을 사람들에게 낯선 이방인이듯, 헛간에서 발견된 소년 '기' 역시 이질적인 존재다. 소녀가 "고향도 나이도, 보모도 이름도 없"(11쪽)는 기의 신세를 말할 때, 그것은 제 자신의 말이기도 하다. 소년과 소녀가 거울상이듯 '안'과 '장'도 거울상이다. 마을 사람들은 이들을 이방인으로 대했다. 이들은 "유령 같은 존재"(97쪽)이다. 이들을 증명해줄 만한 것이 아무것도 없다. 잠시 머물고 사라져야 하는 여관이라는 임시적 거주지, 사람들의 손이 닿지 않는 오래된 헛간 등은 인물의 정체성을 흐릿하게 만든다. 그럼에도 불구하고 소녀는 기라는 이름이 그의 존재를 뚜렷이 느끼게 해준다고 말한다. 사실 이름은 주어지는 것일 뿐이며 이름의 주인에게는 어떠한 선택권도 없다. 그것은 처음부터 다른 이의 호명을 위해서 설정될 뿐, 자신의 소유물이 아니다. 그래서 소녀의 부름은 소년을 제 앞으로 불러들이는 일종의 주문(呪文)이 된다. 김유진이 공들여 세운 이 무대는 주인의 목소리가 아니라 시인의 목소리로 가득차 있다. "혀끝에서 떨어진 그 이름"(11쪽)이, 즉 '기'라는 의미 없는 이름의 호명이 그를 그녀 앞으로 도착하게 하기 때문이다.

이름 부르기는 시적인 역량의 산물이다. 시인은 명명하고 호명하며 작명한다. 그는 한 사물에, 한 사람에게, 한 분위기에 이름을 붙임으로써 그것을 시적인 것으로 만든다. 시인의 명명에 따라, 한 사물과 사람과 분위기는 그것의 이름 뒤로 숨는다. 각각의 이름은 그것들과 일대일 대응을 이루며, 이로써 이름이 그것들의 실체를 대신하게 된다. 장르 문법으로 요약할 때 소설이 실체와 그것들의 상호작용에 주목한다면 시는 이름과 그것들이 대표하는 분위기에 주목한다. 김유진의 소설은 후자에 가깝다. 실체를 말할 수 없는 애매하고 모호한 분위기가 압도하지만, 어쨌든 소녀와 소년은 조우한다. 그것은 상대를 막연하게 이해한다고 말하거나 상대에 대한 연민을 갖는 행위와는 다르다. 사랑은 혼돈의 감정 틈에서 그냥 태어나는 것이므로.

기에게 물었다.

너는 누굴 싫어해?
사람들. 거의 모든 사람들.
그럼 누굴 좋아해?
나는 너를 좋아해.(203쪽)

이들의 사랑 고백은 무한히 이어지는 대화의 산물이다. 실체에 가닿는 사랑이 아니라 '너'라고 호명되는 이름에 끝없이 다가가는 사랑이며, 실체와 실체의 만남이 아니라 이름과 이름이 한데 모여 이루어내는 분위기로서의 사랑이다. 이것이 『숨은 밤』이 드러내는 사랑이다. 소년소녀가 등장하는 통념적인 성장소설과는 달리, 이 소설은 성공적 입사가 아니라 입사의 실패를 장면화하면서 끝난다. 소년과 소녀는 불빛으로 가득찬 마을을 향해 걷는 것이 아니라 발밑을 분간키 어려운 어둠 한복판으로 발을 옮긴다. 앞으로 이들에게 무슨 일이 일어날 것인지 누구도 알 수 없다.
책을 덮는 순간, 이 작품은 스스로 윤곽을 버린 채 어둠 속으로 사라져버리고 인물들은 이내 우리의 시야를 벗어난다. 김유진의 소설을 읽는 행위는, 작품을 놓아주는 경험을 하는 것과 같다. 김유진의 세계는 종래에 전용되어온 소설이라는 장르의 문법적 정의를 벗어난다. 인물들은 잠시 불타오른 불꽃이나 번개 같은 섬광처럼 잠시 자신을 드러냈다 사그라질 뿐이다. 소멸하는 방식으로 존재의 확실성을 경험하는 사태. 그것을 사랑의 역설이라고 말할 수 있을 것이다. 기묘하고 애매하지만, 명백하고 구체적인 감정이 드러나는 찰나. 김유진은 이 작품을 '사랑의 전조(前兆)'라고 부른다. 작가는 형태를 완전하게 갖추기 전에 사라지는 어떤 감정에 대해서 적었노라고 했다. 작가가 고유명사처럼 이름붙인 '숨은 밤'은 아직 발생하지 않은 사랑의 수많은 잠재성들의 형식이라 말할 수 있다. 이 작품이 소설적이지 않고 시적인 이유, 실체가 아니라 분위기를 포착하는 이유, 만남의 확실성이 아니라 불확실성에 사로잡힌 이유가 바로 여기에 있다.

신화에 등장하는 비의(秘意)의 밤은 하늘 문이 열리고 물이 포도주로 변하는 신성한 순간이다. 그것은 낮의 합리와 판단가능성이 은폐했던 밤의 불합리와 판단불가능성이다. 김유진이 관심을 보이는 지점은 사라진 밤의 행방이다. 그 어둠은 이제 어디로 스며드는가? 그 어둠을 따라, 산을 넘고 강을 건너는 소년과 소녀가 여기 있다. 그들에게 앞으로 어떤 미래가 준비되어 있을까. 그것은 김유진의 언어가 불러오는 또다른 장면들을 기다려보아야 비로소 알 수 있을 듯하다. 다만 이런 말로 작은 글을 맺도록 하자. 김유진이 제시한 아름다운 장면들은, 아직 의미로 채워지지 않았으나 "어제와 다른 오늘을"(205쪽) 개시한다. 그러니 이 무대는 최초의 시인인 아담의 무대이다.

실재의 역습(Attack of the Real)
— 구병모의 『고의는 아니지만』

고의는 아니지만, 일은 이미 벌어졌다. 나의 의도와 의지는 행위의 어느 지점까지 설명할 수 있을까. 의도라는 게 정말 있기는 할까? 의도와 의지에 대해서라면 칸트에게 물어볼 수도 있을 것이다. 칸트가 자유의지를 강조하면서 정념적(pathological)인 행동을 비판했다는 사실은 잘 알려져 있다. 그것은 이런 행동이 이성적인 선택이 아니었기 때문이 아니라 타율적인 선택의 결과였기 때문이다. 칸트가 말하는 정념은 이성의 반의어가 아니라 자율성의 반대말이다. 병리적인 증상을 보이는 자들이 비판받을 이유가 있다면, 그들의 행동이 비이성적이기 때문이 아니라 그것이 외부적인 원인에서 기인한 행동이기 때문이다. 원인을 규명하는 문제가 중요한 이유는 책임의 문제를 이야기하기 위해서이다. 그렇다면 여기 『고의는 아니지만』(자음과모음, 2011)에 등장하는 이들의 경우는 무어라 말할 수 있을까.

표제작 「고의는 아니지만」의 F는 사명감 있는 유치원 교사이다. 그녀는 스스로 소신 있는 교사라고 여긴다. 실제로 그녀는 소수의 아이들이라도 낙오되지 않도록 사려 깊게 행동했으며, 자신이 아이들에게 저지를지도 모를 조금의 실수도 용납하지 않았다. 그럼에도 불구하고 그녀는 귀갓길에 술 취한 인부들에 의해 살해당하고 만다. "그들 중 누구도, 충만한 악의를 가지고 일부러 그런 사람은 없었"(100쪽)음에도 불구하고 말이다. 사건이 벌어진 이후라도 그 사태를 멈출 수 있지 않았을까? 그러나 그것은 말처럼 쉽지 않다. 왜냐하면 의도한 행동이 아니기 때문이다.

만취 상태로 근처에서 검거된 용의자는 범행 일체를 자백했으며 그녀가 담장 너머에서 자신을 모욕했기에 처음에는 본때를 보여주려고 했을 뿐인데 반항하자 그만, 절대로 일부러 그런 게 아니었고 그녀 또한 악의를 갖고 당신을 모욕한 게 아니라고 빌었으나 이미 때는 늦어버리고 목을 쥔 손에는 힘이 너무 들어가버린 다음이어서—라는 요지의 말을 횡설수설했다고 전해진다.

—「고의는 아니지만」, 109쪽

사태의 전말을 간추려도 사건의 진상이 드러나지는 않는다. 의도를 갖는 것과 그렇지 않은 것 사이에 아주 약간의 차이(손에 깃든 힘)가 있는 것처럼 보일지 모르지만, 실은 사태는 벌어졌고 우리는 그 사태를 추수할 수밖에 없다. 이들은 자유의지가 개입할 곳이라고는 없는 세계에 산다. 의도하지 않은 사건들이 우연적으로 발생하는 세계에서 이들은 이러지도 저러지도 못하고 서 있다.

여기 소개되는 사건들은 단지 상상 속에서 일어나는 것들이 아니다. 우리가 이유를 댈 수 있든 그렇지 않든 그와 무관하게, 언제나 사건은 발생한다. 의도가 감추어진 세계, 우리는 이 세계를 원인이 감추어진 세계라 불러도 좋을 것이다. 의도가 특정한 결과를 낳는다면 의도가 관철되는 세계야말로 예측가능한 결과를 낳는 세계가 될 것이다. 구병모의 소설은 바로 이 의도와 결과, 나아가 인과관계에서의 단락에서 소설의 상황을 길

어울린다. 이를 "마치 ……같은"(as if~)의 증발 혹은 실재의 출현이라고 불러도 좋을 것이다. '그녀를 죽일 것처럼 화가 났지만 죽이려고 하지는 않았다'에서 '마치 ~처럼'을 삭제한 세계는 실재가 그럴듯함을 습격(attack)하여 파괴한 세계다. 그래서 마침내 '그녀를 죽이고 싶도록 화가 나서 나는 그녀를 죽였다'와 같은 문장이 탄생한다. 고의는 아니지만.

구병모의 소설은 '마치 ~처럼, ~같은'의 사라짐과 그 너머의 외설적인 실재의 부상(浮上)으로 특징지어진다. 시장이 괴물이라는 소문이 나돌았는데 시장이 괴물로 변해 있다.(「마치 ……같은 이야기」) 어느 날 도로의 구멍에 처박힌 남편이 남처럼 느껴지는데 결국은 완전한 남이 되어버렸다.(「타자의 탄생」) 눈물의 근원을 막아버리고 싶다고 말하자 모든 감각세포가 봉합된다.(「재봉틀 여인」) 잘못하면 새가 와서 우리를 쪼아댈 것 같은 불안을 느끼자 정말로 새들이 날아왔다.(「조장기」) 자유의지란 사실은 '마치 ~처럼'을 재인(再認)하는 의식의 작용이다. '나는 그녀를 죽이고 싶었지만(마치 원하지 않았던 것처럼), 그렇게 하지 않았어.' 의도를 되돌려 예정된 파괴적인 결과를 회피하는 힘, 그것이 자유의지이기 때문이다. 그렇다면 자유의지가 사라진 곳에서 발현되는 무시무시한 현현이야말로 실재의 역습이라 할 수 있지 않을까? 실재는 상징화에 저항하는 견고한 핵이다. 여기서 주체와 그가 속한 사회의 관계 속에서 '강요된 선택'이라는 역설적인 지점이 드러난다. 사회는 주체에게 말한다. 당신은 선택할 자유가 있다고. 그러나 그것은 당신이 올바른 것을 선택한다는 조건속에서만 가능하다고. 우리는 이미 주어진 것을 선택하면서 마치 자신이 이미 선택했다는 듯이 행동한다. 자유의지란 저 회피와 역습 사이에 끼어있다. 구병모의 소설은 바로 이 딜레마를 현시하고 있다.

언어(言魚)의 교차로에서
― 김엄지의 「기도와 식도」

　언어(言語)를 언어(言魚)로 비유하는 자들은 대체로 시인이다. 하지만 김엄지가 「기도와 식도」(『문학과사회』 2011년 여름호)에서 형상화하는 언어도 어떤 통로를 타고 흘러간다는 점에서는 언어(言魚)라 칭할 수 있다. 말의 수로를 흐르는 많은 언어들이 실수로 길을 잘못 들기도 하고 급류를 타기도 하면서 의미의 반전이나 예상하지 못한 리듬을 낳기도 한다. 그것은 몸속에 나 있는 길을 따라 흐르기도 한다. 그 가운데, 말하는 도구인 입과 관련된 길은 기도와 식도이다. 기도(氣道)는 공기가 지나가는 길이고 식도(食道)는 음식이 드나드는 통로이다. 언어가 식도로 흘러 소화되어야 할 때가 있고, 기도로 흘러 공기처럼 들고나야 할 때가 있다. 말을 소화할 때와 호흡해야 할 때를 아는 것, 그것이 중요하다고 김엄지는 말하고 있는 것 같다. 그 순간이 뒤바뀌는 상황에서 책임질 수 없는 의미의 착란이 발생하고 있으니 말이다.
　대형 교통사고가 났다. 뭉개진 그 자동차 속에는 여고생인 '나', 엄마와 이혼한 아버지, 아버지의 배다른 딸, 이렇게 세 명이 타고 있었다. 운전대를 잡은 아버지가 "빨간불은 빨리 가라는 뜻"(144쪽)이라 해석함으로써 기호체계를 무시하고 달렸다. 아버지는 즉사했고 여동생은 뇌사 상태에 빠졌으며 '나'는 오른팔이 으스러졌다. 이 사고는 위험에 무감해진 생활습관이 언어의 길을 엉뚱한 곳으로 인도한 결과이다.

구사일생으로 살아남은 주인공은 친구 지혜가 죽은 엄마 앞으로 지급된 보험금으로 해외여행을 계획하고 있다는 걸 알게 된다. '나'는 엄마가 수령한 아버지(전남편)의 보험금과 자신에게 남겨진 아버지의 유산이 궁금해졌다. '나'는 우회적으로 돈에 관해 묻고, 엄마는 대답을 회피한다. 통하지 않는 이 언어의 흐름은 주인공이 정신병원에 입원함으로써 아예 종결되어버린다. '나'의 순수한 말은 의도하지 않게 진단의 대상이 되어버렸기 때문에. 말이 (의도와는) 전혀 다르게 해석된 경우이다. 엄마와 의사는 '나'에게 수면제를 처방하고 정신병동에 가둠으로써, 영영 입을 막아버렸다.

엄마는 이미 경고한 적이 있다. 빨간 신호등을 본 여동생이 아버지에게 경고했듯이. 피아노를 배우고 싶다는 '나'의 말에 안 돼라고 말하지 않고 "창피하지 않겠니"라고 속삭임으로써. 그것은 엄마의 경제적 사정이 안 된다는 뜻이 아니라, 너의 상태를 알아야 한다는 잔인한 의도를 숨긴 말이었다. 또한 엄마는 저 질문에도 이미 대답했다. 보험금에 대해 물어볼 때마다, "그때마다 얼른 엘리베이터를 타고" 엄마의 애인이 살고 있는 신설동으로 "빠릿빠릿 걸어"감으로써. 묻고 싶지만 묻지 말았어야 할 것들이 있다는 것을, "묻고 싶은 것을 누구에게나 어디서나 함부로 묻고 다니면, 한 번에 묻히는 게 인생"이라는 사실을 우리는 기억해야 한다. 이 경우 '나'는 삼켜야 할 말들을 내뱉은 셈이다. 다시 말해 식도로 넘겨야 할 말들을 기도로 넘겼던 것.

우리는 실수하지 않기 위해서, 대답해야 할 때와 질문해야 할 때를 분별해야 한다. 또한 말하지 않았으나 말해진 것들을, 말했으나 다 말해지지 않은 것들을 유심히 살펴야 한다. 그것이 불가능한 일임에도 불구하고. "사람들은 엄마처럼 가끔씩 헷갈린다. 물을 때와 대답할 때. 물을 기도로 삼킬 때. 식도로 공기를 넘기고 트림할 때 불고기 냄새가 나는 건 내탓이 아니라는 양. 목구멍은 먹고 토하라고만 있는 게 아니에요. 그러나 나는 아무 소리도 내지 않았다."(145쪽)

마지막 언어의 교차로는 장애인 모임에 들어간 주인공이 합창단에 참여하는 장면에서 제시된다. 합창을 관람하러 온 친구 지혜를 위해, '나'는 입을 다물기보다는 노래하는 시늉을 하기로 마음먹는다. 단원들이 "옴마니반메훔"을 부르자, '나'는 입을 뻥끗대다가 끝내는 죽은 동생이 예전에 불러주었던 노래를 부르기 시작한다. "도롱뇽레룡뇽파룡뇽솔룡뇽라룡뇽시룡뇽도룡뇽도룡뇽레룡뇽파룡뇽솔룡뇽라룡뇽시룡뇽도룡뇽… 다시 도룡뇽"(155쪽) '옴마니반메훔'은 불교의례에서 부르는 주문(呪文)이다. 여섯 글자 안에 진리를 담고 있다 하여 육자진언이라고도 불린다. 거기에는 명상, 인내, 계율, 지혜 등 불도자가 추구해야 할 덕목이 담겨 있다. 그것은 지혜, 연민, 평정 등 불도자에게 내리는 축복을 상징하는 말이기도 하다. 그러니까 '옴마니반메훔'은 기도(祈禱)의 언어이다. 그런데 한 소녀가 이 소리를 "뭉개서" 내거나 엇박자로 따라 부르면서 전체적인 조화가 깨지기 시작한다. 엄숙함이 사라지고 '도룡뇽'이 무한 반복되는 기괴한 노래로 바뀌는 것이다. 이 노래를 언어유희라고 부르기는 애매하다. 새로운 의미를 파생시키는 계획된 교차가 아니기 때문이다.

'나'는 그저 물고기가 내뿜는 물방울처럼 무(無)를 벙긋거리고 있는 것이다. 저 특정한 단어의 변주와 반복은 어떤 어그러짐과 망가짐, 뭉개지는 의미들을 전시할 뿐인데, 그를 통해 일그러진 풍경이 눈앞에 다가온다. 가까이 더 가까이. 때문에 결국, 저 우스꽝스러운 노래를 부르면 부를수록 "껌을 삼킨 것처럼 목구멍 안에 이물감이 가득해"지고 "땀 같은 눈물을 뻘뻘 흘"(155쪽)릴 수밖에 없게 되는 것이다. 저 마지막 언어의 교차로는 진언과 유희의 간격이며, 나아가 죽음과 삶의 간격이다. 친구 지혜는 이 사이를 갈라놓는 간격을 믿었지만("죽은 사람과 산 사람은 간격 유지가 필수", 148쪽), 진언은 이 간격을 없애고 놀이노래는 이를 산 자의 쪽으로 끌어당긴다. 그래서 이 교차는 죽은 아빠와 죽어가는 동생을 불러("아빠와 동생도 한 무리의 장갑 속에 섞여서 손을 흔들고 있을 것 같다는 생각 때문이었다", 154쪽), '나'의 앞에 데려다놓는다.

「기도와 식도」에는 모두 세 번의 교차가 있다. 기호의 의미를 정반대로 해석함으로써 참사를 겪었던 언어의 오해가 첫번째 교차라면, 세속적인 질문과 그것의 세속적인 대답을 통해서 엇나간 의도의 교차가 두번째이다. 마지막으로 기도(祈禱)의 언어와 유희의 언어를 교차하면서 삶과 죽음의 세계의 간격을 없애버린 교차가 세번째이다. 김엄지는 이러한 교차의 순간을 태연하게 바라보면서, 좋고 나쁨, 옳고 그름, 순수하고 세속적임이라는 가치들을 위계화하지는 않는다. 삶은 본질적으로 끊임없는 언어의 착종과 의미의 오류로 요동치고 있는 것이기 때문에.

세상의 거의 모든 이야기,
요람(crib)에서 납골당(crypt)까지
— 윤성희의 『웃는 동안』

윤성희의 문장은 사건의 요람(crib)이다. 그 사건이 간략한 이야기로 요약할 수 없는 숱한 의문을 남긴다는 점에서, 또한 윤성희의 문장은 진실을 수납해둔 납골당(crypt)이기도 하다. 윤성희가 소설집 『웃는 동안』(문학과지성사, 2011)에 모은 열 편의 이야기들은 누군가의 죽음('나' 자신을 포함한) '이후'의 이야기라는 공통점을 갖는다. 예기치 못한 슬픔과 당혹스러운 사건들은 삶이 예측가능한 범위를 초과해 있다는 사실을 보여준다. 이야기마다 가족의 죽음, 연인과의 이별, 자기 자신으로부터의 소외, 다른 삶으로의 유배와 같은 사실적, 상징적인 죽음의 계기들이 숨어 있다.

「눈사람」에서 시작하자. 이웃의 금고(crib)를 훔쳐서 돈을 모은 금고털이범(금고장수)의 이야기다. 그는 훔친 돈으로 자식을 키웠지만(금고는 아이의 요람이 되었다), 장물을 곧바로 내다 팔 수 없어서 평생 가난하게 살다가, 죽어서는 유령이 되어 지하실(crypt)에 갇혀 지내게 된다. 이 금고형(禁錮刑)의 의미를 '뿌린 대로 거둔다'로 간추리는 건 무의미한 일이다. 비밀은 죽어서야 비로소 보이는 것들이다. 사소해 보이지만 누설되는 순간 돌이킬 수 없게 만드는 것, 즉 우연의 의미들 말이다. 살아생전에 그것들을 알았더라면 "십년감수, 악몽, 발자국, 재채기" 같은 말들에 일희일비하거나 부화뇌동하지 않으며 살았을까? '평생'과 같은 말들이 언젠가는 영영 사라지고 말 헛된 단어라는 걸 알고 약속 같은 것을 하지 않으며 살았을까? 죽고 나면 "영원히 체하지도 않을 것"(155쪽)이라는 사실을 알았다면, 누군가에게 던진 말이나 누군가가 나에게 던진 말에 '명치에 걸리듯'이 상처받지 않고 살 수 있었을까? 유령들은 돌이킬 수 없는 시간들을 반추하고 회상하는 존재다. 죽었기에 그들은 이전의 사건들을 되돌릴 수 없다. 삶은 요람에 눕혀져 있지만, 실제로 그 요람은 납골당이었던 것이다. 유령은 "썩어가는 내 얼굴을 바라보"(156쪽)고, 외로움을 견뎌야 하고("외로우세요? 저희들도 그래요", 「어쩌면」), 울기도 한다("눈에서 눈물이 흘렀다", 「웃는 동안」).

유령들에게 돌이킬 수 없는 사건들은 우연의 형상으로 남아 있다. 소화할 수 없는 사건이라는 점에서 그것은 아담의 목에 걸린 사과 조각이다. 「부메랑」의 인물들은 '소화불량'을 앓거나 '급체'를 해서 먹은 것을 죄다 게워낸다. 어떤 경우에는 말들이 그렇게 목에 걸려 있기도 하다. 「부메랑」에서 '그녀'는 돈을 꾸러 온 친구에게 던진 모욕적인 언사("기미나 수술해라. 얼굴이 그게 뭐냐", 129쪽)를 고스란히 되돌려받는다. 마음의 소리를 목구멍으로 꿀꺽 넘기는 순간("치사하게 사는 게 더 나을까요, 비겁하게 사는 게 더 나을까요?", 「소년은 담 위를 거닐고」), 타인의 의도를 내 마음대로 해석하는 순간("이만. 나는 그것을 미안이라고 읽었다", 「구름판」), 그리고 장례조차 치르지 못한 채 아버지를 지하실에 숨겨두는 순간(「눈사람」)까지. 소화되지 못한 것들이 걸려 있다가 때로 역류한다. 도처에서.

대차대조표의 작성을 다 끝낸 납골당 앞에서 봉인된 것들을 다시 토해내는 이유가 무엇일까. 한 시절의 사라짐(늙음) 혹은 한 인물의 죽음을 애도한다는 것은 무엇을 의미하는가. 데리다는 타자가 자아의 내부에 위치한 일종의 지하 납골당 안에 안치되어 있다고 말한다. 자아가 자신의 내부에 합법적인 묘소를 마련함으로써 타자의 시신을 안치하고 이를 통해 이미 상실된 타자의 죽음 이후의 삶을 계속 유지하고, 나아가 자신의 동일성을 타자가 죽은 이후의 삶과의 동일성으로 대체한다는 것이다. 애도는 타자를 납골당 안에 안치함으로써 타자와의 사후적인 삶을 지속하는 일이다. 타자는 애도의 순간마다 불려나와 현재적인 삶과의 연결을 지속하게 한다. 납골당은 요람으로 변하며, 우리는 이 끊임없는 소환에 응답해야 한다. 그것은 우리가 삼켜왔던 말들, 시간들, 존재들을 우리가 어떤 식으로든 다시 감당해야 한다는 것을 뜻한다.

그렇다면 우리가 우연이라고 인식하는 것이야말로 우리가 미처 소화하지 못한 사건과 의미가 아닐까. 그러니까 타자와의 조우 그 자체가 아닐까. 그런 의미에서 "우연이란 한 인간이 태어나서 경험할 수 있는 가장 멋진 일"(134쪽)이다. 그것은 가장 '바깥'에서 온 것들이다. "이해가 되지 않는"(250쪽) 것들, 알 수 없는 장면들, 짐작할 수 없는 타인의 의도, 그것을 받아들이는 것은 자연스럽게 얻을 수 있는 게 아니라는 말이다. 그것은 피식 웃음이 나는 것처럼 우연한 일로 가시화되지만, "지구 반대편"(「웃는 동안」)을 돌아오는, 그리하여 내가 너에게 힘겹게 건너가는, 노동을 필요로 하는 것이다. 죽은 자는 산 자에게 무언가를 가르쳐준다. 우연으로 점철된 삶에 대해서. 올바른 삶이 아니라 놀라운 삶을 알려주는 윤성희의 유령들은 얼마나 근사한 선생님인가.

'¬'을 기록하는 세 가지 방법
― 김정환의 『¬자 수놓는 이야기』

"사랑은 회색이다."[1] 신화 속에서 두 번 죽는 여인 에우리디체의 말이다. 회색빛 사랑의 기억이 가까스로 그녀의 몸을 움켜쥐고 있을 때, 그것은 겪었던 아픔을 다시 한번 감당해야 하는 고통의 복기이기도 하다. 에우리디체는 기도한다. "나여, 뒤돌아보지 마라."(7쪽) 사랑의 기억은 뼈아픈 고통을 동반한다. 사랑을 품고 죽음 속으로 뛰어든 오르페우스는 "삶과 죽음의 여닫이쯤 되는 지점"(9쪽)에 와 있다. 그에게 사랑은 기억하기이다. 사랑은 돌아오는 것이다. 그 행위가 사랑을 불가능하게 만들지라도. 소설은 이렇게 시작한다.

김정환이 2012년에 호명한 오르페우스-에우리디체는 1980년대 고문실의 잔인한 회색 풍경에 따로 갇혀 있다. 지하조직당의 비밀을 간직한 남자와 달리 여자는 비밀에 대해서 아무것도 알지 못한 채 끌려와 고문을 당하고 있다. 문초를 당하는 동안 언어와 문자와 육체의 윤곽이 무너지고 나자, 뜨거운 사랑의 노래와 최초의 기억을 부르는 잔해들만이 잠언처럼

---

1) 『¬자 수놓는 이야기』, 문학동네, 2012, 6쪽, 이하 쪽수만 표시.

이어진다. 고문받는 남녀의 의식 속에서 사물을 묘사할 단어들이 사라지고 비유가 부서지고 명명의 윤곽이 허물어지듯이. 빠짐 없이, 전부 해체되고 사라지고 나면 새로운 차원이 열린다. 정치 너머, 예술 너머, 그리고 죽음 너머의 세계가.

허무하고 무참한 저들의 죽음을 사회적 현실로 치환할 수 있을지도 모른다. 무너지는 제 육체를 바라보면서 여자는 자문한다. "여기가, 이게 아우슈비츠보다 더 나은가."(23쪽) 죽음에 이를 때까지 계속되는 고문의 현장이란 지옥과 다르지 않을 것이다. 그 점에서 세상에서 구현된 지옥인 아우슈비츠 수용소가 저 고문실과 비교되는 것은 자연스럽다. 프리모 레비는 아우슈비츠에서의 낮과 밤을 이렇게 말한다. "우리의 밤은 그렇게 흘러간다. 탄탈로스의 꿈과 이야기의 꿈이 점점 더 구별하기 힘든 이미지들의 천으로 짜여나간다. 굶주림과 구타, 추위와 노동, 두려움과 혼란으로 뒤범벅된 낮의 고통이, 밤이 되면 전대미문의 폭력이 담긴 무형의 악몽으로 변한다."[2] 밤은 고통으로 가득찬 낮의 기억을 뒤섞어 악몽으로 만드는 시간이다. 하여 레비에게는 (오르페우스가 아니라) 오디세우스가 중요하다. 레비는 수용소의 바다에서 익사한 자들을 대신하여 구조된 자들이 증언대를 지켜야 한다고 말했다. 때문에 레비가 증언의 주체로 세운 인물이자, 자신과 동일시한 영웅은 망각에의 투쟁을 체현한 오디세우스이다. 『이것이 인간인가』에는 레비가 단테의 『신곡』 지옥편에 등장하는 오디세우스의 이야기를 암송하는 장면이 나온다. 오디세우스가 온갖 고난을 겪으면서도 고향 이타카로 돌아가고자 하는 의지를 지켰듯이 레비는 돌아가서 증언하겠다는 의지로 살아남았다. 그럼에도 불구하고 수용소 시절을 견딘 생존 작가 레비가 결국 자살을 통해 생을 마감했다는 점은 오디세우스적인 증언의 불가능성을 역설적으로 보여주는지도 모르겠

---

2) 프리모 레비, 『이것이 인간인가』, 이현경 옮김, 돌베개, 2007, 92쪽.

다. 그는 끝내 밤의 악몽에 삼켜지고 만 것이다. 정치의 영역에서 저 고문실은 수인(囚人)들을 한 무더기 시체로 만들고 봉인되었다.

그런데 오르페우스-에우리디체 저 둘을 잇는 선(-)은 아직 그 둘이 살아있다는 사실 자체를 보여준다. 즉 내 숨이 그치지 않는 한, 상대도 살아있다. "그는 아직 살아 있다. 내가 이렇게 살아 있으니 그건 분명하다. 그가 죽었다면 난 고문할 가치도 없는 진물덩이에 지나지 않을 것."(6쪽) 내 삶은 무엇으로 증명되는가. 이 책의 문면을 가득 흘러넘치는 기억과 사랑의 노래들로 증명된다. 블랑쇼는 오르페우스의 사랑 노래에서 문학의 기원을 읽었다. 에우리디체를 지상으로 이끄는 순간, 오르페우스가 돌아봄으로써 그녀를 어둠 속으로 놓치고 만다. 문학의 발생에는 원초적 재난과 같은 상실이 있다. 그가 말하는 문학의 기원은 타자와 만나서 내가 무너지는 경험, 타자의 체험이자 죽음의 체험과 같다. "이를테면 죽음을 이겨낸 오르페우스가 아니라, 언제나 죽는 그, 사라짐의 요구로서의 그이다. 그는 이러한 사라짐에 대한 고뇌 속에서 사라지고, 고뇌는 노래가, 죽음의 순수한 움직임인 말이 된다. (……) 그는 시다."[3] 그와 그녀의 노래는 이 죽음의 반향 속에서, 사라짐의 증언이 된다. 레비에게 중요한 것이 악몽에 대항하는 정치적 증언이라면, 블랑쇼의 관심의 대상은 죽음으로써 문학의 기원을 지시하는 예술적 증언이 아닐까.

그렇다면 김정환의 오르페우스는 어떤가? 그는 죽음과 직면한 인간이 최초의 기억을 통해 생을 지키려는 노력을 보여주는 사랑의 화신이다. 그가 지키려는 생이란 에우리디체를 되살리는 것, 즉 사랑의 회복이다. 김정환의 사유가 닿은 지점의 독특성이 여기 있다. 죽음이란 유한한 인간에게 가해지는 고문이 아니겠는가. 세상의 모든 임종의 자리가 개별적인 고문실일 터. 각자의 무덤이 그러니까 각자의 죽음이 인칭을 갖는 순간, 고

---

3) 모리스 블랑쇼, 『문학의 공간』, 이달승 옮김, 그린비, 2010, 204쪽.

유명으로 남는 개별자의 죽음이 완성될 것이므로. 에우리디체는 뱀에 물려 죽었다. 오르페우스는 그녀를 찾아서 하계(下界)에 내려간다. 여자와 남자에게 한 번씩의 죽음이 있었던 게다. 전자는 실재의 죽음으로, 후자는 마음의 죽음으로(에우리디체가 없는 세상에서는 살아도 산 것이 아니므로). 오르페우스는 음악으로 신들을 감동시켜 에우리디체를 지상에 데려가도 좋다는 허락을 얻는다. 이 음악은 제의적이다. 그녀의 죽음을 기념함으로써 그 기념의 형식(노래)을 통해서 그녀를 되살려내기 때문이다. 따라서 이 노래-제의야말로 그 자체로 돌아봄이라 말할 수 있다. 오르페우스가 마지막 순간 돌아봄으로써 그녀를 놓치고 만다는 설정은 이 돌아봄의 기원(그녀를 되살리다)과 결과(그녀가 죽었음을 확인하다)가 같은 것임을 뜻한다. 텅 빈 충만함. 곧 사라지는 에우리디체. 오르페우스는 돌아볼 수밖에 없는 자이다. 에우리디체는 깨어남인데, 그 깨어남이란 죽음을 확인함으로서의 깨어남이다. 부재의 현시를 확인하는 돌아봄. 그 공허를 반복하는 존재가 바로 비극적인 오르페우스의 운명이다. 이 신화가 보여주는 것은 죽음(부재)-돌아봄(기억)이라는 짝패의 반복이다. 그 반복은 오르페우스가 매번 최초로 돌아와 있음을 보여주는 것이기도 하다. 그래서 노래는 계속된다. 그 노래가 끝나지 않는 한 죽음은 확정적인 것이 되지 않고 에우리디체는 계속 현전할 수 있기 때문이다. 기억의 형식으로, 그러니까 사랑의 형식으로. 그 점에서 "예술은 죽음의 전략"(156쪽)이다.

오르페우스의 음악은 에우리디체에게서 완성된다. 오르페우스의 음악은 에우리디체를 살려내기 위한 제의이기 때문이다. 그 제의는 프리모 레비처럼 정치적 혁명이나 블랑쇼처럼 문학의 근원에 닿을 때 얻을 수 있는 도약을 꿈꾸지 않는다. 그것은 참혹함 속에 남은 생의 노래이며 속된 세상에 묻힌 사랑 노래이기 때문에. 김정환은 최초로 돌아보는 자의 형상을 'ㄱ'자로 본떴다. 그것은 미완의 문자나 불완전한 언어가 아니라 모든 '기억'의 최초를 보여주는 상징이다. 시간이 휘고 구부러지는, 그리하여 부메랑처럼 되돌아오는 기역 그리고 기억. "이 강한 'ㄱ'의 중력. 부메랑 모양이자 소리인. 목표와 겨냥이 없는. 던지면 날아가다 되돌아오는 부메랑, 소리와 모양의."(152쪽) 기억은 제의이며 그것을 통해 그는 그녀를 (잠시) 되돌려받는다. 부활이 아니라 반복(두번째 죽음)으로. "죽음은 돌아감이지, 나아감이 아니다."(110쪽) 바로 여기서 김정환의 오르페우스-에우리디체를 통해서 죽음 앞에 선 사랑, 최초를 돌이킴으로써 무너지는 실존을 복원하려는 불굴의 기억을 만날 수 있다.

(스)캔들 인 더 윈드(scandal/candle in the wind)
— 김연수의 『파도가 바다의 일이라면』

엘튼 존의 〈캔들 인 더 윈드Candle in the Wind〉는 미국 여배우 마릴린 먼로의 죽음을 추모하는 노래다. 1962년 여름 마릴린 먼로가 로스앤젤레스 자택에서 숨진 채 발견되었다. 당시 서른여섯 살이었던 마릴린 먼로는 침대 위에서 벌거벗은 채로 누워 있었다고 한다. 당시 정황상 약물 과다복용에 따른 자살로 처리되었으나 타살의 가능성이 강하게 제기되었다. 그녀와 수많은 스캔들(scandal)을 만들었던 정치인들이 자기들의 추문을 감추기에 급급했기 때문이다. 스캔들의 화염 속에서 희생된 그녀의 석연치 않은 최후는 불행한 죽음의 장면으로 손꼽힌다. 건강미와 섹시함의 아이콘이었던 그녀의 화려한 삶과는 이질적인 비극적인 죽음. 신문을 비롯한 각종 언론 매체에 그녀의 시체가 알몸으로 전시되면서 그녀는 죽음까지도 발가벗겨진 셈이다. 엘튼 존은 마릴린 먼로의 어린 시절 이름인 '노마 진'을 부른다. 바람 속에 흔들렸던 촛불 같은 삶을 위로하는 노래를.

김연수의 장편 『파도가 바다의 일이라면』(자음과모음, 2012)의 정지은의 죽음 역시 참으로 불행하다. 지은은 사람들의 원한과 분노, 질투와 원망이 투사된 희생제물이다. 출처를 알 수 없는 풍문에 둘러싸여 지은의 죽음은 추문화된다. 그녀는 어떤 격랑에 흔들렸을까. 소설의 주인공 지은은 열일곱 살 여고생의 몸으로 갓난아기를 낳는다. 출산 전 지은에게 낙태를 종용하던 주변 사람들은 지은의 의사를 묻지도 않은 채 생후 6개월 된 아기를 미국으로 강제 입양시킨다. 그후 지은은 바다에 뛰어들어 스스로 목숨을 끊는다. 동양에서 건너온 갓난아이는 미국의 중산층 가정에 입양되어 카밀라 포트만이라는 이름으로 성장한다. 양어머니 앤이 암으로 죽기 얼마 전, 한국에서 카밀라를 찾고 싶다는 편지가 왔었다는 사실을 그녀에게 고백한다. 당시에는 카밀라를 잃게 될 것이 두려워 그 사실을 말하지 못했던 것이다. 앤이 죽은 후 양아버지인 에릭이 새로운 가정을 꾸리겠다고 선언하면서, 카밀라는 처음 미국에 왔을 때처럼 다시 자유로운 몸이 된다. 애인이자 시인인 하세가 유이치의 도움으로 카밀라는 어린 시절의 추억이 담긴 사물들을 통해 기억을 간추리는 글을 쓰기 시작한다. 그 글들은 2010년 『너무나 사소한 기억들: 여섯 상자 분량의 입양된 삶』이라는 제목으로 출간된다. 그것이 계기가 되어 그녀는 뉴욕의 한 출판사로부터 '뿌리 찾기' 과정을 담은 논픽션 집필 의뢰를 받는다. 집필을 준비하면서 22년 만에 모국인 한국의 '진남'이라는 소도시를 방문한다. 카밀라는 어머니인 정지은의 흔적을 찾아가면서 자신의 정체성을 확인하고자 한다.

그러나 카밀라가 찾아낸 정보들은 충격적이고 불경한 내용들뿐이다. 어머니가 짧은 학창시절을 보냈던 진남여고에서 "지은이 걸레라는 소문이 퍼지기 시작"했다는 것이며, 지은과 독어 선생 사이의 성적인 스캔들, 지은이 유일한 혈육인 친오빠 정재성의 아이를 임신했다는 추문이 나돌았다. 죽음을 목전에 둔 지은은 화염 같은 스캔들에 둘러싸여 있다. 근친상간으로 탄생한 '정희재'. 그것이 카밀라 포트만의 진짜 정체성이라는 말인가. 카밀라는 암담한 진실 앞에서 더이상 용기를 내지 못한다. 공교

롭게도 지은이 자살했던 진남의 바다 위에서 카멜라는 유이치에게 청혼을 받는다. 불꽃이 터지는 축제의 밤에 카멜라는 바다의 심연으로 몸을 던진다. 다행히 무사히 구조되었지만 카밀라의 '뿌리 찾기'는 중단되고 유이치와의 관계도 무너진다.

흉흉한 저주와 소문의 불길이 가리키는 지점은 온통 절망뿐이다. 바람 앞에 흔들리는 불꽃처럼 카밀라 역시 어둠 속에서 명멸(明滅)하고 마는가? 그렇지만은 않다. 작고 희미한 불씨가 살아남아 어딘가에 옮겨붙기 때문이다. 불꽃의 생명력은 갓난아기의 심장에 온기로 남았고 소녀의 혈관을 타고 끓어올라 어엿한 작가가 된 카밀라의 삶으로 증명해 보이고 있지 않은가. 카밀라가 한국을 다녀가고 2년 뒤, 그 불꽃은 되살아난다. 카밀라는 어머니의 고통과 절망, 외로움을 온전히 받아들일 마음의 준비를 하고, 고향 진남을 다시 찾는다.

1장에서 카밀라의 손에 있던 마이크가 2장에서는 죽은 지은에게 전달되는가 하면 3장에서는 '우리'로 불리는 복수(複數)의 주변인들에게 전달된다. 지은의 목소리를 통해서 지은의 아버지가 조선소 노동환경을 개선하고 노동자들의 권리를 지키려다 끝내 투신자살을 선택할 수밖에 없었던 비극적인 사연을 듣는다. 당시 목숨을 잃은 노동자들의 가족들은 선두에서 지휘를 했던 아버지마저 죽자 지은 남매를 따돌렸다. 지은을 둘러싼 소문의 진상이 서서히 드러난다. 사정이 이렇다보니 아버지를 죽게 만든 조선소 사장의 아들과 사랑에 빠진 지은의 심적 상황 역시 고통스러웠을 것이다. 각자에게 진실이 있지만 나만의 진실이 타인을 고문하기도 한다. '우리'는 그것을 모르지 않는다. 모른 척할 뿐. "우리가 걔를 죽인 거잖아"(245쪽)라는 냉소적인 고해성사가 풍문과 함께 떠다니는 이유가 여기 있다.

카밀라는 바다에 뛰어든 자신을 구조했던 스쿠버 다이버 김지훈의 도움으로 '바람의 말 아카이브'를 찾아간다. 진남여고의 뒤편에 있는 그 양관(洋館)은 진남에 살았던 사람들의 이야기가 저장된 박물관이면서도 어머니의 첫사랑이 시작된 장소이기도 하다. 아카이브를 지키는 한 남자가 카밀라와 지훈을 맞이한다. 그곳을 지키는 저 남자는 지은이 사랑했던 유일한 연인 이희재이자 카밀라의 친부이다. 2012년 다시 불어온 바람을 맞으며 이희재와 카밀라(희재)가 만나고, 1984년부터 불어오던 여일한 바람 속에서 이희재와 정지은이 조우한다. 저 마지막 정지화면을 비추면서 소설은 끝을 맺는다.

"여기 희망이 숨어 있네요."(320쪽) 지은이 희재에게 전한 말처럼, 저 어두운 심연 속에 불씨가 숨어 있던 것. 저 작은 불씨가 카밀라를 낳았다. 방탕한 여고생의 질 나쁜 불장난에 불과하다던 소문(所聞)이 실은 사랑의 소이(所以)를 은폐하고 있었던 것이다. 사랑의 불씨가 이국에서 불타올랐고 그 흔적이 아름다운 한 권의 책을 완성한다. 그런 점에서 『파도가 바다의 일이라면』은 연애소설이면서 소설가-소설이라고 볼 수도 있다. 카밀라는 지은과 찍은 유일한 사진에 이런 제목을 달았다. "제대로 설명할 수는 없지만, 이 세계가 우리 생각보다는 좀더 괜찮은 곳이라는 사실을 말해주는 사진(1988년경)"이라고. 모든 희망이 사그라들었다고 확신하는 순간 어딘가 잔불이 몸을 세우고 있을지 모른다. 불길은 지은에게서 희재에게, 희재에게서 또다른 희재(카밀라)에게 새로운 길을 낸다. 사랑이라는 불꽃의 탄생이다. 카밀라(꽃)는 해마다 꽃을 피우겠지만 타오르는 삶은 단 한 번뿐인 사건이다.

폭주하는 스캔들과 거짓말들로 둘러싸인 지방 소도시에서 미약한 불씨를 찾아내야 한다. 어쩌면 모든 작가는 바람 속에서 촛불을 지키는 자(keeper of candle)이다. 디지털 시대의 킨들(kindle)도 이와 마찬가지. 저 불꽃이 비추는 건 해명할 수 있는 진실의 본체가 아니라 심연을 품고 있는 불가해한 사랑일 것이다. "파도가 바다의 일이라면" 정지은이 답했다. "너를 기다리는 것은 나의 일"이라고. 이렇게 다시 읽을 수도 있다.

불꽃을 지키는 건 사랑의 일이라고.

심여사를 캐스팅하겠습니다
— 강지영의 『심여사는 킬러』

여기 남다른 입담으로 문단의 안과 밖을 오가는 작가 강지영이 있다. 강지영은 장르 소설 작가로 불린다. 이 작가가 장르물의 기법을 어떻게 소설적 방식으로 전용하고 있는지, 거기서 영상과 소설의 만남이 어떻게 이뤄질 수 있는지를 살펴보자. 심은옥 여사라는 인물이 있다.[1] '여사'라는 말이 붙었지만, 고상한 유한계급 여자여서가 아니다. 그저 나이든 여자에 붙인 명칭이다. "나는 심은옥이다. 올해 쉰한 살이 된 아줌마다. 과부다. 실업자다. 그리고 엄마다."(9쪽) 마트 정육점에서 파트타임으로 고기를 자르는 억척 아줌마다. 병든 남편은 5년 전 스스로 목숨을 끊었다. 심은옥은 낡은 임대아파트에서 아들딸을 키우며 성실하게 살아왔는데, 어느 날 마트가 문을 닫는 바람에 실업자가 되고 만다. 그녀는 생활정보지

---

1) 강지영은 첫 소설집 『굿바이 파라다이스』(씨네21북스, 2009)를 출간한 이후, 현재까지 총 네 권의 장편소설을 세상에 내놓았다. 『신문물검역소』(시작, 2009), 『심여사는 킬러』(씨네21북스, 2010), 『엘자의 하인』(씨네21북스, 2010), 『프랑켄슈타인 가족』(자음과모음, 2011)이 그것이다. 이글에서는 강지영의 특장을 잘 보여주는 장편 『심여사는 킬러』를 중점적으로 다루겠다. 『심여사는 킬러』 인용 부분은 쪽수만 표시.

에 실린 모집광고를 발견한다. "40세 이상 주부사원 모집, 월 300 보장. 비밀유지상여금 500% 지급. 스마일."(11쪽) 그렇게 우연히 찾아간 흥신소에서 그녀는 곧장 제안을 받는다. "킬러가 되어주세요. 누구나 죽이고 싶도록 미운 사람이 하나씩은 있지 않을까요? 심여사님이 결심만 하시면 억울한 사람들의 간절한 소망을 대신 이뤄줄 수 있습니다."(16쪽) 처음부터 단도직입이다. 작가는 이런 제안을 과연 할 수 있을까, 하는 독자의 의문 따위를 처음부터 던져버린다. 소설에 요구되는 사실의 문법(소설의 상황은 그럴듯해야 한다) 대신, 엉뚱한 킬러가 탄생한다는 영화의 문법(이 영화는 코믹물이거나 휴먼극이어야 할 듯하다)을 도입부에서부터 밀고 가는 것이다.

"살인자가 되는 거네요. 삼천만 원 때문에."(18쪽) 그렇다. 아파트 보증금인 삼천만 원을 마련하기 위해서 심은옥은 살인청부업이라는 제의를 받아들인다. 소설의 전반부는 심은옥이 킬러 '심여사'가 되는 과정이 집중적으로 그려진다. 무한경쟁의 전장에서 아이들을 키우며 살아가야 하는 어머니의 심정은 어쩌면 누군가를 죽여야만 제 목숨을 유지할 수 있는 생계형 킬러의 감정노동에 비견될 수 있을지도 모르겠다. 저 각박한 현실이 이 여인에게 칼자루를 쥐어주었다고 해야 할까. 심여사에게 부여된 두 가지 인격을 세공하는 과정은 아줌마의 "주름진 손"과 킬러의 피 묻은 손을 겹쳐놓는 데서 출발한다.

아들은 엄마를 이렇게 설명한다. "평범하세요. 음식 잘하시고 거짓말할 줄 모르고. 그냥 수더분한 오십대예요."(297쪽) 그 설명은 사실이지만, 엄마는 고기를 다듬던 능숙한 손으로 의뢰받은 이들을 해치우는 전문적인 킬러이기도 하다. 1인 2역이라는 장치는 장르물에서 흔한 트릭이다. 평범한 아줌마가 사실은 킬러였다는 것. 만일 전자가 아니라 후자에 강조점이 주어졌다면, 이 소설은 스릴러나 추리의 문법을 차용했을 것이다. 이때 소설은 후덕한 여자의 뒤에 숨어 있는 냉혹하고 잔인한 면모를 폭로하게 될 것이다. 그러나 전자인 아줌마에 시선을 두면 전혀 달라진다. 사람을 죽이는 직업을 가졌지만, 선하고 순박한 심성을 가진 인물이어야 한다는 아이러니가 바로 그것이다. 그걸 보여주는 에피소드는 여럿이다. 죽을 만한 짓을 한 사람인지를 확인하고서야 사람을 죽인다는 설정은 기본이다. "청부살인의 목표물은 대부분 죽어 마땅한 사람들이라고 했다. 죄를 짓고도 법의 사각지대 안에 숨어버린, 그리하여 누군가의 조치가 없는 한 평생 당한 자를 비웃으며 흥청망청 살아갈 비겁한 자들을 처리하는 게 우리의 몫이라고 했다."(290쪽) 심여사는 의뢰인이 찾아와 사연을 늘어놓을 때마다, "그들의 손을 부여잡고 이야기가 끝날 때까지 맞장구를 치며 고개를 주억거리다 결국 눈가에 눈물을 머금었다."(47쪽) 작가는 심여사가 킬러가 되기로 한 후에 흥신소장인 박태상, 직원이자 조사원인 최준기와 함께 엠티를 가서는 술과 담배를 못해서 밤새 오렌지주스를 마시며 청부살인을 위한 오리엔테이션을 받았다는 이야기, 박태상이 젊은 시절에 여자가 아닌 시(詩)에 빠져 살았다는 이야기, 심여사가 직원들을 위해 매일 아침 도시락을 싸온다는 이야기 등을 미리 전제 삼아 깔아둔다.

　그러고 나서 소설은 여러 인물들의 시점을 차용하면서 다중적으로 전개된다. 심은옥의 이웃인 이옥순 할머니와 이순영(의 이름으로 살아온 여자), 자녀인 김진섭과 김진아, 경찰인 남편을 돕기 위해 스마일흥신소에 위장 취업한 비밀요원 이성란, 심여사 남편의 친구로 그녀를 연모했다가 이제는 애증의 관계로 돌아선 해피흥신소의 나한철, 영혼결혼식을 치러주는 '김상호 결혼연구소' 소장 김상호, 나한철의 아내 홍미숙과 내연관계를 맺어온 한병팔 등의 시선이 복합적으로 전개된다. 이것은 이 소설이 영화적 문법과 친연성을 맺는 중요한 지점이다. 소설은 심여사를 중심으로 구축된 인물들의 시점을 빌려 전개되는데, 이로써 두 마리 토끼를 잡는다. 인물(심여사) 중심의 서사가 전개된다는 것. 그리고 스토리 층위의 균등한 분할을 통해 여러 사연들을 포괄한다는 것. 각 장의 제목이 등장인물로 이루어진다는 점에서도 알 수 있듯, 각 장은 인물 중심의 장면(scene)이 배치된 느낌을 준다. 각각의 장은 실제 서술의 분량과 관계없이 시점의 주인공이 되는 인물이 등장할 때마다 구분된다. 등장하는 각각의 인물이 1인칭 시점을 취하고 있어서, 서술 층위가 인물이 처한 상황과 인물 내부의 시선으로 제한된다. 인물들 각각의 사정에 귀를 기울인다는 점은 강지영 소설의 중요한 특징이다. 이것은 내용을 산만하게 만들 수 있는 단점이 있는 반면에(실제로 인물들의 관계도를 그리지 않고 읽으면 내용 파악에 혼란을 겪을 수 있다), 영상화의 가능성을 극한으로 밀어붙일 수 있다는 장점이 있다. 각 인물의 시점숏(POV shot: 극중 인물의 시점에서 촬영하는 영화기법)을 통해 장면들을 용이하게 전환할 수 있기 때문이다. 그 점은 영상적 서사의 특성으로 간주된 이야기성이나 이미지 중심의 서사기법과는 다른 강지영의 서술 전략이다. 각각의 인물들이 자신의 사연을 이야기할 기회를 충실하게 주면서도 그 장면 안에는 언제나 심여사의 그림자가 드리워져 있다. 그것은 심여사의 캐릭터 형성과 연계되면서 만들어진 인물 간의 매개항이다.

심여사 중심의 관계도가 형성되었으므로, 소설의 중심선도 심여사 중심으로 흘러간다. 소설의 후반부에서 심여사는 스마일흥신소의 라이벌 격인 해피흥신소에 취직한 아들 김진섭과 조우한다. 군에서 제대한 아들이 그곳에서 직업을 구했던 것이다. 게다가 해피흥신소장 나한철은 심여사 자신 때문에 신세를 망쳤다고 생각하는 인물이다. 이 딜레마는 전형적인 드라마의 문법이다. 이를테면 이중 삼중의 관계 맺기나 적대적이면서도 후대해야 할 상대 만나기. 등등 그녀는 자신의 정체성을 선택할 기로에 선다. 킬러냐, 엄마냐. 심여사는 아들을 보호하기 위해 위험을 감수하고, 그 대가로 (실수로 쏜) 총에 맞는다. 사태는 빠르게 수습되고 회복기를 거친 킬러 심여사가 정육 코너의 심은옥으로 돌아오는 것으로 소설은 끝을 맺는다. 그녀는 자신을 고용했던 박태상과 함께 정육점을 차린다. 최준기가 들고 있는 카메라 프레임 안에 "두 명의 솜씨 좋은 칼잡이"(329쪽)가 다정하게 서 있다. 이 역시 전형적인 해피엔딩의 문법이다.

이것은 소설에 작위를 부여하는 방법이지만, 그로써 장면화의 힘을 최대한 흡수하는 전략이기도 하다. 심여사의 이중적인 역할 덕분에 무대에 등장하는 인물들이 제각각 오롯이 자신의 얘기를 할 수 있다. 가짜 무당 오신자의 인생 이야기, 가짜 대학생 한병팔과 김상호가 나누는 사랑과 결혼에 대한 궤변들, 심여사를 감시하기 위해 투입된 최준기와 그녀의 딸 진아 사이에 형성된 애틋한 러브라인 등이 유쾌하게 그려진 것은 영화적 문법 덕분이다. 이 점에서 심여사는 캐릭터로 호명되었다기보다는 주인공으로 캐스팅되었다고 보는 편이 더 좋을지도 모른다. 억척 아줌마이자 다정한 킬러라는 이중성을 보유한 인물로. 자, 그녀의 배역을 누가 맡으면 좋을까?

레인보우 패밀리
— 강지영의 『프랑켄슈타인 가족』

　미국 소설가 존 어빙은 말했다. 소설가란 환자들만 보게 되는 의사나 마찬가지라고. 그것도 가망이 없는 환자들만 만나는 의사. 소설가 강지영의 『프랑켄슈타인 가족』(자음과모음, 2011)은 상처받은 가족 드라마의 현대버전이다. 환자 여섯이 정신과 의사인 김인구 박사를 찾아서 한자리에 모였다. 하나같이 감당할 수 없는 정신적인 고통에 신음하는 자들이다. 이들을 하나로 묶는 김박사의 이야기가 씨줄이 되고 이들 여섯 명의 이야기가 날줄이 되어 한 편의 직물(텍스트)이 된다.

　김박사는 집안의 분란을 피해 안식년을 가지려 시골에 내려왔다. 여섯 환자가 그를 찾아온다. 김박사는 이들의 마스터이며, 그의 이야기는 이들 이야기의 마스터이다. 이들이 김박사의 집에 도착했을 때, 김박사는 다단계 판매 직원의 술책에 넘어가 공동생활 공간에 감금된 상태이다. 김박사가 각각의 인물들을 연결하고 사라진다는 점에서 '사라지는 매개자'의 자리에 있다. 김박사의 전원주택에서 가짜 가족 행세를 하게 된 이들은 서로 만날 기회조차 없었던 남남이다. 김박사가 운영하는 모임 '소울메이트'에서 이들은 자기만의 비밀을, 그 내밀한 상처를 털어놓으며 마음을 연다. 이들의 고립적인 삶에 '관계'가 들어오게 된 것이다. 이들에게 "믿고 의지할 만한 사람은 김박사뿐이었다."(54쪽) 그는 이상적인 아버지, 곧 모든 이야기를 들어주고 해결책을 제시해주는 존재이다. 그가 부재했다는 것은 그의 자리가 단지 상징적인 자리일 뿐이라는 점을 암시한다. 환자들은 아버지의 부재를 받아들여야 상징적인 질서 아래서 자신의 위치를 점유할 수 있다.

이들이 꾸린 가족이라는 이름은 기괴하고 우스꽝스러워 보인다. '프랑켄슈타인 가족'이라는 제목이 주는 일차적인 어감에 딱 들어맞는, 참으로 이상한 가족이다.

①사천왕처럼 눈이 부리부리한 노인, ②해끔한 얼굴에 선글라스 낀 여자, ③삼십대 중반에 흔해빠진 백수건달풍의 사내, ④그 비슷한 또래로 보이는 화려한 이목구비의 여자, ⑤날개를 바늘로 고정시킨 곤충처럼 바짝 얼어붙은 청년. 선글라스에 외출복도 그렇거니와 가족이라고 하기엔 닮은 구석이 없는 사람들이었다.

—98쪽, 본문 앞의 숫자는 인용자가 붙임

작가의 소개 순서에 따라 이들을 소개해보자. ①김박사의 아버지 역할을 자처한 저 노인의 이름은 표제일이다. 홀수를 피하려는 압력 아래서 살아가는 숫자 강박증에 걸린 인물이다. 가난한 어린 시절을 보낸 제일은 "선택의 갈림길에 설 때마다 무조건 두번째 것을 택했다. 그에게 홀수는 마치 날카롭게 벼린 칼날처럼 방심한 순간 매섭게 심장을 파고들어 깊은 상처를 남기는 불길한 징조"(215쪽)였다. 제일은 여섯 명의 환자들을 김박사의 가족들로 위장하는 데 앞장선 장본인이다. 이들은 주인 없는 집에 들어갔다가 때마침 방문한 조경사 '조경수'와 그의 가족(아내와 어머니 모촌댁, 아들 희철)을 만난다. 제일이 얼결에 이들을 김박사의 가족이라고 소개함으로써 이들은 불안한 동거를 시작한다. 가족의 탄생에서부터 거짓이 있었던 셈인데, 이것을 허위의 표현이라고 말할 필요는 없을 것이다. 실로 가족이란 내 것이 아닌 상징질서의 구현체가 아닌가. 그렇다면 가족은 처음부터 허구의 산물일 것이기 때문이다. 드러나지 않는 균열을 마름하는 이름이 가족이라면, 이들이 모여서 이룬 가짜 가족 역시 잘 작동한 기제였다고 할 수 있다.

②박사의 아내 역할을 하게 된 여인은 한때 잘나갔던 배우 정가인이다. 가인은 십대부터 주가를 올린 유명 배우였으나 마약에 손을 댔다가 영락한 퇴물이 되었다. 가인은 엄마가 일하는 '용궁목욕탕'에서 태어나, 대중목욕탕이라는 특정한 장소에 공포를 느끼는 사회공포증이라는 진단을 받았다.

③백수건달풍의 사내 이름은 임만이다. 그는 오랜 시간 가인에게 연정을 품어온 가인의 매니저이다. 임만의 속에는 젠틀하고 모험심 강한 추민수라는 또다른 인격이 숨어 있다. 2년 전부터 "더럽고 먹을 것만 밝히는 임만의 몸에 갇혀"(71쪽) 지내는 추민수는 임만과는 사뭇 다른 사나이다. 김박사는 임만이 해리성 정체장애를 앓고 있다는 진단을 내린다. 오래전부터 가인을 짝사랑하던 그가 제 마음을 제대로 표현해낼 방법을 찾지 못하자 새로운 자아를 창조해낸 것이다.

④이목구비가 화려한 여자는 최라희이다. 최라희는 거짓말중독자로, 끊임없이 새로운 얼굴을 만들어낸다. 회사에서, 가족에게, 심지어는 애인에게도 거짓말을 해댄다. "이름만 대면 알 만한 대기업 총수를 아버지라 칭하고" 장관의 자제와 애인관계라는 식의 공상허언증이다. 그녀가 미모와 화술을 겸비했음에도 불구하고 누구와도 안정적인 관계를 유지할 수 없는 이유가 바로 여기에 있다.

⑤곤충에 빗대어진 청년은 이나석이다. 나석의 유년은 누구보다 불우했다. "음주와 폭력으로 처자식을 다스리는 아버지, 잦은 가출로 얼굴조

차 보기 힘든 어머니가 그의 보호자인 탓이었다." 그는 쓰레기집이라 불리는 지하 단칸방에서 지내다가 이웃이 사회 고발 프로그램에 연락을 취한 덕분에 집에서 탈출하게 되었다. 늑대소년과 같은 모습으로 쓰레기 더미에서 벗어난 나석은 우울증을 겪다가 호전되었는데, 그후로 강박증을 얻게 된다. 그의 결벽은 평범한 일상에 자주 노출되어야 완화될 수 있는 강박적 증상이었다. 그를 세상으로 나오게 한 동기가 바로 김박사를 찾아나선 사건이다. "마치 관에 누워 자신의 부고장을 받은" 기분으로, "홀로 감행하는 칠 년 만의 외출"(30쪽)이었다.

제시된 묘사문에는 빠져 있지만, 나석과 남매 사이로 설정된 고미아가 있다. 고미아는 초등학교 입학 시절부터 40킬로그램에 가까운 소아비만 환자였다. 한 살 터울의 언니 경아와 미아는 "쌍쌍돼지바"라는 별명으로 불리면서 사이좋게 지냈다. 그러나 언니 경아가 대학에 입학해서 다이어트로 체중을 절반으로 줄이는 데 성공하면서 "돼지빼빼로"라는 별명이 생겼고, 사람들은 뒤처진 미아를 조롱했다. 그 뒤로 미아는 병적인 다이어트 중독자가 되었다. 제 발로 집을 나온 미아는 거식과 폭식을 반복하면서 살을 뺐다. 그녀는 김박사가 짜준 식단대로 식이조절을 하면서도 끊임없이 "백이십 킬로그램의 거구가 과도로 제 살을 도려내 입으로 가져가는 환상"(138쪽)에 괴로워한다.

이들은 "다른 생명체의 내장과 뇌를 갉아먹는 기생충보다 제 손톱 밑의 가시가 더 아픈 사람들"(77쪽)이다. 이들의 사연은 자본주의가 화려한 외양 밑에서 어떻게 상처를 생산하고 유통하는지, 가족이 그 이름 밑에서 어떻게 억압과 수탈을 자행하는지, 개인이 정체성 아래서 어떻게 분열되어 있는지를 현시하는 보고서다. 이들은 정신질환으로 분류된 자신의 병명을 통해, 역으로 인간관계를 물신화한다. 인물들은 곧잘 다른 사람들의 행동을 정신병리학적 밑그림 위에서 판단하려고 한다. 그로써 자신이 진단받은 병명을 타인에게 돌려주고 있는 것이다. 그로써 통념적인 가족의 온정이나 전통윤리, 혹은 가족주의로 미화된 '가족 물신화'를 노골적으로 조롱한다. 그 단계가 바로 새로운 가족 이야기의 출발점이라 할 수 있다.

이들이 자신의 과거와 현재를 오가는 동안 김박사는 어디에서 무얼 하고 있었을까? 다단계 교육 현장에 감금된 김박사는 지갑도 전화기도 뺏긴 채 자신의 정체성을 증명할 길을 잃어간다. 정신과 의사라는 사회적 신분증과 경제력을 잃은 장소에서, 김박사는 자기 역시 영락없이 찌질하고 비굴한 중년 남자로 전락했음을 깨닫는다. 거기서 자신을 배신한 가족(아내는 얼마 전 커밍아웃을 했다)과 자신이 기만한 환자들(그는 환자들의 친구인 척했다)에 대해서 다시 한번 생각하게 된다.

소설의 전반(前半)에서 이들 각자가 안고 있는 아픈 비밀이 소개된다면, 중후반부터는 이들이 서로에게 익숙해지면서 (의도하지 않게) 서로의 상처를 치유해나가는 과정이 드러난다. 이 소설에는 치유라고 이름 붙일 만한 장면이 적어도 두 개 있다. 하나는 나석과 미아의 키스 장면이고, 또 하나는 모촌댁(조경수의 모친)이 가인의 상처를 매만지는 장면이다. 타인을 "거대한 세균, 그 자체"(24쪽)로 여기는 나석은 "깔끔이 병"에 걸린 청년이다. 나석이 생명을 위협하는 먼지와 각종 병균과 바이러스로부터 스스로를 방어하느라 아무것도 먹지 못한 채 탈수 상태가 되어 쓰러지자, 미아는 아끼는 다이어트 콜라를 나석에게 먹여준다. "나석의 입술에 제 입술을 가져다 붙이는 방법으로 인명 구조에 나"(195쪽)선 것이다. 나석이 마지막으로 미아에게 하려던 말이 "제가 쓰러지더라도 절대 몸에 손대시면 안 돼요"(195쪽)였던 것을 미아는 알 리가 없다. 나석에게 "키스란 사랑과 신뢰의 표현보다 교차 감염의 확실한 방법일 뿐"(199쪽)이었다. 그러나 "스물다섯 살의 늦은 첫 키스"는 나석을 구원한다. 미아는 나석을 끔찍한 꿈에서 구원해준 첫번째 여인이 되었다. 나석은 용감한 남자가 되어 다시 태어난다. "전 원래 약해빠진 놈이에요. (……) 하지만 죽어도 괜찮다고 생각해요. 평생 꿈도 못 꾼 일을 오늘밤 다 해냈으니까요. 고마워요."(201쪽) 나석은 죽음을 받아들인 자의 용기로, 사랑을 시작하게 된다.

모촌댁은 아들 조경수의 일터에서 허드렛일을 해주고 있다. 그녀는 주인집 세제를 몰래 담아갈 정도로 속물적이지만, 한편으로는 세상살이와 사람살이의 이면을 꿰뚫은 온정주의자이기도 하다. 김박사가 진단과 교정이라는 계몽의 담론으로 무장해 있다면, 모촌댁은 경험과 지혜라는 생활의 담론을 품고 있다. 모촌댁은 이런 식으로 말한다. "진실이란 종지에 담긴 간장과 같아 뒤집어지기 전까진 그 냄새가 얼마나 지독한지 알 수 없다. 어느 누구든 가슴에 간장 한 종지씩은 품고 살기 마련이니"(222쪽)까. 가인은 발뒤꿈치에 난 입술 모양의 상처를 또하나의 주홍글씨로 안고 살았다. 그녀는 평생 그 흉터를 가리고 살았는데, 그것이 바로 뱃속에서 죽은 언니의 입술이라고 믿었기 때문이다. 죽은 언니의 원혼이 담긴 그 흉터는 마지막 남은 희망의 표지이기도 했다. 그 흉터만 제거하면 자신의 삶에 드리운 저주의 그림자를 벗어버릴 수 있다고 여겼기 때문이다. 모촌댁이 상처 난 손가락으로 가인의 흉터를 매만져주자, 놀랍게도 새살이 돋아나기 시작했다. "흉 위에 연하고 부드러운 새살을 덮었다."(284쪽) 이렇게 그들은 서로를 만지고 보듬으면서 상처에서 벗어난다.

존 어빙은 소설을 쓰는 행위가 사람들로 하여금 영원히 살아가게 하려는 투쟁과 같다고 말했다. 끝에 가서는 죽어야 하는 사람들까지도 말이다. 어쩌면 강지영 역시 끝이 있다는 것을 알지만 살아나가야 하는 사람들의 속이야기를 담고 싶었던 것이 아닐까. "강철 같은 자신감과 녹물 같은 자괴감"(82쪽) 사이를 오가면서 알량한 자존심 하나로 사는 사람들. 어쩌면 타인을 이해할 수 있는 능력이란 우리가 언젠가(어린 시절) 한없이 나약하고 상처받기 쉬운 존재였음을 기억하는 게 아닐까. 저이 역시도 약하고 상처받는 사람이라는 것을 알고 나면 우리는 누군가가 측은해지고, 누군가를 이해할 수 있는 시선을 갖게 된다. 김박사는 "환자들이 원하는 건 치유가 아니라 구원이었다"(287쪽)고 말한다. 구원은 어디에서 오는가. 구원은 "누구나 찾아와 며칠이고 지친 정신을 놓았다 추스르고 돌아갈 수 있는 집" 혹은 "하루 열두 번 인격을 갈아치우며 웃다 울어도 떳떳한 집"(287쪽)에서 찾을 수 있지 않을까. 진짜 '소울메이트'를 만들 수 있는 장소, 그곳이 바로 가족 같은 사람들과 함께 구원에 참여할 수 있는 장소가 될 것이다. 이들의 구원은 여섯 빛깔 무지개의 무늬를 하고 있을지도 모르겠다. "여섯 빛깔 무지개는 동성애의 상징이래. 인간의 다양성을 인정하란 뜻이겠지."(294쪽) 서로가 다 다르다는 것을 인정하는 것, 내 욕심으로 상대를 재단하지 않는 것, 그리고 그런 이들끼리 다름을 품은 채 가족이 되는 것. 그러니 프랑켄슈타인 가족은 레인보우 가족이기도 하다.

프랑켄슈타인이 누구인가. 완전한 존재, 영원불멸의 구원을 얻고자 했던 프랑켄슈타인은 사람들에게 알려진 것처럼 괴물의 이름이 아닌 그를 창조해낸 박사의 이름이다. 박사의 초월적인 꿈의 물신화가 바로 프랑켄슈타인이다. 김박사는 완벽한 아버지가 아니라 "불완전하지만 더없이 진실한 그들의 친구"의 모습으로 돌아온다. 이로써 프랑켄슈타인 가문을 잇는 레인보우 패밀리가 완성된다. 김박사가 포함된 일곱 명(레인보우)의 이상한 사람들을, 우리는 진정한 패밀리라고 부를 수 있을 것이다. 남들이 보기에는 기괴해 보일지라도 그 기괴함을 서로를 알아보는 표식으로 삼은 가족, 서로 다른 색깔이 모여야 전체가 완성된다고 믿는 가족, 이들이 패밀리가 아니라면 도대체 누구를 패밀리라 부를 수 있겠는가.

튜브(tube)를 통과한 모스 부호
─ 김연수의 「주쌩뚜디피니를 듣던 터널의 밤」

자정을 넘긴 밤, 어두운 터널 끝에서 세상을 떠난 한 여인의 노랫소리가 들린다. 납량특집에서의 그 으스스한 혼령의 목소리는 아니다. 노래는 유행가의 한 소절이었고, 더욱이 사랑하는 가족이 생전에 부르던 애창곡의 한 대목이었다. 세월의 터널(tube)을 통과하는 이들에게 때 지난 유행가(히트곡을 은어로 tube라 부른다)가 울린다. 세월 저편에 있었던 알 수 없는 주문(呪文)이 내 심장에 관(tube)을 꽂는 듯한 느낌이 아닐까. 피가 거꾸로 솟는 듯한. 벗어날 수 없는 그 노래를 아무개의 18번이라고 해도 좋겠고, "터널의 괴성"(「주쌩뚜디피니를 듣던 터널의 밤」, 『세계의문학』 2012년 봄호, 310쪽, 이하 쪽수만 표시)이라고 불러도 좋겠다. 핵심은 어떤 노래가 당신에게 말을 건다는 사실이다. 철지난 노래의 한 소절이 누군가를 끊임없이 불러 세우고, 마술처럼 멜로디를 반복하게 하고, 감상벽에 빠져 심적으로 동요하게 만든다는 것. 이해할 수도 없고 원하지도 않는 순간에.

"주!쌩!뚜!디!피!니!"(315쪽) 이렇게 한 음절씩 끊어 적어서는 국적조차 알 수 없는 저 말은 '나'의 어머니가 즐겨 부르던 유명한 상송의 한 소절이다. 훗날 암이 재발했을 때 어머니는 누나의 보살핌 속에서 삶을 정리해야 했다. 그 시절 어머니는 아다모라는 여가수가 불렀던 〈쌍뚜아마미〉의 가사를 한글로 받아적어 따라부르곤 했다. 실로 저 노래는 어머니의 큰딸과 막내아들이 꾸려가는 이 소설 전체를 점령하고 있다. 어머니가 엉성한 발음으로 부르는, 타국의 노래가 남긴 여운. 어머니는 가사의 의미도 알지 못한 채 그저 소리를 받아 노래했다. "주쌩뚜디피니, 쥐뻬리다꾸피앙상, 뮈옴마주뜨빠리, 너마카르데마샹송……"(319쪽) 한글로 옮겨진 저 우스꽝스러운 기표들은 불어가 모국어인 사람들이라도 알아들을 수 없을 "이상한 말들"(319쪽)이다. 어머니의 아련한 기억 저편에서 울려나오는 우습고 슬프고 안타까운 노래.

어머니가 삶을 마감하면서 보낸 마지막 겨울로 돌아가보자. 2년 전 암이 재발하자 어머니는 간호사로 일하던 큰누나에게 의탁했다. 돌아가시기 전, 어머니는 젊은 시절의 옷들을 죄다 싸가지고 와서 한 번씩 입어보고 정리하겠다고 했다. 누나는 어머니가 좋아하는 공원이 내다보이는 전망을 배경으로, 매일 아침 다른 옷을 입은 어머니의 모습을 사진에 담았다. 사진 속에서 어머니는 "30대였다가 50대였다가 또 40대가 되었다." (317쪽) 어느 날 어머니는 늦둥이 막내아들인 '나'의 초등학교 졸업식 날 입었던 빨간색 스커트를 다시 입게 된다. 그날 어머니는 현재의 누나보다 나이 어린 사진 속 여인으로 화한다. "어머니만 얼굴이 환해. 그렇게 면박을 당했는데도 말이야. 그 스커트를 입는데 그때 그 표정이 나오더라. 자기가 너무 늙어 보여서 외동아들 창피할까봐 사서 입은 옷인데, 그런데 옷이 날개라는 말이 맞는 모양인지 그 치마를 입고 나니 그렇게 기분이 좋았단다. 하늘을 날아다니는 기분 같았단다. 그러다가 그 시절 그 노래가 생각났대. 처녀 시절에 동네 언니가 부르던 노래, 쌍뚜아마미."(318쪽) 어머니는 말했다. "인생을 다시 한번만 더 살 수 있다면, 자기도 그 언니처럼, 마치 하늘을 자유롭게 날아다니는 사람처럼, 불어 노래도 부르고,

대학교 공부도 하고, 여러 번 연애도 하고, 멀리 외국도 마음껏 여행하고 싶다는 말, 그 말."(319쪽) 뜻을 모른 채 부른 저 노래, 알아듣지 못했으나 부를 수 있었던 자유의 노래.

"빨간 스커트"를 입은 늙은 어머니. 죽음을 앞둔 어머니가 찍힌 사진은 망자가 된 어머니의 삶을 정리하는 것이 아니라 기억들을 진열한다. 사진은 기억의 한때를 펼쳐놓는다. 선형적인 세월이 사진 속에서 구획되면서 기억에 포획되는 셈이다. 늙은 어머니의 저 퍼포먼스는 어쩌면 삶을 다시 한번 관통하려는 의지의 표현이 아니었을까. 그것은 정리된 삶이 아니라 현재로 다시 돌아온 유령이다. 어머니 삶이 단계적으로 차곡차곡 정리되는 것이 아니라 삶의 조각들이 여운으로 남게 되는 것. 그런 의미에서 사진 찍기는 정리가 아니라 반복, 즉 정리의 정리다. 정리되지 않은 여운이 그 안에 영원히 남겨질 것이므로.

어머니가 세상을 떠난 후 '나'와 누나는 귀신 소리가 들린다는 안산의 터널을 찾아간다. 그 소리가 생전에 어머니가 부르던 샹송의 한 구절 '주쌩 뚜디피니'와 유사하다는 누나의 주장 때문이다. "터널의 괴성"을 듣기 위해 남매는 네 번이나 반복해서 터널을 오간다. 아무 소리도 들을 수 없다는 것을 알지만 이들 남매는 분명한 무언가를 들었다. 그것은 큰누나의 입을 통해 흘러나오는 노랫소리, 한 번도 들어본 적 없지만 '나'의 입에서 흘러나오는 노랫소리. "모든 게 끝났다는 걸 안다, 사랑은 떠나갔으니까. 한 번만 더 둘이서 사랑할 수 없을까."(322쪽) 여기서, 생이 끝났지만 삶을 마감하지 못한 망자의 원한을 읽어내야 할까? 아니다. 우리가 기억해야 할 것은 큰누나와 어머니가, 그리고 어머니와 '나'가 연결되어 있다는 사실이다. "우리가 또 한번의 삶을 살 수 있다면 엄마 역시 다시 한번 인생을 살 수 있다는 사실을. 우리는 그렇게 연결돼 있다는 사실을."(320쪽) 그리하여 삶이 끝났지만, "모든 게 거기서 끝나지 않을 수도 있다는 것을" 확인하게 되는 것이다.

노래는 늘 똑같지만, 매번 다른 의미로 터널 속을 떠다닌다. 시작하면 끝을 모르는 사랑의 노래. 여운이 남긴 것, 여운의 여운으로. 어머니가 한글로 옮겨적은 '주쎙뚜디피니'는 형태소를 갖지 못했다는 점에서 음절 이하의 단위로 분해되는 모스 기호와 같다. 그것은 생의 너머, 다른 세계를 통과해서 들리는 소리, 어쩌면 저승의 은유다. 때때로 저승은 동굴이나 터널과 같은 관(tube)을 통해서 표현되곤 한다. 남매가 들었던 저 소리의 정체는 기억의 저편에서 울리는 모스 부호가 아니었을까. 망자의 끊어지지 않는 흐느낌이 아니라 추억을 발신지로 하는 단속적인 두드림. 그러므로 어쩌면 그것은 흥겨움의 표시! 바로 이것이 생의 정돈이 아니라 생 자체가 가진 여운의 여운이다. 어머니는 생의 끝에서 전생(全生)을 다시 살았고(사진 찍기를 통해서), 생 너머에서도 자식들의 기억을 통해 또다른 생을 누렸다(터널의 노래를 통해서). 그러니 어두운 터널을 지나온 저 모스 부호는 어머니가 보내온 노크 소리가 아닐까.

그때 마침 끝이 있었다
— 편혜영의 「밤의 마침」

　「밤의 마침」(『현대문학』 2012년 2월호)은 추리의 문법으로 씌었지만 정작 그 문법을 위반하는 특이한 소설이다. 어떤 미스터리가 있음을 제시하고 그 비밀을 폭로하면서 안전한 결말에 이르는 추리물의 구성과 달리, 「밤의 마침」은 비밀 자체를 고스란히 담지한 채 소설을 닫는다. 그것은 이 소설이 기억과 욕망의 문제를 다루고 있기 때문이다. 실로 기억의 문제에 서라면, '마침'은 단순한 종지부가 아니다. 명사로서 '마침'은 서술의 끝을 지시하기도 하지만 부사로서 그것은 어떤 우발성을 포함한 채로 서술의 처음과 중간에서 출현하기도 한다. 그러니 이 소설의 끝이 미스터리의 끝이 아니라, 어떤 우발적인 매듭을 지시할 뿐이라고 보아도 무방할 것이다. '밤의 마침'은 그때 우연히 끝이 있었다는 뜻일 수도 있다. 사건은 종결되지 않고 때마침 종결의 형태를 취할 뿐이다. 어떤 진실은 입 밖에 내뱉지 않는 말의 형태로 어둠 속에 갇힌다. 일말의 진실이 불확실한 기억 속으로 침몰한다. 그 장면 앞에 부랑자처럼 한 사내가 서성이고 있다.

　이 사내는 능력 있는 회사원이며 성실한 부모라고 자부해온 사십대 중년 남성이다. 2년 전 그는 허름한 술집에서 술을 마시다가 잠시 들른 화장실에서 인사불성이 된 여자아이를 발견한다. 만취한 아이는 팬티를 내린 채 변기 위에서 졸고 있었다. 사내는 어두운 계단에 오줌을 누고 자리로 돌아온다. 이틀 뒤 사내는 성추행범으로 지목되어 소환된다. 그날 밤 사내가 여자아이의 입에 성기를 넣고 추행을 저질렀다는 것이다. 사내는 결백을 증명할 수 있었지만, 소송이 진행되는 동안 성범죄자라는 소문이 돌아 그와 가족은 상처 입는다. 심리적 보상이 필요하다고 느낀 사내가 이번에는 여자아이를 무고죄로 고소한다. 사내가 승소하고 아이는 벌금형을 선고받는다. 사건이 정리될 무렵 '때마침' 불어닥친 구조조정으로 인해 그는 직장을 그만두고 작은 오퍼상을 차린다. 시간이 흘러 그와 가족은 평안을 되찾는다. 그 무렵, 회사 사서함에 익명의 엽서가 도착한다. 그 비밀 엽서에는 누군가를 향한 악담과 저주가 담겨 있다. 사내는 2년 전 자신이 여자아이와 얽힌 일들을 알고 있는 누군가가 협박성 엽서를 보냈다고 믿는다. 사내는 여자아이를 찾아간다.

「밤의 마침」이 미스터리가 일어난 그날 밤의 후일담이라면, 사내와 여자아이 사이에 남은 부채가 있다면, 둘의 재회 장면은 꽤나 극적일 것 같다. 그러나 이들의 대화는 매우 건조할 뿐 아니라 역설적으로 무심함 때문에 참신한 충격을 준다. 대화의 과정에서 드러나는 것 역시 흐릿한 정보뿐이다. 사내는 여자아이에게 "난데없는 충동"을 느낀 게 분명하고 여자아이는 낯선 남자의 성기가 입에 들어온 것을 느꼈다. 그 성기의 주인공이 사내였다는 확증은 없었으나, 돈 때문에 사내를 범인으로 지목했다. 그가 범인인지 아닌지는 끝내 밝혀지지 않았다. 비밀 엽서 역시 그렇다. 그것은 여자아이가 보낸 것일 수도 있고 그를 의심한 아내나 아내와 공모한 회사 여직원이 보낸 것일 수도 있다. 아니면 그 흔한 "행운의 편지"(181쪽)처럼 불특정 다수에게 발송된 스팸엽서 같은 것일지도 모른다. 중요한 것은 그런 일이 우연히(마침) 사내에게 일어났다는 것이며 그것들이 모종의 미스터리를 내장하고 있다는 것이다. 미스터리는 해명되지 않는 원인이다. 왜, 누가 이런 일을 벌였을까? 사내는 필사적으로 그 원인을 찾는다. 자신이 범인이 아니라고 생각하면서도 "그는 내심 아이가 자신을 지목해주길 바랐다. 좀더 자신을 기억해주기를, 불확실한 감각으로서가 아니라 실증으로 떠올려주기를."(179쪽)

사건 당일 술집에서 사내는 평생 "처음이자 유일한" 충동을 느꼈다. 그는 자신의 비밀을 해명하기 위해 기억 속에 숨겨둔 비밀들을 되새겨보지만 끝끝내 그 충동의 실체를 밝혀내지 못한다. "그런 일은 어떻게 일어나는 걸까. 예기치 않은 우연, 제어할 수 없는 신체적 욕구, 우발적인 충동과 불확실성 같은 것."(170쪽) 사내는 고통을 받았고 소녀는 처벌을 받았으니, 이제 둘은 공평하다고 말해도 될까? 그러나 둘의 거래 이면에는 더 큰 비밀이 남아 있다. "그가 아는 것은 자신이 아무것도 모른다는 것뿐"(182쪽). 그리하여 이들은 언제고 또다시 그 비밀을 마주해야 할지도 모른다. 그때에도 "기억은 쉽게 정보를 내주지 않을" 것이다. 여기에 와서야 그날의 사건과 엽서의 유사성이 밝혀진다. 비밀의 엽서를 누가 보냈는지, 아니 엽서에 적힌 내용이 사내를 비난하는 목적을 가졌다는 추측이 도대체 맞기나 한 것인지, 끝내 알 수가 없을 것이다. 사내의 죄의식이 그토록 모호한 것도 마찬가지 이유에서다. 그가 여자아이에게 무슨 짓을 저질렀다는 사실판단이 중요한 것이 아니다. 그 행동의 원인 다시 말해 모종의 충동이 있었음은 부인할 수 없는 사실이다.

"아저씨, 맞죠?"
"뭐가 말이니?"
"그거요."
아이가 손을 뻗어 그의 사타구니를 가리켰다.
"너무 작아요. 발기해서 그 정도라니. 귀엽긴 하지만 쓸데는 없겠어요."
"네가 어떻게 아니?"

그가 웃으며 물었다. (……) 아이가 그를 살피며 천천히 입을 열었다.

"알긴요. 그냥 찔러본 거예요." (……)

"하지만 입에 넣어봤잖아요. 당연히 기억하죠."(179~180쪽)

사내와 여자아이의 스캔들은 이렇게 마감된다. 이제 진짜 스캔들이 시작된다. 비밀과 음모가 어떤 방식으로 유통되는지는 비밀 엽서에 적힌 사연들을 통해 확인할 수 있으니 말이다. 잘못 배달된 엽서들이 보여주듯이 비밀은 도처에 있다. 비밀 사서함은 홀로 짊어지기 벅찬 세상의 속사정을 모아놓은 저장고다. 사내는 엽서를 찢어버리고 "비밀의 문장"을 제 속에 묻어버리기로 다짐한다. 좁고 어두운 골목을 빠져나와 지하의 전철역으로 들어가는 사내를 비추며 소설은 끝을 맺는다. 여자아이를 다시 만난 그 밤, 골목의 끝에서 그는 우연히 '끝'을 만난 것이다. 그가 상황을 끝장낸 것이 아니라 우연히 끝과 마주친 것이다. 그가 어둠 속에 무언가를 묻어둔 것이 아니라 그가 미궁 안으로 빨려들어간 것이다. 그리하여 마침 그곳에 당도한 밤을 만난 것이다.

「밤의 마침」은 비슷한 시기에 발표된 「가장 처음의 일」(『세계의문학』 2012년 봄호)과 자매편이라 할 수 있다. 우연히 비극을 피해간 한 남자가 행운의 처음을 찾아가는 경로가 「가장 처음의 일」이라면, 우연히 불운에서 놓여난 사내가 자신의 비밀을 은닉하는 소설이 「밤의 마침」이다. 사내는 알고 있을 것이다. 세계는 엽서처럼 함부로 찢어지거나 무너지지 않을 거라는 사실을. 대책 없이 우연하게 마주친 것들이 자신의 삶을 어떤 방식으로 송두리째 뒤흔들어놓을지를. 또한 자신이 거기에 맞설 어떤 신념이나 의지도 가지고 있지 못하다는 것을. 불완전한 인간의 고단한 목소리가 들린다. 그렇다면 작가는 왜 저리도 무력한 질문을 반복할까? 어쩌면 그 질문은 인간이 해결할 수 없지만, 회피할 수도 없는 것이기 때문 아닐까.

반대쪽 지구에서의 삶
— 최윤의 「동행」

그리스 철학자들은 지구의 반대편에 또다른 지구가 있다고 믿었다. 반대쪽 지구(Counter Earth)라고 불리는 가상의 천체는 태양계 내부에서 지구와 균형을 이루는 쌍둥이 행성이다. 최윤의 「동행」(『문학과사회』 2012년 겨울호)의 서사구조는 지구와 반대쪽 지구가 천칭처럼 연결되어 있다는 대칭적 우주를 떠올리게 한다. 태양에 가려서 보이지는 않지만 태양 저편에서 반복될 또다른 지구의 삶. 어쩌면 지구는 보이지 않는 동행이 있어서 외롭지 않게 존재하는 게 아닐까. 최윤이 제시한 저 우주는 언제나 함께 움직이는 두 개의 세계를 견디고 있다. 존재—부재를 교차하면서 구성되는 「동행」(『문학과사회』 2012년 겨울호)은 이른바 시메트리(symmetry) 우주의 법칙을 서사로 구현한 셈이다.

최윤의 「동행」은 어느 중산층 부부에게 닥친 불행에 대한 참담한 기록이다. 「동행」의 서사를 둘로 계열화할 수 있다면 하나는 '아이를 잃는다'로, 다른 하나는 '아이를 얻는다'로 나눌 수 있다. 전문직에 종사하는 부부와 안정적인 환경에서 자란 열두 살의 사내아이. 이들이 세운 안정적인 가족의 삼각구도는 알 수 없는 이유로 한순간 붕괴된다. 그 폐허에서 두

갈래의 대칭적 세계가 펼쳐진다. 무용가인 '나'가 지구 반대편에서 공연 중에 발끝에 경련을 일으키는 부상을 당하던 바로 그날, 아들 지훈이 투신자살했다. 아들이 창문을 열고 몸을 던진 바로 그 시각, 동시통역가인 남편은 자기 방에서 이어폰을 꽂은 채 작업에 몰두하고 있었다. 그는 아들의 잠자리를 체크하고 웃으며 인사를 하고 돌아서는 순간까지 아들에게서 어떠한 수상한 낌새도 느끼지 못했다. 그는 아들의 작은 몸이 땅 위에 곤두박질치면서 냈을 '픽' 소리 또한 듣지 못했다. 아들이 세상을 떠나고 아들이 남긴 어떤 물건도, 아들과 연관된 어떤 자료도, 어떤 과학도 그 죽음에 대해서 납득시켜주지 않았다. 일말의 비밀도 해명해주지 않은 채 죽음은 봉합된다. 지훈이 세상을 뜬 지 1년을 더 넘기고 나서도 죽음은 끝내 풀리지 않고 봉인된다. 아이의 죽음은 의미를 알 수 없는 파일명 J로 남았다. 남편은 '나'와의 "불행의 강렬한 연대"(233쪽)를 견디지 못하고 결국 집을 나갔다.

'나' 홀로 남은 불행의 거처에 열두 살짜리 소녀가 찾아온다. (죽어서도 나이를 먹는다면) 지훈과 동갑내기인 소녀 'J'는 주인공을 찾아온 가짜 동창 부부의 딸이다. 낯선 동창이 어느 날 주인공의 집을 방문한다. 동창은 지훈의 죽음에 대해서 상투적인 위로를 해주고는 딸애가 무용에 소질이 있는 것 같아서 찾아왔다고 말한다. '나'는 그들의 방문을 고마워한다. 동창 부부는 여자아이만을 남겨놓은 채 자취를 감춘다. 죽은 지훈과 같은 나이이고 이름의 첫 이니셜이 같은 소녀 J. '나'는 J를 딸처럼 돌본다. 열흘 동안 입을 다물고 있던 J가 처음 내뱉은 말은 욕설이다. "아니 아줌마는 바보야? 병신이야, 엉? 그 사람들 사기꾼인 거 안 보여요, 안 보여?!"(240쪽)

'나'는 소녀를 지훈 대신 키울 수 있다고 생각한다. 한편 J는 부모를 향해 욕설을 퍼부으면서도 엄마의 이메일을 기다리느라 컴퓨터 앞을 지킨다. '나' 역시 죽은 지훈에게 수취인 없는 메일을 보낸다. 그렇게 5개월이 지나고 J는 "J라고 이름 붙인 아들에 대한 자료파일"(242쪽)을 들고 사라진다. 이니셜을 보고 자신에 대한 파일이라 오해한 소녀가 들고 갔으리라고 짐작되지만, 소녀가 떠난 후에야 비로소 '나'는 아들과 영원히 이별했다는 것을 받아들인다. 한겨울 밤 '나'는 소녀가 포함된 아이들로 이루어진 강도떼의 습격을 받는다. 아이들은 물건을 훔치고 달아나면서 '나'의 허벅지를 칼로 찌른다. '나'는 피를 쏟으면서 사흘 동안 결박된 채 방치되었다가 집으로 돌아온 남편 덕분에 목숨을 구한다. 그리고 '나'는 다리를 절룩이면서 걸어야 하는 상처를 몸에 안고 남편과 함께 늙어가고 있다. 이들은 텔레비전에서 유명한 여성 마술사가 된 J의 마술쇼를 본다. 상자 안에 여자를 넣고 세 등분으로 자르는 신체 절단 마술쇼와 J가 '나'의 허벅지를 찌른 과거의 사건과 겹쳐지면서 교차적으로 서술된다. 마술사인 J가 칼을 휘두르는 장면과 칼로 찌를 것을 채근하는 J의 목소리가 한 데 겹쳐진다. "찔러. 새꺄! 찌르라니까! 야, 너 죽고 싶어!"(244쪽)

끔찍한 사건을 겪었음에도 불구하고 '나'는 J를 원망하거나 미워하지 않는다. 그녀 덕분에 "내 인생에 불필요한 것들이 다 쓸려가버렸"(245쪽)기 때문이다. '나'는 텔레비전 속 J의 몸짓을 바라보면서 그녀가 참으로 아름답다고 생각한다. 지훈이 사라진 것과 달리 J는 살아 있으며 살아서 자신의 행방을 보여주고 있기 때문이다. 이 소설의 제목인 동행은 중의적이다. 소설의 마지막 구절을 참고할 때 투신한 아들이 땅에 부딪치며 낸 "둔중한 소리"와의 동행이다. 그것은 아들의 죽음 즉 부재의 기호일 것이다. 죽은 아들이 남긴 상처, 그 물음표가 남긴 죄의식과의 불행한 동행. 가짜 딸 J에게는 팔 중간쯤에 "기하학적인 문신"(234쪽)이 있다. 그것은 소녀가 아직 살아 있다는, 그리하여 주인공이 그녀의 아름다운 모습을 죄의식 없이 볼 수 있다는 현존의 기호가 된다.

이와 같은 부재와 현존의 기호를 중심으로 수많은 대칭이 생겨난다. 지훈은 아버지가 있을 때 창밖으로 몸을 던졌고, 가짜 딸은 어머니가 있을 때 집으로 들어온다. 아들이 아버지의 가슴에 남긴 상처는 J가 어머니의 허벅지에 남긴 상처와 대칭을 이룬다. 알 수 없는 이유로 자살한 아들과 사기꾼 부모를 기약 없이 기다리는 J 역시 대칭적이다. 둘 모두 '왜'라는 것이 결국 없다는 것을 보여줄 뿐이기 때문이다. "우리는 '왜'의 부재, 그 것이 바로 '왜'의 답이라는 것을 감지했던 것 같다."(232쪽) 집 밖으로 떠난 지훈, 결핍·부재의 흔적은 남편의 가까이에서 발견되는 의미들이다. 반대로 집안으로 돌아오는 J, 살아남음, 존재의 증거는 지구 반대편에 있었던 아내인 '나'와 관련된 의미들이다. 이들 부부는 데칼코마니 같은 기하학적 무늬를 만든다. 그것은 결여를 채우거나 결핍을 만회할 수 있는 회복이 아니다. "한 걸음 뗄 때마다 오른쪽 발밑"에 남기는 "희한한 역삼 각형"과 같은 형상을 띠고 있는 무엇, 고로 그것은 상실감을 안은 채 살아가는 즉 겨우 살아남은 존재가 보여주는 아름다운 기하학이다. 그것은 상실(=죽은 아들)과의 동행이고 상실한 것(=가짜 딸 J)이 건너편 세상에서 여전히 살아 있다는 것을 아득히 먼 반대쪽 우주에서 확인하는 슬프고 쓸쓸한 동행이다. 반대쪽 지구는 물리학적으로 불가능한 상상이다. 그것은 완전체를 상상하기 위해서 도입되었던 가상의 세계이다. 부재가 존재와 동행하는 방식 역시 그러할 것이다. 함께할 수 없지만(그것은 불가능하나) 바로 함께할 수 없음만이 부재가 존재하는 방식일 터(불가능만이 가능하다). 어쩌면 작가는 우리가 잃어버린 세계를 우리가 잊지 못한다는 사실 자체가 이 견고한 대칭을 지탱한다고 말하고 싶었던 게 아닐까. 잃음(상실)과 잊음(망각)의 불가능한 동행, 다시 말해서 잃었으나 잊지 않음이 아름다운 대칭의 우주를 구성한다고. 그러니 우리가 상실에 대처하는 가장 좋은 방식은 그것을 끝끝내 잊지 않는 것이라고.

뒤집힌 음모론

— 영화 〈거북이는 의외로 빨리 헤엄친다〉와 박민규의 소설

1. 스파이의 탄생

한 장의 전단지 때문이다. 시작은 사소했다. 우리가 몰랐던 새로운 세계를 발견하는 데는 대단한 계시나 운명적인 사건이 개입하는 게 아니다. 우연히 발견한 조그마한 스파이 광고 전단 정도면 충분하다. 미키 사토시의 〈거북이는 의외로 빨리 헤엄친다〉(이하 〈거북이〉)는 평범한 주부가 스파이 요원이 된다는 다소 황당한 내용을 담고 있다. 미녀도 아니고 비범한 재능을 지닌 것도 아니다. 기구한 운명을 타고나지도 않았다. 지극히 평범한 스파이가 탄생하는 순간이다.

주인공 스즈메(우에노 주리)는 소읍에 사는 스물세 살의 젊은 가정주부다. 외국으로 출장 간 남편에게서 매일 전화가 걸려오지만 남편이 관심을 갖는 것은 집에서 키우던 거북이의 안부뿐. 남편뿐 아니라 하수도 배관공이나 카페 직원도 그녀를 무시한다. 그녀는 존재감이 없는 나머지 투명하게 사라져버릴 것만 같다. 이런 의기소침은 어릴 때부터 스즈메를 따라다녔다. 같은 날, 같은 동네에서 태어났지만 정반대의 삶을 살고 있는 죽마고우 쿠자쿠(아오이 유우) 때문이다. 둘의 대비는 이름에서도 극명하

게 드러나는데 스즈메는 참새란 뜻이고 쿠자쿠는 공작이란 뜻이다. 소박하고 어수룩한 스즈메에 비해 쿠자쿠는 화려하고 스펙터클하게 산다. 영화의 전반부에는 스즈메의 유년 시절에 대한 다양한 에피소드가 제시되는데, 그 모든 것들이 쿠자쿠와의 대조적인 구도 속으로 수렴된다. 가령 첫사랑 카토 선배를 좋아하면서도 그저 바라만 보고 있는 소심한 스즈메와는 달리, 쿠자쿠는 송전탑에 올라 전선을 끊는 과감한 행동을 통해 스즈메와 카토의 만남을 주선한다(정전 사태 때 카토를 만날 수 있었기 때문이다). 수동적인 자질로 설명되는 스즈메와 능동적인 자질로 대표되는 쿠자쿠는, 외모, 성격, 경제적 능력 등에서 대조적인 특질을 갖는 이란성 쌍둥이이다. 둘 사이의 차이가 극명하게 대조되면서, 마침내 스즈메는 삶을 바꿔야겠다고 결심하기에 이른다. 다소 길지만 스토리를 꼼꼼하게 살필 필요가 있다.

어느 날, 스즈메의 삶에 변화가 찾아온다. 우연히 스파이 모집 광고를 보게 된 것. 찾아간 곳에서 그녀는 스파이 부부인 쿠기타니 부부를 만나고, 그들은 스즈메의 멘토가 되어준다. 둘은 스즈메의 평범함이 남의 눈에 띄어서는 안 되는 스파이의 자질이라고 칭찬한다. 이로써 스즈메는 평범을 위장한 스파이 요원이 된다. 중요한 것은 임무가 아니다. 부부에게도 최종임무가 하달된 지 12년이 흘렀다. 지루한 반복일 뿐이었던 일상이 완전히 뒤바뀌는 놀라운 경험이 시작된다. 낯설고 흥미진진한 세계가 열린 것이다. 단 아무것도 하지 않음으로써. 예전의 무미건조한 생활을 반복함으로써. 새로운 임무를 실천하는 스즈메의 태도는 우스꽝스러울 정도로 진지하다. 타인의 이목을 집중시킬 만한 일은 무조건 피해야 하는 스파이의 임무 때문에, 일상의 모든 일들이 까다로운 테스트가 된다. 걸어다닐 때조차도 어떻게 하는 것이 가장 평범해 보일지 고심해야 할 정도. 평범하게 사는 데도 이렇듯 눈물겨운 노력이 필요하다는 것을 익살맞게 보여주는 대목이다.

조용하게 지내야 하는 스즈메지만 쿠자쿠의 부탁은 거절할 수 없다. 쿠자쿠에게 마음의 빚(첫사랑 카토 선배를 보게 도와준 것)을 지고 있기 때문이다. 스즈메는 쿠자쿠의 손에 이끌려 제비뽑기를 하러 갔다가 2등에 당첨되고, 그 부상으로 어망 끌기 게임에 참여하게 된다. 그런데 그물에 신원을 알 수 없는 시체가 끌려 나오는 사건이 발생한다. 그로 인해 공안요원들이 개입해서는 본격적인 스파이 단속이 시작된다. 당장 떠날 채비를 하라는 지시를 받은 스즈메는, 강물에 거북이를 놓아주러 갔다가 강물 위를 떠내려오는 카토 선배의 아들을 구한다. 아이를 살리고 종적을 감춘 여인에게 일본 전역의 관심이 집중된다. 비상사태를 맞은 스파이 요원들이 한자리에 모인다. 지극히 평범해 보였던 라면 가게 요리사, 두부 가게 주인, 공원 벤치의 걸인, 이들 모두가 숨어 지내던 비밀 요원이었다. 약속한 날 밤, 요원들이 빠져나갈 시간을 벌기 위해 스즈메는 송전탑의 전선을 끊고, 스파이 요원들은 무사히 비밀 지하 통로로 사라진다. 스즈메는 지상에 남겨진다. 한편 유럽으로 떠난 쿠자쿠가 스즈메에게 쓴 엽서 한 장이 도착한다. 쿠자쿠가 스파이로 오해받아 파리의 형무소에 갇혀 있다는 내용이다. 스즈메는 쿠자쿠를 구하기 위해 여행가방을 챙겨 길을 떠난다.

주인공의 심리변화에 집중하면, 이 영화는 수동적이고 소심한 성격을 지닌 스즈메가 적극적이고 능동적인 성격으로 변모해가는 성장 드라마로 보인다. 또한 제목에 기대어, '거북이'에 대한 통념들(느리고 답답하고 융통성 없는 존재들)을 뒤틀어 '평범함이 특별함이다'라는 전언을 건네는 명랑 드라마로 정리할 수도 있다. 그러나 영화 전반에서 빛을 발하는 에피소드들은 인물의 변모나 유머러스한 일상 탈출기 정도로 요약해버릴 수 없는 해석적 잉여를 남긴다. 일상적인 세계가 음모론으로 가득찬 세계일 가능성에 대해 문제를 제기하고 있다는 점에서 그러하다. 이제 표면적으로 대립각을 세웠던 인물들 틈에 숨어 있던 구도와 감추어진 공식들을 살펴보도록 하자.

2. 영화의 시작: $\frac{W}{C}$ 라는 이원론

〈거북이〉는 영화 전체가 장면과 대사와 캐릭터의 반복으로 구조화되어 있다. 같은 장소, 같은 행동이 반복되면서 이전의 의미를 깨고 새로운 의미를 부여하는 방식으로 사건이 진전된다. 반복적인 구조는 영화 속 인물들의 정체 즉 스파이의 이중생활과도 깊은 연관이 있다. 스즈메의 생활도 그렇지만 다른 스파이들, 예를 들어 라면 가게 요리사(그는 최고의 요리사지만 어중간한 맛이 나는 라면만을 판다)나 두부가게 남자(그는 킬러이지만 두부 가게를 운영하면서, 모나카를 파는 옆집 남자와 얽힌다)의 이중생활 역시 영화 전체를 지배하는 동형 구조를 되풀이한다. 진짜 삶이 실은 잘 꾸며진 가짜일 수도 있다.

스즈메가 겪는 난처함은 이런 것이다. 어디까지가 스파이의 임무이고 어디까지가 일상적인 행위인지 도무지 구별할 수 없다는 것. 〈거북이〉는 음모론적 분위기를 풍기고 있으면서도, 음모론적 세계에서 감추어야 할 비밀을 은근하게 폭로한다는 특성을 동시에 갖고 있다. 우선 생활세계(life World, 이를 W라 부르자)를 지배하는 가설 즉 음모론(Conspiracy theory, 이를 C라고 부르자)을 파헤쳐보자. 생활세계를 벗어나 음모론적 세계로 진입하는 순간과 지상에서 임무를 마친 스파이 요원들이 지하세계로 사라지는 순간은 스즈메의 필터를 통해서만 볼 수 있는 장면이다.

여기 두 개의 문이 있다. 하나는 스즈메가 발견한 실재의 진입로(왼쪽)이고 다른 하나는 스파이들이 사라지는 지옥의 출입문(오른쪽)이다. 스즈메는 새로운 세계로 가는 진입로를 우연히 발견했다. 작은 광고 스티커를 발견하는 일이 불가능에 가까운 계기였듯이, 요원들이 지하세계로 사라지는 것 역시 불가해한 사건이다. 저 입구 덕에 스즈메의 생활세계(W)는 음모로 가득한 스파이의 세계(C)로 진입하고, 저 출구 덕에 스파이들은 현실에서 흔적을 거두어 음모론의 세계로 사라진다. 어느 쪽이든 저 입구/출구는 생활세계와 음모론이 관철되는 스파이의 세계를 잇는 통로다.

통로가 있다는 것은 두 세계가 분리되어 있다는 의미이다. 통로 덕택에 우리는 두 세계를 알게 된다. '탐색하는 자'라는 뜻을 가진 스파이(spy)는 사람들이 모르는 세계의 비밀을 발견한 자이다. 세계의 미묘한 틈새, 세계의 비밀을 알고 있는 자이다. 스파이는 보이는 현상이 가짜이고 진짜 의미는 그 뒤에 숨어 있다는 것을 안다(믿는다). 그들 덕택에 세계는 거대한 수수께끼로 변한다. 그들 자신이 장막 뒤에 세워진 숭고한 비밀(미션)을 증명하는 자들이기 때문이다. 스파이의 세계는 편집증적 망상의 체계와 닮았다. 그들은 보이는 세계를 운영하는 것이 밝혀지지 않은 음모라는 것을 폭로한다. 음모론은 어떤 사건이나 사태의 원인이 알려져 있지 않을 때, 불가지론적 믿음을 가지고 그 배후를 상상하는 망상적 체계를 이르는 말이다. 설명할 수 없는 일들의 이면에서 그것을 조정하는 단 하나의 원인을 찾아내는 데 성공한 사람이 있다면, 우리는 그를 음모론자라 부를 수 있다.

스즈메는 주저 없이 음모론의 질서와 새로운 정체성을 받아들인다. 스파이로 살 수 있는가 여부는 이제 얼마나 평범하게 살 수 있는가에 달렸다. 가령 식당 종업원이 기억하지 못하는 평범한 메뉴 시키기, 소액으로 장보기, 평범하게 이불 털기 등이다. 분명한 것은 조금이라도 타인의 이목을 끌 만한 행동을 해서는 안 된다는 사실이다. 그것이야말로 스즈메가 가장 잘할 수 있는 일이 아닌가. 그런데 문제는 여기서 발생한다. 아무도 모르게 수행되어야 하는 스파이 미션이 생활세계의 일상적인 행위들과 정확하게 일치하기 때문이다. 음모론은 일상의 무의미한 행위들(W의 로직)이 숨겨진 의미에 대한 믿음(C의 로직)으로 유지되어 왔다는 것을 전제로 한다. 그 점에서라면 스즈메는 최적의 스파이이다. 문제는 그녀가 그 임무를 너무 잘 수행함으로써 오히려 도드라지게 된다는 데 있다. 규정속도를 지켜서 의심을 받는 따위의 일이 그렇다. 이 지점에서 영화의 도식은 수직적 이원론이 아니라 일원론으로 바뀌게 된다.

음모론에 대해서라면, 세계가 '깜박'한 사람들의 세계, 박민규의 『핑퐁』(창비, 2006)이 창조한 세계를 빼놓을 수 없겠다. 이 세계가 거대한 탁구의 세계로 집약된다면, 그 환상을 우리는 음모론이라고 정리할 수 있을 것이다. 박민규의 소설에서, 결국 탁구계(卓球界)는 생활세계와 폐합(廢合)된다. 그리고 승자가 인류라는 우주를 인스톨할 것인가 언인스톨할 것인가를 결정짓는다. 여기에는 루저들의 환상이 만들어낸 추측과 상상, 궤변과 억측이 난무하고 있다고 말할 수도 있다. 그러나 그 속에는 일말의 진실이 담겨 있다. 아무래도 초점은 지구를 걸고 벌이는 탁구 게임이 아니라, 그 게임이 벌어지기 위해서 겪어야 했던 루저들의 수난사에 있다고 해야 옳을 것이다. 음모론은 현실을 다른 세계의 알리바이로 기각해버리지만, 박민규의 세계가 부감해낸 것은 현실의 적층이 만들어낸 공포스러운 외양이다(이 책의 1부에서 이를 편집증이 아니라 공포증의 양상으로 설명한 바 있다).

3. 영화의 전개: 'W=C'라는 일원론

〈거북이〉는 음모론의 체계를 도입하면서 시작된다. 불가해한 원인은 아직 알려지지 않았거나 밝혀지지 않은 무엇이다. 그러나 스파이가 어느 나라를 위해 일하는지, 무슨 일을 하는지에 관해서 아무것도 알려주지 않는다. 다만 신입 스파이(스즈메)를 둘러싸고 시끌벅적, 좌충우돌하는 입사식을 보여줄 뿐이다. 그러다가 갑자기 스즈메 주변의 선임 스파이들이 하나둘 모습을 드러낸다. 스즈메뿐만이 아니라 그들 역시 생활세계(W)와 스파이세계(C)가 동전의 앞면과 뒷면처럼, 뗄 수 없이 결합해 있다는 사실을 귀띔해준다. 음모론적 세계의 첫번째 단계가 $\frac{W}{C}$의 이원론이라면, 이 영화가 나아가는 두번째 단계는 'W＝C'라는 일원론이다. 생활세계와 스파이세계가 현상과 본질, 허위와 진실 따위로 나뉘지 않게 되었기 때문이다. 스즈메는 예전과 똑같이 살면서도 전혀 다른 세계를 산다. 그렇다면 그녀의 정반대 쌍둥이 친구인 쿠자쿠는 어떤가? 쿠자쿠는 이곳을 떠나겠다고 큰소리를 쳤지만 실제로는 빚에 쪼들려 야반도주했다. 프랑스에 가서 에펠탑을 보며 근사한 프랑스 남자와 살겠다고 했지만, 감옥에 갇혀 프랑스 간수의 감시를 받으며 초라하게 소원을 이뤘다. 스즈메가 $\frac{W}{C}$의 이원론에서 출발해서 'W＝C'의 세계로 왔다면, 정확히 쿠자쿠도 그랬다. 다만 거울처럼, 역할을 서로 바꾸었을 뿐.

　부부 스파이 쿠기타니 부부에게도 신원이 탄로 날 뻔한 위기의 순간이 있었다. 화장실(화장실이야말로 'WC'가 아닌가?) 변기가 막힌 사건 때문이었다. 공안의 지시에 따라 하수도에 도청 장치를 설치한 배관공은 그 사건을 계기로 쿠기타니 부부를 스파이로 의심한다. 생활세계에서 밀어낸 것들, 아예 처음부터 없었던 것처럼 가장하거나 덮어두었던 것들이 어떤 방식으로 생활세계로 떠밀려 돌아오는가를 보여주는 재미있는 에피소드이다. 이처럼 화장실 배관을 통해서 수도관을 통해서 비밀은 끊임없이 누설되고 있다. 스파이의 존재 자체가 보여주는 바, 이미 세계는 보이는 것처럼 완전하지 않다. 뿐만 아니다. 생활세계와 음모론의 세계가 서로에게 말려들어간다. 배설을 하고 밥을 먹는 행위가 모두 가장(假裝)이라고 말할 수 없을 것이므로. 이제 우리는, 음모론의 세계가 생활세계 자체라고 말해야 하는 지경에 이른다.

여기서 음모론의 세계(C)로 진입하는 박민규식 아이콘을 언급하지 않을 수 없겠다. 당겨 말하자면, 이 아이콘은 박해자가 말하는 음모론의 상징이 아니라 상징세계에 남겨진 실재의 표식이다. 다음은 「코리언 스텐더즈」(『카스테라』, 문학동네, 2005)의 마지막 장면이다.

눈앞의 풍경은 그야말로 괴이한 것이었다. 일정한 패턴을 이루며 옥수수들은 완전히 휘어져 있거나 서 있거나 그랬다. 보기에 따라, 그것은 정확한 선(線)을 이루고 있는 느낌이었다. 형, 이거 크롭 서클(Crop Circle)일지도 몰라요. 가쁜 숨을 몰아쉬며 내가 말했다. 크롭 서클? 어떤 다큐멘터리 필름에서 본 적이 있어요. 높은 곳에서 보면 도형이나 기호가 그려져 있는데, 그게 외계인의 메시지라는 학설이 있어요. 메시지? 역시 숨을 몰아쉬며 기하 형이 대답했다. (……) 차에서 내린 우리는 언덕의 끝으로 걸어갔다. 그리고 그곳에서—비로소 자신의 위치를 찾은 허수아비처럼, 두 팔을 허하니 벌린 마음으로 옥수수밭의 전경을 확인할 수 있었다. 거기엔

가 그려져 있었다. 놀랍도록 정확한 비례의, 거대한 KS였다. 이놈들…하고 기하 형이 말문을 열었다. 우릴 너무 잘 알고 있구나.(208~209쪽)

외계인이 옥수수밭에 미스터리 서클을 남기고 사라졌다. 거기 새겨져 있는 것은 "거대한 KS" 마크다. 그것은 망상의 체계에서 비롯된 환영이 아니라 현실의 체계에서 연역된 마크다. 그것은 세계와 무관한 주관적 망상이 아니라, 세계의 부권적 지배가 관철되고 있음을 보여주는 마크이다.[1]

---

1) 이 책에 수록된 「환상은 정치를 어떻게 사유하는가?—2000년대 발표된 소설을 중심으로」에서 이 장면을 다른 방식으로 다룬 바 있다.

이 표식이 보여주는 바, 박민규의 세계에서도 생활세계와 음모론의 세계는 완전한 하나(W＝C)이다.

4. 영화의 결말: $\dfrac{W=C}{R}$ 라는 (실재가 도입된) 이원론으로

〈거북이〉는 환상의 논리가 현실을 완전히 거두었을 때, 즉 생활세계와 실재가 완전하게 부딪힐 때 일어나는 유쾌한 소동을 그린다. 그런데 중간에 무언가 다른 일이 벌어진다. 스즈메가 지나치게 스파이 노릇을 잘한 것일까? 너무 평범해서 비범해져버린 것일까?

이제 스파이의 세계(C)는 생활세계(W)와 뗄 수 없이 붙어버렸다. 이 결합(W＝C)이 새로운 차원을 불러온다. 앞에서 우리는 생활세계와 스파이세계를 연결하는 두 개의 입구(혹은 출구)를 보았다. 그 입구는 세계에 난 구멍이었다. 그런데 새로이 도입된 차원은 조금 다르다. 스즈메는 제비뽑기에서 꽝을 뽑았지만 2등 당첨이 된 쿠자쿠 때문에 어망 끌기 놀이에 참가한다. 그물망에 걸려 올라온 것은 의문의 시체다. 그것은 스파이 활동이 실정화되었다는 증거물이다. 시체 때문에 공안요원들이 개입하고 스파이 색출 작전이 시작된다. 스파이의 세계가 음모론의 세계($\dfrac{W}{C}$)에서 올라와 생활세계의 목록을 접수하자(W＝C), 이번에는 새로운 세계(R)가 만들어진다. 스파이세계가 실재한다면 그들의 활동을 증명하는 시체, 그들을 잡기 위한 공안요원들이 또한 반드시 실재할 것이다. 음모론이 일반화되자, 그 음모론을 떠받치는 세번째 공간이 필연적으로 부상할 수밖에 없게 되었다. 이 공간을 실재의 공간이라 부르고 'R'이라 표기하자. 첫번째와 두번째 공간을 잇는 것이 통로라면, 이들과 세번째 공간을 잇는 것은 떠내려온 시체, 말 그대로 실재의 작은 조각이다. 그 조각 덕분에 공안요원들이 무수히 쏟아져나오게 된다.

생활세계(W)가 여기 있고 다른 어딘가에 위력을 가진 실체(C)가 존재한다는 믿음이 스파이가 살 수 있는 생활세계를 만들었고, 그 세계를 지배하는 이중적인 시선을 낳았다. 그러나 돌연 생활세계에 시체가 발견됨으로써 두 개의 세계가 동일한 세계라는 것이 밝혀진다. 이로써 두 세계의 경계는 무너지고 만다. 〈거북이〉가 보여주는 이런 세계를 '뒤집어진' 음모론의 세계라고 이름 붙일 만하다. 이렇게 입증된 역전된 음모론은 단지 현실과 음모의 세계가 뒤바뀌는 반전을 뜻하지는 않는다. 그것은 생활세계와 스파이세계를 공히 떠받치는 음험한(?) 실재의 세계를 도입함으로써 뒤집힘의 뒤집음을 실현한다. 스파이라는 상상적 정체성이 공안을 현실로 불러들이는 역설적인 사태가 발생한 것이다.

음모론의 체계가 작동하자면 모든 행위의 비밀은 감추어져 있어야 한다. 둘 사이의 장벽이 비밀과 현실을 보존해주기 때문이다. 그런데 〈거북이〉에서는 음모론의 체계가 뒤집어진다. '평범한=비밀스러운' 활동이 공안을 불러들였다. 이제 스파이의 존재는 결정적인 것이 되었다. 그들은 처음부터 평범한 인물과 구별되지 않았던 스즈메만을 남겨두고, 원래의 세계(C)로, 그러니까 생활세계의 밑변 아래에 놓인 지하세계로 퇴장할 수밖에 없게 되었다. 음모론의 환상이 현실로 인해 만들어진 것이라면, 〈거북이〉에서는 오히려 현실이 환상을 불러온다. 그런 점에서 공안요원은 출현해서는 안 되는 '실재'이다. 비밀로 남아 있어야 하는 스파이 활동을 실정화하기 때문이다.

5. 거울법칙: 무수히 출현하는 거북이들

이제 영화의 숨은 주인공이라 할 수 있는 거북이를 이야기할 순서이다.

거북이들은 여러 차례, 모습을 바꿔가면서 출현한다. 위 장면을 보자. 사과장수의 리어카가 뒤집어지면서 스즈메를 층계 위에 엎드리게 만들었다(왼쪽). 붉은 사과 세례를 받은 스즈메가 거북이의 엎드린 모습을 연상시킨다. 스즈메의 녹색 옷차림이 어항 속에 엎드린 거북이의 껍질 색깔을 떠올리게 한다. 이 장면은 관객에게 일종의 기시감을 제공한다. 영화

의 서두에서 스즈메가 실수로 거북이 먹이를 어항에 쏟아붓는 장면(오른쪽)이 제시되었기 때문이다. 녹색과 붉은색이 뒤섞인 스즈메의 방안은 붉고 둥근 거북이 먹이로 채워진 어항의 색감과 유사하다. 이로써 계단 위에 넘어진 스즈메는 느리고 답답해서 떨어지는 장애물을 재빨리 피하지 못하는 한 마리 거북이로 보인다. 거북이는 스즈메의 거울상이 된다. 낙과(落果) 모티프와 함께 제시된 이 장면(왼쪽)은 저 여인이 성숙과 낙오의 기로에 서 있다는 것을 상징적으로 보여준다. 수직으로 뻗어올라간 계단이 시간의 선행적인 흐름 즉 성장을 의미한다면, 떨어진 과일과 넘어진 스즈메의 포즈는 성장의 정지와 잠정적인 실패(넘어짐)를 의미할 것이다. 그러나 동시에 그것은 지금까지의 세계에서 잠시 벗어났다는 것을 의미하기도 한다. '과실(果實/過失)의 유혹'이라고 부를 수도 있는 이 사건을 계기로 성장이나 목적의식으로 의미화되었던 스즈메의 일상에 텅 빈 공간이 마련된다. 작은 스파이 전단지를 발견하는 곳도 바로 여기다.

　다음은 스즈메가 외부적으로 강요당해온 고정적인 이미지를 벗어던지는 장면이다. 아이로니컬하게도 그 사건은 실명(失名)으로 살아야 하는 스파이가 자신의 신원 즉 실명(實名)을 세상에 드러내야 하는 상황 속에서 벌어졌다.

　매일 먹이를 주는 방안의 거북이(왼쪽)와 강물 위를 떠내려오는 아이(오른쪽)이다. 아이는 거북이 코스프레를 하고 있다(보다시피 아이는 완벽히 거북이의 외양을 하고 있다). 스즈메가 투신해서 살려낸 아이가 첫사랑인 가토 선배의 아들이라는 설정 역시 흥미롭다. 그러나 그 우연성은 사랑의 운명적인 순간을 만드는 방식으로 낭만화되지 않는다. 권태로운 일상을 상징했던 거북이가 몸으로 느껴지는 실감으로 다가오는 아이로 변화하는 순간이다. 어항 속에서 사물화된 거북이가, 살아 있는 생명으로 변화하는 데는 그만한 이유가 있다. 그것은 외적으로 강요된 의무감이 아니라 자발적인 책임감을 유발하기 때문이다. 그 변화는 방안에 갇혀 살면서 일상으로 대체해버렸던 것들을 돌아보는 것과 무감함과 무관심을 벗어나는 일에서 출발한다. 이로써 스즈메는 공간적 제약(안/밖)을 넘어선다. 이처럼 거북이의 이미지는 여러 가지 방식으로 변전한다. 그것은 단순한 장면의 반복이나 인물들의 외적 유사성을 가리키는 게 아니다. 영화의 전체 구조가 화면의 은유적 구성을 통해서 의미를 전달하고 있기 때문이다. 거북이는 거대한 세계 자체이기도 하고, 변하지 않고 반복되는 일상이기도 하며, 어항을 벗어나는 스즈메의 삶이기도 하겠고, 타인에게 도움을 요구하는 의무감이기도 하다.

'카스테라'처럼 말이다. 박민규의 「카스테라」(『카스테라』)에 등장하는 주인공 '나'는 소중하거나 해롭거나 물건이거나 사람이거나 가리지 않고 닥치는 대로 냉장고에 집어넣었다. 학교와 동사무소, 실직자와 노숙자와 중국과 미국과 아버지까지 다 냉장되고 있다. 그 모든 것이 들어 있는 냉장고를 열자, 그 속에는 보드라운 직육면체의 '카스테라' 하나가 있었다. 그것은 하나의 의미로 환원되지 않으면서도 세계를 부유하는 기호이다. 전체성의 담지자, 요컨대 이 영화의 거북이이다. 세상의 모든 것을 대체하는 단 하나의 상징이면서 모든 것들로 대체되지 않는 그런 상징.

다시 영화로 돌아와 스즈메의 냉장고를 살펴보자. 여기에는 거북이가 지폐 뭉치로 변해서 웅크리고 있다.

지폐는 삶의 국면을 상징화, 장면화하는 기표이다. 여기 담긴 의미는 돈의 액수와는 무관하다. 돈이 거기에 있다는 사실이 중요할 뿐, 그것의 쓰임새가 핵심은 아니다. 전자는 당겨받은 스파이 활동자금(왼쪽)이고, 후자는 사토 선배의 아이를 구해준 선행보상비(오른쪽)이다. 전자가 음모론의 세계(C), 후자는 생활세계(W)에 기입된 사물(The Thing)이다. 둘다 각각의 세계를 지탱하는 사물일 뿐이지 교환가치를 가진 기호가 아니다. 과연 스즈메는 이것이 잘 보존되어야 한다는 듯이 냉장고에 넣어두었

다. 사실 이 지폐 다발 역시 떠내려온 시체와 마찬가지로 분자와 분모 사
이를 가로지르는 작은 조각이다. 전자 때문에 생활세계가 활성화되었고
(음모론의 세계가 개시되었고), 후자 때문에 평범하게 살기가 불가능해졌
다(표창을 받았고 때문에 공안이 개입하게 되었다). 떠내려온 시체와 같은
역할이라고나 할까?

　스즈메의 지폐 뭉치는 박민규의 아스피린(「아스피린」, 『더블』 side B, 창
비, 2010)에 비교할 만하다. 「아스피린」의 주인공은 희고 눈부신 실체를
알 수 없는 비행물체가 공중에 떠 있는 것을 발견한다. 얼마 후 '그⟨것⟩'이
라 불린 기이한 물체가 바로 아스피린(우리가 해열제로 사용하는 그 아스
피린이다)이라는 것이 밝혀진다. 아스피린 침공은 다른 여러 나라들에서
도 일어나는 사건이다. '그것'이 UFO였다면 음모론의 출현을 알리는 징
조였을 것이다. 하다못해 약으로 쓰였다면 교환가치를 가졌을 테니 물건
값으로 지불하는 지폐와 비슷할 터이다. 그런데 '그것'은 그냥 하늘에 뜬
거대한 덩어리에 불과했다. 냉장보관된 저 지폐뭉치처럼. 아스피린이 떠
있건 말건 일상은 돌아간다. 뫼비우스의 띠처럼 일상적인 공간에서 출발
했던 영화는 다시 일상으로 되돌아온다. 주인공에게 두통만을 남긴 채.

　스즈메의 내면적 변화는, 이제부터 이야기할 수 있을 듯하다.

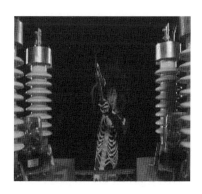 

친구를 위해 전선을 끊었던 쿠자쿠(왼쪽)의 모습과 다른 스파이 요원들을 위해 전선 끊기를 감행한 스즈메(오른쪽)의 모습은 거울상이다. 이를 두고 스즈메의 수동적 자질이 능동적 자질로 바뀌었다고 말하기보다는 쿠자쿠의 행위를 스즈메가 반복함으로써 능동과 수동의 대립 자체가 무화되었다고 말하는 게 더 좋을 것 같다. 영화의 전반부에서는 쿠자쿠에게 의지해왔던 스즈메가, 말미에서는 쿠자쿠를 돕기 위해 길을 떠나는 인물로 그려지는 것 역시 이러한 방식의 반복이다. 언제나 방안에 머물러 있던 인물 스즈메가 친구를 돕기 위해 유럽으로 떠난다는 점에서 집 밖으로 나가는 인물이 되었다. 입버릇처럼 밖으로 나가 살겠다는 쿠자쿠는 파리 형무소에 갇힘으로써 안에 머무는 인물이 되었다. 이처럼 인물 간의 관계에 투영된 구조가 끊임없이 반전을 거듭한다. 요컨대 〈거북이〉는 긍정과 부정, 안과 밖, 수동과 능동을 오가는 이항대립적 요소들을 보여주다가, 결국 그 대립 항목이 동일한 양면이었다는 것을 피력하는 작업을 반복하고 있다.

박민규의 인물 '루디 워터스'(「루디」, 『더블』 side B)는 이루 말할 수 없는 범죄자이며 악한이다. 뉴욕의 금융회사 부사장인 보그먼은 머리를 식힐 겸 알래스카 여행을 갔다가 루디라는 괴한을 만나 죽을 위기에 처한다. 루디가 주인공의 회사에서 12년간 용역청소부로 일했다는 사실을 확인할 수 있을 뿐 두 사내가 어떤 악연으로 낯선 알래스카에서 만나게 되었는지는 알 수 없다. 루디는 아무 이유도 없이 어른이든 아이든 가리지 않고 쏴 죽이는 살인마이다. 우여곡절 끝에 기회를 잡은 '나'는 루디의 몸에 총을 겨눈다. 방아쇠를 당기기 전, 루디를 향해 한마디를 던진다. "잘 가라 씹새끼야."(『더블』 side B, 74쪽) '나'의 욕설은 루디가 '나'의 거울상이라는 것을 보여주는 단초이다. 루디와 '나'는 극단적으로 대조적인 인간형처럼 보이지만, 루디는 '나'의 짝패이다. '나'는 루디에 의해서 비로소 깨어난다. 루디는 불사의 존재이며(총을 맞아도 죽지 않는 인간이다) 악마 같은 존재이다. 그리고 뒤늦게 도착한 깨달음의 순간. '나'와 루디는 영원히 함께라는 것. 저 깨달음의 순간은 '나' 역시 루디일지 모른다는 강한 암시를 남긴다. 총알이 온몸을 관통했음에도 여전히 살아 있는 루디처럼, 루디의 총에 맞아 두개골 절반이 날아간 채로 살아 있는 '나'. 이로써 둘의 이미지가 정확하게 중첩된다. 절대악과 무고한 인간이 영원한 '러닝메이트'이자 동반자라는 것. 두 인물은 선악의 대비를 이룬 것처럼 보였으나, 완전한 하나로서의 양면이기도 하다. 그러니까 스즈메와 쿠자쿠처럼.

문학동네 평론집
포즈와 프러포즈
ⓒ 양윤의 2013

초판인쇄 2013년 7월 24일
초판발행 2013년 7월 31일

지은이 양윤의
펴낸이 강병선
책임편집 김형균 | 편집 김민정 김필균 강윤정 유성원
디자인 김마리 유현아
마케팅 신정민 서유경 정소영 강병주 | 온라인마케팅 김희숙 김상만 이원주 한수진
제작 서동관 김애진 김동욱 임현식 | 제작처 영신사

펴낸곳 (주)문학동네
출판등록 1993년 10월 22일 제406-2003-000045호
주소 413-120 경기도 파주시 회동길 210
전자우편 editor@munhak.com | 대표전화 031) 955-8888 | 팩스 031) 955-8855
문의전화 031) 955-8890(마케팅) 031) 955-2679(편집)
문학동네카페 http://cafe.naver.com/mhdn

ISBN 978-89-546-2186-1 03810

www.munhak.com